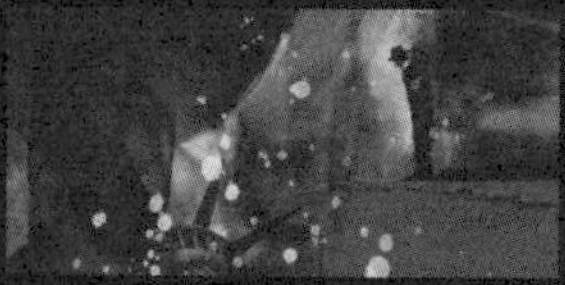

실종자

세계문학전집
236

Franz Kafka : Der Verschollene

실종자

프란츠 카프카 장편소설

이재황 옮김

문학동네

일러두기

1. 번역 대본으로는 *Der Verschollene*(Franz Kafka, S. Fischer Taschenbuch Verlag, 2008)를 사용했다.
2. 각주는 모두 옮긴이주다.
3. 본문 중 고딕체는 원서에서 이탤릭체로 강조한 부분이다.

차례

실종자

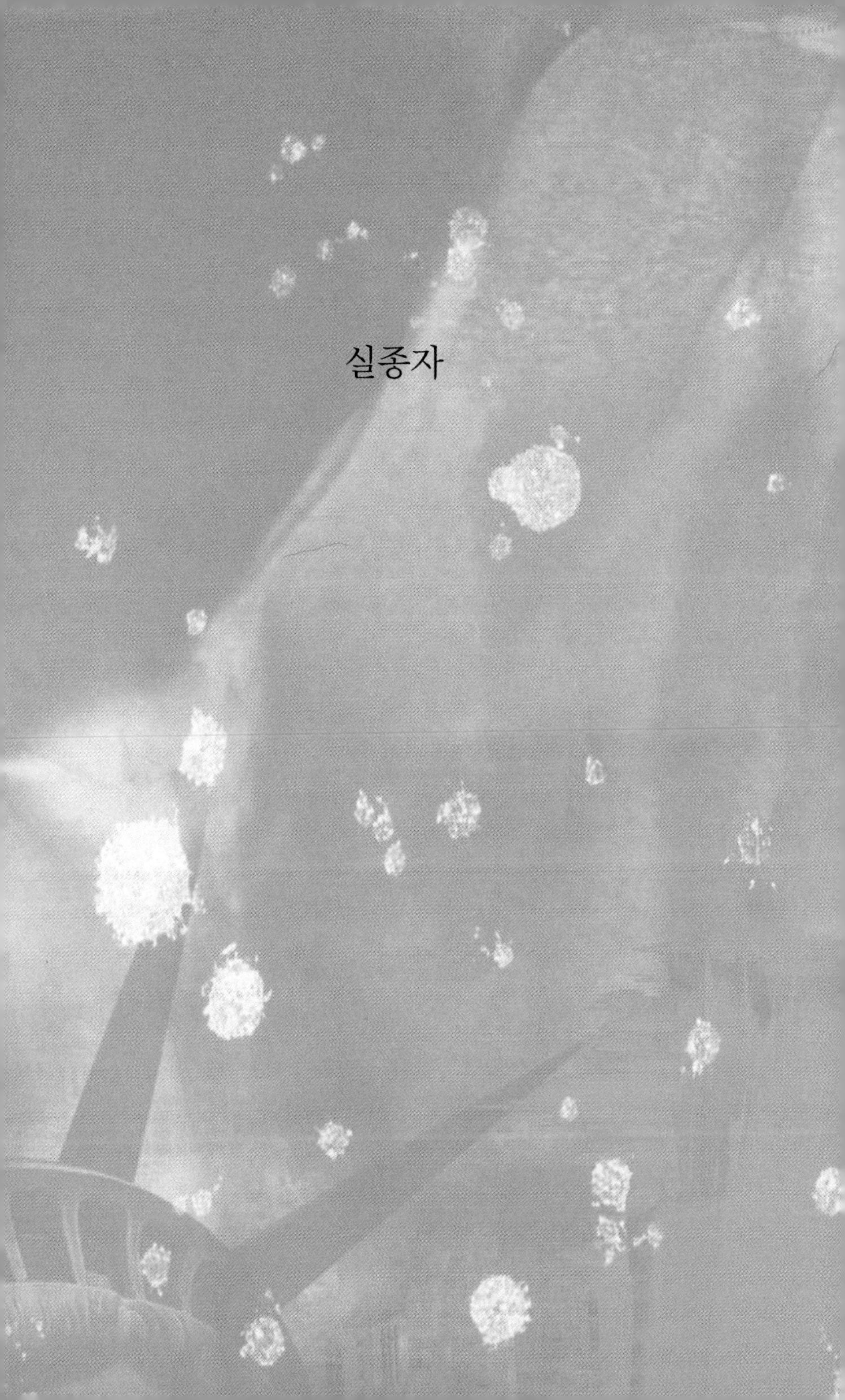

I
화부

이미 속력을 늦춘 배가 뉴욕항에 들어서자, 열일곱 살의 카를 로스만은 진작부터 지켜보던 자유의 여신상이 갑자기 더 강렬해진 햇빛을 받은 듯 그쪽으로 시선을 주었다. 하녀의 유혹에 넘어가 임신을 시킨 일로 그의 가난한 부모가 그를 미국으로 보낸 길이었다. 칼을 든 여신의 팔은 마치 새로 돋아난 것처럼 우뚝 솟아 있었고 여신의 형상 주위로는 싱그러운 바람이 불었다.

"정말 높구나!" 혼잣말을 하며 배에서 내릴 생각을 하지 않던 그는 옆을 지나가는 짐꾼의 수가 늘어나면서 갑판 난간까지 조금씩 떠밀렸다.

여행중에 잠깐 친하게 지낸 젊은 남자가 지나가면서 말했다. "그래, 아직도 내릴 생각이 없어요?" "준비는 다 됐습니다." 카를은 그를 보고 빙긋이 웃으며 그렇게 말하고는 자신이 힘센 청년이라는 듯 기고만장해 여행가방을 번쩍 들어 어깨에 올렸다. 하지만 지팡이를 살랑살랑 흔들면서 이미 다른 이들과 함께 멀어져가는 남자 쪽을 보는 순간, 우산을 아래 선실에 두고 왔다는 것을 깨달았다. 그리 달가운 눈치는 아니었지만, 남자를 얼른 붙잡아 잠시만 여행가방을 봐달라고 부탁한 다음, 돌아올 때 길을 올바로 찾을 수 있게 주변을 재빨리 둘러보고는 서둘러 자리를 떴다. 그런데 아래로 내려가보니 선실로 가는 길을 크게 단축시켜주었을 복도 하나가 안타깝게도 폐쇄되어 있었다. 그런 경우는 처음이었는데 아무래도 승객 전원의 하선下船 상황과 연관이 있는 것 같았다. 그래서 수많은 작은 공간들과 끊임없이 구부러지는 통로들, 연속적으로 나타나는 짧은 계단들, 책상 하나만 덩그러니 놓인 텅 빈 방을 지나 고생스럽게 길을 찾아나가야 했다. 하지만 이 길은 딱 한 번인가 두 번, 그것도 그때마다 여러 사람과 어울려 지나간 것이 전부여서 정말이지 완전히 길을 잃고 말았다. 어찌할 바를 모르는 속수무책의 상황에, 사람 하나 만나지 못한 채 머리 위로는 수천 명의 신발이 바닥 긁는 소리만 끊임없이 들리고, 저멀리서는 이미 정지한 엔진의 마지막 작동 소리가 마치 꺼져가는 숨결처럼 희미하게 들려왔기에, 그는 아무 생각 없이 닥치는 대로 작은 문 하나를 두드리기 시작했다. 이리저리 헤매다가 마주친 문이었다. "열려 있소." 안에서 누가 외치자 카를은 땅이 꺼져라 안도의 한숨을 내쉬며 문을 열었다. "왜 그렇게 미친듯이 문을 두드려대는 거요?" 카를을 보자마자 몸집이 산만한 남자가 물었다. 배 위쪽에서 하도 오래 켜놓아 흐릿해져버린 불빛이 저 위 어딘가의 채광창을 통해 옹색한 선실 안으로 비쳐들었다. 침대 하나, 장롱 하나,

의자 하나 그리고 그 남자가, 마치 창고 안에 집어넣은 것처럼 서로 다닥다닥 붙어 있었다. "길을 잃었어요." 카를이 말했다. "여행중에는 전혀 몰랐는데 엄청나게 큰 배로군요." "그렇소, 맞는 말이오." 남자는 얼마간 뿌듯해하며 말하면서도, 작은 트렁크의 자물쇠를 쉴새없이 만지작거리고 걸쇠가 찰칵 채워지는 소리를 들으려고 양손으로 트렁크를 연신 눌러댔다. "자, 어서 들어오시게." 남자가 계속 말했다. "밖에 그렇게 서 있지 말고 어서." "방해가 안 될까요?" 카를이 물었다. "에이, 자네가 무슨 방해를 하겠나?" "독일인이신가요?" 카를은 특히 아일랜드 사람들이 미국에 이제 막 들어온 자들을 해코지한다는 얘기를 많이 들어서 확인해두고자 했다. "나는, 그렇지." 남자가 말했다. 카를은 여전히 머뭇거렸다. 그때 갑자기 남자가 문고리를 잡더니 문을 당겨 급히 닫으며 카를을 안으로 들였다. "나는 복도에서 누가 들여다보는 걸 좋아하지 않네." 남자는 그렇게 말하고 다시 트렁크 작업에 매달렸다. "누구나 여길 지나가면서 이 안을 들여다본단 말이야, 열에 한 놈쯤은 내 참아주지." "하지만 이 복도는 텅 비었잖아요." 카를이 침대 기둥에 눌려 불편한 자세로 서서 말했다. "그렇지, 지금은." 남자가 말했다. '지금이 중요하지.' 카를은 속으로 생각했다. '이자와는 얘기가 통하기 어렵겠군.' "자, 침대에 눕게. 거기가 더 널찍할 걸세." 남자가 말했다. 카를은 되는 대로 기어들다가 훌쩍 뛰어오르려는 첫 시도가 잘되지 않자 큰 소리로 웃었다. 하지만 마침내 침대에 들자마자 그는 소리쳤다. "맙소사, 여행가방을 까맣게 잊고 있었잖아." "어디에 있는데 그러나?" "위쪽 갑판에요. 아는 사람이 봐주고 있어요. 이름이 뭐였더라?" 그러고는 어머니가 여행을 앞두고 상의 안쪽에 달아준 비밀 호주머니에서 명함을 꺼냈다.

"부터바움, 프란츠 부터바움이에요." "그 가방이 꼭 필요한 건가?" "물론이지요." "그렇다면 왜 그걸 낯선 사람에게 맡겼나?" "이 아래에 놔두고 간 우산을 가지러 달려온 참인데 여행가방을 질질 끌고 다니긴 싫었던 거죠. 그러다 길까지 잃어버렸어요." "자네 혼자인가? 동행이 없어?" "네, 혼자입니다." 어쩌면 이 남자를 의지해야 할지도 모르겠다는 생각이 번뜩 카를의 뇌리를 스쳤다. 어디서 당장 이보다 나은 친구를 찾겠는가. "그럼 이제 여행가방까지 잃어버렸군. 우산 얘기는 할 것도 없고." 그러고서 남자는 이제야 카를의 일에 약간 관심이 생긴다는 듯 의자에 앉았다. "그래도 아직까지는 여행가방을 잃어버리지 않았을 거라고 믿어요." "믿는 자에게 복이 있나니." 남자는 말하면서 짧고 숱 많은 짙은 색 머리를 벅벅 긁어댔다. "항구가 바뀌면 배 위의 풍속도 바뀌는 법. 함부르크에서라면 그대의 부터바움이 여행가방을 지켜주었을 테지만, 여기서는 십중팔구 둘 다 흔적조차 찾을 수 없을 게 분명하네." "그래도 당장 위에 올라가 찾아봐야겠어요." 카를은 말하면서 어떻게 하면 여기를 나갈 수 있을지 주위를 둘러보았다. "그냥 여기 있게." 남자는 말하면서 카를의 가슴을 거의 거칠다 싶게 한 손으로 밀쳐 침대에 도로 주저앉혔다. "대체 왜 이러는 거예요?" 카를이 화를 내며 물었다. "가봤자 소용없는 일이니까." 남자가 말했다. "잠시 후면 나도 나가니 같이 가보세. 여행가방을 훔쳐갔으면 어쩔 도리가 없으니 두고두고 애석해하며 눈물짓든가, 그 사람이 여전히 가방을 지키고 있다면 바보가 분명하니 계속 지키고 있게 하든가, 그가 단지 정직한 사람이라 가방을 어딘가에 세워두었다면 배가 완전히 빌 때까지 그만큼 가방을 더 잘 찾게 되든가 할 테니. 자네 우산도 마찬가지고." "이 배를 잘 아세요?" 카를이 불신의 빛을 내비치며 물었다. 빈 배에서 물건을 찾는 것이 제일 쉬울 거라는 생각은 다른 때 같으면 설득력이 있었을 텐데 지금은 뭔가 함정이 있는 것처럼 여겨졌다. "나는 이 배의 화부일세." 남자가 말했다. "당신이 화부로군요." 카를은 이 말이 모든 기대를 뛰어넘는 것인 듯 기쁨의 탄성을 지르고는 팔꿈치를 괸 채 남자를 더 자세히 바라보았다. "내가 슬로바키아인들과 같이 자던 방 바로 앞에 마침 구멍문이 있어서 거기로 기계실 안을 들여다볼 수 있었어요." "맞아, 내가 거기서 일했네." 화부가 말했다. "나는 늘 기술에 관심이 많았어요." 카를이 어떤 생각에 사로잡혀 말했다. "그래서 미국에 오지 않아도 됐더라면 나중에 틀림없이 엔지니어가 됐을 거예요." "대체 여기는 왜 와야 했는데?" "그 얘긴 하지 말죠!" 카를은 말하면서 손짓으로 이야기 전체를 일축해버렸다. 그러면서 선뜻 털어놓지 못하는 사정을 너그럽게 이해해달라고 부탁하듯 빙긋이 웃으며 화부를 쳐다보았다. "뭐 그럴 만한 사연이 있겠지." 화부는 그렇게 말했지만 그 사연이 뭔지 들려달라는 건지 그만두라는 건지 아리송했다. "이제는 나도 화부가 될 수 있을 거예요." 카를이 말했다. "뭐가 되든 부모님은 이제 상관 안 해요." "내 자리가 나게 될 거야." 화부가 말했다. 그러고는 철저히 의식하면서 양손을 바지 주머니에 찔러넣더니 가죽 재질의 주름진 철회색鐵灰色 바지를 입은 두 다리를 침대 위에 내던지듯이 올려놓고 쭉 뻗었다. 카를은 벽 쪽으로 더 밀려나야 했다. "이 배를 떠나신다고요?" "그럼, 우린 오늘 떠날 걸세." "한데 왜죠? 이 배가 마음에 안 드세요?" "그야, 사정이 그렇긴 한데, 마음에 드느냐 안 드느냐가 늘 결정적인 건 아니네. 그런데 자네가 맞아, 난 이 배가 마음에 안 들어. 자네는 보아하니 화부가 되겠다는 생각이 확고한 것 같지는 않은데, 생각이 확고하다면 화부가 되는 게 가장 쉬운 일일 수도 있지. 그러니까 내 말은 자네를 단호히 말리고 싶다는 거야. 유럽에 있을 때 대학 공부를 하고 싶었다면 여기서도 그러고 싶지 않을 까닭이 뭐가 있겠나. 미국 대학들은 비교할 수 없을 만큼 훨씬 더 좋은데 말이야." "그럴지도 모르죠." 카를이 말했다. "하지만 난 대학 다닐 돈이 거의 없어요. 박사가 되고 아마 시장이 될 때까지 낮에는 가게에서 일하고 밤에 공부를 한 어떤 사람에 대해 읽은 적이 있기는 해요. 하지만 그러려면 엄청난 인내와 끈기가 있어야겠죠, 아닌가요? 걱정이지만 나한테는 그런 게 없어요. 게다가 학교 성적도 그다지 좋은 편이 아니었어요. 학교를 떠나는데 정말 홀가분했거든요. 그리고 여기 학교들이 어쩌면 더 엄격할지도 몰라요. 나는 영어도 거의 할 줄 모르고요. 게다가 이 나라 사람들은 외국인에게 반감이 있다고 알고 있어요." "그런 얘기도 벌써 들었나? 글쎄 뭐, 그러면 좋아. 그렇다면 자네는 우리 쪽 사람이야. 보게, 우리는 독일 배를 타고 있지 않나. 함부르크-아메리카 노선을 왕래하는 배인데, 왜 우리 승무원들은 독일인 일색이 아닌지 모르겠단 말이야. 왜 일등기관사가 루마니아 사람이란 말인가? 이름이 슈발이라는 자네. 이건 믿을 수 없는 일이야. 그런데 이 잡놈의 새끼가 독일 배에 탄 우리 독일인들을 못살게 군다네"—그는 기운이 다해 손을 힘없이 내저었다—"내가 불평을 위한 불평을 하는 거라고 생각지 말게. 자네가 아무 힘이 없고 불쌍한 애송이라는 건 알고 있네. 하지만 이건 너무 고약한 일이란 말이야." 그러고서 그는 주먹으로 책상을 여러 번 세게 내리쳤고 그동안 주먹에서 눈을 떼지 않았다. "나는 숱하게 많은 배에서 일을 해봤는데"—그러고는 스무 개쯤의 이름을 마치 한 단어인 것처럼 주르륵 늘어놓는 바람에 카를은 어안이 벙벙해졌다—"남다른 두각을 드러내 표창을 받기도 했고 아무튼 선장들 구미에 맞는 일꾼이었지. 심지어 같은 상선을 몇 년이나 탄 적도 있었네"—마치 그때가 인생의 절정기였다는 듯이 그는 벌떡 일어났다—"그런데 여기 이놈의 배에서는, 모든 일이 자로 잰 듯이 빡빡하게 돌아가 농담이라곤 씨알도 먹히지 않는 이 고물 같은 배에서는 내가 아무짝에도 쓸모없어져버렸지 뭔가. 여기서는 내가 슈발이 보기엔 늘 방해만 되는 존재인데다 게으름뱅이라서 쫓겨나는 게 마땅하지만 자비를 베풀어주는 덕분에 임금을 받아먹고 있는 신세란 말일세. 이게 이해가 되나? 난 아니야." "그건 가만히 앉아서 당하고만 있어서는 안 될 일이죠." 카를이 흥분해서 말했다. 그는 자신이 미지의 대륙 연안에 정박한 어느 배의 꺼림칙한 밑바닥에 있다는 느낌도 거의 잊고 있었다. 그만큼 여기 화부의 침대 속은 고향처럼 아늑하게 느껴졌다. "선장을 찾아가보셨나요? 선장을 찾아가 당신의 권리를 구해보신 적이 있어요?" "자, 그만 나가게, 어서 나가는 게 좋겠어. 자네가 여기에 있는 걸 바라지 않네. 내 얘기는 잘 듣지도 않고 충고만 해대니 말이야. 대체 나더러 어떻게 선장한테 가라는 건가?" 화부는 이제 피로감을 느껴 다시 자리에 앉더니 두 손으로 얼굴을 감쌌다. '이자에겐 더 나은 충고를 해줄 수가 없겠군.' 카를은 속으로 말했다. 그리고 여기서 멍청하다고만 여겨지는 충고를 하느니 차라리 여행가방을 찾으러 가는 편이 더 낫겠다고 생각했다. 아버지가 여행가방을 평생 그의 것으로 넘겨주면서 '네가 이걸 얼마 동안이나 가지고 있을까?'라고 농담을 했는데, 지금 벌써 이 소중한 가방을 정말로 잃어버렸을지도 모르는 일이다. 그나마 유일한 위안은 자신의 지금 상황을 아버지로선 아무리 알아보려고 해도 전연 알 수가 없다는 것이었다. 선박회사는 고작해야 그가 뉴욕에 도착했다는 사실만 말해줄 수 있을 것이다. 하지만 카를은 가방 속 물건들을 거의 써보지 못했다는 것이 아쉬웠다. 예를 들어 진작부터 셔츠를 갈아입어야겠다는 필요를 느꼈지만 이젠 그럴 수가 없게 생겼으니 말이다. 그러니까 그는 엉뚱한 데서 절약을 한 셈이었다. 이제 막 새로운 인생이 시작되려는 마당에 깔끔한 옷차림으로 첫발을 내디뎌야 할 지금 지저분한 셔츠를 입은 채로 등장할 수밖에 없게 됐으니. 멋진 앞날이 아닐 수 없었다. 다른 때 같으면 여행가방을 잃어버린 일이 그리 고약하지는 않았을 것이다. 지금 입고 있는 양복이 가방 안의 것보다 더 좋은 것이었으니까. 가방에 든 것은 사실 출발 직전 어머니가 수선해준 비상용 양복일 뿐이었다. 이제야 가방 안에 어머니가 별도로 싸 넣어준 베로나산 살라미 한 덩이가 거의 그대로 남아 있다는 생각도 떠올랐다. 여행하는 동안 식욕이 전혀 없어서 삼등 선실에서 배급해주는 수프만으로 충분했던지라 한쪽 끝부분만 아주 조금 뜯어먹었을 뿐이었다. 하지만 지금 그 소시지가 있다면 화부에게 선물로 바치고 싶었다. 이런 사람들한테는 뭐든 작은 물건 하나라도 찔러주면 쉽게 마음을 얻을 수 있다는 것을 카를은 아버지를 통해 알고 있었다. 그의 아버지는 사업상 관계해야 하는 낮은 지위의 종업원들을 만날 때면 시가를 나눠줘서 그들의 마음을 얻었다. 지금 카를이 가진 것 중 선물로 줄 만한 거라곤 돈뿐이었는데, 혹시 정말로 여행가방을 잃어버렸을 수 있지만, 지금으로서는 그 돈에 손대고 싶진 않았다. 다시 그의 생각은 여행가방 쪽으로 돌아왔다. 여행중에는 거의 잠을 못 잘 정도로 눈에 불을 켜고 가방을 지켰는데 왜 하필 이제 와서 그토록 쉽게 넘겨주었는지, 지금 생각하니 정말 알다가도 모를 일이었다. 그에게서 왼쪽으로 두 자리 건너에서 잠을 자던 조그만 슬로바키아인에 대해 저자가 필시 자신의 여행가방을 노리고 있다고 줄곧 의혹의 끈을 놓지 않았던 닷새의 밤이 생각났다. 그 슬로바키아인은 낮 동안 내내 가지고 놀거나 연습하던 장대로 여행가방을 자기 쪽으로 끌어오려고 카를이 마침내 기진해 깜빡 잠들기만을 끈질기게 기다렸다. 낮에는 천진하기 이를 데 없는 모습이었지만, 밤이 되면 수시로 자리에서 일어나 애처로운 눈빛으로 카를의 여행가방을 건너다보았다. 카를은 그것을 확연히 알아볼 수 있었다. 선박 규정상 금지된 일이었지만 늘 여기저기서 이민자의 불안감에 휩싸인 누군가 이민중개소의 알쏭달쏭한 안내서를 해독해보려고 작은 촛불을 켜놓곤 했기 때문이다. 그런 불빛이 가까이에 있을 때면 카를은 가물가물 졸 수도 있었지만, 불빛이 멀리 있거나 아예 캄캄할 때면 눈을 크게 뜨고 있어야 했다. 그러려고 기를 쓰는 바람에 지칠 대로 지쳐 녹초가 되다시피 했는데 이제 그런 노력이 어쩌면 완전히 허사가 될지도 모를 판이었다. 이놈의 부터바움, 어디서고 만나기만 해봐라.

바로 그때 이제까지의 완전한 정적을 뚫고 바깥 아주 멀리서 아이들 발소리처럼 짧고 조그맣게 타닥거리는 소리가 들려왔다. 울림이 커지면서 점점 가까워지는 소리는 알고 보니 장정들의 조용한 행진이었다. 그들은 보나마나, 좁은 복도에서는 당연한 일이겠지만, 일렬로 걸어오고 있을 터였다. 무기에서 나는 듯한 절그럭 소리가 들렸다. 침대에서 몸을 쭉 뻗고 여행가방과 슬로바키아인을 둘러싼 온갖 시름에서 벗어나 어느새 막 잠이 들려던 카를은 화들짝 놀라며 벌떡 일어나 제발 좀

주의를 기울이라며 화부를 툭툭 쳤다. 행렬의 선두가 문에 막 이른 것 같았기 때문이다. "저건 이 배의 악대일세." 화부가 말했다. "위에서 연주를 마치고 짐을 싸러 가는 길이야. 이제 모든 게 다 끝났으니 우리도 갈 수 있네. 자, 따라오게." 그는 카를의 손을 잡더니 마지막 순간 침대 위쪽 벽에서 성모상을 떼어내 윗옷 안주머니에 쑤셔넣고는 트렁크를 들고 카를과 함께 급히 선실을 떠났다.

"이제 나는 사무실로 가서 높으신 양반들에게 내 생각을 말할 걸세. 이제 승객들도 없으니 인정사정 볼 것 없네." 화부는 이 말을 여러 가지 방식으로 되풀이했다. 가는 길에 복도를 가로지르는 쥐 한 마리를 보고 옆차기로 짓눌러버리려고 했지만 때마침 이른 구멍 안으로 더 빠르게 처넣어준 격이 되었다. 대체로 그는 동작이 느렸는데, 다리가 길었지만 너무 무거웠기 때문이다.

두 사람이 주방 한곳을 지날 때, 그곳에선 아가씨 몇 명이 지저분한 앞치마를 두르고—일부러 앞치마에 물을 튀기며—커다란 통들에 담긴 식기를 씻고 있었다. 화부는 리네라는 아가씨를 불러 한 팔로 그녀의 허리를 감싸안고서 한참을 갔는데, 그녀는 줄곧 교태를 부리며 팔에 매달려 몸을 밀착시켰다. "지금 급여 지불을 한다는데 같이 가겠어?" 그가 물었다. "내가 왜 굳이 가야 해요? 그 돈 나 대신 좀 갖다줘요." 그녀가 대답했다. 그러고는 그의 품에서 빠져나와 달아났다. "대체 어디서 그런 예쁜 소년을 낚았죠?" 그녀는 돌아서며 그렇게 외쳤지만 대답을 들을 마음은 없는 듯했다. 일손을 멈추고 지켜보던 아가씨들이 다 함께 까르르 웃어대는 소리가 들렸다.

하지만 둘은 계속 나아가서 위쪽에 작은 박공이 붙은 문에 이르렀다. 박공의 삼각형은 금박을 입힌 조그만 여인상 기둥들이 받치고 있었다. 배의 시설치고는 꽤나 사치스러워 보였다. 카를은 한 번도 와본 적 없는 구역이었는데, 필시 항해중에는 일등과 이등 선실 승객들에게만 개방되었을 것이다. 지금은 선박 대청소를 앞두고 차단문들이 치워져 있었다. 아닌 게 아니라 둘은 도중에 이미 몇 명의 남자를 마주쳤는데, 그들은 빗자루를 어깨에 걸친 채 화부에게 인사를 건넸다. 카를은 자신이 있던 삼등 선실에선 물론 거의 경험해보지 못했던 이런 대단히 활기찬 움직임이 놀랍기만 했다. 복도들을 따라 전기선이 이어져 있고 작은 종소리가 끊임없이 들려왔다.

화부는 정중하게 문을 두드렸고, 안에서 "들어와요" 하고 외치는 소리가 들리자 카를에게 겁내지 말고 어서 들어가라며 손짓으로 재촉했다. 하라는 대로 카를은 들어갔지만 문가에 가만히 서 있었다. 선실에 난 세 개의 창문 너머로 바다의 넘실거리는 물결이 보였고 그 경쾌한 움직임에 심장이 두근거렸다. 바다를 닷새 내내 진력이 나도록 봐놓고도 마치 그러지 않았던 것처럼. 큰 배들이 서로 엇갈려 지나갔고 육중한 무게 덕에 파도를 견디며 조금씩만 밀려났다. 눈을 가늘게 뜨고 바라보면 배들은 순전히 자체 무게 때문에 흔들리는 듯이 보였다. 돛대 위에 매달린 가늘고 긴 깃발들은 배의 진행 속도 때문에 팽팽하게 당겨지면서도 이리저리 파닥거렸다. 펑펑 울리는 예포는 군함들에서 쏘아대는 것이 분명했고, 그 근처를 지나는 군함 한 척에서는 강철 외피의 포신들이 반사광을 되쏘며 번쩍거렸는데, 배는 완전히 수평적이진 않지만 안정적으로 미끄러지듯 움직이면서 포신을 소중히 다루고 있는 듯했다. 적어도 이 문에서 보기에는 멀찌감치 떨어져 있는 소형 선박과 보트들은 큰 배들 사이의 틈으로 떼 지어 지나다녔다. 하지만 이 모든 광경의 뒤편에는 뉴욕이 있었고 마천루의 수십만 개 창문으로 카를을 지켜보고 있었다. 그렇다, 이 방에 들어오면 자신이 어디에 있는지 알 수 있었다.

둥근 테이블에는 남자 셋이 앉아 있었다. 한 남자는 푸른색 선원 제복을 입은 항해사였고, 항만청 직원들로 보이는 다른 두 남자는 검은색 미국식 제복을 입고 있었다. 테이블 위에는 갖가지 서류가 수북이 쌓여 있었는데, 손에 펜을 든 항해사가 먼저 훑어보고 나서 다른 두 사람에게 건네주었다. 그러면 그 둘은 읽어보기도 하고 일부를 옮겨 적기도 했으며, 그중 하나는 거의 끊임없이 이를 딱딱 마주치는 작은 소리를 내면서 동료에게 문서 기입 내용을 불러주지 않을 때는 서류를 가방에 집어넣었다.

창가의 책상에는 작은 체구의 남자가 문을 등지고 앉아 그의 앞쪽 머리 높이쯤에 있는 튼튼한 선반 위에 나란히 꽂힌 커다란 장부들을 펼쳐가며 분주히 일하고 있었고, 그 남자 옆으로는 금고 하나가 열린 채 놓여 있었는데, 적어도 첫눈에 보기에는 안이 텅 비어 있었다.

두번째 창문은 주위에 아무것도 없어서 바깥 풍경을 내다보기가 가장 좋았다. 하지만 세번째 창문 근처에서는 두 남자가 낮은 소리로 대화를 나누고 있었다. 역시 선원 제복을 입은 한 남자가 창가에 기대서서 단검 자루를 만지작거리고 있었다. 그와 얘기를 나누는 다른 남자는 창을 향해 서 있었으며 간간이 몸을 움직이는 바람에 상대방의 가슴에 주렁주렁 달린 훈장들 일부가 드러나 보였다. 사복 차림인 이 남자는 가느다란 대나무 막대기를 지니고 있었는데, 두 손으로 허리를 짚고 있어서 단검처럼 삐죽 나와 있었다.

카를은 이 모든 것을 하나하나 살펴볼 여유가 별로 없었다. 왜냐하면 곧 사환 하나가 그들에게 다가와 여기는 당신 같은 사람이 올 곳이 못 된다는 듯한 눈빛으로 화부를 바라보며 대체 무슨 용무가 있느냐고 물었기 때문이다. 화부는 나지막한 소리로 질문을 받았듯이 나지막한 소리로 회계주임과 얘기하고 싶다고 대답했다. 사환은 자기 쪽에서 일단 손짓으로 그 청을 거부했지만 그래도 발끝으로 조심조심 둥근 테이블을 빙 돌아 장부를 든 남자에게 다가갔다. 남자는—그 모습이 똑똑히 보였는데—사환의 말을 들으며 표정이 굳어졌으나 결국엔 자기와 면담하기를 원하는 남자 쪽을 돌아보았다. 그러고는 화부를 향해, 그리고 확실히 해두기 위해 사환을 향해서도 단호한 거절의 뜻으로 손사래를 쳤다. 그러자 사환은 화부에게 돌아와 속마음을 털어놓기라도 하는 듯한 어조로 말했다. "즉시 이 방에서 나가주세요!"

이런 답을 듣자 화부는 서러운 심정을 하소연하면 묵묵히 들어줄 자기 심장이라도 된다는 듯이 카를을 내려다보았다. 이에 카를은 더이상 앞뒤 재지 않고 자리를 떠나 도중에 항해사의 의자를 가볍게 스치기도 하면서 급히 방을 가로질러갔다. 사환은 몸을 앞으로 굽힌 채 마치 해충을 쫓듯이 양팔을 벌리고 붙잡으러 뒤따라 달려왔지만 카를이 먼저 회계주임의 책상에 도달했다. 카를은 사환이 끌어내려고 할 경우에 대비해 책상을 단단히 움켜잡았다.

당연히 방 전체가 금세 활기를 띠었다. 테이블에 앉아 있던 항해사가 벌떡 일어났고, 항만청 직원들은 조용히 그러나 주의깊게 지켜보았으며, 창가의 두 남자는 나란히 걸어왔다. 반면 이미 높으신 분들이 관심을 보이고 있는 마당에 자기가 나선다는 게 더이상 가당치 않다고 생각한 사환은 뒤로 물러났다. 문가에 있던 화부는 자신의 도움이 필요해질 순간을 잔뜩 긴장한 얼굴로 기다리고 있었다. 회계주임이 마침내 안락의자에 앉은 채 오른쪽으로 크게 몸을 돌렸다.

카를은 지켜보는 사람들의 시선에도 개의치 않고 비밀 호주머니를 뒤져 여권을 꺼낸 다음 자기소개를 하는 대신 책상 위에 펼쳐놓았다. 회계주임은 그 여권을 별것 아닌 것으로 여기는 듯했다. 그것을 두 손가락으로 튕겨 옆으로 치워버렸기 때문이다. 그러자 카를은 마치 형식적인 절차가 만족스럽게 처리되었다는 듯 여권을 다시 집어넣었다. "감히 말씀드리는데", 그러고서 그가 말하기 시작했다. "제 생각으론 저 화부 양반이 부당한 일을 당한 것 같아요. 여기 이 배의 슈발인가 하는 자가 못살게 군답니다. 저분으로 말할 것 같으면 그동안 숱한 배들을 타면서 아주 착실하게 근무한 경력이 있어요. 그 배들의 이름도 전부 댈 수 있고요. 부지런하고 자기 일을 좋아하는 분이에요. 그런데 왜 하필 이 배에서는 잘 맞지 않는지 정말 영문을 모르겠어요. 가령 상선에서처럼 일이 그리 과중하지도 않은데 말이에요. 그러니 그가 승진을 못하고 다른 배에서라면 틀림없이 인정받았을 텐데 여기서 그러지 못하는 데는 어떤 중상모략이 있지 않고서야 가능하지 않다는 생각이에요. 저는 이 문제에 대해 일반적인 말씀만 드렸을 뿐이고, 세세한 불만 사항은 저분이 여러분께 직접 말씀드릴 겁니다." 카를은 이 말을 방안의 모든 사람을 향해 쏟아놓았다. 아니나다를까 과연 모두가 귀를 기울여 듣고 있었는데, 회계주임이 공정한 사람이기를 기대하기보다는 그들 중에 공정한 사람이 하나쯤 있기를 바라는 편이 훨씬 더 타당해 보였기 때문이다. 더군다나 카를은 약삭빠르게도 화부를 알게 된 것이 불과 얼마 전이라는 사실을 입 밖에 내지 않았다. 대나무 막대를 든 신사가 얼굴을 붉힌 모습에 마음이 흔들리지 않았더라면 훨씬 더 말을 잘했을지도 모른다. 카를이 지금 서 있는 자리에서 처음 본 모습이었다.

"구구절절 옳은 말입니다." 화부는 아직 아무도 묻지 않을뿐더러 누구 하나 쳐다보기도 전에 말을 꺼냈다. 화부가 이렇게 성급히 나선 것은 큰 실수였을지도 모른다. 훈장을 주렁주렁 단 남자가, 카를이 지금 퍼뜩 깨달은 대로 선장이 틀림없는 이 남자가 화부의 말을 들어보기로 먼저 작심하지 않았더라면 말이다. 그는 한 손을 쭉 뻗더니 화부를 향해 이렇게 외쳤다. "이리 오시오!" 망치로 내려치는 듯 단단한 목소리였다. 이제 모든 것은 화부의 태도에 달려 있었다. 왜냐하면 이 문제의 정당성에 대해 카를은 조금도 의심치 않았기 때문이다.

이 기회를 통해 드러난 사실이지만 다행히도 화부는 세상을 두루 돌아다녀 경험이 풍부했다. 모범적이라 할 만큼 침착하게 그는 자신의 조그만 트렁크에 손을 넣어 단번에 바로 서류 한 묶음과 수첩 하나를 꺼내들고는, 당연한 일인 양 회계주임을 완전히 무시한 채 선장에게로 다가가 창턱 위에 자신의 증거자료들을 펼쳐놓았다. 회계주임으로서는 자신이 직접 그리로 가는 수밖에 없었다. "이자는 유명한 불평분자입니다." 그가 설명하려고 나섰다. "기계실보다 회계과에 더 많이 와서 죽치고 있었지요. 이자가 슈발을, 그 차분한 사람을 완전히 절망 상태로 몰아넣었어요. 이보게!" 회계주임이 화부를 향해 말했다. "자네의 뻔뻔스러운 행동은 정말이지 도가 너무 지나쳐. 자네가 급여 지불처에서 쫓겨난 게 몇 번인가! 하나에서 열까지 부당하고 완전히 터무니없는 요구만 해대니 번번이 쫓겨날 만도 하지 않겠나! 그곳에서 우리 회계과로 달려온 건 또 몇 번인가! 슈발이 자네의 직속상관이니 부하 직원으로서 그 사람과 잘 지내야 한다고 몇 번이나 좋은 말로 타일렀나! 그랬더니 지금은 선장님이 계시는 여기까지 들어와 부끄러운 줄 모르고 성가시게 구는 것도 모자라, 내가 이 배에서 처음 보는 저 조무래기를 주입식 교육을 시켜 대변인으로 데려와선 터무니없는 고발을 염치없이 늘어놓게 하는군."

카를은 뛰어들고 싶은 충동을 억지로 참았다. 그러나 그때 선장 자신이 거기에 있었기에 이렇게 말했다. "우리 이 사람 말을 한번 들어봅시다. 어차피 슈발은 때가 되면 나에게서 완전히 독립할 겁니다. 하지만 그렇다고 해서 당신에게 유리한 말을 하려는 건 절대 아닙니다." 뒤의 말은 화부를 향한 것이었다. 그가 당장 화부를 옹호하고 나설 수는 없는 노릇이었지만, 어쨌든 모든 일이 제대로 되어가는 것처럼 보였다. 화부는 설명을 시작하면서 처음에는 '슈발 씨'라고 호칭을 붙임으로써 자제력을 보여주었다. 카를은 주인이 떠난 회계주임의 책상이 마음에 쏙 들어 그 옆에 붙어선 채 순 재미로 책상 위의 편지 저울을 몇 번이고 눌러보았다. 슈발 씨는 부당하다. 슈발 씨는 외국인을 선호한다. 슈발 씨는 화부를 기계실에서 쫓아내 화장실 청소를 시켰는데, 이것은 분명 화부가 할 일이 아니지 않은가. 어떤 때는 유능하다는 슈발 씨의 업무 능력조차 의심스러울 때가 있었는데, 실제로는 능력이 없으면서 겉으로만 그럴싸해 보인다. 이 대목에서 카를은 선장을 자신의 동료라도 되는 양 다정스러운 눈빛으로 뚫어져라 바라보았다. 하지만 그저 화부의 다소 서투른 표현 탓에 선장이 행여 그에 대해 좋지 않은 인상을 갖지 않을까 염려하는 마음이었을 뿐이었다. 어쨌든 화부는 많은 말을 늘어놓기는 했지만 사실 이렇다 하게 새겨들을 내용은 없었다. 선장이 화부의 말을 이번에는 끝까지 들어보자는 단호한 눈빛으로 여전히 앞을 바라보고 있었다 해도, 다른 사람들은 더이상 참을 수 없다는 눈치였고, 화부의 목소리도 이제 곧 방안을 완전히 장악하지는 못하게 되면서, 여러 가지 우려스러운 조짐이 보이기 시작했다. 먼저 사복을 입은 신사는 대나무 막대를 이리저리 움직여보다가 비록 아주 작긴 해도 톡톡 소리를 내며 마룻바닥을 두드렸다. 당연히 다른 사람들은 여기저기서 그쪽을 쳐다보았다. 보아하니 마음이 다급해진 항만청 직원들은 아직 다소 얼떨떨한 모습이긴 하지만 다시 서류를 훑어보기 시작했다. 항해사도 다시 테이블에 더 가까이 다가앉았고, 다 이긴 게임이라고 생각하는 회계주임은 비꼬듯이 깊은 한숨을 내쉬었다. 오직 사환만이 전반적으로 흐트러진 분위기에서 벗어나 있는 듯 보였다. 그는 높은 사람들 사이에 선 불쌍한 남자의 고통에 대해 일부 공감하고 있었고, 뭔가를 설명하려는 듯 진지한 얼굴로 카를에게 고개를 끄덕여 보였다.

그러는 동안 창밖에서는 항구의 활기가 이어지고 있었다. 납작한 화물선 한 척이, 굴러떨어지지 않도록 절묘한 방식으로 차곡차곡 산더미처럼 쌓아올린 통들을 싣고 지나가면서 방안에 어두운 그림자를 드리웠다. 자그마한 모터보트들은 키를 잡고 똑바로 서 있는 남자의 움찔거리는 손놀림에 따라 부웅 소리를 내며 일직선으로 내달렸다. 시간 여유가 좀 있었다면 카를도 지금 그 모습을 자세히 지켜볼 수 있었을 텐데. 여기저기서 진기하게 생긴 부유 물체들이 쉼없이 출렁이는 바닷물 속에서 저절로 떠올랐다가 곧바로 다시 파도에 휩쓸리며 놀라서 바라보고 있는 시선 앞에서 가라앉았다. 원양 기선의 보트들은 땀을 뻘뻘 흘리며 일하는 선원들이 힘차게 노를 젓자 앞으로 나아갔다. 승객들은 빼곡히 실린 그대로 다닥다닥 붙어 기대에 부푼 얼굴을 하고 가만히 앉아 있었다. 그래도 몇몇은 바뀌는 풍경을 따라 연신 고개를 돌리지 않을 수 없었다. 끝없는 움직임, 뭔지 모를 불안감이 의지할 데 없는 사람들과 그들의 행위 속에 그 불안한 특성을 퍼뜨렸다.

그런데 상황 전반이 화부에게 어서 빨리, 알아듣기 쉽게, 아주 정확하게 설명하도록 재촉했다. 하지만 화부는 무엇을 하고 있는가? 물론 그는 진땀이 나도록 열심히 말했고, 진작부터 손이 떨려 창턱 위의 서류를 집어들 수도 없었다. 머릿속에서는 슈발에 대한 불만 사항들이 온사방에서 밀려들었는데, 그가 보기에는 그중 어느 하나만으로도 저 슈발을 완전히 매장시켜버리기에 충분했지만, 정작 그가 선장에게 내보일 수 있는 것은 그 전부가 어지러이 뒤섞여 소용돌이치는 슬픈 모습뿐이었다. 대나무 막대를 든 신사는 한참 전부터 천장을 향해 가늘게 휘파람을 불어댔고, 항만청 사람들은 항해사를 자기네 테이블에 붙들어두고서 다시 놓아줄 기미도 보이지 않았으며, 회계주임은 말참견을 하고 싶어 입이 달싹거리지만 가만히 듣고만 있는 선장의 신중한 태도 때문에 감히 나서지 못하는 눈치가 역력했다. 그리고 사환은 차렷 자세를 하고서 이제나저제나 화부와 관련해 선장의 명령이 떨어지기를 기다리고 있었다.

이런 상황에 카를은 손놓고 가만있을 수가 없었다. 그래서 사람들이 무리 지어 있는 쪽으로 천천히 다가가면서, 머리는 그만큼 더 빠르게 굴려 어떻게 하면 이 일을 되도록 솜씨 좋게 처리할 수 있을까 고민해

보았다. 정말이지 절체절명의 순간이었다. 조금만 더 어물거렸다간 그들 둘 다 아주 보기 좋게 사무실에서 쫓겨날지도 몰랐기 때문이다. 선장은 정말 좋은 사람으로 보였고, 게다가 바로 지금 카를이 보기에는 공정한 상관이라는 인상을 주고 싶은 무슨 특별한 이유가 있는 것 같기도 했지만, 결국 그 역시 아무리 심하게 다루어도 괜찮은 악기는 아니었다. 그런데 화부는 물론 극도로 격분한 심정에서 그를 바로 그렇게 다루었다.

그래서 카를은 화부에게 이렇게 말했다. "더 간단하게 말씀드려야 해요, 더 분명하게요. 지금 얘기하는 방식대로라면 선장님께서 인정해주실 수가 없어요. 당신이 말하기만 하면 그게 누구인지 곧바로 알 수 있을 만큼 선장님께서 과연 모든 기관사와 사환의 이름이나 세례명까지 알고 계실까요? 토로하고 싶은 불만 사항들을 정리해보세요. 그런 다음 먼저 가장 중요한 것을 말하고, 나머지 것들을 중요한 순서대로 말하세요. 그러면 아마 대부분은 더이상 언급할 필요조차 없을 거예요. 나에게는 내내 아주 분명하게 설명했잖아요." 미국에 와서 여행가방도 도난당하는 마당에 가끔 거짓말하는 것쯤은 아무 일도 아니라고 그는 변명삼아 생각했다.

하지만 도움이 됐어야 할 텐데. 이미 너무 늦어버린 것은 아닐까? 화부는 귀에 익은 목소리가 들리자마자 즉시 말을 중단하기는 했지만, 모멸당한 사나이의 명예와 끔찍한 기억들, 바로 목전에 닥친 극도의 곤경 때문에 눈물이 완전히 앞을 가려 카를을 제대로 알아볼 수조차 없었다. 이제 그는 어떻게 해야 할까, 지금 침묵하고 있는 사람 앞에서 카를 역시 침묵하면서 이 상황을 충분히 이해할 수 있었다. 이제 화부가 어떻게 갑자기 자신의 표현을 바꾸어야 한단 말인가. 카를이 보기에 화부는 조금도 인정받지 못한 채 할 수 있는 말을 이미 전부 한 것 같았고, 그래서 달리 보면 아직 아무 말도 하지 않은 것 같기도 했는데, 그렇다고 이제 사람들에게 남은 얘기를 더 들어달라고 요구할 수도 없는 노릇이었기 때문이다. 이런 상황에서 그래도 그의 유일한 지지자인 카를이 와서 유익한 깨달음을 주려고 했지만, 오히려 모든 것이 끝장났다는 사실을 보여주는 셈이 되고 만 것이다.

창밖을 내다볼 게 아니라 좀더 일찍 나섰어야 하는 건데, 카를은 속으로 말하면서, 화부 앞에서 고개를 숙이고 바지의 솔기를 양손으로 톡톡 두드렸다. 모든 희망이 사라지고 없다는 표시였다.

하지만 화부는 그 모습을 오해했다. 카를에게서 자신을 은밀히 비난하는 듯한 낌새를 챈 모양이었는데, 처음엔 좋은 말로 그러지 말라고 하려던 것이 이제 카를과 언쟁을 시작하면서 자기가 벌인 일의 대미를 장식하게 되었다. 둥근 테이블의 남자들은 공연한 소동으로 자신들의 중요한 업무를 방해받아 진작부터 격분해 있었고, 회계주임은 점차 선장의 인내심을 불가사의한 것으로 여기며 당장이라도 폭발할 기세였으며, 사환도 다시 상관들의 편에 딱 붙어서 사나운 눈초리로 화부를 노려보고 있는 바로 그 시점이었다. 한편 대나무 막대를 든 신사는 이미 화부에 대한 관심이 완전히 무뎌지고 아예 질려버려 지금은 작은 수첩 하나를 꺼내들고 보아하니 전혀 다른 일에 몰두한 듯 수첩과 카를 사이에서 눈을 이리저리 굴리고 있었다. 선장은 그런 신사 쪽을 심지어 우정어린 눈빛으로 간간이 건너다보았다.

"알고 있어요, 안다니까요." 카를이 말했다. 그는 이제 자기한테 쏟아지는 화부의 공격을 막아내느라 애쓰면서도 말다툼 사이사이 다정한 미소를 지어 보였다. "당신 말이 옳아요, 옳다고요. 추호도 의심해본 적 없어요." 카를은 얻어맞을까 두려워 이리저리 휘두르고 있는 화부의 양손을 붙들고 싶었지만, 더 하고 싶었던 것은 그를 한쪽 구석으로 밀어붙이고 다른 때 같으면 아무도 들어서는 안 될 말을 몇 마디 조용히 속삭여 그를 진정시키는 일이었다. 그러나 화부는 자제를 못하고 길길이 뛰었다. 카를은 이제 심지어 궁지에 몰리면 화부가 절망의 힘으로 이 자리의 일곱 사람 모두를 제압할 수 있을지도 모른다는 생각까지 하면서 일종의 위안을 얻기 시작했다. 물론 책상 위에는 척 보면 알 수 있듯이 수많은 버튼으로 덮인 제어판이 놓여 있었다. 한 손으로 거기를 누르기만 하면 모든 통로에 적의 사람들로 가득한 이 배 전체를 발칵 뒤집어놓을 수 있었다.

그때 이 일에 그토록 무관심하던 신사가 대나무 막대를 들고 카를에게 다가와 그다지 크지는 않지만 화부의 온갖 악다구니를 뛰어넘어 또렷한 목소리로 물었다. "그런데 대체 이름이 어떻게 되시오?" 그 순간, 마치 누군가 문 뒤에서 신사의 이 말을 기다렸다는 듯이 똑똑 두드리는 소리가 들렸다. 사환이 선장 쪽을 건너다보았고, 선장은 고개를 끄덕였다. 그러자 사환이 가서 문을 열었다. 밖에는 낡은 예복을 입은 중간 체구의 남자가 서 있었고, 외모로 보건대 본시 기계 일에는 그리 어울릴 것 같지 않은 모습이었는데, 바로—슈발이었다. 만일 선장까지 포함해 뭔지 모를 만족감을 드러낸 모두의 눈에서 그 사실을 알아채지 못했다 해도, 카를은 틀림없이 화부의 모습을 보고 알아차렸을 것이다. 화부는 놀랍게도 두 주먹을 불끈 쥐고 양팔에 팽팽히 힘을 준 모습이었는데, 마치 주먹을 쥔 이 자세가 그에게는 가장 중요해서 그것을 위해서라면 생명을 오롯이 바칠 각오가 되어 있다는 듯한 태도였다. 거기에 지금 그의 모든 힘이, 그를 대체로 꿋꿋하게 지탱해주는 힘도 내재해 있었다.

이렇게 적敵은 예복 차림에 당당하고 활기찬 모습으로 나타났다. 장부 한 권을 옆구리에 끼고 있었는데, 보나마나 화부의 급여 지급 목록과 작업 보고서였을 것이다. 그는 넉살 좋게도 한 사람 한 사람의 기분을 무엇보다 먼저 확인하고 싶다는 뜻을 내비치면서 모두의 눈을 차례차례 바라보았다. 일곱 사람은 과연 모두 그의 편이었다. 선장이 조금 전 그에 대해 거리를 두는 말을 했다 해도, 아니 어쩌면 그것도 연막을 치기 위한 술수였을 뿐인지 모르겠는데, 그도 화부에게 곤욕을 치르고 난 지금은 필시 슈발이 조금도 흠잡을 데 없는 사람으로 보였을 터였기 때문이다. 화부 같은 사람은 아무리 혹독하게 다루어도 지나치지 않았다. 그래서 슈발에게 비난할 점이 있다면 그것은 그가 평소에 화부의 반항적인 성격을 꺾어놓지 못하는 바람에 화부가 오늘도 감히 선장 앞에까지 나타났다는 점이었다.

이제 화부와 슈발의 대결은 상급 공청회 같은 데서나 얻을 만한 효과를 어쩌면 이 사람들 앞에서 거두게 될지 모른다는 추측을 해볼 수도 있었다. 왜냐하면 슈발이 자신을 아무리 잘 위장할 수 있다 해도 끝까지 버틸 수는 없을 게 분명했기 때문이다. 그의 사악한 면모가 잠시나마 얼핏 드러난다 해도 이 높으신 분들이 알아차리기에는 충분할 것이기에, 카를은 일이 그렇게 되도록 애쓸 작정이었다. 그분들 한 사람 한 사람의 통찰력, 약점, 유별난 기질 등은 이미 대체로 파악해두었다.

그런 점에서 볼 때 지금까지 여기서 보낸 시간이 헛된 것만은 아니었다. 화부가 좀더 잘 처신해주었다면 좋았을 테지만 이제 그는 완전히 싸울 능력을 상실한 것처럼 보였다. 만일 누가 그에게 슈발을 갖다 바쳤더라면 껍질이 얇은 호두를 깨뜨리듯 그자의 밉살스러운 머리통을 주먹으로 박살낼 수도 있었을 텐데. 그러나 그자에게 몇 걸음 다가가는 일조차 그는 거의 할 수 없을 것 같았다. 슈발이 언제고 반드시 올 거라는, 자진해서가 아니면 선장의 부름을 받고서라도 오고야 말 것이리라는 것을, 이토록 뻔히 예견할 수 있는 일을 카를은 어째서 생각하지 못했던가? 어째서 그는 이리로 오는 길에 싸울 계획을 화부와 면밀히 의논하지 않았던가? 그들이 실제 그랬듯이 아무 대책 없이 무작정 문이 있다고 그냥 걸어들어올 게 아니라. 과연 화부는 아직 말을 할 수 있을까? 물론 더없이 유리한 경우에만 반대신문을 받겠지만 그럴 때 꼭 필요한 '예'와 '아니요'를 제대로 대답할 수 있을까? 그는 두 다리를 벌리고 무릎을 약간 구부린 자세로 서서 머리를 약간 든 상태였고 벌어진 입으로 공기가 들락날락거렸는데, 그 모습이 마치 안에 공기를 사용할 폐가 더이상 없는 듯했다.

하지만 카를은 힘이 충만하고 정신도 말짱한 느낌이었다. 고향에 있을 때는 한 번도 이런 적이 없었던 것 같았다. 그가 낯선 나라에 내려 점잖은 양반들 앞에서 선을 위해 싸우고, 비록 아직 싸움을 승리로 이끌지는 못했더라도 최후의 제패를 위해 만반의 태세를 갖춘 모습을 만일 부모가 본다면 어땠을까. 그에 대한 생각을 고쳐먹지 않을까? 그를 자신들 사이에 앉히고 칭찬해주지 않을까? 그들에게 복종할 뜻을 간직한 그의 눈을 한번 유심히 들여다봐주지 않을까? 자신 없는 질문이고,

그런 질문을 던지기에 더없이 부적절한 순간이 아닐 수 없다!

"제가 여기에 온 것은 이런저런 부정직한 행위를 저질렀다며 화부가 저를 모함할 거라는 생각이 들어서입니다. 주방의 한 아가씨가 이리로 가는 그를 보았다고 일러주었습니다. 선장님, 그리고 여기에 계신 여러분, 저는 어떤 모함에 대해서도 제 서류를 근거로, 필요하다면 문밖에서 있는 공정하고도 객관적인 증인들의 진술을 통해 반박할 준비가 되어 있습니다." 슈발이 말했다. 이것은 물론 한 남자의 명쾌한 발언이었으며, 듣고 있는 사람들의 표정 변화를 보면 오랜만에 다시 처음으로 사람다운 목소리를 들었다고 생각하는 것 같았다. 그들은 물론 이 훌륭한 발언에 허점이 여러 군데 있다는 것을 깨닫지 못했다. 왜 그의 머릿속에 맨 처음 떠오른 사실 관련 단어가 '부정직'이었을까? 그의 민족적 편견에 관한 모함이 아니라 설마 부정직함에 대한 모함이 여기서 제기되어야 했다는 것인가? 주방 아가씨가 사무실로 가는 화부를 만났고 슈발이 이를 즉시 알아차렸다고? 그가 사태를 그렇게 재빠르게 파악할 수 있었던 날카로운 이해력은 바로 죄의식 때문 아니었을까? 그래서 증인들까지 금방 데려온데다가 그들을 공정하고 객관적인 자들이라고 불렀던 것인가? 이건 협잡이다. 틀림없는 협잡이다. 그런데 높으신 양반들은 그걸 그냥 두고 보면서 올바른 행동으로 인정한다고? 그는 주방 아가씨의 말을 들었을 때부터 여기에 도착할 때까지 아주 긴 시간을 흘려보냈음이 분명한데 왜 그랬을까? 그렇게 함으로써 화부가 높은 분들의 진을 빼서 그들이 점점 명석한 판단력을 잃게 만들기 위한 것 말고 다른 목적이 있었을까? 슈발이 무엇보다 두려워해야 할 것이 바로 그들의 명석한 판단력이었으니까. 틀림없이 이미 오래전부터 문밖에 서 있었을 그는 저 신사분의 하찮은 질문으로 이제 화부는 끝났다고 기대해도 좋은 순간 노크를 했던 것이 아닐까?

모든 것은 명백했고 슈발 자신이 본의 아니게 그 모든 것을 드러냈지만, 높은 분들에게는 다르게, 즉 보다 더 구체적으로 파악할 수 있게 말해야 했다. 그들의 생각을 뒤흔들어 깨울 만한 것이 필요했다. 그러니 카를, 어서 서둘러. 증인들이 나타나 모든 것을 뒤덮어버리기 전에 적어도 지금 이 시간을 최대한 이용해야 돼.

그러나 때마침 선장이 손짓으로 슈발을 제지했다. 그러자 슈발은 즉시—그의 용무가 잠시 뒤로 밀려난 것 같아 보였기 때문에—옆으로 비켜나 금방 자기를 따르는 사환과 소곤소곤 잡담을 나누기 시작했다. 그러면서 화부와 카를 쪽을 곁눈질하기도 하고 확신에 찬 손동작을 하기도 했다. 슈발은 그런 식으로 이제 곧 본격적으로 이어나갈 자신의 말을 연습하는 듯했다.

"야코프 씨, 여기 이 젊은이에게 뭔가 물어보려고 하시지 않았나요?" 전반적으로 조용한 가운데 선장이 대나무 막대를 든 신사에게 말했다.

"물론 그랬지요." 신사가 가볍게 몸을 앞으로 굽혀 선장의 자상한 관심에 감사를 표하며 말했다. 그러고는 카를에게 다시 한번 물었다. "이름이 대체 어떻게 되시오?"

집요하게 묻는 남자라는 뜻밖에 끼어든 이 문제부터 어서 해결하는 것이 중심이 되는 주요 사건을 위해 유리하겠다고 생각한 카를은, 여권을 제시하여 자기소개를 하던 평소의 습관과 달리, 그러려면 여권부터 찾아야 했기에, 짧게 이렇게만 대답했다. "카를 로스만입니다."

"설마." 야코프라 불린 남자는 그렇게 말하면서 믿을 수 없다는 듯 미소 지으며 뒷걸음쳤다. 선장도, 회계주임도, 항해사도, 심지어 사환까지도 카를의 이름을 듣자 몹시 놀란 기색이 역력했다. 항만청 사람들과 슈발만 대수롭지 않다는 표정을 지었다.

"설마." 야코프 씨는 같은 말을 되풀이하면서 다소 뻣뻣한 걸음으로 카를에게 다가왔다. "그렇다면 내가 네 외삼촌 야코프고 너는 내 귀한 조카로구나. 여기 쭉 있으면서 이런 일을 예상이나 했겠어요?" 그가 선장 쪽을 보고 말하더니 카를을 껴안고 키스를 했다. 카를은 말없이 그가 하는 대로 놔두었다.

"존함이 어떻게 되세요?" 카를은 풀려났다는 느낌이 들자 매우 공손하지만 전혀 감동 없이 물었다. 그러면서 이 새로운 사태가 화부에게 미칠 영향을 예측해보려고 애썼다. 지금으로서는 이 일로 슈발이 득 볼 것은 없을 듯했다.

"이보게 젊은이, 그대가 큰 행운을 얻게 되었다는 사실을 알아두시게." 카를의 질문으로 야코프 씨라는 인물의 위엄이 손상되었다고 생각한 선장이 말했다. 야코프 씨는 아무래도 상기된 얼굴을 다른 사람들에게 보이지 않으려는 듯 창 쪽으로 돌아서서는 손수건으로 얼굴을 가볍게 두드리고 있었다. "그대에게 외삼촌이라고 밝히신 분은 에드바르트 야코프 상원의원이시네. 이제부터는 아마도 지금껏 기대했던 것과는 전혀 다르게 눈부신 인생이 그대를 기다리고 있을 걸세. 그 인생이 어떨지 지금 그 첫 순간에 되도록 잘 생각해서 깨닫도록 해보시게. 마음을 가라앉히고 차분히."

"물론 미국에 야코프라는 외삼촌이 계세요." 카를이 선장을 향해 말했다. "하지만 제가 제대로 알아들었다면 야코프는 그냥 상원의원님의 성인 것 같던데요."

"그렇다네." 선장이 기대에 찬 목소리로 말했다.

"하지만 제 어머니의 오빠인 저의 야코프 외삼촌은 세례명이 야코프인데요. 당연히 외삼촌의 성은 벤델마이어라는 어머니의 결혼 전 성과 같아야겠지요."

"여러분!" 창가 자리에서 숨을 돌리고 생기를 되찾은 상원의원이 카를의 설명에 반응해 외쳤다. 그러자 항만청 직원들을 제외하고 모두가 웃음을 터뜨렸다. 일부는 웃음에 감동이 묻어나는 듯했고, 일부는 왜 웃는지 속을 알 수 없었다.

'내가 한 말은 전혀 우스운 게 아니었는데.' 카를이 생각했다.

"여러분." 상원의원이 다시 되풀이했다. "여러분은 저의 뜻과 다르게, 그리고 여러분의 뜻과도 다르게 한 가족의 인상적 사건을 함께하고 있습니다. 그런데 제 생각에는 선장님만 사정을 확실히 알고 계시기 때문에(이 말에 서로 고개를 숙였다) 여러분에게 자세한 설명을 드리지 않을 수 없군요."

'이제 말 한마디 한마디를 정말로 주의깊게 들어야겠어.' 카를은 속으로 말했다. 그러면서 곁눈질로 화부의 안색에 생기가 돌아오기 시작했음을 알아차리고 기뻐했다.

"오래전 저의 미국 체류가 시작되었을 때부터—물론 이 체류라는 단어는 뼛속까지 미국 시민이 된 저에게는 잘 어울리지 않는 말이지만—그 오래전부터 저는, 그러니까 저의 유럽 친척들과는 완전히 연락을 끊고 살아왔습니다. 여러 이유가 있었습니다만, 그건 첫째 이 자리에서 말씀드릴 만한 것이 못 되고, 둘째 말씀드린다면 저 자신이 정말이지 너무나 힘들 것입니다. 심지어 제 소중한 조카에게 그 이유를 이야기할 수밖에 없는 순간이 올까봐 두렵습니다. 그럴 경우 유감스럽게도 제 조카의 부모와 그들의 일가친척에 대한 이야기도 숨김없이 털어놔야 할 테니까요."

'이분은 내 외삼촌이 맞다. 틀림없어.' 카를은 속으로 말하며 귀를 기울였다. '아무래도 이름을 바꾼 모양이야.'

"제 조카는 그의 부모에게서—이 일을 이실직고하자면—그냥 쫓겨났습니다. 화나게 하는 고양이를 문밖으로 내던지듯이 말입니다. 제 조카가 무슨 일을 저질러서 그런 벌을 받게 됐는지 얼버무릴 생각은 조금도 없습니다만—얼버무리는 것은 미국식이 아니지요—그가 저지른 과실이란 그것을 단순히 과실이라고 부른다는 것만으로도 이미 그 안에 충분히 용서가 포함되어 있는 그런 대수롭지 않은 일이지요."

'그건 좋은 말씀이지만', 카를은 생각했다. '외삼촌이 모두에게 그 이야기를 하는 것은 곤란한데. 그런데 외삼촌은 그 이야기를 알 턱이 없는데 말이야. 도대체 어디서 들을 수 있겠어? 하지만 그가 이미 모든 걸 알고 있는지 곧 알게 되겠지.'

"제 조카는 말입니다." 외삼촌은 말을 계속하면서 허리를 약간 굽혀 자기 앞에 받쳐놓은 대나무 막대에 의지했고, 그 행동으로 다른 때 같으면 이런 이야기에 반드시 따르기 마련인 쓸데없이 엄숙한 분위기를 일부라도 덜어낼 수 있었다. "제 조카는 말이죠, 어떤 하녀에게 유혹을 당했습니다. 나이가 서른다섯쯤 되는 요하나 브루머라는 여자에게 말입니다. 유혹당했다는 말로 제 조카의 마음을 상하게 할 생각은 전혀 없습니다만, 달리 꼭 들어맞는 말을 찾기가 어렵군요."

이미 외삼촌 바로 곁으로 다가온 카를은 몸을 돌려 그곳에 있는 사람들의 얼굴에서 지금 이 이야기가 어떤 인상을 주었는지 읽어내고자 했다. 아무도 웃지 않았고, 모두가 진득하고 진지하게 귀기울이고 있었다. 결국 웃을 만한 첫번째 기회에 상원의원의 조카를 비웃는 사람은 아무도 없었다. 다만 화부가 비록 아주 살며시라고 해도 카를에게 미소 지었다고 말할 수 있을 것이다. 하지만 이 미소는 첫째 생동감의 새로운 표시로서 반가운 일이었고 둘째 용서할 만한 일이었다. 이제는 공공연한 것이 되어버린 이 이야기를 카를이 선실에서는 특별히 비밀로 해두고 싶어했기 때문이다.

"그런데 이 브루머 양은", 외삼촌이 말을 계속했다. "제 조카의 아이를 낳게 되었답니다. 건강한 사내아이인데 세례명으로 야코프란 이름을 얻었지요. 틀림없이 이 변변치 못한 저를 생각하고 붙인 이름으로, 조카가 이런저런 이야기 중에 분명 저에 대해 아주 슬쩍 대수롭지 않게 언급했을 뿐일 텐데 그 여자는 대단히 인상적이었던 모양입니다. 다행히도 말이에요. 왜냐하면 조카의 부모는 양육비 부담이나 그 밖에 자신들에게까지 닥칠 여러 추문을 피하기 위해—이 점은 꼭 강조하지 않으면 안 되겠는데, 저는 그곳의 법률이라든가 그들의 평소 형편 같은 것은 전혀 모르고 예전에 두 사람이 보낸 두 통의 구걸 편지를 통해서만 알고 있었어요. 답장은 하지 않았지만 보관해둔 그 편지들이 지금까지 통틀어 그들과 나의 유일하고도 일방적인 서신 연락이었지요—그러니까 조카의 부모는 양육비 부담과 추문을 피하기 위해 저의 사랑하는 조카인 자신들의 아들을 보시다시피 무책임하게 충분한 채비도 갖추어주지 않은 채 미국으로 떠나보냈는데—만일 그 하녀가, 엉뚱한 곳을 한참 전전하다가 그저께야 겨우 제 손에 들어온 편지에 조카의 인상착의와 더불어 현명하게도 배 이름까지 적어 보내며 그간의 이야기를 전부 저한테 알려주지 않았다면, 이 아이는 의지가지없이 아마 얼마 못 가 뉴욕항의 어느 뒷골목에서 타락해버렸을 테니까요. 미국에도 기적 같은 일이 간혹가다 일어나고 있음을 무시한다면 말입니다. 제가 여러분을 즐겁게 해드릴 작정이었다면 편지의 몇 대목쯤을"—그는 호주머니에서 글씨가 빽빽하게 쓰인 커다란 편지지 두 장을 꺼내 흔들어 보였다—"여기서 읽어드릴 수도 있을 겁니다. 이 편지는 다소 소박하긴 해도 선의에서 나온 교활함과 자기 아이의 아버지에 대한 커다란 사랑으로 쓰였기 때문에 확실히 효과가 있을 겁니다. 그러나 저는 진상을 밝히기 위해 필요한 정도 이상으로 여러분을 즐겁게 해드릴 생각도, 어쩌면 그 편지를 반갑게 받아들일 정도로 여전히 남아 있을지 모르는 제 조카의 감정을 상하게 할 생각도 없습니다. 조카는 원할 때 이미 그를 기다리고 있는 자신의 방에서 조용히 편지를 읽고 깨치면 되지요."

그러나 카를은 그 하녀에 대해 아무런 감정도 없었다. 점점 뒤로 밀려나는 과거의 혼잡한 기억 속에서 그녀는 부엌 찬장 옆에 앉아 그 널빤지 위에 팔꿈치를 괴고 있었다. 카를이 간간이 아버지에게 드릴 물잔을 가지러 오거나 어머니가 시킨 일을 하러 부엌에 들어오면 그녀는 그를 바라보았다. 때로는 부엌 찬장 옆에서 불편한 자세로 편지를 쓰다가 카를의 얼굴을 보고 영감을 얻기도 했다. 어떤 때는 손으로 눈을 가리고 있었는데, 그러면 그녀에게 공연히 말을 걸지 않았다. 때로는 부엌 옆에 붙은 자신의 좁은 방안에서 무릎을 꿇고 나무 십자가를 향해 기도를 올리기도 했다. 그러면 카를은 지나가면서 살짝 열린 문 틈으로 아주 소심하게 그녀를 살펴보았다. 또 어떤 때는 부엌을 이리저리 뛰어다니다가 카를이 앞을 가로막으면 마녀처럼 깔깔 웃으며 홱 뒤돌아 물러나기도 했다. 또 때로는 카를이 부엌에 들어와 있으면 부엌문을 닫아버리고는 그가 나가게 해달라고 애원할 때까지 문손잡이를 꽉 붙잡고 있었다. 또 어떤 때는 카를이 전혀 갖고 싶어하지 않는 물건을 가져와 말없이 손에 쥐여주기도 했다. 그런데 한번은 그녀가 "카를!" 하고 부르더니 불쑥 말을 걸어 놀란 그를 데리고 찌푸린 얼굴로 한숨을 푹 내쉬면서 자신의 그 작은 방으로 가서는 문을 잠가버렸다. 그러고는 조르듯이 그의 목을 껴안고 옷을 벗겨달라며 간청해놓고 실제로는 자신이 그의 옷을 벗겨서 침대에 눕혔다. 마치 지금부터는 그를 아무한테도 내주지 않고 이 세상이 끝날 때까지 쓰다듬고 보살펴주고 싶다는 듯이. 그녀는 그를 바라보면서 그가 자신의 소유임을 확인하려는 듯 "카를, 오 나의 카를" 하고 외쳐댔다. 반면 그는 그녀를 아예 보지 않고 특별히 그를 위해 수북이 쌓아놓은 것처럼 보이는 따뜻한 침구류 속에 거북한 느낌으로 파묻혀 있었다. 그녀는 그를 향해 자신도 몸을 눕혀 그에게서 뭔지 모를 비밀을 알아내려고 했지만, 그는 그녀에게 아무런 비밀도 말해줄 수 없었다. 그러자 그녀는 장난인지 진심인지 화를 내더니 그를 이리저리 흔들어보고는 그의 가슴에 귀를 대고 심장박동 소리를 들었으며, 그도 똑같이 들어보라고 자기 가슴을 내밀었다. 하지만 카를이 시키는 대로 하지 않자 벌거벗은 배를 그의 몸에 밀착시키고 한 손으로 그의 두 다리 사이를 더듬었는데, 카를은 너무 역겨워서 머리와 목을 흔들어 쿠션들 밖으로 내밀었다. 이어서 그녀가 배를 몇 번 그의 몸에 부딪혀오자, 그는 그녀가 그 자신의 일부가 된 느낌이었다. 아마 그래서인지 참담한 무력감에 사로잡혔다. 다시 만나고 싶다는 그녀의 말을 수도 없이 들은 뒤 카를은 울면서 자기 침대로 돌아왔다. 이것이 전부였는데, 외삼촌은 그 일을 굉장한 이야기로 만드는 능력이 있었다. 그리고 그 하녀는 앞서 말한 대로 카를의 외삼촌을 생각해내 그에게 카를의 도착을 알렸던 것이다. 이 일은 그녀의 주도로 멋지게 성사된 것이니 카를은 언젠가 그녀에게 신세를 갚아야 할 터였다.

"그럼 이제", 상원의원이 큰 소리로 말했다. "내가 네 외삼촌인지 아닌지 너한테 분명히 들어보고 싶구나."

"제 외삼촌이 맞습니다." 카를은 말하면서 그의 손에 키스했고 그 답으로 이마에 키스를 받았다. "외삼촌을 뵙게 되어 정말 기뻐요. 하지만 제 부모님이 외삼촌에 대해 나쁜 얘기만 한다고 생각하신다면 잘못이에요. 그건 접어두고라도 외삼촌의 말씀 중에는 몇 가지 틀린 것이 있어요. 그러니까 제 말씀은 모든 일이 그렇게 일어나지는 않았다는 거예요. 물론 여기에 계시면서 사정을 제대로 판단하실 수는 없을 겁니다. 게다가 여기 계신 이분들한테는 사실 별 상관도 없는 사건에 대해 몇 가지 세세한 내용을 다소 잘못 알린다 하더라도 특별히 손해되는 일은 없을 거라고 생각합니다."

"잘 말해주었구나." 상원의원이 말했다. 그러고는 눈에 띄게 카를에게 관심을 보이는 선장 앞으로 그를 데리고 가서 말했다. "제가 훌륭한 조카를 두지 않았나요?"

"제가 운이 좋네요." 선장은 군대식 훈련을 받은 사람만이 할 수 있는 인사를 하면서 말했다. "상원의원님, 의원님의 조카분을 알게 되어서 말입니다. 이런 상봉의 장소를 마련해드릴 수 있었던 것은 저희 배로서도 특별한 영광입니다. 그러나 삼등 선실의 승객으로 항해를 하기는 매우 불편했을 겁니다. 하긴 어떤 분이 승선하고 있는지 누가 알 수 있겠어요? 가령 한번은 헝가리 최고 재벌의 장남이, 그 이름과 여행 동기는 이미 잊었습니다만, 저희 배의 삼등 선실에 머물며 여행한 적도 있었는데, 한참 후에야 그 사실을 알게 되었지 뭡니까. 저희는 삼등 선실의 승객들도 가급적 편안하게 여행할 수 있도록 최선을 다하고 있습니다. 예컨대 미국 해운회사들보다 훨씬 더 말입니다. 하지만 삼등 선실에 머물면서도 즐겁게 항해할 수 있도록 하는 데는 여전히 못 미칩니다."

"저는 괜찮았습니다." 카를이 말했다.

"괜찮았다네요!" 상원의원이 큰 소리로 웃으며 되풀이했다.

"다만 제 여행가방을 잃어버렸을까봐—" 그러면서 카를은 지금까지 일어났던 일들과 아직 더 해야 할 남은 일들을 모두 떠올리며 주위를 둘러보았다. 그러자 방안의 모든 사람이 그를 향해 존경과 경탄의 시선을 보내며 말없이 제자리를 지키고 있다는 것을 깨닫게 되었다. 다만 항만청 직원들에게서는 자기만족에 빠진 근엄한 얼굴에서 참으로 부적절한 때 왔구나 하는 유감의 뜻이 엿보였다. 보아하니 그들에게는 자기들 앞에 놔둔 회중시계가 이 방안에서 벌어진 모든 일과 어쩌면 앞으로 더 벌어질지도 모르는 모든 일보다 더 중요한 것 같았다.

선장에 이어 관심을 표명한 첫번째 사람은 얄궂게도 바로 화부였다. "진심으로 축하합니다." 그는 그렇게 말하고 카를과 악수를 해서 인정한다는 듯한 뜻도 표현하고자 했다. 이어서 상원의원에게도 같은 인사말을 하며 다가서려고 하자 주제넘은 행동이라는 듯 상원의원은 뒤로 물러났다. 화부도 즉시 그만두었다.

하지만 나머지 사람들은 이제 어떻게 해야 하는지 깨닫고 곧바로 카를과 상원의원을 둘러싸고 수선을 피웠다. 카를은 얼결에 슈발의 축하 인사까지 받았고 그것을 받아들이며 감사를 표했다. 다시 조용한 분위기가 되자 마지막으로 항만청 직원들이 다가와 영어로 한두 마디를 건넸는데, 왠지 우스꽝스러운 인상을 주었다.

상원의원은 이 흡족함을 만끽하기 위해 별 대수롭지도 않은 점들을 자신과 다른 사람들에게 상기시키고픈 흐뭇한 기분에 푹 젖어들었고, 물론 모두가 그것을 묵인했을 뿐만 아니라 흥미롭게 받아주었다. 그래서 그는 하녀의 편지에 언급된 카를의 가장 두드러진 특징들을 혹시 필요할 때 금방 확인할 수 있도록 수첩에 적어두었다는 사실에 주목하게 했다. 그런데 아까 들어주기 힘든 화부의 수다가 이어지는 동안에는 다른 뜻 없이 오로지 기분 전환을 위해 그 수첩을 꺼내들어, 물론 탐정의 눈으로 보면 그리 정확하다고 할 수 없는 하녀의 관찰 내용들을 재미삼아 카를의 외모와 연결시켜보고자 했던 것이었다. "그렇게 해서 조카를 찾게 되었지요." 그는 한번 더 축하의 말을 듣고 싶어하는 듯한 어조로 이야기를 마쳤다.

"이제 화부는 어떻게 되는 거예요?" 카를이 외삼촌의 이야기가 막 끝남과 동시에 물었다. 새로운 처지가 된 그는 자신이 생각하는 것을 모두 말해도 되리라 여겼다.

"마땅히 받을 만한 것을 받게 되겠지." 상원의원이 말했다. "선장님이 판단하시는 대로 될 테고. 화부 얘기는 이제 충분한 것 같구나. 충분하다 못해 신물이 날 지경이야. 분명 여기에 계신 분들은 누구나 동의할 거야."

"하지만 정의에 관한 문제라면 그런 건 중요치 않아요." 카를이 말했다. 그는 외삼촌과 선장 사이에 서 있었는데, 이러한 위치 덕분인 듯 결정권이 자신의 수중에 있는 것처럼 생각되었다.

그런데도 화부는 더이상 희망이 없다고 생각하는 것 같았다. 그는 양손을 바지의 혁대 안쪽에 반쯤 찔러넣고 있었는데, 흥분된 동작으로 말미암아 혁대가 셔츠의 줄무늬와 함께 드러나 보였다. 그런 것에 그는 조금도 개의치 않았다. 자신의 고통을 전부 털어놓은 터였다. 사람들은 그가 몸에 걸친 형편없는 옷가지까지 봐야 했으니 그다음엔 그를 끌어내야 할 차례였다. 그는 앞으로 벌어질 일들을 상상해보았다. 사환과 슈발은 이곳에서 지위가 가장 낮은 두 사람이니 그를 밖으로 끌어내는 이 마지막 호의를 베풀어주겠지. 그러면 슈발은 안정을 얻어 회계주임의 표현처럼 절망 상태에 빠지는 일은 더이상 없을 테고. 선장은 루마니아 사람들만 고용할 수 있을 것이고, 어디서나 루마니아어가 쓰일 테지. 그러면 오히려 모든 일이 더 잘 돌아갈지도 모른다. 화부가 회계과에 와서 수다떠는 일은 더이상 없을 것이고, 다만 그의 마지막 수다는 제법 친근한 기억으로 남을 것이다. 왜냐하면 상원의원이 분명하게 말했듯이 바로 그 수다가 조카를 알아보게 한 간접적인 계기가 되었으니까. 그런데 이 조카는 아까 몇 번이나 그에게 어떻게든 도움이 되고자 애썼고 그렇게 자신의 신분이 드러나도록 그가 기여한 바에 대해 이미 넘치도록 충분한 감사의 뜻을 표했다. 하지만 화부는 지금 카를에게 무엇을 바라고 싶은 생각이 전혀 들지 않았다. 게다가 카를이 아무리 상원의원의 조카라 해도 선장은 아니지 않은가. 결국 선장의 입에서는 험한 말이 나오고 말 것이다. —그의 생각대로 화부는 카를 쪽을 쳐다보려고도 하지 않았지만, 유감스럽게도 적들로 가득한 이 방안에서는 편안히 시선을 둘 곳이 달리 없었다.

"상황을 제대로 봐야지." 상원의원이 카를에게 말했다. "정의의 문제가 중요할지 모르지만, 동시에 규율의 문제도 중요해. 둘 다, 그리고 특히나 후자는 여기서 선장님의 판단에 따르는 문제야."

"그렇지요." 화부가 중얼거렸다. 그 말을 듣고 말뜻을 이해한 사람은 기이한 미소를 지었다.

"게다가 우리는 뉴욕에 막 도착해서 보나마나 업무가 엄청나게 쌓여 있을 선장님을 너무나 방해했으니 지금이 바로 우리가 이 배를 떠나야 할 때다. 그리고 또 공연히 아무 보탬도 안 되는 참견을 해서 두 기관사 간의 이 사소한 싸움을 특별한 사건으로 만들지 않기 위해서라도 우리는 떠나야 해. 얘야, 나는 네가 어떤 식으로 행동하는지 완벽하게 파악하고 있단다. 하지만 바로 그 때문에 너를 얼른 여기서 데려가는 게 옳다고 생각해."

"즉시 두 분을 위해 보트를 띄우라 하겠습니다." 선장이 말했다. 카를은 틀림없이 겸손의 표현으로 여길 수 있는 외삼촌의 말에 조금의 이견조차 달지 않는 그 모습이 놀랍기만 했다. 회계주임이 황급히 책상으로 달려가 전화로 선장의 명령을 갑판장에게 알렸다.

'시간이 촉박해.' 카를은 속으로 말했다. '하지만 이 사람들 모두의 감정을 상하게 하지 않고는 아무 일도 할 수 없어. 나를 겨우 찾아낸 외삼촌을 지금 와서 저버릴 수도 없는 일이야. 선장은 정중한 사람이기는 하지만 그 이상은 아니야. 규율에 관한 문제라면 정중한 태도도 쏙 들어가고 말걸. 그러니 외삼촌은 선장의 마음을 정확히 읽고 말씀하셨던 거야. 슈발과는 말도 섞고 싶지 않아. 그에게 악수를 건넨 것마저 유감스러워. 여기에 있는 다른 사람들도 다 허섭스레기 같은 자들이고.'

그는 이런 생각을 하며 천천히 화부에게 다가가서 그의 오른손을 혁대에서 빼내 잡고는 가지고 놀듯이 만지작거렸다. "왜 아무 말도 안 해요?" 카를이 물었다. "왜 모든 걸 그저 받아들이는 거예요?"

화부는 무슨 말을 해야 할지 적당한 표현을 찾고 있는 것처럼 이마를 찌푸리기만 했다. 그리고 자신과 카를의 손을 내려다보았다.

"당신은 이 배의 누구도 당한 적 없는 부당한 대우를 받았잖아요. 내가 확실히 알아요." 그러고서 카를은 자신의 손가락을 화부의 손가락 사이에 끼웠다 뺐다 했다. 그러자 화부는 마치 누구도 고깝게 여기지 않을 어떤 환희가 밀려오기라도 하는 듯 눈을 반짝거리며 주위를 둘러보았다.

"스스로를 지켜야 해요. '예'와 '아니요'를 분명히 말해야 하고요. 안 그러면 사람들이 진실을 전혀 알 수 없어요. 내 말대로 하겠다고 약속해야 돼요. 여러 가지 이유로 내가 더이상 당신을 전혀 도울 수 없을 것 같아서 그래요." 그렇게 말하더니 카를은 눈물을 흘리며 화부의 손에 입을 맞추었다. 그러고는 갈라 터지고 시들시들한 그의 손을 자신의 뺨에 갖다대었는데, 그 모습이 마치 포기해야 하는 어떤 보물을 대하는 듯했다. —하지만 어느새 옆으로 다가온 상원의원 외삼촌은 아주 가볍게 느껴지긴 해도 힘을 써서 억지로 그를 끌고 나갔다. "저 화부가 너를 홀린 모양이구나." 그는 그렇게 말하고 카를의 머리 너머 선장 쪽을 의미심장한 눈빛으로 바라보았다. "너는 버림받은 기분이었겠지. 그때 화부를 만나서 지금 그에게 고마움을 느끼고 있는 거고. 참으로 가상한 일이야. 하지만 나를 생각해서라도 정도껏 하고 너의 처지를 깨닫도록 해."

문밖이 시끌시끌해졌다. 외침이 들리고, 누가 세게 문에 몸을 부딪히는 듯한 소리까지 났다. 다소 사납게 생긴 선원 하나가 앞치마를 두른 모습으로 들어왔다. "밖에 사람들이 와 있습니다." 그는 큰 소리로 말하면서, 마치 아직도 서로 밀고 당기는 혼잡한 무리 속에 있는 것처럼 양 팔꿈치를 좌우로 휘둘렀다. 마침내 정신을 차리고 선장에게 경례를 하려고 했으나, 그 순간 앞치마를 깨닫고 홱 끌어내려 바닥에 내던지면서 소리쳤다. "이건 정말 싫어, 나한테 이런 앞치마를 둘러놓다니." 그러고는 구두 뒤축을 딱 붙이고 차렷 자세로 경례를 했다. 누군가 웃으려고 했으나 선장은 근엄한 어조로 말했다. "기분들 좋은 모양이군. 밖에 있는 자들은 대체 누군가?" "저의 증인들입니다." 슈발이 앞으로 나서며 말했다. "부디 저들의 부적절한 행동을 용서해주시기를 간청드립니다. 뱃사람들은 항해를 마치면 때로 미친듯이 날뛰지요." "즉시 불러들이시오." 선장은 그렇게 명령하고서 곧바로 상원의원 쪽으로 몸을 돌려 정중하지만 재빠르게 말했다. "존경하는 상원의원님, 조카분과 함께 지금 이 선원을 따라가주시겠습니까? 보트까지 두 분을 안내해드릴 겁니다. 의원님과 개인적으로 알게 된 것이 저에게 얼마나 큰 기쁨과 얼마나 큰 명예를 안겨주었는지는 새삼 말씀드릴 필요도 없을 겁니다. 조만간 기회가 생겨 의원님과 미국의 선박 현황에 대해 못다 나눈 얘기를 마저 이어갈 수 있기를, 그러다가 어쩌면 또다시 얘기를 끊어야 할 때는 오늘처럼 유쾌한 방식이기를 바랄 뿐입니다." "지금으로서는 이 조카 하나로도 충분합니다." 외삼촌이 웃으면서 말했다. "그러면 이제 베풀어주신 호의에 대단히 감사하다는 말씀을 드리니 받아주시고 부디 몸 건강히 지내십시오. 그리고 우리가 다음번에"—그는 카를을 꼬옥 껴안았다—"유럽 여행을 할 때는 어쩌면 더 오래 함께 지낼 수도 있을 겁니다. 전혀 불가능한 일이 아닐 거예요." "그럴 수만 있다면 정말 기쁠 겁니다." 선장이 말했다. 두 사람은 악수를 나누었고, 카를은 그저 말없이 건성으로 선장에게 손을 내밀 수밖에 없었다. 선장은 이미 열댓 명 되는 사람들에게 시달리고 있었기 때문이다. 다소 당황스러운 기색이기는 했지만 슈발의 인솔하에 매우 떠들썩한 소리를 내며 들어온 자들이었다. 조금 전의 그 선원이 상원의원에게 자기가 앞장서도 되겠느냐고 양해를 구한 뒤 상원의원과 카를이 나갈 수 있게 사람들 무리를 헤치며 둘로 가르자 고개 숙여 인사하는 사람들 사이를 손쉽게 통과할 수 있었다. 평소에는 순한 이들에게 슈발과 화부의 싸움은 선장 앞에서조차 멈추지 않는 익살스러운 장난인 모양이었다. 카를은 그들 사이에 주방 아가씨 리네도 끼어 있는 것을 알아차렸다. 그녀는 그를 향해 명랑하게 눈을 깜빡이면서 선원이 내던진 앞치마를 둘렀다. 그 앞치마가 그녀의 것이기 때문이었다.

선원을 뒤따라 사무실을 나온 그들은 좁은 통로에 들어섰고 다시 몇 걸음 뒤에는 작은 문에 이르렀는데, 그 문에서부터 아래로 짧은 계단이 있어 그들을 위해 준비된 보트로 내려갈 수 있었다. 지금까지 그들의 안내자 역할을 했던 선원이 단번에 펄쩍 뛰어내리자 보트에 타고 있던 선원들이 일어서서 경례를 했다. 상원의원이 조심해서 내려가라고 주의를 준 그때, 아직 맨 위 계단에 서 있던 카를은 갑자기 격한 울음을 터뜨렸다. 상원의원은 오른손을 카를의 턱밑에 대고 왼손으로는 그를 꼭 껴안고 쓰다듬어주었다. 그렇게 해서 그들은 한 계단 한 계단 천천히 내려가 서로 얼싸안은 채 보트로 옮겨 탔다. 상원의원은 카를을 위해 자기 바로 맞은편에 좋은 자리를 잡아주었다. 상원의원의 신호로 선원들은 기선을 밀쳐내기가 무섭게 온 힘을 다해 노를 젓기 시작했다. 기선에서 몇 미터 멀어지자마자 카를은 뜻밖에도 자신들이 회계과 쪽 창문들 앞에 있다는 것을 깨달았다. 세 개의 창문을 모두 메운 슈발의 증인들은 정답게 인사하며 손을 흔들었다. 외삼촌마저 답례를 보냈고 한 선원은 멈추지 않고 일정하게 노를 저으며 손 키스를 보내는 재주를 부렸다. 이제 화부는 더이상 존재하지 않는 것 같았다. 외삼촌과 무릎이 거의 맞닿은 채로 그를 똑바로 바라보자, 카를은 이 남자가 과연 화부를 대신할 수 있을까 의심이 들었다. 아니나다를까 외삼촌은 카를의 시선을 피해 보트 주위의 너울거리는 파도를 바라보았다.

II

외삼촌

외삼촌 집으로 와서 카를은 곧 새로운 생활에 익숙해졌다. 사소한 일 하나하나에도 친절하게 대해준 외삼촌 덕분에 카를은 첫 외국 생활이 얼마나 쓰라린지 대개 겪고 나서야 깨닫게 되는 좋지 않은 경험을 전혀 할 필요가 없었다.

카를의 방은 어느 건물 7층에 있었는데, 그 아래 다섯 층은 외삼촌이 사무실로 쓰고 있었고 다시 지하로 세 층이 더 있었다. 두 개의 창과 한 개의 발코니 문을 통해 그의 방안으로 비쳐드는 빛은 카를이 아침에 작은 침실에서 이리로 나올 때마다 경탄을 자아냈다. 만일 그가 불쌍한 이민 소년으로 배에서 내렸다면 과연 어디서 살아야 했을까? 아마 입국 허가를 받기는커녕 더이상 돌아갈 고향이 없다는 사실에도 아랑곳없이 본국으로 송환되었을지 모른다. 외삼촌의 이민법 지식에 따르면 그럴 가능성이 매우 높았다. 여기서는 동정심을 기대해서는 안 되었고, 그런 점에서 카를이 미국에 대해 읽었던 내용은 아주 정확했다. 여기서는 행복한 사람들만이 주위의 무관심한 사람들 사이에서 자신의 행복을 진정으로 누리고 있는 듯이 보였다.

방 앞으로 폭이 좁은 발코니가 방의 길이만큼 뻗어 있었다. 카를의 고향 도시에서라면 아마도 전망이 가장 좋은 곳이었을 텐데, 여기서는 거리 하나를 내려다볼 수 있는 정도가 전부였다. 그 거리는 툭툭 잘라낸 듯한 모습으로 두 줄로 늘어선 건물들 사이를 곧게, 그래서 달아나는 것처럼 저멀리 뻗어나갔고, 아득히 먼 그곳에는 사방의 혼탁한 대기 위로 대성당의 형체가 거인처럼 우뚝 솟아 있었다. 그리고 아침저녁으로, 또 밤의 꿈속에서도, 이 거리는 항상 교통이 혼잡했다. 위에서 보면 일그러진 사람의 형상과 온갖 차량의 지붕이 서로 섞여들어 흩어지는 복잡한 모습이 언제나 다시 시작되었으며, 거기서부터 다양한 소음과 먼지와 냄새가 새롭게 뒤섞인 것이 걷잡을 수 없이 피어오르고 있었다. 이 모든 것을 강렬한 빛이 꿰뚫고 들어가 포착해냈다. 수많은 대상에 의해 끊임없이 흩어져 멀리 나아갔다가 열심히 되돌아오는 빛은 이 광경에 현혹된 눈에는 마치 이 거리 위의 모든 것을 뒤덮은 유리판이 엄청난 힘에 시시각각 거듭 부서지는 것처럼 아주 구체적으로 보였다.

외삼촌은 매사에 그렇듯이 카를에게도 조심스럽게, 당장은 사소한 일까지 진지하게 여겨 신경쓸 것 없다고 충고를 건넸다. 모든 것을 잘 따지고 살펴봐야 하지만 거기에 사로잡히는 일은 없어야 한다고 했다. 유럽 사람으로서 미국에서 겪는 처음 며칠은 새로 태어나는 일에 비유될 수 있는데, 비록 저세상에서 인간 세상으로 들어오는 것보다 더 빠르게 이곳 생활에 적응한다고 해도 카를이 쓸데없는 불안감에 휩싸이지 않으려면, 처음 판단은 언제나 허약한 기반에 근거하고 있으며 그렇다고 해서 자칫 여기서 계속 살아나가는 데 필요한 앞으로의 모든 판단을 혼란에 빠뜨려서는 안 된다는 점을 유념해야 한다고 했다. 외삼촌은 갓 들어온 이민자들을 잘 알고 있었는데, 그중에는 가령 이 훌륭한 원칙에 따라 행동하는 대신 며칠씩 발코니에 우두커니 서서 길 잃은 양들처럼 거리를 내려다보기만 하던 자들이 있었다는 것이다. 그렇게 하면 반드시 혼란에 빠지기 마련이지! 일에 쫓기며 사는 뉴욕의 분주한 하루를 하는 일 없이 고독을 씹으며 넋이 나가 바라보기만 하는 생활은 유람객에게나 허락되고 또 어쩌면 무조건은 아니어도 한번쯤 권해볼 만한 것일 수 있겠지만, 이곳에 머물러 살아갈 사람에게는 파멸의 길이라는 것이다. 비록 과장된 표현이라 하더라도 이 경우에는 그런 말을 써도 괜찮을 거라고 했다. 그래서 실제로 외삼촌은 카를이 발코니에서 있는 것을 볼 때마다 못마땅한 듯 얼굴을 찌푸렸다. 그는 시간을 정해놓지 않고 하루에 딱 한 번 카를을 찾아왔다. 그것을 금세 알아차린 후로 카를은 발코니에 서서 구경하는 즐거움을 되도록 멀리했다.

물론 그것이 카를이 누리는 유일한 즐거움이라고는 할 수 없었다. 그의 방에는 최고급 미국식 책상이 놓여 있었다. 그의 아버지가 여러 해 전부터 갖기를 원하던 것으로, 온갖 경매에 참여해 가능한 한 저렴한 값으로 구입하고자 애썼으나 결국 빈약한 재력 탓에 뜻을 이루지 못했던 물건이다. 물론 유럽의 경매시장에서 나도는 소위 미국식이라는 책상들과는 비교도 되지 않았다. 예컨대 이 책상의 서류 선반에는 크기가 제각각인 백 개의 서랍이 있어서 미국 대통령이라 해도 어떤 서류든 적당한 자리를 찾아 넣을 수 있을 정도였다. 게다가 옆에는 조절기가 붙어 있어서 손잡이만 돌리면 기호와 필요에 따라 다양하게 서랍의 위치를 바꾸거나 새로 서랍을 갖춰 넣을 수 있었다. 측벽의 얇은 판들은 천천히 내려가서 새로 올라오는 서랍의 바닥이나 덮개를 이루었다. 손잡이를 한 번만 돌려도 서류 선반은 전혀 다른 모습으로 바뀌었으며, 돌리는 정도에 따라 모든 변화가 천천히 일어나거나 대단히 빠르게 일어났다. 그것은 최신 발명품이었지만, 카를은 고향 크리스마스 장터에서 놀란 눈으로 바라보는 아이들에게 상연되던 예수탄생극에 대한 기억이 새록새록 떠올랐다. 카를도 종종 겨울옷을 두툼하게 입고 그 앞에 서서, 한 노인이 손잡이를 돌리는 움직임과 그에 따라 무대에 나타나는 예수탄생극 장면을, 동방박사 셋이 멈칫거리며 앞으로 나오고, 별이 반짝거리고, 성스러운 마구간에서 옹색한 살림을 꾸려가는 것을 한시도 눈을 떼지 않고 비교해가며 보았었다. 그리고 늘 뒤에 서 있던 어머니가 무대 위에서 벌어지는 모든 사건을 제대로 따라가지 못하는 것 같아, 등에 닿도록 바짝 끌어당겨서는 눈에 잘 띄지 않는 모습들, 가령 앞의 풀밭에서 뒷발로 섰다가 다시 달릴 자세를 취하는 동작을 번갈아 하는 어린 토끼를 한참 소리지르며 가리켜 보이곤 했다. 그러면 하는 수 없이 어머니는 그의 입을 틀어막고 보나마나 그전의 무관심한 상태에 다시 빠져들었다. 물론 이 책상이 그런 일들을 회상시킬 목적으로 만들어진 것은 아니지만, 발명의 역사에는 혹시 카를의 기억 속에 있는 것과 비슷하게 희미한 어떤 연관성이 있을지도 몰랐다. 외삼촌은 이 책상에 대해 카를과는 생각이 전혀 달랐다. 그저 카를에게 제대로 된 책상을 하나 사주고 싶었을 뿐이었는데 그런 책상들은 요즘 모두 이와 같은 신식 장치가 달려 있었던 것이다. 요컨대 이 장치는 구형 책상에도 큰 비용을 들이지 않고 설치할 수 있다는 장점이 있었다. 여하튼 외삼촌은 카를에게 조절기를 되도록이면 사용하지 말라고 볼 때마다 충고했다. 충고의 효과를 높이기 위해 기계장치란 매우 예민해 망가지기 쉽고 복구하려면 비용이 아주 많이 든다고 강조했다. 그 말이 핑계에 불과하다는 것을 간파하기 어렵지 않았던 것이, 다른 한편 조절기를 고정시키는 건 아주 쉽다는 말도 해줘야 했지만 외삼촌은 그러지 않았기 때문이다.

당연한 일이지만 처음 며칠간 카를과 외삼촌은 비교적 자주 담소를 나누었는데, 그때 카를은 고향에서 기회는 거의 없었지만 피아노를 즐겨 쳤고 다만 어머니가 가르쳐준 초보적인 지식으로 해나갈 수 있는 수준이었다는 이야기도 했다. 카를은 그런 이야기가 동시에 피아노를 사달라는 부탁이 된다는 것을 다 의식하고 있었지만, 이미 주위 형편을 충분히 살펴본 결과 외삼촌은 결코 절약할 필요가 없는 사람이라는 사실을 알게 되었다. 그럼에도 이 부탁을 금방 들어주지는 않았다. 하지만 일주일쯤 뒤 외삼촌은 거의 마지못해 실토한다는 식으로 피아노가 방금 도착했으니 원한다면 카를이 운반을 감독해달라고 말했다. 그야 물론 쉬운 일이었지만 그렇다고 운반하는 일 자체보다 훨씬 더 쉽다고도 할 수 없었다. 왜냐하면 이 건물에는 가구 전용 승강기가 설치되어 있고 그 안에 가구 운반차 한 대를 통째로 실어도 꽉 차지 않을 정도여서 피아노도 이 승강기로 가뿐히 카를의 방으로 올릴 수 있었기 때문이다. 카를 자신도 같은 승강기를 타고 피아노와 운반하는 일꾼들과 함께 올라갈 수 있었지만, 바로 그 옆의 고객용 승강기가 비어 있어서 탔고, 올라가는 내내 승강기 레버를 만져 화물용 승강기와 같은 고도를 유지하면서 유리벽을 통해 그 아름다운 악기를 뚫어져라 바라볼 수 있었다. 그것은 이제 그의 소유물이었다. 피아노를 방안에 들여놓고 처음으로 소리를 내보았을 때, 그는 너무도 기쁨에 벅차 계속 치지 않고 벌떡 일어나 약간 떨어져서 두 손을 허리에 얹은 채 넋을 놓고 바라보았다. 방의 음향효과도 탁월해서 처음 철제 건물에 살게 되었을 때의 작은 불만이 말끔히 해소되는 데 한몫했다. 사실 이 건물은 밖에서 보면 철로 지어졌지만 방안에서는 철로 된 부분이 조금도 보이지 않았고, 시설이나 가구 중 비록 사소한 것이라도 더없이 완벽한 이 안락함을 어떻게든 어지럽힐 만한 것을 찾아내 가리킬 수 있는 사람은 아무도 없었을 것이다. 카를은 처음에 피아노 치는 것에 많은 기대를 했으며, 피아노 연주가 미국 생활에 직접적으로 영향을 미칠 가능성에 대해 적어도 잠들기 전에는 별 거리낌없이 생각해보았다. 물론 소음으로 가득한 대기를 향해 열린 창문들 앞에서 고향의 옛 군가를 칠 때면 그 소리가 정말 야릇하게 들렸다. 이 군가는 저녁때 병사들이 막사 창가에 누워 어두컴컴한 연병장을 내다보면서 창문마다 서로 돌려가며 부르던 노래였다—하지만 그러고 나서 그가 본 거리는 달라진 것 없이 그대로, 과정 하나하나에 작용하는 모든 힘을 알지 못하면 그 자체로 멈출 수 없는 거대한 순환구조의 일부분에 지나지 않는 모습이었다. 외삼촌은 피아노를 쳐도 그냥 두고 보며 싫은 소리 한마디 하지 않았다. 무엇보다 카를 자신이 주의를 받지 않았는데도 스스로 자제해 피아노 치는 즐거움을 마음껏 누리는 일이 아주 드물었기 때문이다. 그런데 미국 국가는 물론이고 미국 행진곡들의 악보까지 가져다주던 외삼촌이 어느 날 농담조가 아닌 진지한 얼굴로 바이올린이나 호른도 배워볼 생각은 없느냐고 물었던 것은 음악을 좋아하는 마음 때문이었다고만은 설명할 수 없을 것이다.

말할 것도 없이 영어를 배우는 일은 카를의 첫번째이자 가장 중요한 과제였다. 경영전문대학의 젊은 교수가 아침 일곱시에 방에 나타나면 카를은 책상에 앉아 공책을 붙잡고 있거나 문장을 외우면서 방안을 왔다갔다하고 있었다. 카를은 영어 습득을 위해서라면 아무리 서둘러도 지나치지 않으며 빠른 실력 향상이 외삼촌에게 특별한 기쁨을 안겨드릴 절호의 기회라는 것을 잘 알고 있었다. 그래서 실제로 처음엔 외삼촌과의 대화에서 만날 때와 헤어질 때의 인사말 정도만 영어를 썼지만, 머지않아 점점 더 많은 대화를 영어로 할 수 있게 되었고 그에 따라 더욱 친밀한 화젯거리를 입에 올리기 시작했다. 어느 날 저녁 큰 화재 장면을 묘사한 미국 시를 처음으로 낭송해드렸더니 외삼촌은 만족스러운 나머지 사뭇 진지해졌다. 그때 두 사람은 카를의 방 창가에 서 있었는데, 카를이 옆에 똑바로 서서 흔들림 없는 시선으로 어려운 시를 한 줄 한 줄 따라가는 동안, 외삼촌은 하늘의 밝은 빛이 이미 다 사라진 창밖을 내다보면서 시구에 공감해 천천히 고른 박자로 손뼉을 쳤다.

카를의 영어 실력이 늘어갈수록 외삼촌은 그를 지인들과 만나게 하고 싶은 마음이 커지는 모양이었다. 여하튼 그런 만남이 있을 때면 당분간은 늘 영어 교수가 카를 가까이에 있도록 지시해두었다. 어느 날 오전 외삼촌이 특별히 비위를 맞추는 말을 늘어놓으며 카를의 방으로 안내해 소개한 첫번째 지인은 날씬하고 믿기지 않을 정도로 몸이 유연한 젊은 남자였다. 보아하니 부모 입장에서는 실패작인 갑부 집 아들들 중 하나임이 틀림없었다. 보통 사람으로서는 이 젊은이의 인생에서 어느 날이든 단 하루라도 고통 없이는 따라 할 수 없을 정도로 생활이 제멋대로인 그런 친구 말이다. 마치 이런 점을 알고 있거나 어렴풋이 느끼고 있다는 듯 그리고 자신의 힘이 통하는 범위에 있는 사람 외에는 만나지 않는다는 듯, 입가와 눈가에는 그 자신과 상대방 그리고 온 세상을 향한 듯한 미소가 한시도 떠나지 않았다.

마크 씨로 불리는 이 젊은이와 아침 다섯시 반에 승마학교에서든 야외에서든 같이 승마를 하는 이야기가 나왔는데, 외삼촌은 무조건 찬성이었다. 카를은 아직 한 번도 말을 타본 적이 없어서 조금이라도 배우는 것이 먼저라는 마음에 처음에는 주저했지만, 외삼촌과 마크가 적극 추천하면서 승마는 그냥 즐기는 오락거리이자 건전한 신체단련 종목이지 고도의 기예가 요구되는 예술이 절대 아니라고 설명하는 바람에 결국 그러기로 하고 말았다. 그래서 그는 이제 새벽 네시 반이면 벌써 잠자리에서 일어나야 했기에 무척 괴롭고 부담스럽게 여겨질 때가 많았다. 이곳에서는 아무래도 낮시간에는 주의를 기울여야 하고 긴장을 늦출 수 없는 생활이 계속되다보니 불시에 졸음이 쏟아져 자고 싶은 욕구에 시달리다시피 했기 때문이다. 하지만 욕실에 들어가면 그런 못마땅한 기분은 금세 사라졌다. 욕조 위쪽에 그 길이와 폭에 따라 샤워기가 전체적으로 일정하게 설치되어 있었는데—고향의 동창생 중 어느 누가 아무리 부자라 해도 이런 욕실을 소유했겠는가, 그것도 자기의 전용 욕실을—이 욕조 안에서 카를은 몸을 쭉 펴고 누워 두 팔을 벌릴 수 있었다. 미지근한 물, 뜨거운 물, 다시 미지근한 물, 끝으로 차가운 물을 원하는 대로 욕조 일부에만 또는 욕조 전체에 쏟아져내리게 할 수도 있었다. 그는 아직 약간 남은 잠기운을 즐기듯 거기에 누워 감은 눈꺼풀 위로 똑똑 떨어지는 마지막 물방울들을 맞으며 얼굴로 흘러내리게 하는 것을 특히 좋아했다.

차체가 높은 외삼촌의 자동차가 그를 승마학교에 내려놓으면 그곳에는 이미 영어 교수가 와서 기다리고 있었고, 반면에 마크는 예외 없이 지각을 했다. 마크가 느긋한 마음으로 지각할 수 있었던 것은 그가 도착한 후에야 비로소 본격적인 승마가 활기차게 시작되었기 때문이다. 말들이 그때까지의 비몽사몽에서 깨어나 뒷다리로 우뚝 서고, 채찍소리는 공간을 가르며 더욱 날카롭게 울려퍼지고, 갑자기 승마학교 사람들, 구경꾼, 마부, 승마 연습생, 그 밖의 정체 모를 사람들이 주위를 에워싼 회랑에 모습을 드러내는 게 아닌가? 하지만 카를은 마크가 도착하기 전의 시간을 지극히 초보적이긴 해도 승마 예비연습을 하는 데 최대한 활용했다. 팔을 거의 들어올리지 않아도 제일 높은 말 등에 손이 닿는 장신의 남자가 카를에게 늘 십오 분가량 연습을 시켜주었다. 카를이 그때 거둔 성과는 대단치 않았고 대신 영어 감탄사를 꾸준히 익힐 수 있어서, 이 연습 시간 동안 대개 잠이 몹시 부족해 늘 같은 기둥에 기대서 있던 영어 교수에게 숨을 헐떡이며 그 말들을 뱉어내곤 했다. 하지만 마크가 나타나면 승마에 대한 불만은 거의 다 사라졌다. 장신의 남자가 물러나자, 여전히 어둑어둑한 승마 연습장에서는 금세 내달리는 말발굽소리밖에 들리지 않았고 마크가 카를에게 지시를 내릴 때 들어올리는 팔밖에 보이지 않았다. 꿈결같이 흘러가는 이런 삼십 분 동안의 즐거운 시간이 지나면 마크는 말을 세우고 급히 카를과 헤어졌는데, 카를의 승마가 특히 만족스러웠을 때는 가끔 볼을 톡톡 두드려주곤 몹시 서두르느라 카를과 함께 문을 나설 새도 없이 가버렸다. 그러고 나면 카를은 영어 교수와 함께 차를 타고 영어 수업을 하러 갔다. 외삼촌의 건물에서 승마학교까지 사실상 직선으로 나 있는 큰 도로는 혼잡해서 통과해 가기에는 시간이 너무 오래 걸릴 수도 있었던 터라 대개는 우회로를 이용했다. 그런데 적어도 영어 교수를 동반하는 일만은 얼마 안 가 중단되었다. 그 피곤한 사람을 공연히 승마학교까지 오게 해서 수고를 끼친다는 자책감이 들었고, 무엇보다 마크와 영어로 의사소통하는 것쯤은 이제 매우 간단한 일이었으므로 영어 교수를 이런 의무에서 면제해달라고 카를이 외삼촌에게 부탁했던 것이다. 잠시 생각해보더니 외삼촌은 이 부탁을 들어주었다.

카를이 몇 번이나 간청했는데도, 외삼촌이 자기 사업체를 잠시만이라도 보여주기로 허락하기까지는 꽤 오랜 시간이 걸렸다. 그것은 중개업과 운송업을 합친 일종의 중개운송업으로 카를이 기억하는 한 유럽에는 아마 없는 업종이었다. 요컨대 중간 거래를 본업으로 하는 사업인데, 상품을 생산자로부터 소비자 또는 상인에게 중개하는 것이 아니라 모든 상품과 원료를 거대한 공장 연합체를 위해 또는 연합체들 간에 중개하는 것이었다. 따라서 대규모 구매, 저장, 운송, 판매를 하나로 통괄하는 사업이라 거래처와는 전화와 전보로 아주 정확하고 끊임없는 연락을 유지해야 했다. 이곳 전보실은 카를이 언젠가 친한 동급생과 손을 잡고 다니며 구경한 적이 있는 고향 도시의 전신국보다 작지 않고 오히려 더 컸다. 전화실에서는 어디를 보아도 전화부스의 문들이 열렸다 닫혔다 했으며, 벨소리가 정신이 혼미해지도록 울려댔다. 외삼촌이 그중에서 제일 가까운 문을 열자 그곳에는 쏟아지는 전등 불빛 아래 직원 하나가 문소리에도 개의치 않은 채 수화기를 귀에 밀착시켜 주는 강철 밴드를 머리에 끼고 있었다. 오른팔은 유별나게 무거운 듯 작은 테이블에 놓여 있고 연필을 쥔 손가락들만이 기계적으로 고르고 빠르게 움찔거리고 있었다. 그가 송화기에 대고 하는 말은 극히 적었고 가끔은 상대에게 이의를 제기하고 좀더 정확히 묻고 싶은 눈치였지만 자신의 의도를 미처 전하기도 전에 상대가 뭐라고 하는 말을 잠자코 들으면서 눈을 내리깔고 적어야 했다. 외삼촌이 조용조용 설명해준 바 이 직원은 굳이 말을 할 필요가 없었다. 그가 수신하는 것과 동일한 메시지를 다른 직원 둘이 동시에 수신하고 대조해 최대한 착오가 생기지 않게 했기 때문이다. 외삼촌과 카를이 문밖으로 나오는 순간 수습사원 하나가 살그머니 들어가 그동안 작성된 종이를 가지고 나왔다. 가운데의 넓은 공간에서는 일에 쫓긴 사람들이 끊임없이 왔다갔다했다. 아무도 인사를 나누지 않았다. 인사는 금지였다. 누구나 앞서가는 사람의 발걸음을 뒤따라 바닥을 보면서 되도록 빨리 앞으로 나아가려고 하거나, 손에 들고 뛰듯이 걷는 바람에 펄럭이는 서류에서 아마 단어나 숫자 몇 개만 눈으로 파악하는 중이었다.

"정말 엄청난 성공을 이루셨군요." 카를은 함께 사업체를 둘러보던 어느 날 그렇게 말했다. 설령 각 부서를 그냥 보기만 하려 했다고 쳐도 전체 사업체를 쭉 훑으려면 여러 날이 걸릴 터였다.

"그런데 이 모든 것을 내가 삼십 년 전에 직접 설립했다는 사실을 너는 알아야 한다. 당시 나는 항만 구역 안에 조그만 점포를 하나 가지고 있었지. 그곳에선 하루에 다섯 상자를 선적하면 대단한 일이라 신이 나서 집으로 돌아오곤 했어. 지금은 항구에서 세번째로 큰 창고가 내 소유고 그 점포는 우리 회사 제65조 화물 운반부들의 식당 겸 장비보관실로 쓰이고 있지."

"정말 기적에 가까운 일이네요." 카를이 말했다.

"여기서는 모든 발전이 그렇게 빠르게 이루어진단다." 외삼촌은 그렇게 말하더니 대화를 갑자기 중단했다.

하루는 평소처럼 혼자서 끼니를 해결할 생각이었던 카를에게 식사시간 직전 외삼촌이 와서는 얼른 검은색 정장을 차려입고 사업상의 친구 둘이 참석하는 식사 자리에 함께 가자며 재촉했다. 카를이 옆방에서 옷을 갈아입는 동안 외삼촌은 책상에 가서 앉더니 방금 끝낸 영어 숙제를 훑어보고는 손으로 책상을 치며 큰 소리로 외쳤다. "참으로 훌륭하구나!" 카를은 이 칭찬을 듣고 확실히 옷을 더 잘 차려입었지만 실제로도 이미 영어에 자신감이 상당했다.

이곳에 도착한 첫날 저녁때 보았던 모습이 아직 기억에 남아 있는 외삼촌의 식당에 들어서니 키가 크고 뚱뚱한 신사 둘이 인사를 하려고 일어섰다. 식사중의 대화에서 밝혀진바, 한쪽은 그린, 다른 쪽은 폴런더라는 사람이었다. 즉 외삼촌은 지인들 누구에 대해 슬쩍 한마디라도 입 밖에 내는 법이 거의 없었고 언제나 카를에게 스스로 관찰해서 필요한 것이나 흥미로운 것을 찾아내도록 내맡겼던 것이다. 본격적으로 식사를 하는 동안에는 내밀한 사업상 용건의 이야기만 오갔는데, 주로 상업적인 표현들로 이루어져서 카를에게는 유익한 수업이 되었다. 그리고 카를이 무엇보다도 제대로 배불리 먹어야 하는 어린아이인 것처럼 식사에만 열중하도록 가만히 놔두는 분위기였다. 논의가 다 끝나고서 그린 씨는 카를 쪽으로 몸을 구부려 되도록 분명한 영어를 구사

하려고 애쓰는 기색이 역력한 모습으로 미국에 대한 첫인상이 어땠는지 물어보았다. 주위가 쥐죽은듯이 조용한 가운데 카를은 곁눈으로 외삼촌을 몇 번 쳐다보면서 상당히 자세하게 대답했고 감사의 뜻으로 살짝 뉴욕풍의 말투를 섞어 환심을 사려고 했다. 어떤 표현에서는 세 사람 모두 웃음을 터뜨리는 통에 카를은 자기가 무슨 큰 실수를 한 것이 틀림없다고 염려했지만 그런 것이 아니었으며, 폴런더 씨가 설명해주기로는 심지어 매우 익살스러운 말을 했다는 것이었다. 이 폴런더 씨는 카를에게 특별히 호감을 가진 것처럼 보였다. 그래서 외삼촌과 그린 씨가 다시 사업상의 이야기를 나누는 동안 폴런더 씨는 카를에게 의자를 자기 쪽으로 당겨 가까이 오게 한 다음 먼저 그의 이름, 출신, 여행에 대해 여러 가지를 캐물었고, 이어서 카를을 잠시 쉬게 하기 위해 웃기도 하고 기침도 하면서 서둘러 자신과 딸 이야기를 스스로 풀어놓았다. 그는 딸과 함께 뉴욕 근교의 조그만 별장에 살고 있는데, 자기는 은행가인 직업상 하루종일 뉴욕에 붙잡혀 있어야 해서 밤에만 거기서 지낸다고 했다. 이 별장으로 놀러오라며 카를에게 그 즉시 진심어린 초대를 했다. 카를 같은 신출내기 미국인은 때때로 뉴욕을 벗어나 휴식을 취할 필요가 분명히 있다는 것이었다. 이 초대에 응해도 되는지 카를은 곧바로 외삼촌에게 허락을 구했는데, 겉으로는 흔쾌히 허락하는 듯했던 외삼촌은 카를과 폴런더 씨의 기대와는 달리 확실한 날짜를 언급한다든가 언제쯤이 좋을지 생각해보라고 하지는 않았다.

그러나 벌써 그다음날 카를은 외삼촌으로부터 어느 사무실로 오라는 부름을 받았고—외삼촌은 이 건물에만 서로 다른 사무실을 열 군데나 두고 있었다—그곳에 가보니 외삼촌과 폴런더 씨가 서로 별 애기는 없이 안락의자에 앉아 있었다. "폴런더 씨가", 외삼촌이 입을 열었다. 방안에 땅거미가 져서 그를 잘 알아볼 수 없었다. "우리가 어제 얘기한 대로 폴런더 씨가 너를 별장으로 데려가기 위해 오셨다." "그게 벌써 오늘로 예정되어 있는 줄은 몰랐어요. 알았다면 준비를 해두었을 텐데 말이에요." "준비가 안 됐다면 방문을 다음으로 미루는 게 좋지 않을까." 외삼촌이 말했다. "준비는 무슨 준비예요!" 폴런더 씨가 외쳤다. "젊은이면 늘 준비가 되어 있는 셈이지요." "이애 때문이 아니에요." 외삼촌이 손님 쪽을 돌아보며 말했다. "어쨌든 이애는 자기 방에 올라갔다 와야 할 테고, 당신은 기다리고 있어야 할 테니 말입니다." "그럴 시간은 얼마든지 있습니다." 폴런더 씨가 말했다. "다소 시간이 지체될 것을 예상하고 평소보다 일찍 업무를 마치고 왔답니다." "네가 누굴 방문하는 것이", 외삼촌이 말했다. "벌써부터 얼마나 폐를 끼치는 일인지 알겠지." "죄송합니다." 카를이 말했다. "하지만 금방 돌아오겠습니다." 그러고는 말을 마치기가 무섭게 뛰어나가려고 했다. "너무 서두르지 말게. 조금도 폐가 되는 일이 아니니까. 오히려 와주겠다니 정말 기쁘네." "내일 승마는 빠지게 되겠지. 못 간다고 얘기해두었니?" "아니요." 카를이 말했다. 기대하며 기뻐했던 이 방문이 무거운 부담이 되기 시작했다. "이럴 줄 몰랐으니까요—" "그래도 가겠니?" 외삼촌이 계속 물었다. 폴런더 씨, 이 친절한 양반이 거들어주었다. "가는 길에 승마학교에 들러 해결할 겁니다." "그러면 되겠군요." 외삼촌이 말했다. "하지만 마크가 너를 기다릴 텐데." "저를 기다리지 않을 거예요." 카를이 말했다. "분명 거기에 가긴 할 테지만." "글쎄?" 외삼촌은 카를의 대답이 전혀 사리에 맞지 않는다는 듯이 그렇게 말했다. 다시 폴런더 씨가 결정적인 말을 했다. "하지만 클라라도"—그녀는 폴런더 씨의 딸이었다—"카를을 기다리고 있습니다, 오늘 저녁에 오기를요. 클라라가 마크보다 먼저 아닐까요?" "물론이지요." 외삼촌이 말했다. "그럼 어서 네 방에 다녀오너라." 그러면서 그는 무심코 안락의자의 팔걸이를 계속 툭툭 치고 있었다. 카를이 문 앞까지 갔을 때 외삼촌이 이렇게 물으며 그를 불러 세웠다. "내일 아침 영어 시간까지는 돌아오겠지?" "아, 이런!" 폴런더 씨는 그렇게 외치면서 놀란 나머지 안락의자에 앉은 채로 자신의 뚱뚱한 몸을 가능한 만큼 최대한 돌렸다. "적어도 내일 하루쯤은 밖에서 지내게 하면 안 될까요? 그러고서 모레 아침 내가 다시 데려다주고요." "그건 절대로 안 돼요." 외삼촌이 응수했다. "저애의 공부를 그렇게 어지럽히도록 놔둘 수는 없습니다. 나중에 제대로 된 직업을 가지고 번듯하게 생활할 때가 되면, 그보다 더 오랫동안이라도 이토록 친절하고 명예로운 초대에 응하는 것을 저애에게 기꺼이 허락할 겁니다." '이 얼마나 앞뒤가 맞지 않는 말인가!' 카를이 생각했다. 폴런더 씨는 서운한 표정을 지었다. "그렇지만 하룻저녁과 하룻밤 가지고는 정말이지 어딜 놀러 간다고 하기가 무색하지요." "내 생각도 그렇긴 합니다." 외삼촌이 말했다. "수중에 들어온 것은 일단 잡아야지요." 폴런더 씨는 그렇게 말하고 또다시 웃었다. "그럼 기다리고 있겠네." 그가 카를에게 소리쳤다. 카를은 외삼촌이 더이상 아무 말도 하지 않아서 서둘러 나가던 참이었다. 그가 금방 출발 준비를 마치고 돌아왔을 때 사무실에는 폴런더 씨만 있었고 외삼촌은 가고 없었다. 폴런더 씨는 더없이 행복한 얼굴로 이제부터 카를이 동행한다는 사실을 되도록 확실히 확인하려는 듯 그의 두 손을 맞잡고 흔들었다. 서두르는 바람에 아직도 얼굴이 달아오른 채 카를도 교외로 바람 쐬러 나가는 것이 기뻐서 폴런더 씨의 양손을 흔들었다. "제가 간다고 외삼촌이 역정내시지 않았나요?" "천만에! 그 모두를 그다지 심각하게 생각하지 않았네. 외삼촌한테는 자네의 교육이 대단히 중대한 문제라서 그러신 거지 뭐." "외삼촌이 선생님께 직접 말씀하셨나요, 조금 전 일을 그다지 심각하게 생각하지 않는다고요?" "아, 그랬네." 폴런더 씨는 말끝을 늘이며 답했고 그것으로 자신이 거짓말을 할 줄 모른다는 것을 증명한 셈이었다. "선생님께서는 외삼촌의 친구분이시잖아요. 그런데도 선생님 댁 방문을 외삼촌이 마지못해 허락하시다니 이상한 일이에요." 폴런더 씨도, 솔직하게 시인하지는 않았지만 그것을 설명할 만한 이유를 찾을 수 없었다. 그래서 두 사람은 폴런더 씨의 자동차를 타고 따뜻한 저녁 공기를 가르며 달리기 시작하자 곧 화제를 바꾸긴 했지만 그것에 대해 한참을 깊이 생각했다.

그들은 서로 가까이 붙어앉았고 폴런더 씨는 이야기를 하면서 카를의 손을 잡고 있었다. 카를은 클라라 양에 대해 많은 것을 듣고 싶어했다. 오래 차를 타는 데 조바심이 나서 이야기라도 하면 실제보다 빨리 도착할 수 있지 않을까 싶었기 때문이다. 저녁에는 뉴욕의 거리를 차로 달려본 적이 아직 한 번도 없고, 보도와 차도 위로는 회오리바람 속인 듯, 사람들이 일으키는 게 아니라 낯선 자연의 힘처럼 느껴지는 소음이 매 순간 방향을 바꾸며 빠르게 지나다니는데도, 카를은 폴런더 씨의 말을 정확히 들으려고 애쓰면서 그의 짙은 색 조끼와 그 위에 비스듬히 걸린 금 사슬에만 신경을 집중했다. 거리에서는 관객들이 늦을까봐 만면에 우려의 기색을 드러내며 총총걸음을 치거나 될 수 있는 한 차를 급히 몰아 극장들로 몰려들고 있었다. 그런 거리를 뒤로하고 그들은 점이지대를 지나 교외로 달렸다. 교외로 들어서자 두 사람이 탄 자동차는 기마경찰로부터 몇 번이나 옆길로 가라는 지시를 받았다. 대로는 파업에 들어가 시위중인 금속노동자들에게 점거되어 교차로에는 꼭 필요한 차량의 통행만 허용되었기 때문이다. 자동차가 어둑어둑하고 소리가 둔탁하게 울리는 골목길을 벗어나 광장같이 탁 트인 도로를 횡단하자, 양쪽으로 끝이 보이지 않는 먼 곳까지 보도를 가득 메운 군중이 아주 조금씩 앞으로 나아가면서 한 사람이 부르는 것보다 더 통일된 목소리로 노래를 부르고 있었다. 텅 비워진 차도 여기저기에는 말이 꼼짝하지 않고 서 있는 기마경찰 하나, 깃발을 든 사람들, 거리 위로 현수막을 펼쳐 들고 있는 사람들, 동료들과 전령들에게 둘러싸인 시위 주도자가 보였고, 미처 빠져나가지 못하고 갇혀버린 전차 한 대도 보였다. 이제 텅 비고 깜깜한 전차의 승강구 계단에는 운전사와 차장이 앉아 있었다. 호기심 많은 사람은 삼삼오오 모여 시위대에서 멀찍이 떨어져서 사태의 진상을 잘 모르면서도 자리를 떠나지 않고 지켜보는 중이었다. 하지만 카를은 폴런더 씨가 그의 어깨에 걸친 팔에 기분좋게 기대고 있었다. 이제 곧 담장으로 둘러싸이고 개들이 지키고 있고 불을 환하게 밝힌 시골 별장의 반가운 손님이 될 거라는 확신이 들자 그는 그지없이 기뻤다. 졸리기 시작하는 바람에 폴런더 씨의 이야기를 전부 정확히 알아듣지도 못하고 띄엄띄엄 이해할 수밖에 없었지만, 이따금 정신을 차리고 눈을 비비면서 자신이 졸고 있는 것을 폴런더 씨가 눈치챘는지 잠시 확인했다. 그런 일만은 어떻게든 피하고 싶었다.

III
뉴욕 근교의 별장

"다 왔네." 폴런더 씨는 마침 카를이 정신없이 졸음에 취한 순간 말했다. 자동차가 어느 별장 앞에 서 있었다. 뉴욕 근교에 사는 부자들의 별장 양식으로 지어진 것이었는데, 한 가족만 살기 위한 별장으로는 필요 이상으로 규모가 크고 높았다. 아래쪽만 불이 밝혀져 있어서 얼마나 높은 건물인지 가늠도 되지 않았다. 집 앞에는 밤나무들이 바람에 살랑거리고, 밤나무 사이로—격자철문은 이미 열려 있었다—짧은 길이 건물의 옥외 계단까지 나 있었다. 차에서 내릴 때의 피곤한 정도로 미루어 카를은 상당히 오래 차를 타고 온 것처럼 느껴졌다. 밤나무 길의 어둠 속에서 그는 한 소녀가 바로 옆에서 말하는 소리를 들었다. "드디어 야코프 씨가 오셨군요." "로스만이라고 합니다." 카를은 말하면서 소녀가 내민 손을 잡았다. 이제 윤곽으로 그녀의 형체를 대략 알아보았다. "야코프 씨의 조카인데", 폴런더 씨가 설명하듯이 말했다. "이름은 카를 로스만이란다." "그렇더라도 이분을 맞이하는 우리의 기쁨은 달라지지 않아요." 소녀가 말했다. 그녀에게는 이름 같은 것이 그다지 중요하지 않았다. 그런데도 카를은 폴런더 씨와 소녀 사이에서 건물을 향해 걸어가며 물었다. "클라라 양이시지요?" "그래요." 그녀가 그렇게 말한 그때는 이미 조금은 분간이 가능한 정도의 빛이 건물에서부터 흘러나와, 카를 쪽으로 기울인 그녀의 얼굴을 비추고 있었다. "하지만 이런 어둠 속에서 제 소개를 하고 싶진 않네요." '그렇다면 이 소녀는 격자철문 옆에서 우리를 기다렸다는 말인가?' 걸어가는 동안 점차 잠이 깨면서 카를은 그런 생각이 들었다. "그런데 오늘 저녁엔 손님이 또 한 분 있어요." 클라라가 말했다. "말도 안 돼!" 폴런더 씨가 짜증스러운 목소리로 말했다. "그린 씨요." 클라라가 말했다. "그분은 언제 오셨어요?" 카를이 어떤 예감에 사로잡힌 듯 물었다. "방금 전에요. 그럼 앞서 온 그분의 자동차 소리를 못 들은 거예요?" 카를은 폴런더 씨가 이 일을 어떻게 판단하는지 알아보려고 그를 올려보았다. 하지만 폴런더 씨는 두 손을 바지 주머니에 넣고 걸음을 옮기면서 좀더 세게 발을 굴렀을 뿐이었다. "뉴욕 바로 외곽에 사는 건 아무 소용이 없군. 방해꾼들이 찾아와 귀찮게 하기는 여전하니까 말이야. 거처를 기필코 더 멀리 옮겨야 할까봐. 귀가하려면 밤중까지 내리 달려야 한대도 말이야." 그들은 옥외 계단 바로 가까이에서 멈춰 섰다. "하지만 그린 씨가 우리집에 오신 건 아주 오랜만이잖아요." 클라라가 말했다. 보아하니 그녀는 아버지와 생각이 전적으로 일치했지만 주제넘게도 아버지를 진정시키려는 것 같았다. "그럼 왜 하필 오늘 저녁에 온 거야?" 폴런더 씨가 말했다. 두툼한 아랫

입술 위로 말이 거침없이 흘러나왔고, 아랫입술의 늘어진 무거운 살이 가볍게 덜렁거렸다. "그러게 말이에요!" 클라라가 말했다. "아마 곧 돌아가시겠지요." 카를은 그렇게 말하면서 어제까지만 해도 전혀 몰랐던 사람들과 어울리며 맞장구를 치고 있는 자신에게 깜짝 놀랐다. "아니에요." 클라라가 말했다. "그분은 아빠에게 뭔가 중요한 용무가 있는 것 같던데요. 얘기가 아무래도 길어질 거예요. 제가 예의바른 여주인 역할을 하려면 새벽까지 곁에서 경청해야 할 거라고 그분이 벌써 농담으로 겁을 줬거든요." "그럼 또 그 얘기로군. 그렇다면 그 사람 밤새 머물겠는걸." 폴런더 씨는 그로써 최악의 상황을 맞게 되었다는 듯이 큰 소리로 말했다. "정말이지 마음 같아서는", 그가 말했다. 그리고 새로운 생각이 떠오른 듯 어조가 한결 다정해졌다. "정말이지 마음 같아서는, 로스만 군, 자네를 다시 자동차에 태워 자네 외삼촌한테 돌려보내고 싶네. 오늘 저녁은 애초부터 글렀어. 한데 자네 외삼촌이 다음번에는 언제 자네를 우리에게 다시 보내줄지 누가 알겠나. 그렇지만 내가 오늘 자네를 지금 벌써 보내준다면 다음번에는 자네 외삼촌도 허락하지 않을 수 없을 걸세." 그러자마자 그는 자신의 계획을 실행하려고 카를의 손을 잡았다. 그러나 카를은 꿈쩍하지 않았고, 클라라는 카를이 이곳에 머무르게 해달라고 간청하면서 적어도 자기와 카를은 그린 씨에게 전혀 방해받지 않을 수 있을 거라고 했다. 결국 폴런더 씨도 자신의 결심 자체가 그다지 굳은 것이 아님을 깨달았다. 게다가—어쩌면 이것이 결정적이었을지 모르는데—그린 씨가 갑자기 계단 꼭대기에서 정원을 향해 외치는 소리가 들렸다. "대체 어디들 있는 거요?" "가자." 폴런더 씨는 그렇게 말하고 계단을 향해 걸음을 옮기기 시작했다. 카를과 클라라도 뒤따르며 이제 불빛 속에서 서로를 유심히 살폈다. '이 여자는 입술이 빨갛군.' 카를은 속으로 말하면서 폴런더 씨의 입술을 떠올리고는 그 입술이 딸에게서 얼마나 예쁘게 변했는지 생각했다. "저녁식사 후에", 그녀가 말했다. "괜찮으면 곧장 제 방으로 가요. 최소한 그린 씨에게서 벗어나기 위해서라도요. 어차피 아빠는 그분과 사업 얘기에 몰두해야 할 테니까요. 그리고 실례가 아니라면 제게 피아노를 쳐줄 수 있을지요. 당신이 피아노를 아주 잘 친다고 아빠가 이미 얘기하셨거든요. 아쉽게도 전 음악을 전혀 못해요. 사실 음악을 무척 좋아하지만 피아노에는 손도 대지 않아요." 카를은 폴런더 씨와도 같이 어울리고 싶었지만 클라라의 제안에 전적으로 동의했다. 그들이 계단을 오르자 그린 씨의 거대한 체구가 서서히 모습을 드러냈는데, 막상 그 앞에 서자—이미 폴런더 씨의 거구에 익숙해졌는데도—오늘 저녁 이 남자로부터 폴런더 씨를 어떻게든 빼내올 수 있을 거라는 희망은 카를에게서 완전히 사라졌다.

그린 씨는 만회할 것이 많다는 듯 몹시 서둘러 그들을 맞이해서는 폴런더 씨의 팔을 잡고 카를과 클라라를 앞세우고서 식당으로 갔다. 식당은 무엇보다 길쭉한 띠 모양의 싱싱한 잎들 사이로 반쯤 고개를 든 식탁 위의 꽃들 덕분에 매우 화려해 보였고, 그런 만큼 방해자인 그린 씨의 존재가 두 배로 유감스럽게 생각되었다. 식탁 옆에 서서 다른 사람들이 앉을 때까지 기다리던 카를은, 정원으로 난 커다란 유리문이 열렸는지 짙은 꽃향기가 정자로 풍겨오듯 식당 안으로 흘러들러오고 있어 그나마 기뻤다. 그때 마침 그린 씨가 씩씩거리며 다가가 이 유리문을 닫으려고 맨 아래 빗장으로 허리를 숙였다가 맨 위 빗장으로 발돋움을 했는데 그 몸놀림 하나하나가 젊은이처럼 빨라서 급히 달려온 하인은 할일이 없었다. 식탁에 앉아 그린 씨가 처음으로 꺼낸 말은 카를이 이번 방문을 외삼촌에게 허락받았다는 것에 대한 놀라움의 표현이었다. 그는 수프를 가득 뜬 숟가락을 연신 입으로 가져가면서 오른쪽의 클라라와 왼쪽의 폴런더 씨에게 자기가 왜 그렇게 놀라는지, 외삼촌이 카를에게 얼마나 주의를 기울이고 있는지, 카를에 대한 외삼촌의 사랑이 얼마나 큰지 그것을 외삼촌의 사랑이라고 부를 수 없을 정도라고 설명하는 것이었다. '이 사람은 이 자리에 쓸데없이 끼어드는 것으로 부족해서 이제 외삼촌과 나 사이에까지 끼어드는구나.' 이런 생각이 들자 카를은 금빛 수프를 한 모금도 넘길 수 없었다. 그러나 자신이 얼마나 성가신 느낌인지 눈치채게 하고 싶지 않아서 말없이 수프를 입에 퍼넣기 시작했다. 식사시간이 고생스러운 일처럼 느리게 흘러갔다. 그린 씨와 기껏해야 클라라만이 쾌활했고 간간이 짧은 웃음소리를 내기도 했다. 폴런더 씨는 그린 씨가 사업 이야기를 할 때만 몇 번 대화에 끌려들어갔다. 그는 그런 대화에서 금세 빠져나오긴 했으나, 잠시 후 그린 씨가 생각지도 않게 다시 그런 이야기를 꺼내서 놀라지 않을 수 없었다. 그런데 그린 씨가 이야기 중에 강조하려고 했던 것은—그때 카를은 무슨 불길한 일이라도 닥쳐오는 것처럼 귀를 기울이고 있어서, 그의 앞에 구운 고기가 놓여 있고 지금은 저녁식사중이라는 것을 클라라가 일깨워주어야 했다—처음부터 이렇게 불쑥 찾아올 생각은 아니었다는 점이었다. 이야기해야 할 용건이 특별히 긴급한 것이긴 하지만 적어도 가장 중요한 내용만은 오늘 시내에서 협의할 수 있었고 덜 중요한 내용은 내일이나 나중으로 미뤄둘 수 있었기 때문이라는 것이다. 그래서 실제로 업무 종료 시간 한참 전에 폴런더 씨의 사무실을 찾았지만 만나지 못해서 부득이 오늘밤은 못 들어간다고 집에 전화를 건 다음 차를 몰고 올 수밖에 없었다고 했다. "그렇다면 제가 사과를 드려야겠네요." 누가 뭐라고 대꾸할 새도 없이 카를이 큰 소리로 말했다. "폴런더 씨가 오늘 다른 때보다 일찍 업무를 마친 것은 제 탓이기 때문입니다. 죄송합니다." 폴런더 씨는 얼굴의 대부분을 냅킨으로 가렸고, 클라라는 카를에게 미소를 지었지만 공감의 미소가 아니라 그의 마음을 어떻게든 움직여보려는 미소였다. "사과할 필요 없네." 마침 비둘기 고기를 날카로운 칼질로 자르던 그린 씨가 말했다. "정반대일세. 저녁을 혼자 집에서 먹는 대신 이런 기분좋은 자리에 어울려 시간을 보내는 것이 나로서는 정말 기쁜 일이니까 말이야. 집에서는 늙은 가정부가 시중을 드는데, 너무 늙어서 문에서 내 식탁까지 오는 길도 힘들어할 정도라네. 노파가 다가오는 모습을 보려면 한참을 의자에 기대고 있어야 해. 최근에야 하인이 음식을 식당 문까지 가져오도록 해놓긴 했지만, 그 문에서 내 식탁까지 나르는 일은 그녀 몫이지. 내가 그녀를 이해하는 한에서는 그렇다네." "어머나", 클라라가 소리쳤다. "정말 충직한 하녀로군요!" "그렇지, 세상에는 아직 충직한 사람들이 있다네." 그린 씨는 그렇게 말하고 고기 한 조각을 입으로 가져갔다. 그때 카를은 혀가 날름 음식을 낚아채는 모습을 우연히 보고 속이 메스꺼워 일어섰다. 거의 동시에 폴런더 씨와 클라라가 그의 손을 붙잡았다. "더 앉아 있어야 해요." 클라라가 말했다. 그가 다시 자리에 앉자 그녀는 그에게 속삭였다. "좀 이따가 함께 빠져나가요. 지금은 참아주세요." 그동안 그린 씨는 조용히 식사에만 열중했다. 그가 카를의 속을 뒤집어놓았다면 카를을 진정시키는 것은 폴런더 씨와 클라라가 당연히 해야 할 일인 것처럼 말이다.

자기 집 늙은 가정부에게서 벗어나 제대로 보양하겠다고 작심한 듯, 새로운 코스마다 지치지 않고 언제든 받아들 준비가 되어 있으면서도 요리 하나하나를 세심히 음미하는 그린 씨 때문에, 식사시간이 유난히 길어졌다. 이따금 그는 티나게 알랑거리는 모습으로 클라라 양이 살림을 꾸려가는 솜씨를 칭찬하기도 했는데, 카를은 그녀를 공격하는 것처럼 느껴져 막아보려 했다. 하지만 그린 씨는 그걸로 성이 차지 않는지 접시에서 고개를 들지도 않고 유독 식욕이 없어 보이는 카를에게 몇 번이나 유감을 표했다. 폴런더 씨는 주인으로서 카를이 식사를 하도록 북돋아줘야 할 입장인데도 먹지 않는 그를 두둔하고 나섰다. 그런데 사실 저녁식사 내내 압박감에 시달린 탓에 예민해진 카를은 본래라면 더 좋은 쪽으로 판단했을 폴런더 씨의 말을 불친절한 것으로 해석했다. 한번은 아주 무리해서 급하게 많이 먹었다가 다시 한참을 지쳐서 포크와 나이프를 내려놓았던 것도 그런 심리 상태에만 들어맞는 행동이었다. 음식을 건네주는 하인은 이 자리에서 가장 움직임이 없는 카를에게 어떻게 해야 좋을지 난감할 때가 많았다.

"자네가 도무지 먹지 않아서 클라라 양을 얼마나 속상하게 했는지 내일 상원의원님께 이야기하겠네." 그린 씨는 그렇게 말하면서 농담이라는 의도를 포크와 나이프를 장난스럽게 다루어 표현하려고 했다. "자, 얼마나 섭섭한 얼굴을 하고 있는지 이 아가씨 좀 보게나." 그는 말을 계속하면서 클라라의 턱밑을 손으로 잡았다. 그녀는 하는 대로 가만 놔두고서 눈을 감았다. "요 귀여운 아가씨." 그가 큰 소리로 말하고는 몸을 뒤로 젖혀 배불리 먹은 자답게 힘이 넘쳐서 얼굴이 시뻘게지도록 웃어댔다. 카를은 폴런더 씨의 태도를 이해해보려고 했으나 소용없었다. 그는 접시를 앞에 두고 앉아서 실제로 중요한 일은 그 안에서 벌어지고 있다는 듯 가만히 들여다보고 있었다. 카를의 의자를 자기 쪽으로 가까이 끌어당기지도 않았고, 일단 이야기를 할 때면 모두를 상대로 했지 카를에게 무슨 특별한 말을 하는 일도 없었다. 오히려 이 늙고 노회한 뉴욕의 독신남인 그린이 의도가 뻔히 보이게 클라라의 몸에 손을 대고, 폴런더의 손님인 카를을 모욕하거나 최소한 어린애로 취급하는 것을, 무슨 짓을 더 심하게 하려 들었는지 누가 알까 싶지만, 그냥 두고 보았던 것이다.

식사가 끝난 후—그린 씨가 좌중의 전반적인 분위기를 알아채고 제일 먼저 일어났고, 그 바람에 다 함께 일어났다—카를은 혼자 떨어져서 가느다란 흰색 창살로 나뉜 커다란 창문들 쪽으로 갔다. 테라스를 향해 나 있는 창문들은 가까이 다가가서 보니 실은 출입문이었다. 폴런더 씨와 그의 딸이 처음에 그린 씨에게 느끼는, 당시 카를로서는 다소 이해가 되지 않던 혐오감은 어디로 가고 무엇이 남은 걸까? 지금 그들은 그린 씨와 함께 서서 그의 말에 고개를 끄덕이고 있었다. 그린 씨는 폴런더 씨가 선물한 시가를 피우는 중이었다. 카를이 고향에 있을 때 아버지가 종종 눈으로 직접 본 적이 없을 텐데도 버릇처럼 얘기해주던 것과 같은 굵은 시가였고, 그 연기가 넓은 거실 가득 퍼져 그린 씨의 발길이 닿을 리 만무한 구석구석까지 그의 영향력을 떨치고 있었다. 멀찍이 떨어져 서 있는데도 카를은 연기 때문에 콧속이 간질거리는 느낌이었고, 그가 서 있는 자리에서 몸을 돌려 딱 한 번 재빨리 보았을 뿐이지만 그린 씨의 태도는 왠지 비열해 보였다. 그 순간 카를은 외삼촌이 이번 방문을 허락하길 그렇게 한참 망설였던 이유가 그저 폴런더 씨의 물렁한 성격을 잘 알고 있어서 비록 정확히 예견한 것은 아니지만 이번 방문 때 카를이 모욕당할 가능성을 어느 정도 내다보았기 때문일 수도 있겠다고 생각했다. 그리고 저 미국 소녀도 마음에 들지 않았다. 그녀가 훨씬 더 아름다울 거라고 상상했던 것은 절대 아니지만 말이다. 그린 씨가 그녀와 어울리게 되면서부터 카를은 그녀의 얼굴이 간혹 아름다워 보일 때, 특히 그녀의 눈이 아주 활발하게 움직이며 반짝거릴 때 흠칫 놀랐다. 그녀가 입고 있는 것처럼 그렇게 몸에 딱 붙는 치마는 아직 한 번도 본 적이 없었다. 부드러우면서도 질긴 듯한 노란빛 옷감의 잔주름이 팽팽함의 정도를 보여주고 있었다. 그러나 카를에게 그녀는 전혀 중요한 존재가 아니어서 그녀의 방으로 이끌려 올라가는 것을 포기하고 싶었다. 그 대신 만일의 경우를 위해 손잡이에 두 손을 올려놔봤던 이 문을 열고 나가 자동차에 타든가, 운전사가 이미 잠들었을 경우 혼자서라도 뉴욕으로 슬슬 걸어갈 수 있었으면 했다. 그를 향해 기운 만월의 청명한 밤은 누구에게나 즐기도록 허락되었고, 탁 트인 바깥에서 혹여 두려움을 느끼는 것은 그가 보기에 터무니없는 일 같았다. 카를은—이 넓은 방에서 처음으로 기분이 좋아졌다—어떻게 하면 아침에—걸어간다면 더 일찍 도착하지는 못할 테니—외삼촌을 깜짝 놀라게 해드릴까 상상해보았다. 외삼촌의 침실에 들어가본 적은 아직 한 번도 없고 어딘지도 몰랐지만, 그런 것은 물어보면 분명 알아낼 수 있을 터였다. 그러고 나서 문을 두드리고 "들어와요!" 하는 의례적인 소리에 안으로 들어가면, 지금까지는 늘 반듯하게 차려입고 단추를 단단히 채우고 있는 모습밖에 몰랐던 사랑하는 외삼촌이 잠옷 차림으로 침대에서 벌떡 일어나 앉아 놀란 눈으로 문 쪽을 바라보는 모습과 마주하게 되리라. 어쩌면 사실 그것만으로는 별로 놀라운 일이 아닐지도 모르겠지만, 그것이 어떤 결과를 초래할 수 있을지 곰곰이 생각해봐야 한다! 어쩌면 그는 처음으로 외삼촌과 함께 아침식사를 하게 될 것이다. 외삼촌은 침대에 앉고, 그는 의자에 앉아 그들 사이의 작은 식탁에 아침을 차려놓고 먹게 되리라. 어쩌면 이렇게 함께하는 식사가 일종의 정례가 될 것이고, 그런 식의 아침식사가 계속되다보면, 이건 심지어 거의 피할 수 없는 일이기도 한데, 지금까지는 하루에 한 번씩만 만났던 그들이 그보다는 더 자주 만나게 될 테고, 그러다보면 자연히 서로 더 솔직하게 터놓고 이야기를 나눌 수도 있을 것이다. 그가 오늘 외삼촌에게 다소 공손치 못했던 것, 아니 더 정확히 말하자면 고집을 부렸던 것도 결국은 그저 이런 솔직한 대화가 부족했던 탓이 아니겠는가. 그리고 오늘밤을 여기서 보내야 하더라도—지금은 그가 여기 창가에 서서 혼자 즐기도록 저들이 내버려두고 있기는 하지만 유감스럽게도 그럴 수밖에 없을 것 같은데—이번 불행한 방문이 외삼촌과의 관계를 더 나은 쪽으로 바꾸어놓는 전환점이 될지도 모를 일이다. 어쩌면 외삼촌도 오늘밤 자신의 침실에서 비슷한 생각을 하고 계실지 몰랐다.

다소 위안이 되어 그는 뒤돌아보았다. 클라라가 그의 앞에 서 있다가 말했다. "우리집이 전혀 마음에 안 드나요? 여기서 좀 편안하게 있고 싶지 않아요? 이리 와요. 제가 마지막으로 시도해볼게요." 그녀는 그를 데리고 거실을 가로질러 문 쪽으로 갔다. 살짝 거품이 이는, 높은 잔에 담긴 음료를 앞에 두고 두 신사가 사이드테이블에 앉아 있었다. 카를은 뭔지 모르는 음료라 한번 맛보고 싶은 마음이 들었다. 그린 씨는 팔꿈치를 테이블에 괴고서 얼굴 전체를 폴런더 씨에게 되도록 가까이 들이대고 있었다. 폴런더 씨를 모르는 사람이 봤더라면 사업 이야기가 아니라 무슨 범행 모의 같은 것을 하고 있다고 충분히 생각할 수 있었을 것이다. 폴런더 씨는 문 쪽으로 가는 카를을 다정한 시선으로 좇았지만, 그린 씨는 카를 쪽을 아예 돌아보지도 않았다. 대개는 자기도 모르게 상대방의 시선을 따라가기 마련이지만, 그러지 않는 그린 씨의 행동은 카를이 보기에 일종의 확신을 드러내는 것 같았다. 카를은 카를대로, 그린은 그린대로, 여기서는 각자 알아서 능력껏 도생해나가야 한다는, 두 사람 사이의 필요한 사회적 관계는 시간이 지나면서 둘 중 한쪽의 승리나 파멸로 자연히 결론이 날 거라는 확신 같은 것 말이다. '그렇게 생각하고 있다면', 카를은 속으로 말했다. '그는 어리석은 자야. 정말이지 나는 그에게 바라는 게 아무것도 없어. 그러니 그도 나를 가만히 내버려둬야 할 거야.' 복도로 나오자마자 카를은 아무래도 무례한 행동을 한 것 같다는 생각이 들었다. 그린 씨에게서 눈을 떼지 않은 채 클라라에게 방에서 끌려나오다시피 했기 때문이다. 그래서 지금 그는 그만큼 더 기꺼운 마음으로 그녀와 나란히 걸어가고 있었다. 여러 개의 복도를 지나면서, 스무 걸음 간격으로 화려한 제복 차림의 하인들이 나뭇가지 모양의 촛대를 하나씩 들고 서 있는 것을 처음 보았을 때는 눈을 의심했다. 그들은 촛대의 굵은 몸통을 두 손으로 움켜쥐고 있었다. "전기 배선을 새로 하고 있는데 아직까지는 전선이 식당에만 깔려 있어요." 클라라가 설명했다. "이 집을 최근에야 매입해서 전체적으로 개축하는 중이거든요. 제멋대로 지어진 낡은 집이라 할 수 있는 한 죄다 뜯어고치고 있어요." "그럼 미국에도 벌써 오래된 집들이 있는 거군요." 카를이 말했다. "물론이에요." 클라라가 웃으면서 말하고는 계속해서 그를 끌고 갔다. "미국에 대해 이상한 생각을 갖고 있군요." "비웃지 말아요." 그가 화가 난 어조로 말했다. 누가 봐도 그는 이미 유럽과 미국을 알고 있었지만, 그녀는 미국밖에 모르니까 말이다.

지나가면서 클라라는 가볍게 손을 뻗어 문 하나를 밀쳐 열더니 멈춰 서지도 않고 말했다. "여기서 주무시게 될 거예요." 카를은 물론 곧바로 방을 구경하려고 했지만, 클라라는 조바심을 내며 거의 소리를 지르다시피 그럴 시간은 충분하니 우선 따라오기나 하라고 말했다. 그들은 복도를 잠시 왔다갔다하다가, 마침내 카를은 모든 걸 클라라의 뜻에 따라 할 필요는 없다는 생각에 몸을 홱 뿌리치고 그 방으로 들어갔다. 창밖이 놀랄 만큼 어두운 것은 창문 가득 흔들리고 있는 나무우듬지 때문이었다. 새소리가 들렸다. 달빛이 아직 미치지 않는 방안에서는 물론 거의 아무것도 분간할 수가 없었다. 카를은 외삼촌에게 선물받았던 손전등을 가져오지 않은 것이 아쉬웠다. 이 집에서는 손전등이 정말이지 꼭 필요한 물건이었다. 손전등 몇 개만 있으면 하인들을 잠자러 보낼 수 있을 테니까. 그는 창틀에 앉아 밖을 내다보며 귀를 기울였다. 놀란 새 한 마리가 고목의 우거진 나뭇잎 사이를 뚫고 들어가는 것처럼 보였다. 뉴욕의 교외선 열차가 내지르는 기적소리가 시골 어디에선가 울려왔다. 그 외에는 조용했다.

그러나 오래가지 않았다. 클라라가 조급히 들어왔기 때문이다. 화난 기색이 역력한 그녀가 소리쳤다. "대체 이게 무슨 일이에요?" 그러면서 자신의 치마를 탁탁 쳤다. 카를은 그녀가 좀더 예의 있게 굴 때까지 기다렸다가 대답하려고 했다. 하지만 그녀가 성큼성큼 다가와 "나랑 같이 갈래요, 말래요?"라고 소리치고는 일부러 그런 건지 아니면 그저 흥분한 탓인지 몰라도 가슴을 밀치는 바람에 그는 창밖으로 떨어질 뻔했다. 만일 그가 마지막 순간 창틀에서 미끄러져내려와 두 발로 방바닥을 디디지 않았더라면 추락하고 말았을 것이다. "하마터면 떨어질 뻔했잖아요." 그가 나무라는 투로 말했다. "그런 일이 일어나지 않아서 유감이군요. 왜 그렇게 제멋대로죠? 한번 더 밀어서 떨어뜨려줄까요?" 그러더니 실제로 그녀는 그를 껴안고 운동으로 단련된 몸으로 거의 창가에까지 밀어붙였다. 그는 하도 기가 막혀서 처음엔 힘주어 버티는 것도 잊어버렸다. 하지만 정신을 차리고 허리를 비틀어 몸을 빼낸 뒤 자신이 그녀를 껴안았다. "아야, 아파요." 그녀가 곧바로 말했다. 그러나 카를은 그녀를 놓아주어서는 안 되겠다고 생각했다. 그는 그녀에게 원하는 대로 걷는 자유를 주기는 했지만 뒤를 따라붙어 놓지 않았다. 몸에 딱 붙는 옷을 입고 있는 그녀를 껴안는 것은 아주 쉬운 일이었다. "놓아주세요." 그녀는 상기된 얼굴을 그의 얼굴에 바짝 들이밀고는 속삭였다. 너무 가까이에 있어서 그녀를 보려면 애를 써야 할 정도였다. "놓아줘요. 멋진 것을 드릴 테니." '이 여자는 왜 이렇게 한숨을 푹푹 쉬는 걸까?' 카를이 생각했다. '아플 리가 없어. 꽉 누르고 있는 것도 아닌걸.' 그래서 그는 여전히 그녀를 놓아주지 않았다. 그러나 잠깐 방심해 잠자코 서 있는 사이 갑자기 그녀가 다시 힘을 줘 그의 몸을 누르는 것이 느껴졌고 그에게서 몸을 빼낸 그녀는 상체 안기 기술을 충분히 활용해 외국 무술을 하듯이 발의 위치를 잡고 그의 다리를 가로막는 한편 아주 규칙적으로 호흡하며 그를 벽 쪽으로 밀어붙였다. 거기에 소파가 하나 있었는데, 그녀는 카를을 그 위에 눕히고는 최대한 몸을 떨어뜨리고 말했다. "자, 움직일 수 있으면 움직여봐." "이 고양이, 미친 고양이!" 카를은 분노와 수치심이 뒤섞인 채 겨우 그렇게 소리칠 수 있었다. "미쳤구나. 이 미친 고양이야!" "말조심해!" 그녀가 그렇게 말하면서 한 손을 그의 목으로 가져가 세게 조르기 시작하는 바람에, 카를은 숨을 헉헉거리는 것 말고 달리 할 수 있는 게 없었다. 그사이 다른 손으로는 뭔가 시험 삼아 만져보듯이 그의 뺨을 쓸다가 점점 뒤로 들어올려 언제든 따귀를 내려칠 수 있는 자세를 취했다. "어때?" 그녀가 물었다. "숙녀에게 그런 불손한 태도를 보인 벌로 호되게 따귀를 때려 집으로 돌려보낼까 하는데. 그러면 멋진 추억은 아니겠지만 앞으로의 인생살이에는 도움이 될 수도 있을 거야. 나도 네가 참 안됐어. 꽤 괜찮은 아이인데 말이야. 네가 주짓수를 배웠더라면 나를 때려눕혔을 텐데. 그래도, 그래도 말이야—네가 지금 그렇게 누워 있으니 정말로 따귀를 한 대 치고 싶어서 손이 근질근질해. 그러면 보나마나 후회하겠지. 하지만 만약 내가 그렇게 한다면 그건 거의 내 본의가 아닐 거라는 걸 미리 알아둬. 그러고 나면 나는 물론 한 대로 만족 못하고, 네 양볼이 부어오를 때까지 오른쪽 왼쪽 마구 때릴 거야. 그런데 너는 아마도 명예를 존중하는 남자일 테니—그럴 거라고 믿고 싶어—그렇게 따귀를 맞으면 더이상 살고 싶지 않아 세상에서 없어져버릴지도 모르지. 그런데 왜 너는 내 뜻을 어기고 그렇게 했지? 혹시 내가 마음에 안 들어? 내 방에 가는 게 부질없다는 거야? 조심해! 지금도 하마터면 나도 모르게 따귀를 올려붙일 뻔했으니까. 오늘은 이렇게 벗어나더라도 다음부터는 더 신사답게 행동해. 나는 네가 대들어도 되는 네 외삼촌이 아니란 말이야. 그것 말고도 너에게 일러두고 싶은 게 또 있어. 내가 따귀를 때리지 않고 너를 봐준다고 할 때 지금의 네 처지나 실제로 따귀를 맞는 것이나 명예의 관점에서 보면 똑같다고 생각할 필요는 없다는 거야. 네가 그렇게 생각하고 싶다면 실제로 따귀를 때려줄게. 내가 이 모든 이야기를 들려주면 마크는 뭐라고 할까." 마크를 머릿속에 떠올리면서 그녀는 카를을 놓아주었다. 그의 흐리멍덩한 생각들 속에서 마크는 마치 구원자처럼 여겨졌다. 목 부분에 아직도 얼마간 클라라의 손길이 느껴져서 카를은 몸을 살짝 뒤챘다가 가만히 누워 있었다.

그녀는 그에게 일어나라고 재촉했지만, 그는 대꾸하지도 않고 꼼짝하지도 않았다. 그녀가 어딘가에서 촛불을 켰다. 그러자 방이 밝아지며 천장에 파란 지그재그무늬가 나타났다. 그러나 카를은 머리를 소파 쿠션에 괸 채 클라라가 눕혀놓은 그대로 누워 조금도 고개를 돌리지 않았다. 클라라가 방안을 이리저리 서성이자 치마가 다리에 스치며 사각거렸다. 그러다가 창가에 한참을 가만히 서 있는 모양이었다. "이제 반항 다 했어?" 그녀가 그렇게 묻는 소리가 들렸다. 카를은 폴런더 씨가 오늘밤 그가 묵을 곳으로 생각해둔 이 방에서 전혀 휴식을 취할 수 없어 마음이 무거웠다. 그곳에서 그 여자가 이리저리 왔다갔다하더니 멈춰 서서 말을 걸었다. 그녀가 이루 말할 수 없이 너무 싫었다. 어서 자고 일어나 이곳을 떠나는 것이 그의 유일한 바람이었다. 침대에 들어가 눕고 싶지도 않고 그냥 이 소파에 그대로 있고 싶었다. 그는 그녀가 나가기만을 기다렸다. 그녀가 나가면 얼른 뒤따라가 문을 걸어 잠그고 와서 다시 소파에 몸을 던지고 싶었다. 그는 몸을 쭉 뻗고 하품을 하고 싶었지만 클라라 앞에서 그러고 싶지는 않았다. 그래서 그렇게 누워 천장을 뚫어져라 응시하다보니 얼굴이 점점 돌처럼 굳어가는 느낌이었고, 주위를 빙빙 도는 날벌레 한 마리가 눈앞에 가물거렸지만 그것이 무엇인지는 제대로 알지 못했다.

클라라가 다시 그에게 다가와서 그의 시선 방향으로 몸을 굽혔다. 그가 자제하지 않았더라면 그녀를 쳐다보고 말았을 것이다. "이제 갈게." 그녀가 말했다. "혹시 나중에 나에게 오고 싶은 마음이 들지도 몰라. 내 방문은 이 문부터 세어서 네번째야. 복도 이쪽 네번째. 그러니까 문 세 개를 지나면 그다음이 내 방문이지. 나는 이제 거실로 내려가지 않고 계속 내 방에 있을 거야. 너 때문에 나도 정말 지쳤어. 절대 너를 기다리지는 않을 거야. 그래도 오고 싶으면 와. 나에게 피아노 연주를 들려주겠다고 약속한 것은 잊지 마. 하지만 나 때문에 완전히 녹초가 된 것 같으니까 못 움직이겠으면 그냥 누워 잠이나 푹 자. 당장은 아버지한테 우리가 몸싸움을 벌인 일에 대해 한마디도 안 할게. 네가 걱정할까봐 하는 말이야." 말이 끝나자 그녀는 자기 입으로 피곤하다고 해놓고선 껑충껑충 두 걸음 만에 방을 나갔다.

카를은 즉시 일어나 앉았다. 그렇게 누워 있기가 이미 아까부터 견딜 수 없이 지겨웠다. 몸을 움직이기 위해 그는 문으로 가서 복도를 내다보았다. 그러나 그곳은 암흑이었다! 문을 닫고 걸어 잠그고 다시 책상 옆의 촛불 빛 속에 서자 안심이 되었다. 그의 결심은 이 집에 더 오래 머무르지 않고 폴런더 씨에게 내려가 클라라가 자기를 어떻게 대접했는지 솔직하게 말하고—자신의 패배를 고백하는 것이 그에게는 전혀 대수로운 일이 아니었다—그 정도면 충분한 이유가 될 테니 차를 타거나 걸어서 집으로 가게 해달라는 허락을 구하는 것이었다. 만일 폴런더 씨가 이렇게 빠른 귀가에 반대한다면, 가장 가까운 호텔로 안내해 줄 하인이라도 하나 붙여달라고 부탁할 생각이었다. 친절한 주인에게 카를이 계획중인 것과 같은 방식으로 대하는 것이 대체로는 보기 드문 일이지만, 클라라가 했던 방식으로 손님을 다루는 것은 더욱더 드문 일이었다. 그녀는 심지어 폴런더 씨에게 그 몸싸움에 대해 당장은 아무 말도 하지 않겠다고 약속하면서 무슨 호의를 베푸는 것처럼 굴었지만 그것은 참으로 뻔뻔스러운 일이 아닐 수 없었다. 그래, 카를이 레슬링 시합에 초대받기라도 했다는 것인가, 그래서 아무래도 인생 대부분을 레슬링 기술을 배우며 보냈을 것 같은 소녀에게 내던져지는 수치를 당했단 말인가. 필경 그녀는 마크에게 수업을 받았을 거야. 그녀가 모든 것을 이야기해도 상관없다. 그자는 확실히 현명한 사람이니까. 비록 그것을 세세히 경험할 기회는 한 번도 없었지만 카를은 알고 있었다. 마크에게 가르침을 받는다면 자기가 클라라보다 훨씬 더 잘할 거라는 것도 알고 있었다. 그러고 나서 언젠가 다시 이곳에 오게 된다면, 초대받지 않을 가능성이 다분하겠지만, 당연히 맨 먼저 공간부터 파악할 것이다. 공간을 정확히 알고 있다는 것이 클라라의 큰 이점이었으니까. 그러고서 바로 그 클라라를 붙잡아 그녀가 오늘 자기를 내던진 바로 이 소파에서 먼지가 날리도록 두들겨주리라.

지금은 거실로 돌아가는 길을 찾는 것만이 급선무였다. 처음의 얼떨떨한 상태에서 그는 보나마나 모자도 어딘가 엉뚱한 자리에다 두고 온 것이 분명했다. 물론 촛불을 가져갈 생각이었지만 빛이 있다고 길을 쉽게 찾을 수 있는 것은 아니었다. 예컨대 그는 이 방이 거실과 같은 층인지 아닌지조차 몰랐다. 여기까지 내내 클라라에게 끌려온 터라 주위를 둘러볼 겨를이 없었다. 그린 씨와 촛불을 들고 있는 하인들도 그를 상념에 빠뜨린 존재들이었다. 요컨대 그들이 계단을 하나 지나왔는지 둘 지나왔는지 아니면 아예 지나지 않았는지조차 지금 그는 알지 못했다. 전망으로 미루어 짐작해보면 이 방은 상당히 높은 곳에 있었기에 계단을 올라온 것으로 믿어보려 했지만 이미 건물 현관에 이를 때 계단을 올라와야 했으니 건물의 이쪽 편도 높지 않을 리 없었다. 그래도 최소한 복도의 어느 문에서든 새어나와 작은 불빛이라도 볼 수 있든가 멀리서 아무리 작더라도 어떤 목소리든 들을 수 있다면 좋을 텐데.

외삼촌이 선물로 준 회중시계가 열한시를 가리키고 있었다. 그는 촛불을 들고 복도로 나갔다. 길 찾기가 허사가 되면 최소한 자기 방이라도 다시 찾고 이어서 최악의 경우에는 클라라의 방 문을 찾기 위해 그는 문을 열어두었다. 또한 안전을 기하기 위해, 문이 저절로 닫히는 일이 없도록 의자로 지지해놓았다. 복도에 나가보니 카를을 향해—그는 물론 클라라의 방 문을 피해 왼쪽으로 갔다—맞바람이 불어서 난처한 상황이었다. 아주 약한 바람이기는 했지만 여하튼 자칫하면 촛불이 꺼질 수도 있어서 불꽃을 손으로 가려야 했다. 게다가 자꾸 내려앉는 불꽃이 다시 일어나도록 몇 번이고 멈춰 서야 했다. 이렇게 느릿느릿 앞으로 나아가야 하다보니 길이 두 배로 길게 여겨졌다. 카를은 문 없이 벽만 이어져 그 뒤에 무엇이 있는지 상상이 되지 않는 긴 구간을 지나온 터였다. 그러고서는 다시 문들이 연이어 나타나 그중 몇 개를 열어보려고 했지만 다 잠겨 있어서 아무래도 사람이 기거하지 않는 곳 같았다. 정말이지 어처구니없는 공간 낭비였다. 카를은 외삼촌이 보여주기로 약속했던 뉴욕의 동쪽 구역을 떠올렸다. 그곳에서는 작은 방 하나에 여러 가족이 살고 있으며, 한 가족의 거주 공간이 방 한쪽 구석인데 거기에 아이들이 부모를 둘러싸고 오글오글 모여 있다고 했다. 그런데 이곳에서는 이렇게나 많은 방이 비어 있었고, 문을 두드리면 공허한 소리를 울리기 위해서 존재할 뿐이었다. 폴런더 씨는 카를이 보기에 나쁜 친구들 때문에 길을 잘못 들었고 딸을 애지중지하느라 정신을 못 차리는 것 같았다. 외삼촌은 확실히 그를 제대로 봤던 것이다. 다만 이곳에 놀러와 복도에서 이렇게 헤매는 것은 카를이 사람을 판단하는 데 영향을 주지 않겠다는 외삼촌의 원칙 탓이었다. 카를은 내일 그것을 외삼촌에게 서슴없이 말할 생각이었다. 이 원칙에 따라 외삼촌은 자신에 대한 조카의 판단도 기꺼운 마음으로 잠자코 들어줄 것이기 때문이었다. 어쨌든 이 원칙이 외삼촌에게서 카를의 마음에 들지 않는 유일한 점일 것이고 이조차 반드시 그런 것은 아니었다.

갑자기 복도 한쪽에서 벽이 끝나고 그 대신 얼음처럼 차가운 대리석 난간이 나타났다. 카를은 촛불을 자기 옆에 나란히 세워놓고 조심스럽게 난간 너머로 몸을 구부렸다. 어두운 공허의 기운이 그를 향해 닥쳐왔다. 이곳이 이 건물의 중앙 홀이라면—촛불의 가물거리는 빛 속에서 아치형을 그리는 천장의 일부가 보였다—어째서 여길 통해 들어오지 않았을까? 이 크고 깊은 공간의 용도는 과연 무엇일까? 이렇게 높은 곳에 서 있으니 꼭 교회의 회랑에 있는 것 같았다. 카를은 내일까지 이 집에 머무를 수 없다는 것이 거의 서운할 지경이었다. 밝은 낮에 폴런더 씨의 안내를 받아 집안 곳곳을 돌아다니며 온갖 것에 대해 설명을 듣고 싶었다.

난간은 길지 않아서 카를은 곧 다시 막다른 복도에 들어섰다. 복도가 갑자기 꺾이는 곳에서 그는 벽에 쿵 하고 세게 부딪혔다. 그런데도 촛불이 바닥에 떨어져 꺼지는 불상사를 면할 수 있었던 것은 그저 끊임없이 주의를 기울이며 손에 경련이 일 만큼 초를 꼭 들고 있었던 덕분이었다. 가도 가도 복도는 끝날 기미가 없었고, 어디에도 밖을 내다볼 수 있는 창문 하나 없었으며, 위를 보나 아래를 보나 움직이는 것이라곤 없었기에 카를은 이내 둥글게 이어진 똑같은 복도를 계속 맴돌고 있다는 생각이 들었다가 또 이내 자기 방의 열린 문을 어쩌면 다시 찾을 수 있을지 모른다는 희망이 생기기도 했지만, 문도 난간도 다시 나타나지 않았다. 지금껏 카를은 크게 소리를 지르지 않도록 조심하고 있었다. 남의 집에서 이렇게 늦은 시간에 공연히 소란을 피우고 싶지 않았다. 하지만 이제는 이처럼 조명이 없는 집에서는 그러는 것도 무리는 아니라는 것을 깨닫고 복도 양쪽을 향해 큰 소리로 "여보세요" 하고 막 외치려던 참이었다. 그때 그가 온 방향에서 작은 불빛 하나가 다가오는 것이 보였다. 이제야 그는 곧게 뻗은 복도의 길이를 어림할 수 있었다. 이 집은 성채이지 별장이 아니었다. 이 구원의 불빛을 본 기쁨이 너무 커서 카를은 조심성을 완전히 잃어버리고 그쪽으로 달려갔다. 껑충껑충 처음 몇 걸음 만에 들고 있던 촛불은 이미 꺼져버렸다. 그러나 더는 촛불이 필요 없어서 개의치 않았다. 등불을 든 늙은 하인 하나가 카를을 향해 오고 있었고, 그는 분명 올바른 길을 알려줄 터였다.

"누구십니까?" 하인은 물으면서 카를의 얼굴에 등불을 들이댔다. 그렇게 함으로써 동시에 자신의 얼굴도 비춘 셈이었다. 그의 얼굴은 하관을 뒤덮고 비단결처럼 곱슬곱슬하게 가슴께까지 내려와 있는 풍성한 흰 수염 탓에 다소 경직되어 보였다. 이런 수염을 기르는 것이 허용되는 것을 보면 이 사람은 충직한 하인임이 분명해, 카를은 생각하면서 그 자신도 관찰당하고 있다는 데 전혀 개의치 않고 수염에 시선을 고정한 채 그 길이와 폭에 따라 찬찬히 살펴보았다. 그러면서도 즉시 자기는 폴런더 씨의 손님이며 자신의 방에서 식당으로 가려는데 길을 찾을 수 없다고 대답했다. "아. 그렇군요." 하인이 말했다. "우리는 아직 전등을 달지 못했습니다." "알고 있습니다." 카를이 말했다. "제 등불로 초에 불을 붙이지 않으시겠습니까?" 하인이 물었다. "네, 그럼." 카를은 말하면서 초에 불을 붙였다. "여기 복도에는 이렇게 바람이 들어와서", 하인이 말했다. "촛불이 잘 꺼져요. 그래서 저는 등을 가지고 다니지요." "맞아요, 등불이 훨씬 편리하지요." 카를이 말했다. "게다가 벌써 옷에 온통 촛농이 떨어졌네요." 하인은 그렇게 말하고 촛불로 카를의 양복을 비추어 확인시켜주었다. "전혀 몰랐어요." 카를은 그렇게 소리치며 몹시 속상해했다. 외삼촌이 그에게 제일 잘 어울린다고 말했던 검은색 양복이었기 때문이다. 클라라와의 몸싸움도 옷이 엉망인 데 한몫했을 거라는 생각이 지금에야 떠올랐다. 하인은 친절하게도 될 수 있는 대로 서둘러 옷에 묻은 것을 제거해주었다. 카를은 그 앞에서 몇 번이고 몸을 이리저리 돌리면서 아직 여기저기 보이는 얼룩을 가리켰고 하인은 그때마다 순순히 떼어주었다. "한데 이곳에는 왜 이렇게 바람이 들어오나요?" 카를이 하인과 같이 걸어가면서 물었다. "이 집은 공사해야 할 데가 아직 많거든요." 하인이 말했다. "개축을 시작했지만 진행이 아주 더디답니다. 아시겠지만 지금 건축 노무자들이 파업중이에요. 이런 공사에 불만이 많은 겁니다. 지금 몇 군데가 크게 갈라졌는데 벽을 쳐서 막아주는 사람이 없어서 온 집안에 외풍이 있습니다. 귀를 솜으로 완전히 틀어막지 않았더라면 못 견뎠을걸요." "그럼 제가 더 큰 소리로 말해야 할까요?" 카를이 물었다. "아닙니다. 당신은 목소리가 맑아서 괜찮습니다." 하인이 말했다. "그런데 다시 공사 얘기로 돌아오면, 특히 예배실 근처가 견뎌내기 힘들 정도로 외풍이 심합니다. 나중에 예배실은 반드시 이 집의 나머지 부분과 차단시켜야 해요." "그럼 이 복도에서 지나치게 되는 난간이 예배실로 통하나요?" "그렇습니다." "저도 방금 그렇다고 생각했어요." 카를이 말했다. "그 예배실은 꼭 한번 볼만하지요." 하인이 말했다. "그것이 없었다면 마크 씨는 아마 이 집을 사지 않았을 테니까요." "마크 씨요?" 카를이 물었다. "이 집은 폴런더 씨 소유인 줄 알았는데." "물론입니다." 하인이 말했다. "하지만 이 집을 살 때 결정적인 역할을 한 것은 마크 씨였습니다. 마크 씨 모르세요?" "아아, 알지요." 카를이 말했다. "그런데 폴런더 씨와는 어떤 관계인가요?" "그분은 아가씨의 약혼자이십니다." 하인이 말했다. "저는 당연히 몰랐어요." 카를은 말하면서 멈춰 섰다. "그게 그렇게 놀라운 얘기인가요?" 하인이 물었다. "잘 알아두려는 것뿐입니다. 그런 관계를 모르면 실수를 할 수도 있으니까요." 카를이 대답했다. "당신에게 그 이야기를 하지 않았다니 이상할 따름이군요." 하인이 말했다. "정말 그렇네요." 카를이 멋쩍어하며 말했다. "필시 당신이 알고 있다고 생각했던 모양입니다." 하인이 말했다. "따끈따끈한 뉴스거리도 아니거든요. 자, 다 왔습니다." 그러면서 그가 문을 열자 그 뒤로 계단이 나타나 곧장 식당의 뒷문으로 이어졌다. 식당은 도착했을 때와 마찬가지로 환하게 불을 밝히고 있었다. 두 시간 전처럼 변함없이 폴런더 씨와 그린 씨의 목소리가 들려오는 그곳으로 카를이 들어가려는데 그전에 하인이 말했다. "원하신다면 제가 여기서 기다리고 있다가 방까지 안내해드리겠습니다. 어쨌든 첫날 저녁인데 여기서 길을 잘 찾아가기는 여간 어려운 일이 아니니까요." "이제는 내 방으로 돌아가지 않으려고요." 카를이 말했다. 그 말을 하자 왜 슬퍼지는 건지 이유를 알 수 없었다. "그것도 그리 나쁘지는 않을 겁니다." 하인은 알겠다는 듯 미소 지으며 그렇게 말하고 카를의 팔을 톡톡 두드렸다. 아마도 카를의 말을 밤새도록 식당에서 이 사람들과 담소를 나누며 함께 술을 마실 작정이라는 뜻으로 이해한 모양이었다. 카를은 지금 어떤 고백도 하고 싶지 않았다. 게다가 이 집의 다른 하인들보다도 더 마음에 든 이 하인이라면 뉴욕으로 가는 길을 가르쳐줄 수 있을 거라는 생각이 들어 이렇게 말했다. "여기서 기다려주시겠다면 참으로 큰 호의를 베푸는 것이니 고맙게 받아들이겠습니다. 아무튼 얼마 후 이리 나와서 제가 그뒤에 뭘 할지 말씀드리겠습니다. 벌써부터 당신의 도움이 더 필요할 거라는 생각이 드네요." "좋습니다." 하인이 말했다. 그러고는 등불을 바닥에 놓고 낮은 받침돌 위에 앉았다. 그 위에 아무것도 놓여 있지 않은 것은 아무래도 이 집의 개축 공사와도 관련이 있는 듯했다. "그럼 여기서 기다리겠습니다. 촛불은 제 옆에 두고 가시지요." 타고 있는 촛불을 들고 식당 안으로 들어가려는 카를을 보더니 하인이 그렇게 덧붙였다. "제가 정말 정신이 없습니다." 카를은 촛불을 건네주면서 말했다. 그러자 하인은 의도적으로 그랬는지 아니면 손으로 수염을 쓰다듬느라 그런 건지 몰라도 고개만 끄덕거렸다.

카를이 문을 열자 문이 요란하게 덜그럭거렸는데, 그의 잘못은 아니었다. 손잡이만 움켜잡고 급히 열면 거의 휘어져버릴 듯한 유리판 한 장으로만 된 문이 있었기 때문이다. 아주 조용하게 들어가려던 카를은 화들짝 놀라 문을 채 닫지 못하고 놓아버렸다. 돌아보지는 않았지만 그는 뒤에서 하인이 보나마나 받침돌에서 일어나 아무 소리도 나지 않게 조심조심 문을 닫아주고 있다는 것을 알아차렸다. "방해해서 죄송합니다." 그가 깜짝 놀란 얼굴로 그를 쳐다보는 두 신사를 향해 말했다. 동시에 어디에선가 재빨리 모자를 찾을 수 있지 않을까 싶어 식당과 거실을 한눈에 스윽 훑어보았다. 하지만 모자는 어디에도 보이지 않았다. 식탁이 말끔히 치워져 있으니, 야속하게도 어쩌다 부엌으로 잘못 옮겨졌을지 몰랐다. "한데 클라라는 어디에 두고 왔나?" 폴런더 씨가 물었다. 그런데 이렇게 방해꾼이 나타난 것이 그리 싫지는 않은 눈치였다. 금세 안락의자에서 자세를 고쳐 앉아 카를을 정면으로 바라보았기 때문이다. 그린 씨는 관심 없는 척 크기와 두께가 특대인 서류가방을 꺼냈다. 뭔가 찾는 게 있는지 여기저기 포켓을 뒤지는가 싶더니 그러다가 마침 손에 잡힌 다른 서류들까지 읽고 있었다. "부탁드릴 말씀이 하나 있는데, 오해하시지는 말았으면 합니다." 카를은 재빨리 폴런더 씨에게로 가서 그와 아주 가까이 있으려고 안락의자 팔걸이에 손을 얹으며 말했다. "도대체 무슨 부탁인데 그러나?" 폴런더 씨는 솔직하고 거침없는 시선으로 카를을 바라보면서 물었다. "물론 꼭 들어줘야지." 그러면서 그는 카를을 팔로 껴안아 자기 다리 사이로 끌어당겼다. 대체로 이런 대접을 받기에는 자신이 너무 컸다는 느낌이었지만 카를은 기꺼이 감내했다. 그러나 말을 꺼내기는 당연히 더 어려워졌다. "그건 그렇고 우리집이 어떤가, 마음에 드나?" 폴런더 씨가 물었다. "도시를 벗어나 시골에 오면 이른바 해방감이 든다고들 하는데 자네는 안 그런가? 대체로 말해서"—그러면서 그는 카를 때문에 약간 가려지긴 했지만 오인의 여지 없이 곁눈질로 그린 씨를 보았다—"대체로 나는 그런 느낌을 수시로 받는다네, 저녁마다." '이 사람은 마치', 카를이 생각했다. '큰 저택, 끝없이 긴 복도, 예배실, 텅 빈 방들, 도처의 어둠에 대해서는 전혀 모르는 것처럼 말하는구나.' "자, 이제!" 폴런더 씨가 말했다. "그 부탁이란 걸 말해보게!" 그러면서 말없이 서 있는 카를을 다정하게 흔들었다. "부탁드리는데", 카를은 되도록 목소리를 낮추었지만 옆에 앉은 그린 씨에게 전부 들리는 것은 피할 길이 없었다. 어쩌면 폴런더 씨를 모욕하는 일로 여겨질 수도 있는 이 부탁을 그린 씨 앞에서는 정말이지 입 밖에 내고 싶지 않았다. "부탁드리는데, 밤이지만 지금 집으로 돌아가게 해주세요." 도저히 하기 힘든 제일 모진 말을 꺼내자 다음부터는 그만큼 더 술술 말이 나왔다. 그는 조금의 거짓도 없이 사실 그전에는 생각지도 않았던 것들까지 말해버렸다. "무엇보다도 집에 가고 싶어요. 기꺼이 다시 오겠습니다. 선생님께서 계시는 곳이라면 저도 기꺼이 오고 싶으니까요. 다만 오늘은 이곳에 머물 수 없습니다. 아시다시피 외삼촌이 이번 방문을 흔쾌히 허락하신 건 아니었습니다. 외삼촌은 자신이 하는 모든 일에서와 마찬가지로 이번에도 분명 그럴 만한 이유가 있었던 겁니다. 그런데 제가 주제넘게도 외삼촌의 분별 있는 생각을 거스르고 억지로 허락을 받아낸 셈이었지요. 저에 대한 외삼촌의 사랑을 그냥 악용한 거예요. 이번 방문에 대해 외삼촌이 얼마나 주저했는지가 지금 중요한 문제는 아니에요. 다만 한 가지 확실한 것은 외삼촌의 그 주저함에 선생님의 마음을 상하게 할 만한 것은 전혀 없었다는 사실입니다. 선생님은 제 외삼촌의 절친한 친구이자 둘도 없는 친구이시니까요. 외삼촌의 친구들 중 어느 누구도 선생님과는 절대 비교가 안 됩니다. 이것이 제멋대로 군 제 행동에 대한 유일한 변명이지만, 충분한 변명은 못 되지요. 선생님께서는 아마 외삼촌과 저의 관계에 대해 정확히 이해하고 계시지는 못할 겁니다. 그래서 저는 가장 분명한 사실만 말씀드리려고 합니다. 영어 공부를 마치고 상업 실무에 대한 견문을 충분히 넓힐 때까지, 저는 전적으로 외삼촌의 호의에 의지할 수밖에 없다는 점입니다. 물론 혈육으로서 그 호의를 누려도 되겠지요. 선생님께서는 제가 지금이라도 발 벗고 나서면 어떻게든 밥벌이는 제법 할 거라고—다른 무엇보다 하느님이 저를 지켜주셔야겠지요—생각하셔서는 안 됩니다. 그러기에는 유감스럽게도 제가 받았던 교육이 너무나 비실용적인 것이었어요. 저는 유럽의 김나지움 4학년을 평범한 학생으로 수료했고 그 말인즉슨 돈을 버는 데는 하등 도움이 되지 않는다는 것입니다. 유럽의 김나지움은 교과과정이 매우 뒤떨어져 있으니까요. 제가 배운 것을 말씀드리면 웃으실지도 모르겠습니다. 공부를 계속해서 김나지움을 마치고 대학에 진학하면 아무래도 모든 면에서 그럭저럭 차이가 해소되고 마침내 교양도 제대로 갖춰 그것으로 무언가를 시작할 수 있고 돈벌이에 나설 결단도 서게 되겠지요. 하지만 저는 유감스럽게도 서로 연결된 이 학업과정을 이탈해버렸습니다. 때때로 저는 아는 게 아무것도 없고 제가 아는 모든 것도 결국 미국에서 살아가기에는 어림없을 거라는 생각이 들어요. 최근에는 제 고향에서도 혁신 김나지움이 여기저기 설립되어 현대어도 가르치고 상업 과목들도 가르치는 모양이에요. 제가 초등학교를 졸업할 당시에는 그런 것이 없었어요. 아버지는 제가 영어를 배웠으면 하셨지만, 첫째 당시에는 저에게 어떤 불행이 닥칠지, 영어가 얼마나 필요할지 짐작할 수 없었고, 둘째 김나지움에서 공부할 것이 많아서 다른 데 열중할 시간이 별로 없었습니다. ―이 모든 얘기를 구구하게 늘어놓는 것은 제가 외삼촌에게 얼마나 의지하고 있으며 그 결과로 얼마나 큰 은혜를 입고 있는지 보여드리기 위해서입니다. 이런 처지인 제가 아무리 사소한 일일지라도 외삼촌의 뜻에 어긋나는 행동을 해서는 안 된다는 것은 분명히 인정하실 겁니다. 그래서 외삼촌께 저지른 잘못을 어느 정도라도 만회하려면 지금 당장 집으로 가야 합니다." 카를이 이렇게 긴 이야기를 하는 동안, 폴런더 씨는 주의 깊게 경청하면서, 특히 외삼촌이 언급될 때면 은근슬쩍 카를을 자기 쪽으로 종종 끌어당겼고, 몇 번 진지하게 기대에 찬 듯한 눈빛으로 여전히 가방을 만지작거리고 있던 그린 씨 쪽을 바라보았다. 하지만 카를은 이야기를 하는 동안 외삼촌에 대한 자신의 입장이 뚜렷하게 의식될수록 점점 더 불안해졌으며, 자기도 모르게 폴런더 씨의 팔에서 빠져나오려고 했다. 이곳에 있는 모든 것이 그를 옴짝달싹 못하게 했다. 유리문을 열고 나가 계단을 내려가서 밤나무 길을 지나, 국도를 거치고 시 외곽을 통과해서 외삼촌 건물로 통하는 번잡한 대로에 이르기까지 외삼촌에게로 가는 길은 서로 치밀하게 연결되어 하나를 이루고 있는 것처럼 여겨졌다. 텅 빈, 평탄한 그 길이 그를 맞이할 준비를 하고서 강렬한 소리로 그를 부르고 있었다. 폴런더 씨의 친절한 모습과 그린 씨의 혐오스러운 모습이 흐릿해졌고, 그는 담배 연기로 자욱한 이 방에서 벗어나 이 집을 떠나도 된다는 허락을 받는 것 말고는 바라는 것이 없었다. 폴런더 씨와는 이제 끝이라는 느낌이었고 그린 씨에 대해서는 전의가 느껴지긴 했지만, 사방에서 밀려든 막연한 두려움이 그를 가득 채워 그 타격으로 눈앞이 흐릿해졌다.

그가 한 걸음 물러나 이제 폴런더 씨와도 그린 씨와도 같은 정도로 거리를 두게 되었다. "이 친구에게 무슨 얘기 좀 해주시지 않겠어요?" 폴런더 씨가 그린 씨에게 물으면서 간청하듯이 그의 손을 잡았다. "무슨 말을 해야 좋을지 모르겠네요." 그린 씨는 그렇게 말하고 마침내 가방에서 편지 한 통을 꺼내 자기 앞 테이블에 올려놓았다. "그가 외삼촌에게 돌아가려는 것은 참으로 가상한 일이어서 인간적으로 기대해보면 물론 외삼촌에게 특별한 기쁨을 안겨줄 거라고 생각해도 좋을 겁니다. 그가 제멋대로 구는 바람에 외삼촌이 머리끝까지 화가 났을 수도 있는데, 그때는 당연히 여기에 머무는 편이 더 나을 테고요. 뭔가 단정적으로 말하기는 정말이지 어려워요. 우리 둘 다 자네 외삼촌의 친한 친구고, 나와 폴런더 씨 중에 누가 더 친한지 우열을 가리기가 힘들 만큼 각별한 사이지만, 그 속마음까지 들여다볼 수는 없는 노릇이네. 특히 이곳의 우리는 뉴욕과 수 킬로미터 떨어져 있으니 말이야." "제발 부탁입니다, 그린 씨." 카를은 감정을 억누르고 그린 씨에게 다가가며 말했다. "말씀을 들어보니 선생님께서도 제가 당장 돌아가는 편이 역시 최선이라고 생각하시는 것 같은데요." "그런 말은 전혀 하지 않았네." 그러고 나서 그린 씨는 편지를 들여다보는 데 몰두해 편지 가장자리를 따라서 두 손가락을 옆으로 아래로 왔다갔다했다. 그렇게 해서 자기는 폴런더 씨의 부탁에 대답을 한 것이지 카를과는 아무 상관 없다는 뜻을 은근히 드러내려는 것 같았다.

그사이 폴런더 씨가 다가와 카를을 그린 씨가 있는 곳에서 커다란 창문 쪽으로 살며시 이끌었다. "이보게, 로스만 군." 그는 몸을 굽혀 카를의 귀에 대고 말하면서 마음의 준비를 하려는 듯 손수건으로 얼굴을 닦다가 코 언저리에서 멈추더니 코를 팽 풀었다. "내가 자네를 무리하게 여기 붙잡아두려 한다고는 생각 말게. 그건 말도 안 돼. 자동차가 여기서 떨어진 공용 차고에 있어서 자네에게 타고 가라고 내줄 수도 없네. 이곳은 모든 게 이제 겨우 개축에 들어간 참이라 전용 차고를 갖출 시간이 미처 없었거든. 그런가 하면 운전사도 여기 이 집이 아니라 차고 근처에서 자는데, 사실 나는 어딘지도 모르네. 게다가 운전사는 지금 이 시간에 이곳으로 와야 할 의무가 전혀 없고 아침 일찍 제시간에 여기 현관 앞에 차를 대놓기만 하면 된다네. 하지만 이 모든 것이 자네가 지금 당장 집으로 돌아가는 것을 가로막는 걸림돌이 되지는 못할 걸세. 자네가 뜻을 굽히지 않는다면 내가 즉시 가장 가까운 도시철도역까지 바래다줄 테니까 말이지. 다만 역이 멀어서 아침 일찍—우린 일곱시면 벌써 출발할 텐데—내 자동차를 타고 함께 가는 것보다 훨씬 더 일찍 집에 도착하지는 못할 걸세." "폴런더 씨, 그래도 저는 도시철도를 타고 싶어요." 카를이 말했다. "도시철도는 전혀 생각 못했어요. 아침 일찍 자동차로 가는 것보다 도시철도로 가는 편이 더 일찍 도착한다는 말씀이시죠." "하지만 별로 큰 차이가 아닌데." "그래도, 그래도요, 폴런더 씨." 카를이 말했다. "베풀어주신 선생님의 호의는 잊지 않고 언제든 기꺼이 놀러오겠습니다. 물론 오늘 제 행동을 보고도 다시 초대해주신다면 말이지만요. 그리고 다음번에는 아마도 제가 오늘 왜 일 분이라도 더 일찍 외삼촌을 보려고 하는지, 그 일 분 일 분이 저에게 왜 그토록 중요한지 더 잘 설명드릴 수 있을 겁니다." 그러고는 마치 떠나라는 허락을 이미 받은 것처럼 덧붙였다. "배웅해주시지는 않아도 됩니다. 전혀 그러실 필요가 없어요. 밖에 있는 하인이 기꺼이 역까지 바래다줄 겁니다. 이제 제 모자만 찾으면 됩니다." 마지막 말을 하면서 벌써 그는 혹시나 모자를 찾을 수 있지 않을까 마지막으로 한번 더 살펴보기 위해 급히 방을 가로질렀다. "내가 대신 빵모자를 하나 주면 안 되겠나?" 그린 씨는 가방에서 빵모자를 꺼내며 말했다. "잘 맞을지도 모르는데." 당황한 카를이 멈춰 서서 말했다. "선생님의 모자를 가져갈 수는 없지요. 모자를 쓰지 않고 가도 얼마든지 괜찮습니다. 전혀 필요 없어요." "이건 내 모자가 아니네. 그냥 가져가게!" "그럼 감사합니다." 카를은 더이상 머물고 싶지 않아서 그렇게 말하고 모자를 받았다. 한번 써보자 너무 잘 맞아서 처음엔 웃음이 나왔다. 그러고는 다시 벗어 들고 살펴보았다. 뭔가 특별한 점이 있을까 했지만 찾지 못했다. 그것은 완전히 새것인 빵모자였다. "아주 잘 맞네요!" 그가 말했다. "그래, 잘 맞는군!" 그린 씨가 큰 소리로 말하며 테이블을 쳤다.

카를이 하인을 데려오려고 이미 문 쪽으로 가던 그때, 그린 씨가 일어나 푸짐하게 먹고 충분히 휴식한 뒤라 늘어지게 기지개를 켜고는 가슴을 세게 치면서 조언인지 지시인지 알 수 없는 투로 말했다. "떠나기 전에 클라라 양과 작별인사를 해야지." "그래야 하네." 덩달아 일어났던 폴런더 씨도 말했다. 유심히 들어보면 진심에서 우러난 말이 아님을 알 수 있었다. 그는 힘없이 늘어뜨린 양손으로 바지 솔기를 툭툭 두드리다가 상의의 단추를 자꾸 풀었다 채웠다 했다. 최신 유행으로 아주 짧아서 허리에 겨우 닿을까 말까 한 상의는 폴런더 씨처럼 뚱뚱한 사람들에게는 어울리지 않았다. 더욱이 그린 씨와 나란히 서 있으니 폴런더 씨의 경우는 건강한 비만이 아니라는 인상이 뚜렷했다. 두툼한 등은 좀 구부정했고 물렁물렁하고 늘어져 보이는 배는 말 그대로 짐이었으며 얼굴은 창백하고 고달픈 기색이었다. 이에 비해 같이 서 있는 그린 씨는 폴런더 씨보다 약간 더 뚱뚱한 편일지 몰라도 살집이 옹골지고 전체적으로 균형이 잡힌 비만이었다. 두 발은 군인처럼 뒤꿈치를 꽉 붙이고, 머리는 꼿꼿이 세운 채 앞뒤로 흔들고 있었다. 그는 거구의 체조선수, 아니 체육교사쯤으로 보였다.

"그럼 먼저", 그린 씨가 말을 계속했다. "클라라 양에게 다녀오게. 그러면 틀림없이 자네도 기분좋을 테고 내가 시간을 배분하기도 아주 좋을 걸세. 사실 자네가 이곳을 떠나기 전에 흥미로운 얘기를 해주려고 하거든. 필시 자네의 귀가에도 결정적인 영향을 미칠 얘기일 거야. 다만 유감스럽게도 자정 전에는 자네에게 아무 얘기도 하지 말라는 더 높은 곳의 명령을 받들어야 하는 처지라네. 자네도 상상할 수 있듯이 그러려다보면 밤잠을 설칠 테니 그 자체로 괴로운 일이지만, 나는 의뢰받은 명령에 충실히 따를 것이네. 지금은 열한시 십오분이니까 폴런더 씨와 사업 얘기를 마저 나눌 수 있겠군. 그 자리에 자네가 있으면 방해가 될 뿐이니 잠시 클라라 양과 좋은 시간을 보내고 있게나. 그러고서 열두시 정각에 여기로 오면 되네. 그때 꼭 들어야 할 얘기를 듣게 될 걸세."

사실상 폴런더 씨에게 그저 최소한의 예의와 감사의 마음을 보여달라는 이 요구를 카를이 거부할 수 있을까, 더욱이 당사자인 폴런더 씨는 말도 시선도 되도록 아끼고 있는 데 비해, 이제껏 무심하고 퉁명스러웠던 남자가 하고 나선 이 요구를? 그런데 그가 자정이 되어서야 듣게 될 거라는 그 흥미로운 얘기란 무엇일까? 이렇게 되면 귀가가 사십오 분 정도 늦어지는 건데, 최소한 그만큼 빨라지는 게 아니라면 그에

겐 별로 흥미로운 일이 아니었다. 그러나 최대의 의문은 뭐니 뭐니 해도 그가 과연 원수 같은 클라라에게 갈 수 있느냐 하는 것이었다. 외삼촌이 서진書鎭으로 쓰라고 선물해준 부시*라도 지니고 있었더라면 좋았을 텐데. 클라라의 방은 위험천만한 동굴 같은 곳일지도 모르니까. 그러나 이 자리에서 클라라에 대해 터럭만큼이라도 책잡는 말을 한다는 것은 이제 절대로 있을 수 없는 일이었다. 그녀는 폴런더 씨의 딸이자 방금 듣기로는 마크의 약혼녀이기도 했기 때문이다. 아니 그녀는 그를 상대로 조금은 다르게 처신했어야 하지 않았을까, 그러면 그도 그런 관계를 감안해 마음을 터놓고 그녀를 떠받들었을지 모르는데. 그는 이 모든 것을 곰곰이 생각하다가 이내 사람들이 지금 그에게 바라는 건 생각이나 하고 있는 게 아님을 깨달았다. 왜냐하면 그린 씨가 문을 열고 하인에게 "이 젊은 친구를 클라라 양에게 모셔다드리게"라고 말했기 때문이다. 하인은 받침돌에서 벌떡 일어나 얼른 뛰어왔다.

'명령이 이런 식으로 이행되는구나.' 카를은 생각했다. 하인이 늙어 쇠약한 나머지 끙끙거리며 뛰다시피 해서 아주 빠른 지름길을 통해 그를 클라라 방으로 끌고 갈 때였다. 그의 방 앞을 지나가는데 여전히 문이 열려 있었고, 카를은 혹시 한숨 돌릴 수 있을까 싶어 잠시 들어가려 했다. 하지만 하인은 그러도록 내버려두지 않았다. "안 됩니다." 그가 말했다. "클라라 양에게 가셔야 합니다. 당신도 직접 들으셨지요." "잠깐만 들어갔다 나올게요." 카를은 기분전환삼아 소파에 몸을 좀 누이고 있으면 자정까지 시간이 더 빨리 갈 거라고 생각하면서 말했다. "저를

---

* 부싯돌을 쳐서 불이 일어나게 하는 쇳조각.

힘들게 하지 마시고 할일을 하게 해주세요." 하인이 말했다. '내가 클라라 양에게 가야 하는 것을 무슨 벌이라도 되는 것처럼 여기나보군.' 카를은 그렇게 생각하면서 몇 걸음 옮겼지만 반항심에 다시 멈춰 섰다. "어서 오세요, 젊은 나리님." 하인이 말했다. "어차피 여기까지 왔으니 어서요. 당신이 밤중이라도 떠나려 하신다는 건 알아요. 만사가 뭐 원하는 대로 되는 것은 아니죠. 그건 거의 불가능할 거라고 제가 방금 말씀드렸지요." "그래요, 저는 떠나고 싶고 또 떠날 겁니다." 카를은 말했다. "지금은 클라라 양과 작별인사를 하려는 것뿐이고요." "그렇군요." 하인이 말했는데 카를은 그가 자신의 말을 한마디도 믿지 않는다는 것을 표정으로 알아보았다. "그럼 왜 작별인사하는 것을 망설이시나요? 어서 오세요."

"복도에 누구죠?" 클라라의 목소리가 울리고 그녀가 가까운 문에서 밖으로 몸을 굽혀 내민 모습이 보였다. 손에는 빨간 갓을 씌운 커다란 스탠드가 들려 있었다. 하인이 그녀에게 급히 달려가 보고를 했고, 카를은 천천히 뒤따라갔다. "늦으셨군요." 클라라가 말했다. 그녀에게 바로 대꾸하지 않고 카를은 하인에게 나지막한 소리로, 하지만 그의 성격을 이미 알고 있었기 때문에 엄격한 명령조로 말했다. "이 문 바로 앞에서 기다려요!" "이제 자려는 참이었어요." 클라라는 말하면서 스탠드를 책상에 올려놓았다. 하인은 아래 식당에서처럼 여기서도 다시 조심스럽게 밖에서 문을 닫았다. "열한시 반이 지났는걸요." "열한시 반이 지났다고요?" 카를은 시간에 깜짝 놀란 듯 질문으로 그녀의 말을 되풀이했다.

"그럼 바로 작별을 고해야겠어요." 카를이 말했다. "열두시 정각엔 식당에 내려가 있어야 하거든요." "무슨 용무가 그리 급해요." 클라라는 멍한 표정으로 헐렁한 잠옷의 주름을 가지런히 하며 말했다. 발그레하게 달아오른 얼굴은 내내 미소를 띠고 있었다. 카를은 클라라와 다시 싸움을 벌일 위험은 없겠다고 생각했다. "그래도 피아노를 좀 쳐주지 않겠어요? 어제 아빠가, 오늘은 당신이 스스로 약속했듯이 말이에요." "하지만 너무 늦지 않았나요?" 카를이 물었다. 그는 그녀를 기분좋게 해주고 싶었다. 그녀가 어찌된 일인지 폴런더 씨, 나아가 마크와 동급으로 신분 상승이라도 한 것처럼 아까와는 전혀 딴사람이 되어 있었기 때문이다. "그래요, 늦기는 늦었군요." 그녀가 말했다. 음악을 듣고 싶은 마음이 벌써 사라진 모양이었다. "그럼 한 음 한 음이 온 집안에 울릴 테니, 당신이 피아노를 치면 틀림없이 저 위 다락방의 하인들까지 다 잠을 깰 거예요." "그러면 피아노 치는 것은 그만두지요. 꼭 다시 올 수 있기를 바랄게요. 그런데 아주 힘든 일이 아니라면 저희 외삼촌 댁에 한번 와서 그 김에 내 방도 구경하지 그래요. 근사한 피아노가 있답니다. 외삼촌이 선물해주셨어요. 괜찮으면 그때 내가 칠 수 있는 모든 곡을 연주해드리지요. 유감이지만 많지는 않고 또 그렇게 훌륭한 피아노에는 어울리지도 않아요. 그런 악기로는 거장들의 연주를 들어야지요. 그래도 방문 전에 미리 알려준다면 거장의 연주를 직접 듣는 즐거움을 누릴 수도 있을 거예요. 외삼촌이 머지않아 유명한 선생님을 초빙해 나를 가르치게 할 생각이시거든요—내가 그날을 얼마나 고대하고 있는지 상상이 되겠지요—물론 교습 시간에 맞춰 방문해야 그분의 연주를 들을 수 있을 거예요. 솔직히 말하면 피아노를 치기에 시간이 너무 늦었다는 것이 기뻐요. 나는 아직 제대로 칠 수 있는 게 전혀 없거든요. 얼마나 못 치는지 들어보면 깜짝 놀랄 거예요. 그럼 이제 작별인사를 하게 해주세요. 벌써 잘 시간이 다 됐네요." 그녀가 호의적인 눈빛으로 바라보았고 몸싸움을 벌인 일로 앙심 같은 것을 품고 있는 것 같지는 않아서 그는 손을 내밀고 미소 지으면서 이렇게 덧붙였다. "우리 고향에서는 '잘 자요, 그리고 좋은 꿈 꿔요'라고들 흔히 말한답니다."

"기다려주세요." 그녀는 그가 내민 손을 잡지 않고 말했다. "그래도 지금 쳐주시는 게 좋겠어요." 그러고는 피아노 옆의 조그만 옆문으로 사라졌다. '대체 무슨 일이지?' 카를이 생각했다. '그녀가 아무리 좋아도 오래 기다릴 수는 없는데.' 복도 쪽 문에서 노크 소리가 나고 문을 활짝 열 엄두를 내지 못한 하인이 빼꼼히 연 문틈으로 소곤거렸다. "죄송합니다. 지금 막 부름을 받아서 더는 못 기다려요." "그럼 어서 가보세요." 카를이 말했다. 이제 식당으로 가는 길을 혼자서도 찾을 자신이 생긴 것이다. "등불만 문 앞에 두고 가세요. 그런데 지금 몇시예요?" "곧 열한시 사십오분입니다." 하인이 말했다. "시간이 정말 안 가네요." 카를이 말했다. 하인이 문을 막 닫으려는 순간 그에게 아직 팁을 주지 않았다는 생각이 나서 카를은 바지 주머니에서 1실링을 꺼내—이제 그도 미국식으로 잔돈은 잘그랑거리며 바지 주머니에, 지폐는 조끼 주머니에 넣어 다녔다—건네주면서 말했다. "도와주셔서 고마웠어요."

클라라는 두 손으로 머리를 단단히 묶으면서 다시 방안으로 들어왔다. 그때 카를은 하인을 보내지 말았어야 했다는 생각이 들었다. 이제 누가 그를 도시철도역으로 데려다줄 것인가? 그럼 뭐, 폴런더 씨가 하인을 새로 하나 더 찾아주겠지. 어쩌면 식당으로 불려간 그 하인이 이따가 다시 도움을 줄 수 있을지도 몰라. "그럼 어서 조금만 쳐주세요.

여기서는 좀처럼 음악을 들을 수 없으니 이런 기회를 놓치고 싶지 않아요." "그렇다면 지금이 절호의 때란 말이군요." 카를은 더 생각할 것 없이 그렇게 말하고 곧바로 피아노 앞에 앉았다. "악보 필요하세요?" 클라라가 물었다. "괜찮아요. 제대로 볼 줄도 몰라요." 카를은 대답하면서 벌써 치기 시작했다. 짤막한 가곡이었는데, 카를도 잘 알듯이 특히 외국인도 웬만큼이나마 이해할 수 있도록 하기 위해서는 상당히 느리게 연주해야 하는 곡이었다. 그러나 그는 아주 빠른 행진곡 템포로 아무렇게나 쳐내려갔다. 연주가 끝나자 그동안 들쑤셔졌던 집안의 정적이 더 크게 밀려들어 다시 제자리를 찾았다. 그들은 우두커니 그 자리에 앉아 꼼짝도 하지 않았다. "아주 훌륭해요." 클라라가 말했다. 하지만 연주를 마친 카를에게 듣기 좋으라고 하는 인사치레는 없었다. "몇 시인가요?" 그가 물었다. "열한시 사십오분이에요." "그럼 아직 시간이 약간 더 있군요." 카를은 그렇게 말하고 속으로 생각했다. '모 아니면 도다. 내가 칠 수 있는 열 곡을 다 칠 필요는 없겠지. 그래도 잘하면 한 곡쯤은 잘 칠 수 있을 거야.' 그래서 그는 자신이 좋아하는 군가를 치기 시작했다. 이번에는 템포가 어찌나 느린지 듣고 싶은 욕구가 깨어나 다음 음을 향해 뻗어나갔지만 카를은 그 음을 한참 붙잡고 있다가 간신히 내놓았다. 물론 그는 실제로 어느 가곡이든 짚어야 할 건반을 먼저 눈으로 찾아내야 했지만, 그에 더하여 어떤 고통이 자기 안에서 생겨나는 것을 느꼈다. 그 고통은 곡이 끝나고도 또다른 끝을 찾아 헤매지만 소용없다는 것이었다. "정말로 안 되네요." 카를은 연주를 마치자 그렇게 말하고 눈물이 글썽한 눈으로 클라라를 바라보았다.

그때 옆방에서 큰 박수소리가 들려왔다. "또 누가 듣고 있었군요!"

카를이 소스라치게 놀라 소리쳤다. “마크예요.” 클라라가 나지막하게 말했다. 그런데 벌써 마크가 외치는 소리가 들렸다. “카를 로스만, 카를 로스만!”

동시에 카를은 두 발을 들고 몸을 틀어서 피아노 의자를 훌쩍 뛰어넘어 문을 열었다. 거기에 마크가 커다란 캐노피 침대에 반쯤 눕다시피 몸을 기댄 채 다리에 이불을 대충 덮고 앉아 있었다. 청색 비단으로 된 천개는 묵직한 나무로 각지게 만든 단순한 침대에 다소 소녀 취향의 화려함을 주는 유일한 장식이었다. 조그만 협탁 위에는 달랑 촛불 하나가 타고 있었지만, 침대 시트와 마크의 나이트가운이 워낙 새하얘서 그 위에 비치는 촛불 빛이 거의 눈부실 정도로 반사되고 있었다. 비단 천개도 팽팽하게 당겨지지 않고 가볍게 물결치듯 주름져 적어도 가장자리 부분은 빛나고 있었다. 하지만 마크 바로 뒤 침대와 그 밖의 모든 것은 칠흑 같은 어둠 속에 잠겨 있었다. 클라라는 침대 기둥에 기대어 마크만 바라보고 있었다.

“안녕하세요.” 마크가 카를에게 손을 내밀며 말했다. “피아노를 제법 잘 치는군요. 지금까지는 당신의 승마 기술만 알고 있었는데.” “나는 이것도 저것도 엉망이에요.” 카를이 말했다. “당신이 듣고 있는 걸 알았다면 절대로 피아노를 치지 않았을 텐데 말입니다. 하지만 당신의 아가씨가”—그는 말을 중단하고, 마크와 클라라는 함께 잔 것이 분명하므로 ‘신부’라고 하려다가 망설였다. “그럴 거라 짐작했어요.” 마크가 말했다. “바로 그 때문에 클라라가 당신을 뉴욕에서 이리로 오게 하지 않을 수 없었던 겁니다. 그러지 않았다면 내가 당신의 피아노 연주를 들을 일은 결코 없었겠지요. 상당히 초보 수준이더군요. 연습도 많이 했을 테고 구성이 매우 단순한 노래들인데도 몇 가지 실수를 했어요. 하지만 어쨌든 아주 즐거웠어요. 내가 어떤 사람의 연주도 낮추어 보지 않는다는 점은 논외로 하더라도 말입니다. 여기 앉아서 잠시 더 우리와 함께 있지 않겠어요? 클라라, 의자 좀 드리지." "고맙습니다." 카를이 더듬거리며 말했다. "더 있고 싶지만 그럴 수가 없습니다. 이 집에 이렇게 아늑한 방이 있다는 것을 너무 늦게 알게 됐네요." "전부 이런 식으로 개축하고 있습니다." 마크가 말했다.

바로 그때 열두 번의 종소리가 빠르게 서로 겹치면서 울렸다. 카를은 이 종들이 크게 움직이며 일으키는 바람이 뺨을 스치는 느낌이었다. 이런 종이 있는 이 마을은 과연 어떤 곳일까!

"서둘러 가야 합니다." 카를은 이렇게 말하면서 마크와 클라라에게 두 손을 뻗기만 하고 악수는 하지 않은 채 복도로 달려나갔다. 등불이 보이지 않아서 하인에게 너무 빨리 팁을 준 것이 후회되었다. 그는 벽을 따라 자기 방의 열린 문을 향해 더듬어나가려고 했다. 하지만 절반도 채 가지 못했을 때 그린 씨가 촛불을 치켜들고 뒤뚱거리며 급히 이리로 오고 있는 모습이 보였다. 촛불을 든 손에는 편지도 들려 있었다.

"로스만 군, 대체 왜 오지 않은 건가? 왜 나를 기다리게 해? 클라라 양 방에서 도대체 뭘 한 건가?" '많이도 묻는군!' 카를이 생각했다. '게다가 지금 또 나를 벽으로 밀어붙이고 있잖아.' 실제로 그는 벽에 등을 기댄 카를 앞에 바짝 붙어서 있었다. 그린 씨는 이 복도에서 말도 안 되는 거구로 보였고, 카를은 그가 혹시 착한 폴런더 씨를 먹어치운 게 아닐까 재미삼아 스스로에게 물었다.

"자네는 정말 믿을 만한 사람이 못 되는군. 열두시에 내려오겠다고 약속해놓고는 클라라 양의 문 주위나 몰래 어슬렁거리고 있다니. 반면에 나는 자네에게 자정이 되면 흥미로운 것을 주겠다고 약속한 대로 그걸 가지고 이렇게 왔네."

이 말과 함께 그는 카를에게 편지를 건네주었다. 봉투에는 '카를 로스만에게. 그를 어디서 만나게 되든, 자정에 직접 전할 것'이라고 쓰여 있었다. "요컨대 말이지", 카를이 편지를 개봉하는 동안 그린 씨가 말했다. "내가 자네 때문에 뉴욕에서 이리로 달려온 것만으로도 인정받을 만한 일이라고 생각하는데. 그러니 내가 자네 뒤를 쫓아 복도를 달리도록 해서야 되겠나."

"외삼촌한테서 온 거야!" 카를은 편지를 들여다보자마자 말했다. "그럴 거라고 기대했어요." 그린 씨 쪽을 보고는 그렇게 말했다.

"자네가 기대했는지 안 했는지는 전혀 관심 없네. 어서 읽어보기나 하게." 그는 카를에게 촛불을 비춰주며 말했다.

카를이 그 불빛으로 편지를 읽어내려갔다. 사랑하는 조카에게! 우리가 함께 지낸, 유감스럽게도 너무나 짧은 시간 동안 너도 이미 알게 되었겠지만, 나는 철저히 원칙주의자다. 그것은 내 주변뿐만 아니라 나 자신에게도 매우 못마땅하고 슬픈 일이다. 그러나 오늘의 내가 존재하는 것은 모두 나의 그 원칙 덕분이며, 어느 누구도, 사랑하는 조카야, 너도 그 토대를 부정하라고 요구해서는 안 된다. 언젠가 누구에게나 나에 대한 공격이 허용된다는 생각이 들 때, 하필 네가 그 대열의 선두에 있다 하더라도 말이다. 만일 그럴 경우 내가 지금 종이를 잡고 편지를 쓰고 있는 이 두 손으로 직접 너를 붙잡아 높이 들어올릴 것이다. 하지만 지금 당장은 그런 일이 일어날 조짐이 전혀 보이지 않으니

나는 오늘 일로 너를 무조건 내 집에서 내보내지 않을 수 없구나. 그리고 간절히 바라건대 나를 직접 찾아오지도 말고, 편지나 중개자를 통해 나와 연락을 시도할 생각도 하지 마라. 너는 내 뜻을 거스르고 오늘 저녁 나로부터 떠나기로 결심했지. 그렇게 한 이상 평생 너의 결심을 바꾸지 않도록 해라. 그래야만 남자다운 결심이라고 할 수 있다. 나는 이 통지의 전달자로 나의 절친한 친구인 그린 씨를 선택했다. 그는 틀림없이 너에게 깊은 배려의 말을 해줄 것이다. 지금 나로서는 사실 그게 뜻대로 안 되는구나. 그는 영향력이 큰 사람이니 네가 독립해 첫걸음을 내디딜 때 물심양면으로 후원해줄 것이다. 이 편지를 끝내는 지금 다시 불가해하게 여겨지는 우리의 결별을 이해하기 위해 몇 번이고 새로이 되뇌지 않을 수 없구나. 카를, 네 가족에게서는 뭔가 좋은 일이 일어난 적이 없다고 말이다. 그린 씨가 네 여행가방과 우산을 전해주는 것을 잊어버리면 그 점을 상기시켜드려라. 진심으로 네 앞날의 행복을 빈다.

너의 외삼촌 야코프

"다 읽었나?" 그린 씨가 물었다. "네." 카를은 말했다. "저에게 줄 여행가방과 우산은 가져오셨나요?" 카를이 물었다. "여기 있네." 그린 씨는 이제껏 왼손에 든 채 등뒤에 감추고 있던 카를의 낡은 여행가방을 그의 옆 바닥에 놓으며 말했다. "우산은요?" 카를이 계속 물었다. "여기 다 있네." 그린 씨는 그렇게 말하고 바지 주머니에 걸어두었던 우산도 내놓았다. "이 물건들은 함부르크-아메리카 노선의 일등기관사인 슈발이라는 사람이 가져왔다고 하네. 그가 주장하기로는 배에서 발견했다는군. 언제 기회가 되면 고맙다는 인사라도 전하게나." "이제 그나마 저의 옛 물건들만은 다시 갖게 되었군요." 카를은 우산을 여행가방 위에 올려놓으며 말했다. "앞으로는 그 물건들을 더욱 신경써서 간수하라는 상원의원님의 당부도 있었네." 그린 씨가 말했다. 그러고는 다분히 개인적인 호기심에서 물었다. "대체 그 이상하게 생긴 가방은 뭔가?" "고향에서 군에 입대할 때 가져가는 가방인데요." 카를이 대답했다. "본래 아버지가 쓰시던 오래된 군용가방입니다. 낡았다는 것 말고는 아주 실용적이지요." 그는 미소 지으며 덧붙였다. "어디 놔두고 잊어버리지만 않는다면요." "이제야 제법 교훈을 얻었군그래." 그린 씨가 말했다. "미국에 외삼촌이 또 한 분 계시지는 않겠지. 자 여기, 샌프란시스코행 삼등칸 차표를 한 장 주겠네. 내가 자네를 위해 이 여행을 결정했어. 첫째 서부에서는 취업 가능성이 훨씬 더 높기 때문이고, 둘째 여기서는 자네와 관련해 고려될 수 있는 모든 일에 자네 외삼촌의 손이 뻗어 있으니 어떻게든 서로 만나는 일은 반드시 피해야 하기 때문이네. 샌프란시스코에서는 누구에게도 구애받지 않고 일할 수 있을 거야. 차분한 마음으로 맨 밑바닥에서 시작해 차근차근 한 단계씩 올라가보게."

카를은 이 말에서 어떤 악의도 느낄 수 없었다. 저녁 내내 그린 씨가 가슴속에 품고 있던 나쁜 소식이 전달된 것이어서 그때부터는 그린 씨가 위험하지 않은 인물로, 어쩌면 다른 누구보다도 허심탄회하게 이야기할 수 있는 상대로 여겨졌다. 아무리 좋은 사람이라도 이토록 비밀스럽고 고통스러운 결정을 전달하는 사자로 선택된다면 아무 잘못이 없어도 그런 결정을 간직하고 있는 한 수상쩍어 보일 수밖에 없는 노릇이다. "저는 즉시", 경험 많은 남자의 입에서 확인의 말이 나오기를 기대하며 카를이 말했다. "이 집을 떠나겠습니다. 저는 그저 외삼촌의 조카로서 대접을 받았을 뿐이지, 이방인 신세가 된 지금으로서는 이곳에 아무 볼일이 없으니까요. 죄송하지만 나가는 길을 좀 가르쳐주시겠어요? 가장 가까운 여관으로 가는 길도 알려주실 수 있나요?" "급하기도 하시지." 그린 씨가 말했다. "꽤나 번거롭게 하는군그래." 그린 씨가 바로 크게 걸음을 떼어놓는 모습을 보고 카를은 멈칫했다. 급히 서두르는 품이 어딘지 수상해서 그는 그린 씨의 상의 자락을 붙잡고 사태의 진상을 갑자기 깨달은 듯 말했다. "한 가지 더 설명해주셔야겠어요. 저에게 넘겨주셔야 했던 편지 봉투에는 저를 어디서 만나든 자정에 전해주라고만 적혀 있어요. 그런데 제가 열한시 십오분에 이곳을 떠나려고 했을 때 왜 선생님께서는 이 편지를 들먹여 저를 붙잡아두셨나요? 그때 선생님은 부탁받은 것 이상으로 월권을 하신 겁니다." 그린 씨는 카를의 말이 쓸데없는 것임을 과장되게 나타내는 손짓으로 대답을 대신한 다음 말했다. "혹시 봉투에 내가 자네 때문에 죽도록 뛰어다녀야 한다고 적혀 있던가? 혹시 편지 내용으로 미루어 봉투에 적힌 말이 그렇게 이해될 수도 있던가? 내가 자네를 붙잡아두지 않았더라면 자정에 국도에서 편지를 전해주어야 했겠지." "아닙니다." 카를이 동요하지 않고 말했다. "꼭 그렇지는 않아요. 봉투에는 '자정이 지나서 전해줄 것'이라고 적혀 있습니다. 선생님께서 너무 피곤하셨다면 아마 저를 뒤쫓아오실 수 없었겠지요. 아니면 저는, 물론 폴런더 씨는 부정하셨습니다만, 이미 자정에 외삼촌 집에 도착했을지도 모르고요. 아니면 저를 선생님의 자동차에 태워 외삼촌에게 다시 데려다놓는 것이 결국 선생님의 의무였을지도 모르죠. 제가 그토록 돌아가기를 바랐으니까요. 선생님의 자동차라니 이제는 말도 안 되지만 말입니다. 봉투에 적힌 글로 볼 때 자정이 저에게 최종 시한이라는 것은 아주 분명하지 않나요? 그리고 제가 그 시한을 지키지 못한 책임은 선생님이 지셔야 해요."

카를은 날카로운 시선으로 그린을 바라보았고, 그린의 내면에서 이렇게 자신의 가면이 벗겨진 것에 대한 수치심과 자신의 목적이 이루어진 것에 대한 기쁨이 서로 뒤엉켜 싸우고 있다는 것을 충분히 알 수 있었다. 마침내 그린 씨는 마음을 다잡고, 마치 자기가 카를의 말을 가로막기라도 하는 듯한 어조로—하지만 카를은 이미 한참 동안 침묵하고 있었다—말했다. "이제 그만 말하게!" 그러고는 자기 앞에 있는 작은 문 하나를 밀쳐 열더니 여행가방과 우산을 집어든 카를을 떠밀어 밖으로 쫓아냈다.

카를은 어이가 없어서 밖에 우두커니 서 있었다. 앞에는 건물에 붙어 있는 난간 없는 계단이 아래로 통해 있었다. 계단을 내려가서 약간 오른쪽으로 돌아 가로숫길로 들어서기만 하면 길은 국도로 이어졌다. 달빛이 교교해 길을 잃고 헤매기란 어려웠다. 아래 정원으로부터 사슬에서 풀려난 개들이 나무 그림자 사이를 이리저리 뛰어다니며 짖는 소리가 빈번히 들려왔다. 그 외에는 고요해서 개들이 수풀로 펄쩍 뛰어드는 소리까지 아주 또렷이 들렸다.

다행히 개들에게 시달리는 일 없이 카를은 정원을 벗어났다. 어느 쪽이 뉴욕인지 확실히 알 수 없었다. 이곳으로 차를 타고 올 때는 지금 도움이 될 만한 세부 지형에 거의 주의를 기울이지 못했다. 이윽고 그는 반드시 뉴욕으로 갈 필요는 없겠다고 혼잣말을 했다. 뉴욕에 가봐야 아무도 기다리지 않고, 한 사람은 심지어 확실히 그를 반기고 있지 않으니까. 그래서 그는 마음 내키는 대로 방향을 택해 길을 떠났다.

IV
램시스로 가는 길

좀 걷다가 카를이 들어간 곳은 조그만 여관이었다. 이 여관은 본래 뉴욕 운수교통회사의 작은 종점에 불과한 곳이라 대개는 숙박소로 이용되는 일이 거의 없었다. 카를은 지금부터 바로 절약하는 생활을 시작해야 한다고 생각해서 가장 저렴한 방을 요구했다. 그에 따라 주인은 카를이 마치 종업원이라도 되는 듯 손짓으로 계단을 올라가라고 지시했다. 그곳에서는 쑥대머리를 한 노파 하나가 잠을 방해받아 화가 난 기색으로 그를 맞이해, 그의 말은 듣는 시늉도 하지 않고 조용히 걸으라고 쉴새없이 잔소리를 해대며 방으로 안내했다. 그러고는 그에게 미리 '쉿!' 하고 꾸짖는 것을 잊지 않고서 방문을 닫았다.

처음에 카를은 그저 창문의 커튼이 내려져 있는 것인지 아니면 혹시 이 방에는 아예 창문이 없는 것인지 제대로 알지 못했다. 그만큼 방안은 칠흑같이 깜깜했다. 마침내 천으로 가려진 작은 채광창이 있는 것을 알아채고 그 천을 걷어 젖히자 빛이 약간 들어왔다. 방에는 두 개의 침대가 있었는데, 둘 다 이미 누가 차지하고 있었다. 잠에 곯아떨어진 젊은 남자 두 명이 보였다. 무엇보다 납득할 만한 이유 없이 옷을 입은 채 자고 있어서 어딘가 수상해 보였다. 게다가 그중 하나는 장화까지 신고 있었다.

카를이 채광창의 천을 걷었을 때, 자고 있던 한 사람이 팔다리를 약간 들어올렸다. 그 모습에 카를은 걱정이 태산 같은데도 속으로 빙긋이 웃음을 지었다.

소파나 장의자처럼 몸을 누일 만한 다른 가구가 하나도 없다는 것은 차치하고 도저히 잠을 잘 수가 없다는 것을 그는 곧 깨달았다. 겨우 다시 찾게 된 여행가방과 몸에 지닌 돈을 위험에 내맡겨서는 안 되었기 때문이다. 그렇다고 이곳을 나갈 마음도 없었다. 노파와 주인을 지나쳐 곧바로 이 여관을 다시 떠날 자신이 없었다. 국도보다는 그래도 이곳이 더 안전할지 모르니까. 다만 불충분한 빛 속에서 확인한 것이긴 하지만 방 어디에도 짐이 보이지 않는다는 것이 눈에 띄었다. 하지만 어쩌면 이 두 젊은이는 손님들이 오면 곧 일어나야 하는, 그래서 옷을 입고 자는 여관집 하인들인지도 몰랐다. 아니 십중팔구 그럴 것이다. 그렇다면 물론 이들과 함께 자는 것이 별로 명예로운 일은 아니지만, 그만큼 덜 위험할 것 같았다. 그러나 조금이라도 의심의 여지가 남아 있는 한은 어떤 경우에도 자려고 누워서는 안 될 일이었다.

한 침대 밑에 성냥과 함께 초 한 자루가 있어서, 카를은 살금살금 다가가 집어들었다. 그는 주저하지 않고 불을 켰다. 주인이 정해준 대로 이 방은 다른 두 사람과 마찬가지로 그의 것이기도 했기 때문이다. 게다가 그들은 이미 밤시간의 절반쯤을 실컷 잤고, 침대를 차지함으로써 그와는 비교가 안 되게 득을 보고 있는 셈이었다. 더군다나 그는 방안을 돌아다니거나 물건을 사용할 때 당연히 그들을 깨우지 않으려고 무진 애쓰고 있었다.

우선 그는 여행가방을 뒤져 물건들을 두루 살펴보고 싶었다. 물건들에 대한 기억은 이미 흐릿해졌고 제일 값나가는 것은 벌써 없어져버렸을 성싶었다. 슈발이 뭔가에 손을 대면 그것을 온전한 채로 돌려받을 가망이 거의 없었기 때문이다. 물론 그는 외삼촌에게 큰 사례금을 기대했을 수도 있었지만, 다른 한편 몇 가지 물건이 없어졌다 해도 본래 여행가방을 지켰던 부터바움 씨 핑계를 댈 수 있었다.

여행가방을 열어 처음 보는 순간 카를은 기겁했다. 항해하는 동안 여행가방을 정리하고 또 새로 정리하는 데 얼마나 많은 시간을 들였던가. 그런데 지금은 모든 것이 뒤죽박죽으로 마구 쑤셔넣어져 자물쇠를 열자 뚜껑이 저절로 튀어오를 정도였다. 하지만 이렇게 엉망이 된 건 그저 그가 항해중에 입고 있었고 여행가방을 꾸릴 때는 당연히 그 공간을 계산하지 않은 양복을 누군가 나중에 쑤셔넣었기 때문이라는 걸 깨닫고 카를은 안도했다. 사소한 것 하나도 없어지지 않았다. 양복 상의의 비밀 호주머니에는 여권뿐 아니라 집에서 가져왔던 돈까지 그대로 있었다. 그래서 지금 수중에 있는 돈과 합하면 당분간은 제법 넉넉한 편이었다. 그가 도착할 때 입고 있던 속옷도 깨끗이 세탁되어 다림질까지 되어 있었다. 그는 즉시 시계와 돈을 안전한 비밀 호주머니에 집어넣었다. 단 하나 유감스러운 것은 베로나산 살라미도 그대로 남아 있어서 모든 물건에 그 냄새가 배었다는 점이었다. 어떻게든 냄새를 없애지 못하면 앞으로 몇 달 내내 따라다닐 것 같았다.

맨 밑바닥에 깔려 있는 몇 가지 물건, 포켓판 성서, 편지지, 부모의 사진 등을 꺼낼 때, 쓰고 있던 빵모자가 여행가방 안으로 떨어졌다. 친숙한 옛 물건들 사이에서 모자를 보자, 그것이 자기 것이었음을, 어머니가 여행용으로 가져가라고 주셨지만 미국에서는 보통 중절모 대신 빵모자를 쓴다는 것을 알고 있었기에 도착하기도 전에 닳을까봐 조심하느라 배 위에서는 쓰지 않았던 모자였음을 바로 알아차렸다. 그렇다면 그린 씨는 그 모자로 카를을 골탕 먹이려는 심산이었던 게 틀림없었다. 혹시 외삼촌이 그에게 그런 지시까지 했을까? 카를은 저도 모르게 분노가 치밀어 여행가방의 뚜껑을 움켜잡고서 쾅하고 큰 소리를 내며 닫아버렸다.

이제 어쩔 수 없이, 자고 있던 두 사람이 깼다. 먼저 한 사람이 기지개를 켜고 하품을 하자 다른 사람도 금방 따라서 했다. 여행가방에 들어 있던 물건들 거의 전부가 테이블 위에 흩어져 있었다. 그들이 도둑이었다면 이쪽으로 다가와 골라 갖기만 하면 되었을 것이다. 그런 일이 아예 일어나지 못하도록 선수를 치기 위해서일뿐만 아니라 그 외에도 곧바로 상황을 분명히 해두기 위해서, 카를은 촛불을 손에 들고 침대 쪽으로 다가가 자신이 이 방에서 어떤 권리를 가지고 있는지 설명했다. 그들은 무슨 난데없는 소리냐는 듯 어리둥절한 기색이었고 뭐라고 대화를 나누기에는 잠이 덜 깨서 놀라지도 않고 그를 바라보고만 있었다. 두 사람 다 아주 젊었지만, 중노동이나 가난에 시달려서인지 얼굴뼈가 불거져 겉늙어 보였고, 턱수염이 지저분하게 자라 있었으며, 오랫동안 깎지 않은 머리가 정신 사납게 헝클어져 있었다. 잠이 아직도 깨지 않는지 지금은 쑥 들어간 눈을 손가락 마디로 비비다가 꾹 누르고 있었다.

카를은 그들의 취약한 현재 상태를 이용하고자 했다. 그래서 이렇게 말했다. "내 이름은 카를 로스만이고 독일인입니다. 이제 같은 방을 쓰게 되었으니 당신들의 이름과 국적도 말해주세요. 또 이 자리에서 분명히 말씀드리면, 늦게 온데다 잠잘 생각은 전혀 없으니 침대를 하나 내놓으라는 요구 같은 건 하지 않을 겁니다. 게다가 내가 좋은 옷을 입었다고 언짢아할 필요는 없습니다. 완전히 빈털터리에 장래성도 없는 놈이니까요."

둘 중 키가 작은 사람이—이자가 바로 장화를 신고 있는 사람이었다—두 팔과 두 다리와 얼굴 표정으로 자기는 그런 데 일절 관심 없으며 지금은 도대체 그런 허튼소리를 할 시간이 아니라는 뜻을 드러내고는 자리에 눕자마자 금방 잠들어버렸다. 피부가 거무스름한 다른 남자도 다시 누웠지만 잠들기 전에 아무렇게나 손을 뻗으면서 말했다. "저자는 로빈슨이라 하고 아일랜드인이며, 나는 들라마르슈라 하고 프랑스인이오. 이제 좀 조용히 해주시오." 말을 마치자마자 그는 카를의 촛불을 훅 불어 꺼버리고 베개에 벌렁 드러누웠다.

"당분간 위험은 면한 셈이군." 카를은 중얼거리면서 테이블로 돌아왔다. 저들이 졸리다는 것이 둘러댄 구실이 아니었다면 만사는 잘된 셈이었다. 다만 한 가지 찜찜한 것은 저들 중 하나가 아일랜드인이라는 점이었다. 이제 정확하게는 모르겠지만, 고향에 있을 때 언젠가 읽었던 어느 책에 미국에 가면 아일랜드인을 조심해야 한다고 나와 있었다. 물론 외삼촌 집에 머무는 동안 아일랜드인들의 위험성에 관한 문제를 근본적으로 파헤칠 절호의 기회가 있었을 테지만, 언제까지나 보호 속에 귀한 대접을 받으며 살 거라고 믿었기 때문에 그런 기회를 완전히 놓치고 말았다. 이제는 하다못해 그가 다시 불을 켠 촛불 빛에 비춰서라도 이 아일랜드인을 좀더 자세히 봐두고 싶었다. 그랬더니 이 사람이 프랑스인보다 인상이 더 괜찮아 보였다. 카를이 약간 떨어져 까치발을 하고 서서 확인하기로는 심지어 통통한 볼살이 아직 남아 있었고 자면서 아주 다정한 미소까지 짓고 있었다.

그럼에도 잠을 자지 않기로 단단히 결심한 카를은 방에 하나뿐인 의자에 앉아, 밤새도록 걸릴지 모르는 여행가방 정리는 우선 미뤄두고 성경책을 읽지도 않고 잠시 넘겨보았다. 그러고는 부모의 사진을 집어들었다. 사진에는 키가 작은 아버지가 꼿꼿하게 서 있었고 어머니는 아버지 앞의 안락의자에 몸을 살짝 파묻고 앉아 있었다. 아버지는 안락의자 등받이에 한 손을, 다른 한 손은 주먹을 쥔 채 옆의 약해 보이는 작은 장식 테이블 위에 펼쳐진 화보책 위에 올려놓고 있었다. 카를이 부모와 함께 찍은 사진도 있었는데, 아버지와 어머니는 그를 뚫어져라 보고 있었던 반면, 그는 사진사의 주문대로 카메라를 응시해야 했다. 하지만 그 사진은 이번 여행길에 챙겨오지 못했다.

그는 앞에 놓인 사진을 그만큼 더 자세히 들여다보며 아버지의 시선을 여러 각도에서 포착해보려고 애썼다. 하지만 촛불의 위치를 아무리 바꿔보아도 아버지의 모습은 더 생생해질 기미가 없었고, 수평을 이룬 두툼한 콧수염도 실제와 전혀 닮지 않았다. 잘 찍은 사진이 아니었다. 반면 어머니는 확실히 실제보다 잘 나왔는데 입 모양이 고통을 당하면서도 억지로 미소를 짓는 것처럼 일그러져 있었다. 카를이 보기에 이 점이 누가 사진을 보든 시선을 사로잡을 수밖에 없어서, 다음 순간 다시 봐도 이 선명한 인상은 너무나 강렬하고 거의 불합리하게 여겨졌다. 어떻게 한 장의 사진에서 거기에 찍힌 사람의 감추어진 감정에 대해 이토록 반박 불가의 확신을 가질 수 있단 말인가. 그래서 그는 잠시 사진에서 눈을 뗐다. 다시 사진으로 시선을 돌렸을 때는 안락의자 팔걸이 바로 앞쪽으로 내려뜨린 어머니의 손이 입을 맞출 수도 있을 만큼 가깝게 눈에 들어왔다. 혹시 부모에게 편지를 쓰는 것이 좋지 않을까 생각이 들었다. 두 분 다 실제로 그것을 바랐고, 특히 아버지는 함부르크에서 마지막으로 아주 단호하게 요구했다. 그러나 그는 생각하기도 싫은 어느 끔찍한 저녁 창가에서 어머니로부터 미국 여행을 통보받았을 때 앞으로 편지는 절대 쓰지 않겠다고 속으로 굳게 맹세했다. 하지만 새로운 상황에 처한 지금, 철없는 소년의 그런 맹세 따위가 무슨 대수겠는가. 당시 그는 미국에 가서 두 달 후에는 미국 군대의 장군이 되겠다는 맹세도 똑같이 할 수 있었을 것이다. 반면에 지금 그는 뉴욕 근교의 여관 다락방에서 두 명의 부랑자와 함께 머물고 있었다. 게다가 이곳이 사실 자기에게 어울리는 자리라는 것을 인정하지 않을 수 없었다. 그래서 그는 빙긋이 웃으며 부모의 얼굴을 살펴보았다. 그러다보면 그들이 여전히 아들에게서 소식이 오기를 바라는지 알 수 있을 것처럼.

이렇게 사진을 보고 있으려니 자신이 몹시 지쳤으며 밤을 새우기는 아무래도 어려울 것 같다는 사실을 금세 깨달았다. 사진이 손에서 툭 떨어졌다. 사진에 얼굴을 갖다대자 뺨에 와닿는 서늘함이 상쾌하게 느껴졌고, 기분좋은 느낌 그대로 잠이 들었다.

누가 겨드랑이를 간질이는 바람에 그는 아침 일찍 잠에서 깨어났다. 주제넘게 이런 뻔뻔스러운 장난을 친 것은 바로 프랑스인이었다. 하지만 아일랜드인도 어느새 카를의 테이블 앞에 서 있었고, 두 사람은 카를이 지난밤 그들을 대했을 때 못지않은 관심을 가지고 그를 내려다보았다. 카를은 그들이 일어나는 기척에도 잠이 깨지 않은 것을 이상하게 여기지 않았다. 그들은 나쁜 마음을 먹고 일부러 발소리를 죽여 몰래 다가온 것이 분명 아니었다. 카를은 깊이 잠들어 있었던데다, 그들에게 씻고 옷을 입는 것이 큰일도 아니었기 때문이다.

이제 그들은 얼마간 예의를 갖추어 제대로 인사를 나누었다. 그래서 카를은 두 사람이 기계공이며, 뉴욕에서 이미 오랫동안 일자리를 얻지 못해서 상당히 영락한 처지라는 사실을 알게 되었다. 로빈슨은 그 사실을 입증하고자 재킷을 열어젖혀 그 안에 셔츠를 입지 않았다는 것을 보여주었다. 비단 그뿐 아니라 재킷 뒤쪽에 달린 칼라가 느슨하게 내려앉은 것만 봐도 벌써 알 수 있었던 사실이었다. 그들은 뉴욕에서 도보로 이틀 걸리는 소도시인 버터퍼드로 갈 계획이었다. 그곳에 일자리가 있다고 했다. 그들은 카를이 같이 가는 데 반대하지 않았으며, 첫째 가끔 여행가방을 들어주고, 둘째 그들이 일자리를 얻게 될 경우 그에게 수습공 자리를 마련해주기로 약속했다. 일자리만 있다면 그것은 쉬운 일이라는 것이다. 카를이 동의하자마자 그들은 벌써 친하게 굴면서 일자리를 얻는 데 방해만 될 테니 그 멋진 옷은 벗으라고 충고했다. 마침 객실 하녀인 노파가 옷장사를 하니 이 여관에서 옷을 처분할 좋은 기회라고 했다. 그러고는 아니나다를까 어떻게 할지 마음을 정하지 못한 카를을 거들어 옷을 벗기더니 밖으로 가지고 나가버렸다. 혼자 남겨진 카를은 아직 잠이 좀 덜 깬 채로 낡은 여행용 옷을 천천히 입으면서 옷을 팔게 한 자신을 책망했다. 그 옷이 수습공 자리를 얻는 데는 해가 될지 모르지만 더 좋은 자리를 얻는 데는 도움이 될 수도 있으니까. 그래서 두 사람을 도로 불러들이려고 문을 여는 순간, 그들과 부딪치고 말았다. 그들은 옷을 판 돈이라며 50센트를 테이블에 올려놓으면서 몹시 즐거운 표정을 지었다. 그 모습이 하도 수상해 그들이 옷을 팔면서 설마 자신들도 이득을 챙기지 않았을까, 그것도 화가 날 정도로 큰 액수의 구전口錢을 뜯어내지 않았을까 여겨질 수밖에 없었다.

하지만 그런 이야기를 하고 있을 때가 아니었다. 노파가 지난밤처럼 잠이 덜 깬 채 들어와 손님을 새로 맞이하기 위해 방을 정돈해야 한다고 설명하면서 세 사람을 모두 복도로 내쫓았기 때문이다. 하지만 당연히 말도 안 되는 소리였고, 그녀는 그저 심술이 났던 것뿐이었다. 여행가방을 막 정리하려던 카를은 노파가 자신의 물건들을 두 손으로 움켜잡고 마치 얌전하게 길들여야 하는 짐승이라도 되는 양 여행가방 안에 마구 던져넣는 것을 지켜볼 수밖에 없었다. 두 기계공은 그녀 주변에서 바삐 움직이며 치마를 살짝 잡아당기기도 하고 등을 톡톡 두드려보기도 했지만, 그렇게 해서 카를을 도울 요량이었다면 완전히 오산이었다. 노파는 여행가방을 쾅 닫더니 그 손잡이를 카를의 손에 쥐여주고 기계공들을 뿌리치고는 말을 듣지 않으면 아침 커피는 없다고 위협하면서 세 사람을 모두 방에서 몰아냈다. 보아하니 노파는 카를이 애초에 기계공들과 동행이 아니었다는 사실을 까맣게 잊었는지 그들 모두를 한패거리로 취급했다. 물론 기계공들은 그녀에게 카를의 옷을 판 것으로 어느 정도의 결속을 증명한 셈이었다.

그들은 한참 복도를 이리저리 서성거려야 했고, 특히 프랑스인은 카를의 팔짱을 끼고서 끊임없이 욕을 해대며 주인이 앞에 나타나기만 하면 때려눕히겠다고 을러댔다. 움켜쥔 두 주먹을 비벼대는 것은 그러기 위한 준비 동작처럼 보였다. 마침내 나타난 것은 순박하게 생긴 작은 소년이었다. 어찌나 작은지 프랑스인에게 커피 주전자를 건넬 때 발돋움을 해서 손을 뻗어야 할 정도였다. 딱하게도 주전자뿐이니 잔들도 가져와야 한다는 것을 소년에게 이해시킬 수가 없었다. 그래서 한 사람이 마시는 동안 다른 두 사람은 그 앞에 서서 기다렸다. 카를은 마실 마음이 없었지만 다른 둘의 기분을 상하게 하고 싶지 않아서 차례가 되었을 때 주전자를 입에 대고만 있었다.

작별인사로 아일랜드인은 주전자를 돌로 된 타일 바닥에 내던졌다. 그들은 아무도 보는 사람 없이 여관을 빠져나와 노란빛이 감도는 짙은 아침 안개 속으로 들어섰다. 그들은 대체로 아무 말 없이 도로변을 따라 나란히 걸어갔다. 여행가방은 카를이 손수 들어야 했다. 그들은 그가 부탁을 해야지만 들어줄 터였다. 이따금 자동차가 안개 속에서 튀어나왔고, 세 사람은 대체로 거대하고 구조가 특이한 차들 쪽으로 고개를 돌렸는데 잠깐 나타났다가 사라져버려 안에 탄 사람들의 존재조차 알아볼 새가 없었다. 얼마 후 뉴욕으로 식료품을 나르는 화물차들의 긴 행렬이 시작되었다. 차량들은 다섯 줄을 이루어 도로 폭 전체를 차지하고 끊임없이 나아가고 있었기 때문에 아무도 도로를 건널 수 없을 정도였다. 가끔씩 도로가 넓어져 광장이 펼쳐졌는데, 광장 복판에는 탑처럼 생긴 감시대가 있고 그 위에서 경찰관 한 명이 왔다갔다하면서 전체를 내려다보며 경찰봉으로 큰길과 샛길에서 합류하는 차량들의 통행을 정리하고 있었다. 그러면 다음 경찰관이 있는 다음 광장까지는 교통 통제가 없어도 말없이 신중한 마부들과 운전사들에 의해 자발적으로 충분히 질서가 유지되고 있었다. 카를은 무엇보다도 교통 흐름이 전체적으로 조용한 데 놀랐다. 도축용 가축들의 태평스러운 울음소리가 없었다면 아마 또각거리는 말발굽소리와 윙윙거리는 미끄럼방지 타이어 소리 외에는 아무것도 들리지 않았을 것이다. 물론 달리는 속도가 내내 한결같지는 않았다. 몇몇 광장에서 샛길로부터 너무 많은 차량이 몰려드는 바람에 대대적인 교통정리를 해야 할 때면 행렬 전체가 정체되어 겨우겨우 앞으로 나아갔으며, 그다음 다시 얼마간은 전체가 쏜살같이 질주하다가도 마치 단 하나의 브레이크로 제어되듯 일제히 속도를 떨어뜨렸다. 그런데도 도로에는 먼지 한 점 일지 않았고, 모든 것이 더없이 맑은 공기 속에서 움직이고 있었다. 걸어다니는 사람은 하나도 없었다. 여기서는 카를의 고향에서처럼 시내로 걸어가는 시장 아낙네들 하나 보이지 않았다. 하지만 크고 납작하게 생긴 차량이 이따금 나타났는데, 그 위에 등에 바구니를 진, 그러니까 아마도 장사하러 가는 여자 스무 명가량이 서서 목을 길게 빼고 교통 상황을 살피며 속도가 더 나길 바라고 있었다. 그리고 이와 비슷하게 생긴 자동차에서 몇몇 남자가 바지 주머니에 양손을 찔러넣고 서성서성하는 모습도 보였다. 다양한 글귀를 써붙이고 달리는 이런 자동차들 중 하나에서 카를은 나지막한 외마디소리를 지르며 '야코프 운수회사 항만노동자 모집'이라는 글귀를 읽었다. 이 자동차는 마침 아주 천천히 달리고 있었는데, 키가 작고 등이 굽은 쾌활한 남자가 승강구 발판 위에 서서 세 명의 방랑자에게 타라고 권했다. 카를은 마치 외삼촌이 그 차에 타고서 자기를 보고 있을지도 모른다는 듯 기계공들 뒤로 몸을 숨겼다. 두 사람도 그 권유를 거절해 그는 안심했다. 비록 그때 그들이 지은 거만한 표정에 다소 비위가 상하긴 했지만 말이다. 그들이 외삼촌 회사에서 일하기에 자기들은 너무 아깝다고 생각할 것까진 없었다. 그는 당장에 그 점을 물론 넌지시 일깨워주었다. 그러자 들라마르슈는 알지도 못하는 일에 제발 좀 참견하지 말라고 부탁했다. 이런 방식으로 사람들을 채용하는 것은 파렴치한 사기 행위이고, 야코프 회사는 미국 전역에서 평판이 좋지 않다는 것이었다. 카를은 아무 대꾸도 하지 않았지만 이후로는 아일랜드인에게 더 의지해 여행가방을 지금 좀 들어달라고도 했는데, 그는 카를이 몇 번이나 부탁한 끝에야 그렇게 해주었다. 그는 가방이 무겁다고 끊임없이 투덜댔고, 아마 여관에서부터 눈독을 들인 듯한 베로나산 살라미의 무게만큼 가방을 가볍게 하려는 속셈이라는 것이 얼마 안 가 드러났다. 카를이 어쩔 수 없이 살라미를 풀어놓자 프랑스인은 자기가 가져가더니 단도처럼 생긴 칼로 잘라서 혼자서 거의 다 먹어버렸다. 로빈슨이 가끔 한 조각씩 얻어먹은 반면, 카를은 마치 자신의 몫을 미리 먹었다는 듯 한 조각도 받지 못했고, 여행가방을 국도에 세워둘 생각이 아니라면 다시 제 손으로 들어야 했다. 작은 토막이라도 달라고 하자니 너무 쪼잔한 것 같았지만 속으로는 부아가 치밀었다.

안개는 이미 다 걷혔다. 저멀리 높은 산들이 햇빛을 받아 반짝거렸고, 산등성이가 물결 모양의 굴곡을 이루며 더 멀리 뿌연 햇무리 기운 속으로 뻗어나갔다. 도로 옆으로는 시원찮게 경작된 밭들이 드넓게 펼쳐져 군데군데 큰 공장들을 둘러싸고 있었으며 공장들은 검은 연기에 휩싸인 채 탁 트인 대지 위에 서 있었다. 무분별하게 세워진 임대아파트 건물 하나하나의 수많은 창문이 온갖 다양한 움직임과 빛 속에서 파르르 떨리고 있었다. 작고 부실해 보이는 발코니에서는 여자들과 아이들이 갖가지 일을 하고 있었는데, 줄에 걸려 있거나 널려 있는 시트며 빨래들이 아침 바람에 나부끼며 불룩하게 부풀면서 주변의 그들을 숨겼다 내보였다 하고 있었다. 집들로부터 미끄러지듯 시선을 돌리면 종달새들이 하늘 높이 날아오르고 다시 아래로는 차를 타고 달리는 사람들의 머리 위로 제비들이 낮게 날아가는 모습이 보였다.

많은 것이 카를에게 고향을 떠올리게 했고, 뉴욕을 떠나 내륙 깊숙이 들어가는 것이 과연 잘하는 일인지 알 수 없었다. 뉴욕에는 바다가 있어서 언제라도 고향으로 돌아갈 가능성이 있었다. 그래서 그는 걸음을 멈추고 두 동행자에게 자신은 다시 뉴욕에 머물고 싶다고 말했다. 그리고 들라마르슈가 얼른 움직이라며 계속 몰아세우려 해도 밀리지 않고서 자기 일은 스스로 결정할 권리가 있는 것 아니겠느냐고 말했다. 아일랜드인이 그제야 하는 수 없이 중재하고 나서서 버터퍼드가 뉴욕보다 훨씬 아름답다고 설명하고, 두 사람이 매달려 사정사정한 끝에야 카를은 다시 걷기 시작했다. 그러고 나서도 쉽사리 고향으로 돌아갈 수 없는 곳으로 가는 것이 어쩌면 더 나을지 모른다는 생각이 들지 않았다면 걷지 않았을 것이다. 그곳에서는 쓸데없는 생각들로 방해받지 않을 테니 확실히 일을 더 잘할 테고 발전을 이루게 되리라 여겼다.

이제는 그가 다른 두 사람을 끌고 가는 입장이 되었고, 그들은 열심히 걷는 그의 열성에 하도 기뻐서 먼저 부탁하지 않는데도 여행가방을 교대로 들어주었다. 카를은 자신의 어떤 행동이 그들을 이토록 기쁘게 만든 것인지 도무지 이해가 되지 않았다. 그들은 오르막 지대로 들어섰다. 간간이 멈춰 서서 뒤를 돌아보면 뉴욕과 그 항구의 파노라마가 점점 더 넓게 펼쳐졌다. 뉴욕과 보스턴을 연결하는 다리가 허드슨강* 위에 가냘프게 걸려 있었는데, 눈을 가늘게 뜨고 보면 다리가 미세하게 떨렸다. 다리를 왕래하는 차량은 하나도 없는 것 같았고, 다리 아래로는 잔잔하고 매끄러운 물줄기가 뻗어 있었다. 두 거대 도시에는 모든 것이 텅 빈 채로 쓸모없이 세워져 있는 것처럼 보였다. 크고 작은 건물들 사이에는 거의 차이가 없었다. 보이지 않는 거리 깊숙한 곳에서는 아마도 도시의 삶이 나름의 방식대로 지속되고 있겠지만, 그 위로 보이는 것은 엷은 안개 같은 것뿐이었다. 안개 같은 그것은 정체되어 있긴 해도 어렵지 않게 몰아낼 수 있을 듯했다. 세계에서 가장 큰 저 항구에조차 정적이 찾아들었고, 예전에 가까이에서 본 기억 때문인지 짧은 구간을 밀리듯 움직이는 배를 본 것 같은 생각이 드문드문 들었을 뿐이었다. 하지만 오래 눈으로 좇을 수도 없이 배는 시야를 벗어나 찾을 수 없어졌다.

그러나 들라마르슈와 로빈슨은 아무래도 더 많은 것이 눈에 들어오는지, 좌우를 가리키기도 하고 광장들과 공원들의 이름을 대면서 두 손을 뻗어 아치형을 만들어 보이기도 했다. 그들은 카를이 두 달 넘게 뉴욕에 있으면서 거리 한 군데 말고는 본 것이 거의 없다는 것을 이해할 수 없었다. 그래서 버터퍼드에서 돈을 충분히 벌면 함께 뉴욕에 가서 볼만한 걸 전부 보여주고 너무나 당연한 일이지만 천국의 황홀함을 맛

---

* 브로트 판에는 뉴욕과 브루클린을 연결하는 다리가 이스트강 위에 걸려 있는 것으로 되어 있다. 현실적으로는 뉴욕과 보스턴을 잇는다는 것이 말이 안 되기 때문에 브로트가 이렇게 고친 것으로 보인다.

볼 수 있는 곳들에도 데려가기로 그와 약속했다. 뒤이어 로빈슨은 입을 크게 벌려 노래를 부르기 시작했고, 들라마르슈는 박수를 치면서 장단을 맞추었다. 카를이 고향에 있을 때 오페레타의 멜로디로 알고 있던 노래였는데, 여기서 영어 가사로 들으니 고향에서보다 훨씬 더 마음에 들었다. 이렇게 해서 모두가 함께하는 조그만 공연이 야외에서 벌어졌고, 정작 이런 멜로디에 흥겨워들 한다는 저 아래 도시만 모르고 있는 것 같았다.

한번은 카를이 대체 야코프 운수회사는 어디에 있느냐고 묻자, 들라마르슈와 로빈슨은 당장 집게손가락을 뻗어 아마 똑같은 지점이거나, 아마 몇 마일 떨어진 두 지점인 어딘가를 가리켜 보였다. 그러고서 길을 계속 가다가 카를은 그들이 충분한 돈을 벌어서 뉴욕에 다시 갈 수 있는 때가 빠르면 언제쯤 되겠느냐고 물었다. 버터퍼드에서는 노동력이 부족해서 임금이 높기 때문에 넉넉히 잡아 한 달이면 족할 거라고 들라마르슈가 말했다. 물론 그들은 각자의 돈을 모아 공동 자금을 만들 것인데, 그 목적은 본의 아니게 벌이에 차이가 있어도 서로 동료인 만큼 똑같이 나누기 위한 것이라고 했다. 카를은 수습공으로서 숙련공인 그들보다 당연히 벌이가 더 적을 텐데도 그 공동 자금이 마음에 들지 않았다. 게다가 로빈슨은 만일 버터퍼드에 일자리가 없으면 물론 계속 더 걸어야 한다고, 어느 농장의 일꾼으로 들어가든가 정 안 되면 캘리포니아로 가서 금 세광소에라도 취직해야 할 거라고 말했다. 로빈슨의 자세한 이야기로 미루어보면 그가 가장 바라는 계획은 후자 쪽이었다. "지금 바라는 게 금 세광소에 들어가는 거라면 도대체 왜 기계공이 되었나요?" 카를은 멀고 불확실한 그런 여행의 필요성에 대해 듣고 싶지 않아서 그렇게 물었다. "왜 기계공이 되었느냐고?" 로빈슨이 말했다. "설마 우리 어머니의 아들이 굶어죽기 위해서 그랬을라고. 하지만 금세광소에 가면 벌이가 톡톡하거든." "한때는 그랬지." 들라마르슈가 말했다. "여전히 그래." 로빈슨이 말했다. 그러고서 그 일로 부자가 된 많은 지인에 대해 이야기했다. 그들은 여전히 그곳에서, 물론 이제는 손가락 하나 까딱하지 않고도 잘살지만, 오랜 친구 사이라서 자기는 말할 것도 없고 보나마나 자기 동료들까지도 부자가 되도록 도와줄 거라고 했다. "버터퍼드에서 어떻게든 일자리를 얻어내야지." 들라마르슈는 그렇게 카를의 속마음을 대신 말해주었지만 어딘지 미덥지 못한 투였다.

낮 동안 딱 한 번 그들은 어느 음식점에서 걸음을 멈추고 그 앞 야외의, 카를이 보기에 철제인 듯한 식탁에서 날것이나 다름없는 고기를 먹었다. 나이프와 포크로 잘라지지 않아서 찢어 먹을 수밖에 없는 고기였다. 빵은 원통형이었고 덩어리마다 긴 나이프가 꽂혀 있었다. 이런 식사에 곁들여 검은색 음료*가 나와 마셔보니 목이 타는 듯했다. 들라마르슈와 로빈슨의 입맛에는 잘 맞는 모양이었다. 그들은 여러 가지 소원이 이루어지기를 기원하며 자주 잔을 높이 들어 부딪쳤다. 그러면서 잠시 허공에 잔을 맞대고 있었다. 옆 테이블들에는 석회가루로 얼룩진 작업복 차림의 노동자들이 앉아 다들 똑같이 그 검은색 음료를 마시고 있었다. 때 지어 지나가는 자동차들이 테이블들 쪽으로 먼지구름을 일으켰다. 커다란 신문을 서로 돌려보며 흥분된 어조로 건설노동자들의 파업에 대해 이야기하던 중에 마크라는 이름이 몇 번이나 거론되었다.

---

* 1886년부터 미국에서 판매되기 시작했고, 1892년부터는 유럽으로도 수출된 코카콜라로 보인다.

카를은 그에 대해 물어보고 그가 자신이 아는 마크의 아버지이며 뉴욕 최대의 건설업자라는 것을 알게 되었다. 이번 파업으로 마크의 아버지는 수백만 달러의 손해를 입었으며 사업상의 지위마저 위협받고 있을지 모른다는 것이었다. 못 배우고 악의에 찬 자들이 떠들어대는 이런 잡담을 카를은 한마디도 믿지 않았다.

게다가 식비를 어떻게 지불할지가 매우 불확실한 상황이어서 카를은 입맛이 썼다. 각자가 자기 몫을 내는 것이 자연스러울 테지만, 들라마르슈와 로빈슨은 간간이 지난밤 숙박비로 마지막 남은 돈마저 다 떨어졌다고 말했다. 시계나 반지, 그 밖에 돈이 될 만한 물건도 보이지 않았다. 그렇다고 카를이 그들에게 자신의 옷을 팔아서 얼마쯤 챙기지 않았느냐고 추궁할 수도 없는 노릇이었다. 그렇게 하는 것은 모욕이며 영영 헤어지는 길이 될 것이다. 하지만 놀라운 일은 들라마르슈도 로빈슨도 계산하는 일로 염려하는 기색이 조금도 없다는 점이었다. 오히려 그들은 기분이 좋아 히죽거리며, 거만한 표정으로 느릿느릿 테이블 사이를 오가는 웨이트리스에게 틈만 나면 접근하려고 했다. 양옆의 머리카락이 약간 흐트러져 이마와 뺨으로 흘러내리는 바람에 그녀는 자꾸만 두 손을 머리 밑으로 쓸어넘겼다. 드디어 친절한 첫마디를 기대해도 좋을지 모른다 싶었을 때 그녀가 다가와 두 손으로 테이블을 짚고는 물었다. “누가 계산하시죠?” 여태 어떤 손도 들라마르슈와 로빈슨이 카를을 가리킬 때보다 더 빠르게 움직인 적은 없었다. 이미 예상한 일이라 카를은 놀라지 않았고, 그 역시 그들에게서 득이 될 만한 것을 기대하고 있었기에 얼마 안 되는 음식값쯤 부담하게 해도 그다지 고약한 일로 여기지 않았다. 물론 이런 일은 결정적인 순간이 오기 전에 분명하게 상의하는 편이 더 바람직했겠지만 말이다. 다만 곤혹스러운 일은 일단 비밀 호주머니에서 돈을 꺼내야 한다는 것이었다. 본래 의도는 최후의 곤경에 처했을 때를 위해 이 돈을 고이 간직해두고 당분간은 동료들과 어느 정도 동등하게 처신하는 것이었다. 그가 이 돈으로 얻게 될, 무엇보다 돈을 가지고 있다는 사실을 동료들에게 숨김으로써 얻게 될 이득은, 그들의 입장에서 보면 그들은 이미 어렸을 때부터 미국에 있었다는 점, 돈벌이를 위한 지식과 경험이 풍부하다는 점, 그리고 현재보다 더 나은 생활 조건에는 익숙지 않다는 점들로 충분히 상쇄되고도 남는 것이었다. 카를이 돈과 관련해 지금껏 가지고 있었던 이런 의도가 사실 이번에 식비를 지불한다고 훼손되는 것은 아니었다. 요컨대 25센트 정도는 없어도 살 수 있었고, 그래서 25센트 동전을 테이블에 올려놓고 이것이 그의 유일한 재산이며 버터퍼드로 함께 가는 여행을 위해 기꺼이 내놓겠다고 밝히면 되니까 말이다. 아닌 게 아니라 도보여행으로 그 정도 액수면 완전히 충분했다. 그런데 그는 잔돈이 충분히 있는지 몰랐던데다가 그 돈은 접은 지폐와 함께 어딘가 비밀 호주머니 깊숙이 들어 있었다. 비밀 호주머니에서 무언가를 찾으려면 바로 그 안의 것을 모조리 테이블 위에 쏟아놓는 것이 가장 좋은 방법이었다. 하지만 동료들이 이 비밀 호주머니에 대해 조금이라도 알게 되는 것은 전혀 불필요한 일이었다. 그런데 다행히 동료들은 카를이 계산할 돈을 어떻게 마련하는가보다는 여전히 웨이트리스에게 더 많은 관심을 보이는 것 같았다. 들라마르슈는 계산서를 보여달라고 하면서 웨이트리스를 자신과 로빈슨 사이로 유인했지만 그녀는 두 사람 중 어느 쪽이든 손바닥으로 얼굴을 밀어버리는 것으로 추근거림을 간단히 물리칠 수 있었다. 그동안 카를은 한 손으로는 비밀 호주머니를 뒤져 동전을 하나하나 꺼내고 다른 손으로는 테이블 밑에서 그 돈을 모으느라 애쓰는 바람에 얼굴이 벌게졌다. 미국 돈에 대해 아직 정확히 알지는 못했지만, 마침내 그는 이 정도 동전의 양이면 충분한 액수일 거라 생각하고 테이블 위에 올려놓았다. 철그렁하는 돈소리에 농지거리는 대번에 중단되었다. 거의 1파운드는 될 것 같은 돈이 앞에 놓여 있는 것을 보고 다들 놀랐지만 카를은 화가 났다. 버터퍼드까지 편안한 기차 여행을 할 수 있을 만큼 돈이 있으면서 왜 더 일찍 아무 말도 하지 않았는지 묻는 사람은 없었지만 카를은 몹시 당황스러웠다. 식대를 지불하고 나서 그가 천천히 나머지 돈을 다시 쓸어넣는데, 들라마르슈는 웨이트리스에게 팁으로 줄 거라며 손에서 동전 하나를 낚아채가더니 그녀를 끌어안고는 다른 손으로 옮겨 건네주었다.

다시 길을 계속 가는 동안 그들이 그 돈에 대해 일언반구도 꺼내지 않아서 카를은 고마운 마음까지 들었다. 심지어 한동안은 자신의 전 재산에 대해 털어놓을까 생각도 했지만 적당한 기회를 찾지 못해 그만두었다. 저녁 무렵 그들은 한층 더 시골 분위기가 나는 풍요로운 지역에 이르렀다. 주위를 둘러보니 구획되어 있지 않은 들판이 신록을 띠고 완만한 언덕 위로 펼쳐져 있고 부유한 영지가 도로와 경계를 이루고 있었다. 금색을 칠한 정원 울타리 사이를 걷다보니 몇 시간이 흘렀다. 그들은 느릿느릿 흐르는 같은 강을 몇 차례 건넜고, 높이 걸려 있는 고가교 위 철로를 달리는 열차의 굉음을 몇 번이나 들었다.

막 해가 저멀리 숲의 지평선에 걸려 넘어가려는 그때, 그들은 강행군을 멈추고 쉬기 위해 언덕 위의 작은 나무숲 한가운데 풀밭에 몸을 던졌다. 들라마르슈와 로빈슨은 드러누워 한껏 기지개를 켰으며, 카를은 꼿꼿이 앉아서 몇 미터 아래로 지나는 도로 쪽을 내려다보았다. 낮 시간과 마찬가지로 자동차들은 여전히 가볍게 서로 스쳐지나가며 쌩쌩 달리고 있었다. 마치 어딘가 먼 곳에서 정확한 수의 자동차를 보내고 반대쪽 먼 곳에서는 같은 수의 자동차가 오기를 기다리는 것 같았다. 아주 이른 아침부터 하루종일 카를은 한 대의 자동차가 멈춰 서는 것도 한 명의 승객이 내리는 것도 보지 못했다.

로빈슨은 그냥 이곳에서 야숙을 하자고 했다. 다들 지칠 대로 지쳤고 아침에는 그만큼 더 일찍 출발할 수 있을 것이며 결정적으로 완전히 어두워지기 전에 더 값싸고 더 좋은 숙소를 구할 수 있을 것 같지 않았다. 들라마르슈는 동의했지만, 카를은 세 사람 모두 호텔에서 묵더라도 그만큼의 숙박비로 낼 돈이 있다는 말을 해야만 할 것 같았다. 들라마르슈는 앞으로도 그 돈은 필요할 테니 잘 보관해두라고 말했다. 그들은 카를의 돈을 어떻게 할지 벌써 계산이 서 있다는 것을 조금도 숨기지 않았다. 자신의 첫번째 제의가 받아들여지자 로빈슨은 이제 내일을 위해 원기를 회복하려면 자기 전에 든든히 먹어두어야 한다면서 누구 한 사람이 바로 근처 국도변의, '옥시덴털호텔'이라는 글자가 빛나고 있는 호텔에서 모두가 먹을 음식을 사와야 한다고 계속해서 의견을 밝혔다. 카를은 셋 중 나이가 가장 어린데다 아무도 나서지 않았기 때문에 망설이지 않고 이 심부름을 자청해 베이컨, 빵, 맥주를 주문받은 후 저쪽 호텔로 갔다.

카를이 들어선 호텔의 첫번째 홀이 왁자지껄한 사람들로 가득한 걸 보면 근처에 큰 도시가 있는 것이 분명했다. 세로 벽과 양 측벽을 따라 뷔페 테이블이 길게 차려져 있었고, 가슴에 흰 앞치마를 두른 많은 웨이터가 쉴새없이 뛰어다녔지만 안달난 손님들의 요구에 다 응하기는 역부족이었다. 사방에서 욕설과 주먹으로 테이블 치는 소리가 끊이지 않았다. 카를에게 주목하는 사람은 아무도 없었다. 홀 안에는 서빙하는 사람조차 없었으며, 세 사람만 앉아도 보이지 않을 만큼 아주 작은 테이블을 차지한 손님들이 각자 뷔페 테이블로 가서 원하는 것을 가져왔다. 작은 테이블마다 올리브오일이나 식초 등이 담긴 큰 병이 놓여 있어서 뷔페 테이블에서 가져온 모든 음식을 먹기 전에 이 병 안의 것을 끼얹었다. 특히 주문할 게 많은 카를에게는 비로소 어려움이 시작될 것이 뻔한 뷔페로 제일 먼저 가려 했다 하더라도 수많은 테이블 사이를 통과해야 했고, 이는 물론 아무리 조심해도 손님들에게 폐를 끼치지 않고는 가능하지 않은 일이었지만, 그들은 무슨 일을 당해도 무덤덤하게 감수했다. 가령 카를이 손님 하나에게 밀쳐지면서 하마터면 테이블을 넘어뜨릴 뻔했을 때조차 마찬가지였다. 그가 사과를 하긴 했지만 그들은 알아듣지 못한 눈치였고 그 역시 그들이 뭐라고 외치는 소리를 조금도 알아듣지 못했다.

뷔페 테이블 가까이에 와서 그는 간신히 아주 작은 빈자리를 발견했다. 그 자리에서는 옆 사람들이 팔꿈치를 괴고 있는 바람에 한동안 시야가 가려졌다. 여기서는 팔꿈치를 괴고 주먹으로 관자놀이를 눌러대는 것이 대체로 하나의 풍습인 듯 보였다. 카를은 바로 이 자세를 질색했던 라틴어 교사인 크룸팔 박사가 언제나 몰래 불시에 다가와 갑자기 꺼내든 자로 아프게 확 밀쳐서 팔꿈치를 책상에서 미끄러뜨리곤 하던 일을 떠올리지 않을 수 없었다.

카를은 떠밀려서 뷔페 테이블에 바짝 붙어서 있었다. 그가 줄을 서자마자 뒤쪽으로 테이블이 하나 놓였고, 거기에 자리잡은 손님들 중 하나가 이야기를 하면서 몸을 약간만 뒤로 젖혀도 그의 커다란 모자가 카를의 등에 닿았기 때문이다. 볼품없게 생긴 옆 사람 둘이 만족해서 자리를 떴어도 카를은 웨이터로부터 음식을 받을 희망이 거의 없었다. 테이블 너머로 몇 번 웨이터의 앞치마를 붙잡았으나, 그때마다 웨이터는 인상을 찌푸리며 뿌리쳐버렸다. 그들은 이리 또 저리 뛰어다니고만 있어서 누구 하나 붙잡아 세울 수가 없었다. 가까이에 먹고 마실 만한 것이 있었다면 카를은 값을 묻고 돈을 놓고서 그걸 집어들곤 기쁜 마음으로 떠났을 것이다. 하지만 바로 앞에는 청어처럼 생긴 생선이 담긴 접시들만 놓여, 검은 비늘 가장자리가 금빛으로 반짝이고 있었다. 그것은 아주 비쌀지 몰라도 누구 하나 배를 채워줄 것 같지는 않았다. 그 밖에 럼주가 든 작은 통이 손닿는 곳에 있었는데 동료들에게 럼주를 가져다줄 마음은 없었다. 안 그래도 도수가 가장 높은 술을 마실 기회만 노리고 있는 듯 보이는 그들을 그가 나서서 도와주고 싶지는 않았다.

그래서 카를은 다른 자리를 찾아 힘겹게 처음부터 새로 시작하는 수밖에 없었다. 그러나 시간이 이미 꽤 지났다. 홀의 반대편 끝에 있는, 눈을 가늘게 떠야만 연기 너머 바늘이 겨우 보이는 시계는, 벌써 아홉시가 지난 시간을 가리키고 있었다. 하지만 다른 곳의 뷔페 테이블은 약간 외진 곳에 있는 방금 전 자리보다 더욱더 혼잡했다. 게다가 시간이 늦어질수록 더 많은 사람이 홀에 들어찼다. 중앙의 현관문을 통해 새로운 손님들이 큰 소리로 '헬로'라고 외치며 계속 밀려들어왔다. 손님들이 마음대로 뷔페 테이블을 치우고 그 위에 걸터앉아 서로 축배를 들고 있는 곳도 여럿 있었는데, 홀 전체가 내려다보이는 제일 좋은 자리였다.

카를은 계속해서 앞을 헤치고 나아가긴 했지만 무언가를 얻으리라는 본래의 희망은 이제 없었다. 그는 이곳 사정을 알지도 못하면서 심부름을 자청했던 자신을 탓했다. 동료들은 당연히 그를 욕할 것이고, 어쩌면 그가 오로지 돈을 아끼기 위해 아무것도 사오지 않았다고 생각할지 모를 일이었다. 그런데 지금 그가 서 있는 곳에서는 사람들이 테이블에 둘러앉아 모양이 예쁜 노란 감자를 곁들인 따뜻한 고기 요리를 먹고 있었다. 어떻게 그런 요리를 구해왔는지 그로서는 알 수 없는 노릇이었다.

그때 몇 걸음 앞에 호텔 직원임이 틀림없는 중년 여자가 어떤 손님과 웃으면서 이야기를 나누고 있는 모습이 보였다. 그러면서 그녀는 끊임없이 머리핀을 고쳐 꽂으며 머리 모양을 매만졌다. 카를은 이 여자에게 주문을 하기로 즉시 결심했다. 그녀는 홀 안의 유일한 여자로서 다들 떠들썩하고 분주하게 움직이는 가운데 예외적인 존재였고, 그녀야말로 가까이 갈 수 있는 유일한 호텔 종업원이라는 보다 단순한 이유 때문이기도 했다. 물론 그녀에게 던지는 첫마디에 일이 있다며 가버리지만 않는다면 말이다. 하지만 정반대 일이 일어났다. 카를은 아직 말을 걸지 않고 동정만 살피고 있는데, 그때 그녀가 대화중인 사람들이 간간이 곁눈질을 하듯이 그가 있는 쪽을 보더니 이야기를 중단하고서 친절하게 그리고 문법대로의 분명한 영어로 뭔가를 찾느냐고 그에게 물었다. "그렇습니다." 카를이 말했다. "여기서는 도무지 아무것도 살 수가 없어서요." "그럼 나를 따라와요, 꼬마 양반." 그녀는 그렇게 말하고 자신의 지인과 작별인사를 나누었다. 손님은 모자를 벗어 인사를 했는데, 이곳에서는 믿을 수 없을 만큼 정중한 모습으로 보였다. 그녀는 카를의 손을 잡고 뷔페 쪽으로 가서 손님 하나를 옆으로 밀어내고 개폐대의 여닫이문을 열고 들어갔다. 개폐대 뒤쪽의 통로에서는 웨이터들이 지칠 줄 모르고 뛰어다니고 있어 부딪치지 않게 조심하며 그곳을 가로질렀고 이중으로 된 비밀문을 열고 들어가보니 이미 크고 서늘한 식품저장실 안이었다. '바로 이런 구조를 알아야 돼.' 카를은 속으로 말했다.

"자, 그럼 무얼 드릴까요?" 그녀는 물으면서 서비스할 준비가 다 되었다는 듯 그를 향해 허리를 굽혔다. 그녀는 몹시 뚱뚱해서 몸통이 흔들거렸지만 얼굴은, 물론 비교적 그렇다는 말이지만, 꽤 섬약한 모습이었다. 선반과 테이블에 겹겹이 세심하게 쌓여 있는 수많은 먹거리를 보자 카를은 성급히 고급스러운 저녁식사를 떠올리며 주문하고 싶은 마음에 사로잡혔다. 특히 이처럼 영향력 있는 여자에게라면 좀더 싸게 제공받을 수 있을 것 같았기 때문이다. 그러나 마땅한 것이 생각나지 않아서 결국 그가 주문한 것은 베이컨과 빵과 맥주뿐이었다. "더 필요한 것은 없나요?" 여자가 물었다. "네, 그거면 됐습니다." 카를이 말했다. "하지만 세 사람분으로요." 다른 두 사람이 누구냐는 여자의 질문에 카를은 동료들에 대해 간단히 설명했다. 몇 가지 질문으로 끝나서 다행이라는 생각이 들었다.

"하지만 그건 죄수들이나 먹는 음식이죠." 그렇게 말한 여자는 이제 카를이 다른 것을 더 원할 거라고 기대하는 기색이 역력했다. 하지만 카를은 그녀가 음식들을 내주고서 돈을 받으려 하지 않을까봐 염려되어 잠자코 있었다. "그게 다라면 금방 꾸릴 수 있어요." 여자는 그렇게 말하고 뚱뚱한 몸인데도 놀랄 만큼 민첩한 동작으로 테이블로 가더니 길고 얇은 톱날 모양의 칼로 살코기가 넉넉한 베이컨을 큼직하게 한 덩이 잘라내고는 선반에서 빵 한 덩어리를 집어내고 바닥에서는 맥주 세 병을 집어올린 다음 가벼운 밀짚 바구니 안에 전부 담아 카를에게 건네주었다. 중간중간 그녀는 카를을 이리로 데려온 이유를 설명해주었다. 바깥 뷔페 테이블의 음식물은 빨리 소비된다고 해도 담배 연기와 사람들의 체취로 언제나 신선도가 떨어지기 때문이라는 것이다. 하지만 바깥의 사람들한테는 그 정도 음식도 충분히 좋다고 했다. 카를은 이제 무엇 때문에 이런 특별 대우를 받는지 몰라서 아무 말도 하지 않았다. 그는 동료들을 생각했다. 그들이 아무리 미국을 잘 안다고 해도 이런 저장실에까지 들어와본 적은 없을 것이며 뷔페 테이블 위의 상한 음식을 먹을 수 있는 것만으로도 감지덕지할 것이었다. 여기서는 홀에서 나는 소리가 전혀 들리지 않았다. 이런 둥근 천장의 저장실을 충분히 서늘하게 유지하기 위해서는 벽이 매우 두꺼워야 했으리라. 카를은 벌써 밀짚 바구니를 손에 들고도 계산할 생각을 하지 않고 꼼짝하지도 않았다. 여자가 덤으로 바깥 테이블에 있는 것과 비슷한 병을 하나 바구니에 담으려고 했을 때에야 비로소 몸을 부르르 떨면서 감사를 표했다.

"아직 갈 길이 먼가요?" 여자가 물었다. "버터퍼드까지 갑니다." 카를이 대답했다. "그럼 한참 더 가야 하는군요." 여자가 말했다. "하루 더 가야 합니다." 카를이 말했다. "더 오래 걸리지 않을까요?" 여자가 물었다. "아니, 그렇지는 않습니다." 카를이 말했다.

여자가 테이블마다 몇 가지 물건을 가지런히 정돈하고 있는데, 웨이터 하나가 들어와 무엇을 찾는 듯 두리번거리다가 파슬리를 점점이 뿌린 정어리 더미가 넓게 놓여 있는 커다란 접시를 그녀가 가리켜 보이자 와서 두 손으로 높이 받쳐들고 홀로 나갔다.

"도대체 왜 야숙을 하려고 하나요?" 여자가 물었다. "잘 데는 여기 얼마든지 있어요. 우리 호텔에서 자도록 해요." 전날 밤 잠을 잘 못 잔 카를에게는 대단히 솔깃한 말이었다. "제 짐이 밖에 있어요." 카를은 머뭇거리면서도 허영심을 완전히 숨기지는 못한 채 말했다. "이리로 가져와요." 여자가 말했다. "그건 아무 방해도 안 돼요." "하지만 제 동료들이 있어요!" 그렇게 말하고서 즉시 카를은 그들이 사실 방해가 된다는 것을 깨달았다. "그들도 물론 여기서 자도 돼요." 여자가 말했다. "어서들 와요! 여러 말 시키지 말고요." "제 동료들이 착실하긴 한데", 카를이 말했다. "깨끗하지가 못해요." "홀 안의 지저분한 모습을 못 봤나요?" 여자는 얼굴을 찡그리며 물었다. "정말 더없이 고약한 사람도 이 호텔에 오지요. 그러니 금방 침대 세 개를 준비시켜놓을게요. 하지만 호텔이 만원이라서 다락방밖에 없어요. 나도 다락방으로 옮겼어요. 하지만 야외보다는 어쨌든 더 나아요." "제 동료들을 데려올 수는 없어요." 카를이 말했다. 그는 이 고급 호텔의 복도에서 그 두 사람이 무슨 소란을 피울지 상상해보았다. 로빈슨은 뭐든지 죄다 더럽힐 것이고 들라마르슈는 틀림없이 이 여자에게마저 치근댈 것이다. "그게 왜 안 되는지 모르겠지만", 여자가 말했다. "정 그렇다면 친구들은 밖에 두고 당신 혼자라도 와요." "그건 안 돼요, 그건 안 됩니다." 카를이 말했다. "그들은 제 동료들이니 저도 곁에 있어야 해요." "고집불통이네요." 여자는 그렇게 말하고 그에게서 시선을 돌렸다. "당신을 좋게 보고 어떻게든 도움이 될까

싫어서 그러는 건데 기를 쓰고 거절하는군요." 카를은 그 말뜻을 전부 이해했지만 어찌할 바를 몰라 이런 말밖에 할 수 없었다. "베풀어주신 친절에 이루 말할 수 없이 감사드립니다." 그러고는 아직 계산을 하지 않은 것이 생각나 지불해야 될 금액을 물었다. "그 밀짚 바구니를 돌려줄 때 계산해요." 여자가 말했다. "늦어도 내일 아침까지는 돌려줘야 돼요." "알겠습니다." 카를이 말했다. 그녀는 곧장 야외로 나가는 문을 열어주고서 그가 고개 숙여 인사를 하고 나가는 동안 덧붙였다. "잘 자요. 하지만 잘못하는 거예요." 그가 어느새 몇 걸음 옮겼을 때 또 그의 등뒤에 대고 외쳤다. "내일 다시 봐요!"

밖으로 나오자 다시 홀의 시끌벅적한 소리가 줄어들지도 않고 그대로 들려왔다. 이제는 취주악단의 소리도 뒤섞여 있었다. 그는 홀을 지나지 않고 밖으로 나올 수 있었던 것을 다행으로 여겼다. 호텔은 지금 오층 모두 불이 밝혀져 그 앞의 거리 전체를 환하게 비추고 있었다. 밖에서는 자동차들이 비록 단속적이긴 해도 여전히 지나다녔다. 멀리서부터 차츰 커지면서 낮보다 더 속력을 내어 달려와 전조등의 흰 빛줄기로 도로의 지면을 더듬었고, 호텔의 불빛이 미치는 구역에 창백해진 빛으로 가로질렀다가, 다시 환해진 빛을 비추며 더 먼 어둠 속으로 달려갔다.

동료들은 이미 깊은 잠에 빠져 있었다. 카를이 너무 오래 돌아오지 않은 탓이었다. 준비가 다 되고 나서야 동료들을 깨울 생각으로 그가 바구니 안에서 찾은 종이를 깔고 가져온 것들을 먹음직스럽게 펼쳐놓으려는 그때, 자물쇠를 채워두고 열쇠는 호주머니에 넣어갔던 여행가방이 활짝 열려 있고 내용물 절반이 풀밭 여기저기에 흩어져 있는 모습을 보고 깜짝 놀랐다. "일어나!" 그가 외쳐댔다. "잠자는 사이 도둑이 들었어." "뭐 없어진 거라도 있어?" 들라마르슈가 물었다. 로빈슨은 아직 잠이 다 깨지도 않았는데 어느새 맥주병으로 손을 뻗었다. "모르겠어." 카를이 외쳤다. "하지만 여행가방이 열려 있어. 여행가방을 여기 아무렇게나 놔두고 드러누워 잠을 자다니 너무 무신경하잖아." 들라마르슈와 로빈슨은 웃었고 들라마르슈가 말했다. "다음부터는 이렇게 오랫동안 가서 돌아오지 않으면 안 돼. 호텔까지는 열 걸음이면 되는데, 너는 다녀오는 데 세 시간이나 걸렸어. 우린 배가 고파서 뭐든 먹을 것이 들어 있지 않을까 하고 자물쇠를 한참 건드려봤는데 그러다가 가방이 열렸던 거야. 어쨌든 안에는 아무것도 없더군. 그러니 진정하고 전부 도로 집어넣지 그래." "그랬군." 카를이 말했다. 그러고는 순식간에 비어가는 바구니 안을 빤히 보며 로빈슨이 맥주를 마시면서 내는 특이한 소리에 귀를 기울였다. 처음 목구멍으로 흘러든 액체는 휘파람 같은 소리를 내며 도로 솟구쳐올랐다가 그제야 꿀꺽하고 몸속 깊은 곳으로 굴러내려갔다. "벌써 다 먹었어?" 둘이 잠시 한숨 돌리자 카를이 물었다. "넌 이미 호텔에서 먹고 오지 않았어?" 카를이 자기 몫을 요구하는 거라고 생각한 들라마르슈가 물었다. "더 먹으려면 어서들 먹어." 그렇게 말하고 카를은 여행가방 쪽으로 갔다. "저 친구 변덕스러운 것 같아." 들라마르슈가 로빈슨에게 말했다. "나는 변덕스럽지 않아." 카를이 말했다. "하지만 내가 없는 동안 내 여행가방을 억지로 열어서 내 물건들을 마구 끄집어내버리는 건 옳은 일인가? 동료 사이에서는 많은 걸 참아야 한다는 것쯤 나도 알아. 그 정도 각오는 하고 있고 말이야. 하지만 이건 너무 심해. 나는 호텔에 가서 자겠어. 버터퍼드에는 가지 않을래. 빨리 먹기나 해. 바구니를 돌려줘야 하거든." "이봐 로빈슨, 저 말하는 것 좀 봐." 들라마르슈가 말했다. "꽤나 멋진 말을 하는데. 틀림없는 독일인이야. 오늘 아침 나한테 저 친구를 조심하라고 했지. 하지만 내가 정말 바보였어. 그래서 저 친구를 데려온 거야. 저 친구를 믿고 하루종일 끌고 다녔단 말이야. 그러느라 적어도 반나절은 허비했어. 그런데 이제 와서—저기 호텔에서 누군가의 꾐에 빠져선—헤어지겠다는군. 이제 간단히 헤어지자는 거야. 그런데 저 친구는 겉 다르고 속 다른 독일인이라서 솔직하게 말하지 못하고 여행가방 핑계를 대려고 해. 그리고 저 친구는 막돼먹은 독일인이라서 우리가 자기 가방에 장난 좀 쳤다고 우리 명예를 모욕하고 도둑이라고 몰아세우지 않고는 떠나갈 수가 없는 거야." 자기 물건들을 챙기고 있던 카를은 뒤돌아보지도 않고 말했다. "계속 그렇게 얘기해봐. 그래서 마음 편히 떠날 수 있게 해줘. 동료 사이라면 어때야 하는지는 잘 알고 있어. 유럽에서 나도 친구들이 있었고 그중 누구에게도 나쁜 짓이나 비열한 짓을 했다고 비난받은 적 없어. 물론 지금은 연락이 끊겼지만 내가 언젠가 유럽으로 돌아가게 된다면 다들 반갑게 맞이해주고 즉시 다시 친구로 인정해줄 거야. 너희는 나를 받아들여주고 버터퍼드에 가면 수습공 자리를 알아봐주겠다고 약속할 만큼 친절했고, 그건 절대 숨길 생각 없는데, 그런 너희를, 너 들라마르슈와 너 로빈슨을 내가 배신했다는 거야? 하지만 그건 좀 다른 얘기야. 너희는 가진 것 하나 없으면서 그렇다고 내가 보기엔 전혀 기죽지 않는 것 같지만, 내가 조금 가진 것을 시기해 나에게 굴욕을 주려 드는데, 그건 못 참겠어. 게다가 내 여행가방을 함부로 열어놓고는 사과 한마디 안 하고 되레 나한테 욕설을 퍼붓더니 그것도 모자라 우리 민족까지 매도하고 말이지—그것으로 내가 너희 곁에 머물 수 있는 일말의 여지마저 없애버렸어. 그런데 이 모든 말은 사실 로빈슨 너한테 해당되진 않아. 다만 너는 들라마르슈에게 지나치게 의존적인데 그런 너의 성격이 못마땅할 뿐이야." "이것 봐라." 들라마르슈가 카를에게 다가와 주의를 주려는 듯 가볍게 툭 차면서 말했다. "이제야 가면을 벗고 정체를 드러내는군. 하루종일 내 뒤를 졸졸 쫓아다니며 내 옷자락에 매달려 일거수일투족을 그대로 따라 하는 것 말고는 쥐새끼처럼 조용히 있더니만. 그런데 지금은 호텔에 가서 무슨 뒷배라도 얻었는지 큰소리를 쳐대고 있군그래. 요 교활한 조무래기 녀석 같으니라고. 이걸 이대로 조용히 넘어가야 할지 전혀 모르겠군. 네가 오늘 하루 우리한테 보고 배운 것에 대해 수업료를 내라고 해야 하는 건지 말이야. 이봐, 로빈슨, 우리가 자기 소유물을 탐해 시샘—저 친구 말이 그래—한다는군. 버터퍼드에서 하루만 일하면—캘리포니아는 말할 것도 없고—우리는 네가 우리한테 보여준 것보다, 그리고 상의 주머니 속에 감추어둔 것보다 열 배는 더 벌 수 있어. 그러니 주둥이 함부로 놀리지 않게 조심해!" 카를이 여행가방에서 몸을 일으키자 아직 잠이 덜 깼지만 맥주 덕에 다소 생기가 도는 모습의 로빈슨이 다가오는 것이 보였다. "여기 더 있다간", 카를이 말했다. "무슨 놀라운 일을 더 겪을지 모르겠군. 너희는 나를 두드려 패고 싶은 모양이지." "참는 데도 한계가 있는 법이야." 로빈슨이 말했다. "로빈슨, 너는 입다물고 있는 게 좋을 거야." 카를이 들라마르슈에게서 눈을 떼지 않고 말했다. "속으로는 내 말이 옳다는 걸 알면서도 겉으로는 들라마르슈의 편을 들고 있는 게 틀림없어." "저 친구를 회유라도 하려는 거야?" 들라마르슈가 물었다. "천만의 말씀."

카를이 말했다. "이제 떠난다는 것이 기뻐. 그래서 너희 둘 중 누구와도 더이상 관계하고 싶지 않아. 다만 한 가지 말해두고 싶은 게 있는데, 너희는 내가 돈을 가지고 있으면서 너희에게 감췄다고 비난했지. 설령 그게 사실이라고 해도, 알게 된 지 이제 겨우 몇 시간밖에 안 된 사람들인데 그러는 게 아주 올바른 일 아니었을까? 게다가 지금 너희 태도로 볼 때 그게 옳았다는 것을 너희 스스로 입증하는 것 아니겠어?" "넌 그냥 가만있어." 들라마르슈는 로빈슨이 움직이지도 않는데 그렇게 말했다. 그러고는 카를에게 물었다. "뻔뻔스럽게도 솔직하군그래. 그렇다면 우리 이렇게 편안하게 함께 있으니 그 솔직함을 한번 더 발휘해서 대체 왜 호텔로 가려는지 말해보시지." 카를은 여행가방을 한 발짝 넘어가는 수밖에 없었다. 들라마르슈가 그만큼 가까이 다가섰던 것이다. 하지만 들라마르슈는 카를의 움직임에 개의치 않고 여행가방을 옆으로 밀치고는 앞으로 한 걸음 내디뎌 풀밭에 떨어져 있던 정장 셔츠의 흰색 가슴 장식을 밟고 서서 질문을 되풀이했다.

마치 질문에 대답이라도 하듯 강한 빛을 내는 손전등을 비추며 한 남자가 도로에서 그들 무리 쪽으로 올라오고 있었다. 호텔 웨이터였다. 카를을 보자마자 그는 말했다. "거의 삼십 분이나 당신을 찾아다녔어요. 도로 양쪽 비탈을 전부 샅샅이 뒤졌답니다. 주방장님이 당신에게 빌려드린 밀짚 바구니가 급히 필요하다고 전하라 하셨거든요." "여기 있어요." 카를이 흥분한 나머지 불안한 목소리로 말했다. 들라마르슈와 로빈슨은 신분이 괜찮은 낯선 이들 앞에서 늘 그러듯이 짐짓 겸손한 태도를 내보이며 옆으로 비켜섰다. 웨이터가 바구니를 받아들며 말했다. "그리고 당신이 깊이 생각해보았는지, 호텔에서 숙박할 생각은 없는지 여쭈어보라고 하셨어요. 당신이 데려올 마음이 있다면 다른 두 분도 기꺼이 환영한다고요. 침대도 다 준비되었어요. 오늘밤이 따뜻하긴 하지만 이런 경사진 언덕에서 잠을 잔다는 건 위험한 일이 아닐 수 없거니와, 뱀도 심심찮게 나오죠." "주방장님께서 그토록 친절을 베풀어주시니 초대를 받아들이겠습니다." 그렇게 말하고서 카를은 동료들의 발언을 기다렸다. 하지만 로빈슨은 그 자리에 멍하니 서 있고, 들라마르슈는 양손을 바지 주머니에 찔러넣은 채 별을 올려다보고 있었다. 아무래도 두 사람은 카를이 자기들을 선선히 데려가줄 거라고 믿는 것 같았다. "그러시다면", 웨이터가 말했다. "저는 당신을 호텔로 안내하고 짐도 들어드리라는 지시를 받았어요." "그럼 잠깐만 기다려주세요." 카를은 그렇게 말하고 아직도 주변에 흩어져 있는 몇 가지 물건을 여행가방에 넣으려고 몸을 굽혔다.

별안간 그가 몸을 일으켜세웠다. 사진이 없었다. 여행가방 맨 위에 놓여 있었는데 아무리 찾아도 보이지 않았다. 전부 다 있는데, 사진만 없었다. "사진을 못 찾겠어." 그는 간청하듯이 들라마르슈에게 말했다. "어떤 사진인데?" 들라마르슈가 말했다. "부모님 사진이야." 카를이 말했다. "우린 사진 같은 거 못 봤는데." 들라마르슈가 말했다. "가방 안에 사진은 없었어, 로스만." 로빈슨도 자기편에서 확인해주었다. "그럴 리가 없어." 카를은 그렇게 말했고, 도움을 청하는 듯한 그의 시선에 이끌려 웨이터가 다가왔다. "사진이 맨 위에 있었는데 지금은 없어졌어. 너희가 가방으로 장난을 치지 않았더라면 이런 일은 없었을 거야." "착각한 게 절대 아냐." 들라마르슈가 말했다. "가방에 사진은 없었어." "그 사진은 나한테 가방에 든 다른 어떤 것보다 중요한 거예요." 카를은 풀밭 여기저기를 찾고 있는 웨이터에게 말했다. "무엇으로도 대신할 수 없는 거니까요. 오직 한 장밖에 없는 거예요." 더는 가망 없는 일이라 웨이터가 포기했을 때 카를은 다시 말했다. "그건 제가 부모님에게서 받은 두 분의 유일한 사진이에요." 그러자 웨이터는 큰 소리로 에두르지 않고 말했다. "그럼 저분들의 호주머니를 검사해보는 수밖에 없겠군요." "그래요." 카를이 즉시 말했다. "나는 그 사진을 꼭 찾아야 해. 하지만 호주머니를 뒤지기 전에 말해두겠는데, 지금 자진해서 사진을 내놓는 사람에게는 여행가방을 통째로 주겠어." 잠시 모두에게 침묵이 흐른 후 카를이 웨이터에게 말했다. "그렇다면 제 동료들은 분명 호주머니를 뒤져보길 바란다는 겁니다. 하지만 지금이라도 호주머니 속에 사진을 가지고 있는 사람에게는 여행가방을 통째로 주겠다고 약속하겠어요. 그 이상은 저도 할 수가 없어요." 곧바로 웨이터는 다루기가 더 힘들어 보이는 들라마르슈를 조사하기 시작했고 로빈슨은 카를에게 맡겼다. 그는 카를에게 두 사람을 동시에 조사해야 하며, 그러지 않으면 한 사람이 몰래 사진을 치워버릴 수도 있다는 점을 일러주었다. 카를은 로빈슨의 호주머니에 처음 손을 넣자마자 자기 것인 넥타이를 찾았지만 챙기지 않고 웨이터에게 외쳤다. "들라마르슈에게서 무엇이 발견되더라도 전부 그가 갖도록 놔두세요. 저는 사진 말고는 아무것도 원치 않아요. 사진만 찾으면 돼요." 가슴팍의 호주머니들을 뒤지다가 카를은 로빈슨의 뜨뜻하고 살찐 가슴에 손이 닿았다. 그 순간 자기가 동료들에게 아주 몹쓸 짓을 하고 있는 것은 아닌가 하는 생각이 들었다. 그는 이제 되도록 서둘렀다. 결국 모든 것이 허사로 돌아갔다. 로빈슨에게서도 들라마르슈에게서도 사진은 나오지 않았다.

"쓸데없는 짓을 했군요." 웨이터가 말했다. "저자들이 아무래도 사진을 갈기갈기 찢어서 그 조각들을 던져버린 모양입니다." 카를이 말했다. "나는 저들을 친구라고 생각했는데, 저들은 은밀히 나에게 해를 입히려고 했어요. 사실 로빈슨은 아니에요. 그자는 이 사진이 나에게 그토록 중요한 의미를 갖는다는 생각을 전혀 못했을 겁니다. 하지만 그런 만큼 들라마르슈는 더했겠지요." 카를은 자기 앞에서 손전등으로 작은 동그라미를 만들어 비추고 있는 웨이터밖에 보이지 않았다. 그 밖의 모든 것은, 들라마르슈도 로빈슨도, 깊은 어둠 속에 있었다.

물론 이 두 사람을 호텔로 데려간다는 것은 이제 말도 안 되는 일이었다. 웨이터는 여행가방을 어깨에 둘러메고 카를은 밀짚 바구니를 든 채 걷기 시작했다. 도로에 내려섰을 때 카를은 깊은 생각에 잠겨 가던 길을 잠시 멈추고 어둠 속을 올려다보며 소리쳤다. "잘 들어! 너희 둘 중 누구든 사진을 아직 가지고 있는 사람이 호텔로 가져다준다면—여전히 이 가방은 그 사람 것이 되고—내가 맹세하는데—고발 같은 건 하지 않겠어." 그러나 위에서 대답이라 할 만한 것은 들려오지 않았고, 그저 뚝 끊긴 말 한마디가 다였다. 로빈슨이 뭐라고 외쳐대기 시작하자 보나마나 들라마르슈가 즉시 그의 입을 틀어막은 모양이었다. 그래도 위에서 마음을 고쳐먹지 않을까 카를은 한참을 더 기다렸다. 그는 간격을 두고 두 번 외쳤다. "나 아직 여기 있어." 그러나 아무 대답도 들려오지 않았다. 딱 한 번, 우연인지 누가 잘못 던진 것인지, 돌 하나가 비탈을 굴러내려왔을 뿐이었다.

V
옥시덴털호텔에서

호텔에 다다르자 카를은 곧장 사무실 같은 곳으로 안내를 받았다. 그곳에서 주방장이 수첩을 손에 든 채 젊은 타이피스트에게 편지를 구술하고 있었다. 더없이 정확하고 꼼꼼한 구술과 능숙하고 유연한 타이핑 소리가, 간간이 들릴 뿐인 똑딱거리는 벽시계 소리를 뒤로하며 바삐 이어지고 있었다. 벽시계는 이미 거의 열한시 반을 가리키고 있었다. "됐어요!" 주방장은 말하고 수첩을 탁 덮었다. 타이피스트는 벌떡 일어나 타자기 위에 나무 덮개를 씌우는 일을 기계적으로 해나가는 와중에도 카를에게서 눈을 떼지 않았다. 그녀는 아직 학생처럼 보였는데, 앞치마는 매우 정성스럽게 다림질이 되어 있고 어깨 부분은 물결 모양으로 주름이 잡혀 있었으며, 머리는 상당히 높이 빗어 올렸다. 그래서 이런 것들을 하나하나 보고 나서 그녀의 진지한 얼굴을 확인하면 누구나 약간 놀라는 것이었다. 그녀는 먼저 주방장에게, 이어서 카를에게 고개를 숙여 인사한 후 물러갔다. 카를은 저도 모르게 묻는 듯한 시선으로 주방장을 쳐다보았다.

"이렇게 와주었군요, 정말 잘했어요." 주방장이 말했다. "그런데 동료들은요?" "데려오지 않았어요." 카를이 말했다. "그 사람들은 아침 일찍 출발하겠군요." 주방장은 스스로에게 상황을 설명하려는 듯이 말했다. '틀림없이 나도 그들과 같이 출발한다고 생각하는 것은 아닐까?' 카를은 속으로 그렇게 묻고 어떤 의혹도 불식시키기 위해 말했다. "싸워서 서로 헤어졌어요." 주방장은 그것을 유쾌한 소식으로 여기는 것 같았다. "그럼 당신은 자유인가요?" 그녀가 물었다. "네, 저는 자유입니다." 카를이 말했다. 하지만 그에게는 이보다 더 무가치한 말은 없는 듯 여겨졌다. "그렇다면 이 호텔에서 일해볼 생각은 없나요?" 주방장이 물었다. "있고말고요." 카를은 말했다. "하지만 아는 것이 너무 없어서요. 가령 타자 같은 것도 못 칩니다." "그런 건 크게 중요하지 않아요." 주방장이 말했다. "뭐 당장은 아주 작은 일만 맡게 될 겁니다. 그러고는 부지런하고 꼼꼼하게 일해서 높은 자리로 올라가야 해요. 아무튼 세상을 그렇게 방랑하는 것보다는 어딘가에 정착하는 것이 당신에게 더 좋고 더 적합할 거라고 생각해요. 내가 보기에 당신은 그런 체질이 아닌 것 같아요." '이 모든 말에 외삼촌도 동의하실 거야.' 카를은 그렇게 속으로 말하면서 동의의 뜻으로 고개를 끄덕였다. 동시에 주방장이 자기를 이렇게 걱정해주고 있는데 아직 자기소개도 하지 않았다는 생각이 났다. "죄송합니다." 그가 말했다. "아직 제 소개도 못 드렸네요. 카를 로스만이라고 합니다." "독일인이군요, 그렇죠?" "네." 카를이 말했다. "미국에 온 지 아직 얼마 되지 않았습니다." "출신지는 어딘가요?" "보헤미아의 프라하 태생입니다." 카를이 말했다. "그것 봐요." 주방장은 영어식 억양이 강한 독일어로 외치면서 두 팔을 거의 쳐들다시피 했다. "그럼 우리는 같은 고향 사람이에요. 나는 그레테 미첼바흐라 하고, 빈 출신이에요. 그리고 프라하는 아주 잘 알지요. 벤첼 광장의 골데네 간스에서 반년 동안 근무한 적이 있어요. 자, 한번 생각해봐요!" "그게 언제였나요?" 카를이 물었다. "아주아주 오래전 일이에요." "옛 골데네 간스는", 카를이 말했다. "이 년 전에 헐렸습니다." "물론 그렇겠지요." 주방장은 지난날의 추억에 잠겨 말했다.

하지만 갑자기 생기를 되찾은 그녀가 큰 소리로 외치며 카를의 두 손을 잡았다. "이제 당신이 같은 고향 사람이라는 것이 밝혀졌으니 절대로 여기를 떠나서는 안 돼요. 나한테 그런 짓을 해서는 안 돼요. 이를테면 엘리베이터 보이로 일해보고 싶은 마음 없어요? '네'라고만 말하면 그렇게 되는 거예요. 당신이 세상을 좀 돌아다녀보았다면 이런 자리를 얻는 것도 그리 쉬운 일이 아니라는 것을 알 거예요. 아무리 생각해봐도 첫출발로서는 제일이에요. 모든 손님과 만나게 되고 사람들이 늘 당신을 보게 되지요. 당신한테 소소한 부탁을 하기도 하고. 요컨대, 당신은 매일 더 나은 자리에 오르게 될 가능성을 가지는 거죠. 나머지 일은 다 내가 알아서 할게요." "기꺼이 엘리베이터 보이가 되고 싶습니다." 카를은 잠시 사이를 두고 말했다. 그가 받았던 오 년간의 김나지움 교육을 생각해서 엘리베이터 보이 자리를 두고 망설였다면 어리석기 짝이 없는 일이었을 것이다. 오히려 여기 미국에서는 오 년간의 김나지움 교육이 부끄러워해야 할 이유였을지도 모른다. 아무튼 전에도 카를은 늘 엘리베이터 보이들이 마음에 들었다. 그에게 그들은 호텔의 장식처럼 여겨졌다. "어학 실력이 필요하지는 않을까요?" 카를이 더 물었다. "당신은 독일어를 하고 영어도 잘하니, 그 정도면 훌륭해요." "영어는 미국에 와서 겨우 두 달 반 동안 배운 겁니다." 카를이 말했다. 자신의 유일한 장점을 감출 필요는 없다고 생각한 것이다. "그 정도로도 충분히 큰 힘이 될 거예요." 주방장이 말했다. "영어 때문에 얼마나 고생했는지 생각하면. 물론 벌써 삼십 년이나 된 옛날 일이지요. 바로 어제 그때 얘기를 했어요. 어제가 내 쉰번째 생일이었거든요." 그러고서 그녀는 미소 지으며 카를의 표정에서 쉰이란 나이의 위엄이 어떤 인상을 불러일으켰는지 읽어내려고 했다. "그랬군요. 축하드립니다." 카를이 독일식으로 말했다. "늘 그런 말을 쓰지요." 그녀는 카를의 손을 잡고 흔들며 말했다. 그리고 독일어를 하는 동안 고향에서 쓰던 그런 옛 표현이 떠올라 다시금 적잖이 울적해졌다.

"그런데 내가 당신을 여기 붙잡아두고 있군요." 그녀가 외쳤다. "몹시 피곤해 보이기도 하고요. 낮에 이야기를 나누면 모든 일을 훨씬 더 잘 상의할 수 있을 거예요. 동향인을 만난 기쁨에 내가 너무 생각이 없었네요. 이리 오세요. 당신 방으로 안내해드릴게요." "아직 부탁이 하나 있는데요, 주방장님." 카를이 테이블에 놓인 전화 상자를 바라보며 말했다. "내일, 어쩌면 아침 일찍, 예전 동료들이 저에게 꼭 필요한 사진 한 장을 가지고 올지도 몰라요. 죄송하지만 수위에게 전화를 걸어 그 친구들을 저에게 보내주든가, 아니면 사람을 시켜 저를 부르러 와달라고 해주시면 안 될까요?" "잘 알겠어요." 주방장이 말했다. "하지만 수위가 그들에게서 사진을 받아두기만 하면 되지 않을까요? 실례가 안 된다면 무슨 사진인지 물어봐도 돼요?" "제 부모님 사진이에요." 카를이 말했다. "아닙니다, 그 친구들과 제가 직접 할 이야기가 있어요." 주방장은 더이상 아무 말도 하지 않고 전화로 수위실에 동일한 내용의 지시를 했다. 그때 카를의 방 번호가 536이라는 것도 말해주었다.

그러고서 그들은 출입문 맞은편의 문을 통해 작은 복도로 나갔다. 그곳의 승강기 난간에 기댄 채 조그만 엘리베이터 보이가 졸고 있었다. "우리가 직접 작동시키지요." 주방장은 나지막이 말하며 카를을 승강기 안으로 들어오게 했다. "열 시간 내지 열두 시간의 근무가 저런 소년에게는 다소 무리이긴 해요." 위로 올라가는 동안 그녀가 말했다. "하지만 이런 것이 미국의 특징이에요. 가령 그 어린 소년도 겨우 반년 전에 부모와 함께 여기 왔어요. 이탈리아인이에요. 지금 그 아이는 이 일을 견뎌낼 수 없을 것처럼 보이지요. 벌써 얼굴 살이 빠지고, 근무중에 졸기 일쑤예요. 본래는 일을 아주 열심히 하는 아이인데 말이에요—하지만 앞으로 반년쯤 이곳이나 어디든 미국의 다른 곳에서 일을 하고 나면 뭐든 거뜬히 견뎌낼 수 있고 오 년 후에는 강한 남자가 될 겁니다. 그런 예에 대해서라면 몇 시간이라도 얘기할 수 있어요. 하지만 당신을 염두에 두고 하는 말은 아니에요. 당신은 씩씩한 젊은이니까요. 열일곱 살이지요?" "다음 달에 열여섯이 됩니다." 카를이 대답했다. "심지어 겨우 열여섯이라고요!" 주방장이 말했다. "자, 그럼 용기를 가져요!"

위로 올라가서 그녀는 카를을 방으로 안내했다. 다락방이라 한쪽 벽이 경사져 있긴 했지만 그것 말고는 백열등 두 개가 비추고 있어서 아주 아늑해 보였다. "이 방의 가구를 보고 놀라지 말아요." 주방장이 말했다. "호텔방이 아니고 내 거처에 속한 방이에요. 내 거처는 방이 세 개라 당신이 폐가 될 건 전혀 없어요. 각 방을 연결하는 문을 걸어 잠글 테니 조금도 거리낄 것 없이 머물 수 있을 거예요. 물론 내일이면 새 종업원으로서 당신만의 조그만 방을 배정받을 겁니다. 동료들과 함께 왔더라면 보이들의 공동 침실에 잠자리를 마련하게 했을 테지만, 당신 혼자니까 오늘밤은 소파에서 자더라도 여기가 더 나을 거라고 생각해요. 자, 그럼 근무를 위해 기운을 차릴 수 있게 푹 자요. 내일 근무는 그다지 힘들지 않을 거예요." "친절히 대해주셔서 거듭 감사드립니다." "잠깐 기다려봐요." 그녀가 나가다 말고 멈춰 서서 말했다. "자다가도 소리 때문에 금방 깰 거예요." 그러고는 방의 옆문으로 가서 노크하며 소리쳤다. "테레제!" "네, 주방장님." 방금 전의 그 조그만 타이피스트의 목소리가 응답했다. "아침에 나를 깨울 때는 복도로 와야 돼. 이 방에 손님이 잘 거야. 손님이 몹시 피곤한 상태거든." 그녀는 그렇게 말하면서 카를에게 미소를 지어 보였다. "알겠어?" "네, 주방장님." "그럼 잘 자!" "안녕히 주무세요."

"사실 나는", 주방장이 말했다. "몇 년 전부터 잠을 잘 못 자요. 이제는 내 지위에 만족할 만하고 딱히 걱정거리도 없는데 말이에요. 하지만 이렇게 불면증이 생긴 건 틀림없이 전에 걱정이 너무 많았기 때문인 것 같아요. 새벽 세시에 잠이 들면 기뻐할 일이에요. 그런데 이미 다섯시에는, 늦어도 다섯시 반에는 다시 일터에 나와 있어야 하니 누군가 나를 깨워줘야 하는데, 안 그래도 신경이 날카로워진 내가 더 날카로워지지 않도록 각별히 조심하지 않으면 안 되지요. 그래서 나를 깨우는 사람이 바로 테레제예요. 자, 이제 당신은 정말 모든 걸 알게 되었는데, 내가 안 가고 여기 있네요. 잘 자요!" 그러고는 육중한 몸집인데도 날쌔

게 방을 나갔다.

카를은 하루종일 몹시 시달린 탓에 잠을 잘 수 있길 고대했다. 장시간 방해받지 않고 잠을 자는 데 이보다 더 쾌적한 환경은 결코 바랄 수 없었다. 이 방은 침실용이라기보다는 차라리 거실이었고, 더 정확하게 말하자면 주방장의 응접실이었으며, 세면대는 그를 위해 오늘밤만 쓰도록 특별히 마련된 것이었다. 그렇기는 해도 카를은 자신이 불청객이라는 느낌은 들지 않았고 그만큼 더 극진히 대우받는 느낌이었다. 반듯이 놓여 있는 여행가방은 지금까지 이보다 더 안전하게 보관된 적이 없는 것 같았다. 낮은 서랍장에는 털실로 그물눈이 성기게 짜인 깔개가 덮여 있고 그 위에 유리 액자에 넣은 사진들이 여럿 세워져 있어서, 카를은 방안을 둘러보다가 그곳에 멈춰 서서 구경했다. 대부분 오래된 사진이었고 소녀들 사진이 많았다. 소녀들은 거북스러운 구식 드레스를 입고 작지만 높은 모자를 삐딱하게 쓰고 오른손을 양산에 기댄 채 보는 사람 쪽을 향해 있었지만 시선은 돌리고 있었다. 남자들 사진 중에서는 특히 젊은 병사의 사진이 눈에 띄었다. 원통형 군모를 작은 테이블에 올려놓고서 검은 머리는 부스스한 채 당당하면서도 절제된 웃음을 가득 머금고 부동자세로 서 있었다. 군복의 단추들은 촬영 후 사진 위에 금색으로 칠해진 것이었다. 이 사진들은 모두 유럽에서 찍은 것 같았다. 뒷면을 보면 정확히 알 수 있었을 테지만, 카를은 사진들을 집어들고 싶지 않았다. 이 사진들이 여기 이렇게 세워져 있는 것처럼 그도 부모의 사진을 미래의 자기 방에 세워두고 싶었다.

옆방 여자 때문에 되도록 소리를 죽이려고 애쓰면서 온몸을 구석구석 깨끗이 씻고 나서 잠들기 직전의 감미로운 기분으로 막 소파 위에 드러누우려는 순간, 어느 문에선가 희미한 노크 소리가 들려온 것 같았다. 어느 문인지 바로 알아차릴 수가 없었다. 그저 우연한 소리인지도 몰랐다. 금세 또 들려오지도 않아서 카를이 거의 잠이 들려는데 다시 소리가 났다. 하지만 이제는 그것이 노크 소리이며 타이피스트의 방문에서 난다는 데 의심의 여지가 없었다. 카를은 까치발을 하고 문으로 달려가 혹시라도 또다른 옆방에서 누군가 자고 있다면 깨우지 않도록 아주 나지막한 소리로 물었다. "무슨 일입니까?" 즉시 똑같이 나지막한 소리로 대답이 들렸다. "문 좀 열어주시지 않겠어요? 열쇠가 그쪽에 꽂혀 있어요." "잠깐만요." 카를이 말했다. "옷부터 입을게요." 잠시 사이를 두더니 대답이 들려왔다. "그럴 필요 없어요. 문을 열어주고 침대로 들어가 누우세요. 잠시 기다릴게요." "좋습니다." 카를은 말하고 시키는 대로 하면서 딱 하나, 전등 켜기만 더했다. "이제 누웠어요." 그가 좀더 큰 소리로 말했다. 그러자 정말로 그 조그만 타이피스트가 그녀의 어두운 방에서 걸어나왔다. 아래 사무실에서와 똑같은 복장이었다. 그동안 내내 잠자리에 들 생각을 하지 않은 모양이었다.

"정말 죄송해요." 그녀는 카를의 잠자리 앞에 약간 몸을 구부리고 서서 말했다. "부탁이에요, 이 일은 아무한테도 말하지 말아주세요. 오래 방해하지는 않을게요. 몹시 피곤하다는 걸 알고 있으니까." "이대로도 그리 나쁘지는 않지만", 카를이 말했다. "그래도 옷을 입는 편이 더 좋을 걸 그랬어요." 그는 잠옷이 없었기 때문에 담요가 목까지 꼭 덮이도록 몸을 뻗고 누워 있는 수밖에 없었다. "잠깐만 있다 갈게요." 그녀는 그렇게 말하고 의자 쪽으로 손을 뻗었다. "소파 가까이에 앉아도 될까요?" 카를이 고개를 끄덕였다. 그러자 그녀가 의자를 소파에 바짝 당겨

앉는 바람에, 카를은 그녀를 올려다보기 위해 벽 쪽으로 몸을 움직여야 했다. 그녀는 균형 잡힌 둥근 얼굴이었는데, 어쩌면 그다지 어울리지 않는 머리모양 탓인지는 몰라도 이마만 유달리 넓어 보였다. 옷은 아주 깔끔했고 세심한 손길이 느껴졌다. 왼손에는 손수건을 움켜쥐고 있었다.

"이곳에 오래 머물 생각인가요?" 그녀가 물었다. "아직 확실치는 않지만", 카를이 말했다. "아마 계속 있을 것 같아요." "그렇다면 아주 잘됐네요." 그녀는 손수건으로 얼굴을 쓱 훔치면서 말했다. "저는 여기서 너무 외롭거든요." "이상하군요." 카를이 말했다. "주방장님이 당신에게 아주 친절하시지 않나요. 전혀 종업원처럼 대하시지 않던데. 나는 친척이 아닌가 생각했어요." "어머, 아니에요." 그녀가 말했다. "전 테레제 베르히톨트라 하고, 포메라니아 출신이에요." 카를도 자기소개를 했다. 그러자 그녀는 처음으로 그를 제대로 바라보았다. 이름을 말하자 오히려 그가 좀더 낯설어진 모양이었다. 두 사람은 잠시 침묵했다. 그러고는 그녀가 말했다. "저를 은혜를 모르는 사람이라고 생각해서는 안 돼요. 주방장님이 안 계셨다면 제 처지는 훨씬 더 비참했을 거예요. 전에는 이 호텔의 주방 하녀였는데, 고된 일을 감당 못해서 그만두어야 할 형편이었어요. 여기는 일이 엄청 많은 곳이에요. 한 달 전에도 주방 하녀 하나가 단지 과로로 실신하는 바람에 이 주 동안이나 병원 신세를 졌어요. 저도 별로 튼튼한 몸이 아니어서 전에는 자주 병치레를 했어요. 그래서 발육이 남들보다 좀 뒤처졌어요. 벌써 열여덟 살인데 아마 그렇게 보이지 않을 거예요. 하지만 이제는 확실히 더 튼튼해졌어요." "이곳에서 일하는 게 정말이지 아주 힘든 모양이네요." 카를이 말했다. "아래서 저도 엘리베이터 보이 하나가 서서 졸고 있는 것을 봤어요." "그래도 엘리베이터 보이는 형편이 제일 좋은 편이에요." 그녀가 말했다. "팁을 받아 상당한 돈벌이가 되고, 결국 주방 사람들처럼 그렇게까지는 고생하지 않아도 되니까요. 하지만 전 정말로 운이 좋았어요. 주방장님께서 한번은 연회용 냅킨을 접을 하녀가 한 명 필요해서 우리 주방 하녀들이 있는 곳으로 사람을 내려 보내신 적이 있었어요. 그곳에는 하녀가 오십 명쯤 있어요. 그런데 제가 바로 그 일을 맡아서 하게 됐고 주방장님은 아주 흡족해하셨어요. 냅킨 접는 일이라면 제가 선수였거든요. 그래서 그때부터 주방장님이 저를 가까이 두고 일을 가르쳐 자신의 비서로 키우셨지요. 그러면서 아주 많은 일을 배웠어요." "그런데 글로 써야 할 일이 그렇게 많은가요?" 카를이 물었다. "네, 아주 많아요." 그녀가 대답했다. "당신은 상상도 못할 거예요. 제가 오늘 열한 시 반까지 일하는 걸 당신도 봤겠죠. 오늘이 특별한 날은 아니에요. 물론 내내 타자만 치는 건 아니고 시내로 나가 볼일을 볼 때도 많아요." "근데 이 도시 이름이 뭔가요?" 카를이 물었다. "모르세요?" 그녀가 말했다. "램시스예요." "큰 도시인가요?" 카를이 물었다. "아주 커요." 그녀가 대답했다. "전 거기 가는 걸 좋아하지 않아요. 그런데 이제 정말 자고 싶지 않으세요?" "아니요, 아니에요." 카를이 말했다. "당신이 왜 이 방에 왔는지 아직도 전혀 모르겠군요." "같이 얘기할 사람이 없어서요. 제가 본래 엄살이 심한 사람은 아니에요. 하지만 정말로 얘기할 상대가 아무도 없다면, 마침내 누군가 얘기를 들어줄 상대가 나타난 것만으로도 행복한 일이죠. 전 아래 홀에서 이미 당신을 봤어요. 마침 주방장님을 부르러 갔을 때 주방장님이 당신을 식품저장실로 안내하고 계셨거든요." "끔찍한 홀이더군요." 카를이 말했다. "전 이제 그런 생각이 전혀 안 들어요." 그녀가 대답했다. "다만 제가 하고 싶었던 얘기는, 맞아요, 주방장님은 제게 돌아가신 어머니만큼이나 친절하게 대해주신다는 거예요. 하지만 제가 그분과 거리낌없이 이야기를 나누기에는 신분 차이가 너무 크잖아요. 전에는 주방 하녀들 가운데 좋은 친구들이 있었는데 이미 오래전에 여기를 떠났고, 신입 하녀들은 거의 모르는 애들이에요. 그래서 가끔은 지금 하는 일이 전에 하던 일보다 더 힘들고, 또 지금의 일을 예전 일만큼 잘해내지도 못하는데, 주방장님이 그저 동정심에 나를 이 자리에 앉혀두고 있는 거라고 여겨질 때가 있어요. 비서가 되려면 결국 더 좋은 학교 교육을 받았어야 하는 거예요. 이런 말 하는 건 죄를 짓는 일이지만, 걸핏하면 미쳐버릴 것 같아 두려워요. 제발 부탁인데", 그녀는 갑자기 말이 훨씬 빨라지면서 담요 밑에 들어가 있는 카를의 손 대신 어깨를 슬쩍 잡았다. "지금 한 얘기는 절대로 주방장님한테 해서는 안 돼요. 그러면 나는 정말 끝장이에요. 일 때문에 폐를 끼치고 있는데 이제 거기다 걱정까지 안겨드린다면 정말이지 너무 심한 일일 거예요." "물론 아무 말도 하지 않을게요." 카를이 대답했다. "그렇다면 좋아요." 그녀가 말했다. "여기 계속 있어요. 당신이 여기 계속 머문다면 기쁠 거예요. 그래서 당신만 괜찮다면 우리 서로 의지하며 붙어 지낼 수 있을 거예요. 당신을 처음 보았을 때 곧바로 믿음이 갔어요. 그런데도—생각해봐요, 난 정말 나빠요—주방장님이 나 대신 당신을 비서로 삼고 나를 해고시킬까봐 불안하기도 했다니까요. 당신이 아래 사무실에 있는 동안 나는 저기 내 방에 한참 혼자 앉아 있었는데, 그때야 비로소 앞일에 대해 이 궁리 저 궁리를 하다가 당신이 내 일을 맡게 된다면 아주 좋겠다는 생각까지 하게 되었어요. 당신이 나보다 분명 일을 더 잘 파악할 테니까요. 시내로 심부름을 다녀오는 일은 당신이 하기 싫으면 하던 대로 내가 맡을 수도 있고요. 하지만 그 외에는 내가 주방에 있는 편이 확실히 훨씬 더 도움이 될 거예요. 무엇보다 나도 전보다는 좀더 튼튼해졌으니까요." "그 문제라면 이미 정리됐어요." 카를이 말했다. "나는 엘리베이터 보이가 되고 당신은 그대로 비서로 있는 거예요. 하지만 당신이 주방장님에게 당신의 계획을 조금이라도 내비치기만 했다간 나도 당신이 오늘 한 얘기를 전부 발설하고 말 겁니다. 유감스러운 일일 테지만 말이에요." 이 어조에 몹시 격앙된 테레제는 소파 옆에 털썩 주저앉더니 담요에 얼굴을 묻고 흐느껴 울었다. "아무 얘기도 발설 안 할게요." 카를이 말했다. "하지만 당신 역시 아무 말도 해서는 안 돼요." 이제 그는 담요 밑에 그대로 숨어 있을 수만 없어서 그녀의 팔을 조금 쓰다듬으면서도 그녀에게 해줄 마땅한 말은 찾지 못하고 여기에도 괴로운 인생이 있구나, 라고 생각했을 뿐이었다. 마침내 그녀는 적어도 우는 것을 부끄러워할 만큼은 진정되었기에 카를을 고마운 눈빛으로 바라보며 아침까지 푹 자라고 하면서 시간이 나면 여덟시쯤 올라와 깨워주기로 약속했다. "깨우는 걸 잘하는군요." 카를이 말했다. "네, 조금은 해요." 그렇게 말하고서 그녀는 작별의 표시로 담요 위를 손으로 부드럽게 쓰다듬더니 자기 방으로 달려갔다.

다음날 주방장이 램시스를 구경하도록 자유시간을 주려고 하는데도 카를은 곧바로 근무를 시작하길 고집했다. 앞으로도 구경할 기회는 있을 것이며, 지금은 일을 시작하는 것이 자기에게 가장 중요하다고 카를은 솔직히 밝혔다. 유럽에서 다른 목적으로 일을 시작했다가 아무 보람

없이 그만두었고, 적어도 웬만큼 능력 있는 젊은이라면 당연한 이치로 보다 높은 수준의 일을 맡을 나이인데도 엘리베이터 보이로 일을 시작하는 것이기 때문이었다. 그가 엘리베이터 보이로 일을 시작하는 것은 아주 당연한 일이지만, 빨리 서둘러야 하는 것도 마찬가지로 당연한 일이라고 했다. 이런 형편에서는 시내 구경을 해도 전혀 즐겁지 않을 것이었다. 그는 테레제가 권하는 짧은 코스조차 선뜻 내키지 않았다. 내내 그의 눈앞에서는 부지런히 일하지 않으면 결국 들라마르슈와 로빈슨 같은 꼴이 될지도 모른다는 생각이 맴돌고 있었다.

호텔의 재봉사에게 가서 그는 엘리베이터 보이의 제복을 입어보았다. 금색 단추와 금색 끈이 달려 있어 겉보기에는 매우 화려했지만, 막상 입어보자 특히 겨드랑이 부분이 차갑고 뻣뻣한데다 먼저 옷을 입었던 엘리베이터 보이들의 땀이 다 마르지 않아 축축한 탓에 카를은 몸이 살짝 떨렸다. 또한 무엇보다 가슴 부분이 카를에게 맞게 품을 넓혀야 했다. 입어보라고 내놓은 열 벌 중 대충이라도 맞는 것이 하나도 없었기 때문이다. 수선을 위해 바느질도 해야 하고 재봉사가 매우 꼼꼼한 사람처럼 보였는데도—이미 배송받은 제복을 그의 손으로 공장에 돌려보낸 것이 두 번이나 되었다—모든 일이 채 오 분도 안 되어 끝나서 카를은 꼭 끼는 바지와 심하게 조이는 짧은 상의를 입고 엘리베이터 보이가 되어 재봉사의 작업실을 나왔다. 상의가 재봉사의 확실한 약속과는 정반대로 어찌나 심하게 조이던지 과연 숨쉬기가 가능할까 확인하려고 연습삼아 들이마시고 내쉬기를 해보고 싶은 마음이 자꾸만 들었다.

그러고 나서 카를은 앞으로 지시를 받아야 할 수석웨이터에게 신고를 했다. 늘씬하고 코가 큰 미남이었으며, 나이는 이미 사십 줄에 들어선 듯 보였다. 그는 잠깐의 대화를 나눌 틈조차 없어서 그냥 벨을 눌러 엘리베이터 보이 하나를 오게 했다. 공교롭게도 카를이 어제 보았던 바로 그 보이였다. 수석웨이터는 그를 세례명인 자코모라고만 불렀지만, 그것도 영어식 발음으로는 알아들을 수가 없어서 카를이 나중에야 알게 된 것이었다. 이 소년이 이제 카를에게 엘리베이터 근무에 필요한 사항을 가르쳐주는 임무를 받았지만, 그는 수줍음을 타는데다 급한 일이 있는지 서두르는 바람에, 사실 알고 보면 가르쳐줄 게 별로 없기는 했지만, 그마저도 카를은 거의 배우지 못했다. 게다가 자코모는 분명 카를 때문에 어쩔 수 없이 엘리베이터 근무를 그만두고 객실 하녀들을 돕는 일을 할당받아 기분이 상한 것이 확실했다. 그 일은 그가 입 밖에 내지 않는 어떤 일들을 겪고 나서 볼 때 불명예스럽게 여겨져서였다. 무엇보다 카를은 엘리베이터 보이가 단순히 단추를 눌러 승강기를 작동시키는 정도로만 그 기계장치에 관계하고 있다는 것이 실망스러웠다. 반면 동력장치를 수리하는 데는 호텔의 기계 담당 기사들만 투입되기 때문에, 가령 자코모는 엘리베이터 보이로 반년이나 근무했는데도 지하실의 동력장치나 승강기 내부의 기계장치를 자신의 눈으로 본 적이 없었다. 그랬더라면 그도 분명하게 말했듯이 아주 기뻐했을 터였다. 그 일은 대체로 대단히 단조로우면서 주야 교대로 열두 시간씩 근무하기 때문에 아주 고되어, 자코모 말로는 몇 분이든 잠깐씩 선 채로 눈을 붙이지 않으면 도저히 견뎌낼 수 없었다. 이에 대해 카를은 아무 말도 하지 않았지만, 바로 그런 요령 때문에 자코모가 그 자리를 잃은 것임을 잘 알고 있었다.

카를이 담당해야 하는 승강기는 최상층으로만 운행하는 것이어서 까다롭기 그지없는 부유층 사람들을 상대하지 않게 될 것이라는 것은 그에게 아주 반가운 일이었다. 물론 여기서는 다른 곳만큼 배우는 것도 별로 많지 않아서 시작으로서만 좋을 뿐이었다.

처음 일주일을 지내고서 벌써 카를은 자신이 근무를 완전히 감당할 능력이 있다는 것을 깨달았다. 그가 담당한 승강기의 황동이 서른 대의 다른 승강기 중 어느 것도 비교가 되지 않을 만큼 제일 잘 닦여 있었다. 같은 엘리베이터에서 근무하는 보이가 얼추 비슷하게나마 카를만큼 부지런했다면, 그리고 그의 게으름이 카를의 부지런함으로 보충되고 있다고 여기지 않았더라면, 황동은 더욱더 번쩍거렸을 것이다. 그는 레널이라는 이름의 본토박이 미국인으로 검은 눈에 볼이 매끄럽고 약간 옴팍한 허영심 많은 청년이었다. 그는 우아한 사복을 한 벌 갖고 있어서, 비번인 날 저녁에는 그 옷으로 갈아입고 살짝 향수를 뿌리고서 급히 시내로 나가곤 했다. 때로는 집안일로 꼭 나가야 하니 대신 저녁 근무를 서달라고 카를에게 부탁하기도 하고, 옷차림이 그런 온갖 핑계와는 맞지 않아도 별로 개의치 않았다. 그런데도 카를은 그를 좋아했다. 레널이 그런 날 저녁 사복 차림으로 외출하기 전에 아래층 엘리베이터 옆 카를 앞에 서서는 장갑을 끼면서 약간의 변명을 더 늘어놓은 다음 복도를 걸어가는 것도 좋아했다. 어쨌든 카를은 그런 대리 근무를 서줌으로써 그에게 호의를 보이고 싶었을 뿐이고, 처음에는 자기보다 나이 많은 동료에게 그런 호의를 베푸는 것이 당연하게 여겨졌지만 그렇다고 지속적인 습관처럼 굳어져서는 안 될 일이었다. 엘리베이터를 타고 계속 오르내리는 것만도 물론 충분히 피곤한 일인데 특히 저녁 시간에는 거의 끊임이 없었기 때문이다.

곧 카를도 엘리베이터 보이에게 요구되는, 날렵하게 허리를 깊이 숙여 인사하는 법을 익히면서 팁을 받으면 순식간에 챙겼다. 조끼 주머니 속으로 사라진 팁이 많은지 적은지 그의 얼굴 표정을 보고는 아무도 말할 수 없었을 것이다. 여자 손님들 앞에서는 우아한 정중함을 살짝 곁들여서 문을 열어주고, 치마며 모자며 장식물에 신경쓰느라 남자들보다 머뭇거리며 타곤 하는 그들을 뒤따라 천천히 승강기에 올랐다. 운행중에는, 눈에 띄지 않으려면 이편이 가장 좋았기에, 승객들을 등지고 문 옆에 바짝 붙어섰고, 도착하는 순간 잽싸게, 그러나 놀라게 하는 일 없이 문을 옆으로 밀어 열기 위해 승강기 문손잡이를 잡고 있었다. 드문 일이지만 운행중에 누가 사소한 정보를 얻으려고 어깨를 톡톡 두드리면 그는 기다렸다는 듯이 얼른 몸을 돌리고 큰 소리로 답을 해주었다. 승강기가 여러 대인데도 불구하고 특히 극장 공연이 끝난 후라든가 특급열차가 도착한 후에는 혼잡할 때가 많아서, 그럴 때는 손님들을 위에 내려놓자마자 아래에서 기다리는 사람들을 태우기 위해 쏜살같이 내려가야 했다. 그에게는 승강기 내부에 내려뜨려진 강삭鋼索을 잡아당겨 평상시보다 속도를 높일 수 있는 수단도 있었다. 다만 규정상 금지되어 있고 자칫 위험할 수도 있었다. 카를은 승객과 함께 있을 때는 절대 그러는 법이 없었지만, 승객들을 위에 내려놓고 다른 승객들이 아래에서 기다리고 있을 때는 규정을 무시하고 마치 선원처럼 강삭을 박자에 맞게 세게 잡아당겼다. 게다가 다른 엘리베이터 보이들도 그러는 것을 알고 있었기에 자기 손님들을 다른 보이들에게 빼앗기고 싶지 않은 마음도 있었다. 이 호텔에서는 흔한 일인 장기 투숙을 하는 몇몇 손님은 이따금 카를에게 미소를 지으며 그를 자기들의 엘리베이터 보이로 인정하고 있다는 눈치를 내비쳤다. 카를은 이러한 호의를 진지한 얼굴로, 하지만 기꺼운 마음으로 받아들였다. 손님이 다소 뜸해질 때면 가끔 작은 부탁을 받는 특별한 경우도 있었다. 예컨대 자기 방으로 다시 돌아가는 수고를 하지 않으려는 투숙객에게 두고 온 소소한 물건을 대신 가져다주는 일 같은 것이었다. 그러면 그는 그럴 때 특히 친숙하게 느껴지는 자신의 승강기를 혼자 타고 날듯이 올라가 낯선 방안으로 들어가는 것이다. 그곳에는 대개 그가 한 번도 본 적 없는 진기한 물건들이 여기저기 놓여 있거나 옷걸이 못에 걸려 있었다. 외국 비누며 향수며 구강청결제 등의 독특한 냄새를 맡으며, 일러준 말이 분명치 않더라도 대개는 그 물건을 찾아낸 다음 잠시도 지체하지 않고 부리나케 다시 돌아왔다. 그는 더 중요한 부탁을 받을 수 없어서 아쉬울 때가 많았다. 그런 일은 담당 하인과 심부름꾼들이 정해져 있어서 자전거나 심지어는 오토바이를 타고 처리하고 있었다. 다만 형편이 되면 객실에서 식당이나 오락장으로 심부름 가는 정도는 카를이 할 수도 있었다.

열두 시간 근무를 마치고 사흘간은 저녁 여섯시에, 다음 사흘간은 아침 여섯시에 퇴근하면, 그는 녹초가 되어 누구의 눈치도 보지 않고 곧장 침대에 들었다. 그의 침대는 엘리베이터 보이들의 공동 침실에 있었다. 주방장의 영향력은 그가 첫날밤 짐작했던 것만큼 크지는 않은 모양이었다. 그녀는 그에게 작은 독방을 하나 마련해주려고 애썼고 어쩌면 그렇게 될 수도 있을 것 같았지만, 그것이 어떤 곤란을 불러일으키는지 그리고 자기 상관인 저 바쁜 수석웨이터에게 주방장이 이 문제로 얼마나 자주 전화를 거는지 보았기에 카를은 이를 단념하고서 원래 제

힘으로 얻은 게 아닌 특혜로 다른 보이들의 질투를 사고 싶지 않다고 넌지시 알리며 자신의 단념이 진심임을 주방장에게 납득시켰다.

이 공동 침실은 물론 결코 조용한 공간이 아니었다. 저마다 열두 시간의 자유시간을 쪼개서 식사, 수면, 오락, 부업 등에 다양하게 썼기 때문에 침실에는 부산한 움직임이 끊이지 않았다. 몇 사람은 아무 소리도 듣지 않으려고 이불을 귀까지 끌어올려 덮고 잤다. 그래도 누군가 잠을 깨서 소란을 피우는 사람들에게 버럭 화를 내며 고래고래 소리를 지르면 잘 자던 나머지 사람들도 견뎌낼 재간이 없었다. 거의 누구나 담배 파이프를 갖고 있었는데, 그것으로 일종의 사치를 누리는 셈이었다. 카를도 하나를 장만해서 곧 거기에 맛을 들였다. 그러나 근무중에는 담배를 피워서는 안 되었고, 그 결과로 침실에서는 꼭 잠을 자는 게 아닌 동안에는 누구나 담배를 피워댔다. 그에 따라 침대마다 각자 뿜어낸 담배 연기가 구름처럼 피어올라 모든 게 어디서나 뿌옇게 휩싸여 있었다. 밤에는 침실의 한쪽 끝에만 불을 켜기로 원래 다수가 원칙적으로 찬성했지만 관철될 수는 없었다. 이 제안이 그대로 실현되었다면 자려는 사람들은 침실—침대가 사십 개나 놓인 커다란 방이었다—의 절반인 어두운 쪽에서 조용히 잠을 청하고, 반면 다른 사람들은 밝은 쪽에서 주사위놀이나 카드놀이를 한다든가 불이 필요한 그 밖의 무슨 일이든 할 수 있었을 것이다. 침실의 밝은 반쪽에 침대가 있는 사람도 잠을 자고 싶을 때면, 빈 침대는 늘 충분했고 다른 이가 임시로 침대를 써도 뭐라고 하는 사람은 아무도 없었기 때문에 어두운 쪽의 빈 침대들 중 하나를 골라 누우면 되었을 것이다. 그러나 이러한 구분이 지켜지는 밤은 없었다. 예를 들어 어둠을 틈타 잠깐 눈을 붙이고 나서 각자 침대에 엎드려 침대 사이에 놀이판을 걸쳐놓고 둘이서 카드놀이를 하고 싶어하는 사람들은 번번이 있었는데 그때는 물론 거기에 적합한 전등을 켰고 그러면 눈을 찌르는 불빛에 그쪽을 향해 자고 있던 사람들이 깨서 벌떡 일어났다. 그렇게 깨어난 사람은 다시 잠을 청하려고 얼마간 더 뒤척여보지만 결국은 마찬가지로 잠을 깬 옆 사람과 새로 불을 켜놓고 역시 카드놀이를 하는 것 말고는 더 좋은 수를 찾지 못했다. 그리고 물론 다시 모든 파이프가 연기를 뿜어댔다. 그래도 어떻게든 잠을 꼭 자려는 사람이 몇 명 있었는데—카를도 대개 그중 한 사람이었다—그들은 베개에 머리를 뉘는 대신 베개로 얼굴을 가리거나 그 속에 파묻었다. 그러나 바로 옆 사람이 근무를 서기 전에 시내에서 조금 더 즐기려고 한밤중에 일어나 침대 머리맡의 세면대에서 요란하게 물을 튀기며 세수를 하고, 장화를 툭툭 치면서 신을 뿐만 아니라 발이 더 잘 들어가게 바닥에 쿵쿵 구르고—거의 모든 보이가 미국 장화형型인데도 너무 꽉 끼는 장화를 가지고 있었다—그런 다음 끝으로 채비를 마치는 데 필요한 작은 물건 하나가 빠져 있다고 자는 사람의 베개를 들추곤 하는 이런 난리통 속에서 어떻게 잠을 계속 잘 수 있겠는가. 당연히 일찌감치 잠이 깬 사람은 베개를 들춘 이에게 덤벼들 틈만 엿보고 있었다. 그런데 이 방의 보이들은 젊고 대체로 힘센 사내들로 다들 스포츠맨이어서 운동 연습의 기회만 있으면 놓치려 하지 않았다. 그래서 밤중에 큰 소동이 벌어지는 바람에 잠에서 깨어나 벌떡 일어나보면 침대 옆 바닥에서 두 명의 레슬링선수가 시합을 벌이고 있고 눈부신 조명 아래 셔츠와 팬티 바람의 전문가들이 주변의 침대마다 올라서서 구경하는 장면을 목격하고 있다는 확신이 들 정도였다. 한번은 그런 식의 야간 권투시합이 벌어졌을 때 선수 하나가 잠자는 카를 위로 넘어진 일이 있었다. 카를이 눈을 뜨면서 맨 처음 본 것은 그 젊은이의 코에서 흘러나오는 피였는데, 어떻게 손써볼 겨를도 없이 피가 침구 전체를 흥건히 적시고 말았다. 카를은 열두 시간 거의 전체를 몇 시간이나마 잠을 자 보려 애쓰다가 보내버릴 때가 많았다. 다른 사람들이 하는 놀이를 같이 해보고 싶은 강렬한 유혹이 느껴지기도 했지만 다른 사람들은 모두 살아가는 데 자기보다 앞서 있으니 더 부지런히 일하고 약간은 포기하는 것으로 그 차이를 해소해나가야 한다고 거듭 생각했다. 따라서 그에게는 무엇보다 일 때문에 잠이 더없이 중요한 문제였지만 주방장에게도 테레제에게도 침실의 이런 상황에 대해 불만을 털어놓지 않았다. 왜냐하면 첫째, 대체로 모든 엘리베이터 보이가 힘들어하는데도 심각하게 불만을 토로하는 사람이 없었기 때문이며 둘째, 침실에서 겪는 괴로움은 엘리베이터 보이로서 그가 맡은 임무 가운데 필수적인 일부분으로, 그 임무를 그는 주방장으로부터 고마운 마음으로 받았었기 때문이다.

일주일에 한 번 근무 교대를 할 때 그에게는 스물네 시간의 자유시간이 주어졌다. 이 시간의 일부를 그는 주방장을 한두 차례 방문하고, 테레제의 빠듯한 자유시간을 기다렸다가 그녀와 어딘가 구석진 곳, 복도나 드물게는 그녀의 방에서 실없는 이야기를 조금 나누는 데 썼다. 때때로 그녀가 몹시 급하게 처리해야 할 일이 있어 시내에 갈 때 동행하기도 했다. 그러면 카를이 그녀의 가방을 들고, 함께 가장 가까운 지하철역으로 거의 뛰다시피 걸어갔다. 열차가 아무 저항 없이 휘익 끌려간 듯이 순식간에 도착해 어느새 하차한 그들은 너무 느리게 느껴지는 승강기를 기다리는 대신 계단으로 달그락거리며 올라갔다. 별 모양으로 도로가 뻗어나가는 커다란 광장이 나타나 사방에서 일직선으로 흘러들어오는 수많은 차량으로 북새통을 이루었지만, 카를과 테레제는 서로 꼭 붙어 각종 사무실, 세탁소, 창고, 상점으로 바삐 돌아다니며 전화로는 처리하기 쉽지 않은, 특별히 책임지지 않아도 그만인 사소한 주문이나 불만 사항을 전했다. 테레제는 곧 카를의 도움이 결코 무시할 수 없는 것일뿐더러 오히려 많은 일을 보다 신속히 처리하는 데 한몫하고 있음을 깨달았다. 그와 동행하니 눈코 뜰 새 없이 바쁜 상인이나 사무원들이 자신의 말을 들어주길 평소처럼 자주 기다릴 필요가 없었다. 그는 진열대로 다가가 효과가 있을 때까지 손가락 마디로 그 위를 두드렸고, 벽을 이룬 사람들의 머리 위로 언제나 지나치게 과장된, 백 명의 목소리 가운데에서도 쉽게 구분되는 영어로 소리쳤으며, 제일 기다란 사무실 깊숙한 곳에 거만하게 물러나 있는 사람들에게도 서슴없이 다가갔다. 자만심 때문은 아니었다. 그는 어떤 저항도 존중했지만, 옥시덴털호텔이 무시당해서는 안 될 거래처였기에 그런 행동을 해도 될 만큼 안전한 입장이라고 느꼈고, 테레제가 사무 경험은 많아도 결국 도움의 손길이 필요한 사람이었기 때문이다. "당신이 늘 함께 와주면 좋겠어요." 일을 특히 잘 끝내고 돌아올 때면 그녀는 가끔 행복하게 웃으면서 말했다.

카를이 램시스에 머문 한 달 반 동안 테레제의 조그만 방에 몇 시간 이상 길게 있었던 것은 단 세 번뿐이었다. 그녀의 방은 물론 주방장의 어떤 방보다 작았고, 방안의 몇 안 되는 물건도 거의 창문 주변에만 놓여 있었다. 하지만 카를은 공동 침실에서의 경험으로 비교적 조용한 자기만의 방이 얼마나 소중한지 알았고, 그가 드러내놓고 말하지는 않아도 이 방을 마음에 들어한다는 것을 테레제는 알아챘다. 그녀는 카를 앞에서 비밀이 없었다. 첫날밤 찾아간 후 그 앞에서 무슨 비밀을 가질 수도 없었을 것이다. 그녀는 사생아였다. 그녀의 아버지는 공사판 현장 감독이었고, 부인과 아이를 포메라니아에서 나중에 불러들였다. 하지만 그것으로 자신의 의무를 다했다는 듯이, 아니면 선착장에서 일에 지쳐 녹초가 된 부인과 허약한 아이 대신 다른 사람들을 맞이하길 기대하기라도 했던 것처럼, 그는 그들이 도착한 후 곧 충분한 설명도 없이 캐나다로 이주해버렸고, 뒤에 남은 모녀는 편지 한 통 받기는커녕 다른 소식도 전혀 못 들었다. 그들이 뉴욕 동부의 집단 거주지로 흘러들어 찾을 수 없었으니 어찌 보면 이상한 일도 아니었다.

언젠가 테레제는—카를은 그녀와 나란히 창가에 서서 거리를 내다보고 있었다—어머니의 죽음에 대해 이야기해주었다. 어머니와 그녀가 어느 겨울날 저녁—그녀는 당시 다섯 살쯤 되었을 것이다—각자 보따리를 들고 잠자리를 구하기 위해 종종걸음으로 거리를 헤매고 다닐 때였다. 처음엔 어머니가 손을 잡아주었지만, 눈폭풍이 몰아쳐 앞으로 나아가기가 쉽지 않은 상황에서 손이 마비되어 테레제를 돌아보지도 못하고 놔버리자, 이제는 그녀 자신이 기를 쓰고 어머니의 치맛자락에 매달려야 했다. 테레제는 자주 비틀거렸으며 넘어지기까지 했지만 어머니는 무슨 광기에 사로잡힌 듯 걸음을 멈추지 않았다. 그리고 뉴욕의 길고 곧게 뻗은 거리에 휘몰아치는 이 엄청난 눈폭풍이란! 카를은 아직 뉴욕의 겨울을 겪어보지 못했다. 바람을 마주하고 걷다가 바람이 소용돌이치기라도 하면 한순간도 눈을 뜰 수 없다. 바람이 끊임없이 얼굴에 눈을 뿌려대고 지나간다. 달려봐도 앞으로 나아가지 못하는, 그야

말로 절망적인 상황이 아닐 수 없다. 그때 아이는 자연히 어른에 비해 유리하다. 바람 아래를 헤치고 달려가면서 무슨 일에서나 그래도 약간의 기쁨을 느끼는 것이다. 그래서 당시 테레제도 어머니를 온전히 이해할 수는 없었기에 그날 밤 자신이 어머니에게 보다 영리하게—그래봐야 그녀도 아직 어린아이였을 뿐인데—굴었더라면 어머니가 그처럼 참혹한 죽음을 당하지 않아도 되었을 거라고 굳게 확신하고 있었다. 당시 어머니는 이틀이나 일이 없어 동전 한 닢 남아 있지 않았다. 종일 아무것도 먹지 못하고 바깥에서 지내면서 그들은 보따리에 쓸모없는 누더기만 넣어, 아마도 미신 때문에 차마 내다버리지도 못하고 이리저리 끌고 다녔다. 다음날 아침 어느 공사장에서 일을 하기로 약속을 받아놓고도 어머니는, 테레제에게 하루종일 설명하려고 애썼듯이, 이 좋은 기회를 날려버리지나 않을까 두려웠다. 죽도록 피곤했고 이미 아침에 골목길의 행인들이 깜짝 놀라도록 기침과 함께 많은 피를 토했던 것이다. 그녀가 애타게 바라는 단 한 가지는 어디든 따뜻한 곳에 들어가 쉬는 것이었다. 그런데 바로 그날 저녁에는 손바닥만한 자리조차 얻을 수 없었다. 건물 수위가 그런 날씨를 피해 잠시나마 쉴 만한 현관 입구에서 쫓아내지 않는 곳에서 그들은 좁고 차디찬 복도를 급히 지나 높은 층으로 올라가서, 안마당을 에워싼 좁은 테라스를 돌며 닥치는 대로 문을 두드렸고, 처음에는 아무에게도 말을 걸 엄두를 못 내다가 나중에는 문으로 나오는 사람 누구에게나 간청했다. 한두 번 어머니는 숨이 차서 조용한 계단에 웅크렸고, 뻗대다시피 하는 테레제를 와락 끌어당겨 아플 정도로 입술을 세게 눌러 키스를 했다. 그것이 마지막 키스였다는 것을 나중에 알게 되었을 때, 아무리 작은 어린애였다 해도 그걸 알아채지 못할 만큼 그렇게나 무지할 수가 있었다니 납득이 되지 않았다. 그들이 지나온 여러 개의 방문은 숨막힐 듯한 실내를 환기시키기 위해 열려 있었는데, 화재가 난 것이 아닌가 싶을 만큼 연기 같은 것으로 가득찬 방들에서 윤곽만 알아볼 수 있는 누군가가 나타나 문틀에 서서 입을 꾹 다문 모습이나 짧은 말 한마디로 그들이 묵을 방은 없다는 뜻을 내비쳤다. 테레제가 지금 와서 돌이켜보면 어머니가 열심히 잠자리를 구한 것은 처음 몇 시간뿐인 듯했다. 잠깐씩 쉬어가며 동이 틀 때까지 쉬지 않고 걸음을 재촉해 나아갔고, 정문도 현관문도 닫혀 있지 않은데다 활기가 끊이지 않던 건물들 도처에서 사람들을 마주쳤음에도, 대략 자정이 지나고는 더이상 아무에게도 말을 붙이지 않았던 것 같았기 때문이다. 물론 그것은 빠르게 앞으로 나아가는 달음박질이 아니라 그들이 최대로 기울일 수 있는 노력일 뿐이었고, 그래서 실은 느릿느릿한 움직임에 불과할 수도 있었다. 자정부터 새벽 다섯시까지 돌아다닌 건물이 스무 채인지 두 채인지, 아니면 한 채뿐인지는 테레제도 몰랐다. 이 건물들의 복도는 최대한 공간 활용을 하는 빈틈없는 설계대로 만들어졌지만 방향 찾기를 쉽게 하기 위한 고려는 되어 있지 않았다. 똑같은 복도를 몇 번이나 지나갔던지! 테레제는 가물가물한 기억 속에서 그들이 끝도 없이 샅샅이 찾아다니던 문으로 다시 건물을 나온 것 같기도 하고, 골목길에서 곧바로 돌아서서 다시 안으로 뛰어든 것 같기도 했다. 어떤 때는 어머니에게 붙들린 채, 어떤 때는 어머니를 붙잡은 채, 작은 위로의 말 한마디 없이 끌려다니는 이 상황이 어린아이에게는 당연히 이해할 수 없는 괴로움이 아닐 수 없었고, 무지했던 당시의 그녀로서는 그 전부가 어머니가 자기를 떠나려 한다는 의미인 것처럼 생각되었다. 그래서 어머니가 한 손을 잡고 있는데도 테레제는 안심이 되는 기분을 느끼려고 다른 손으로 어머니의 치맛자락을 더욱더 단단히 움켜잡았고 이따금 울부짖기도 했다. 그녀는 이런 곳에, 그들 앞에서 계단을 쿵쿵거리며 올라가는 사람들, 그들 뒤에서 아직 보이지는 않지만 계단 모퉁이를 돌아 다가오는 사람들, 어느 문 앞의 복도에서 싸움을 벌이며 서로를 방안으로 밀쳐넣는 사람들 사이에 홀로 남겨지고 싶지 않았다. 술 취한 사람들이 투박한 목소리로 노래를 부르며 건물 안을 어슬렁거리고 있었고, 다행히 아직은 어머니가 테레제를 데리고서 마침 에워싸기 시작한 사람들 무리를 헤치고 용케 빠져나갔다. 이런 야심한 시각에는 사람들이 그다지 주의를 기울이지도 않고 자기 권리를 꼭 고집하지도 않기에 사업가들이 돈을 받고 잠자리를 빌려주는 일반 숙소 정도는 밀고 들어갈 수 있었을 텐데도 그들 모녀는 몇 군데나 그냥 지나쳤다. 하지만 테레제는 그런 사정을 몰랐고, 어머니는 더이상 휴식을 취하려고 하지 않았다. 화창한 겨울날이 시작되는 아침녘 그들 두 사람은 어느 건물 담벼락에 기대 있었는데, 그곳에서 살짝 잠이 든 것 같기도 하고, 뜬눈으로 여기저기를 멍하니 바라본 것 같기도 했다. 테레제가 보따리를 잃어버린 것을 깨닫고 어머니는 부주의했던 벌로 그녀를 때리기 시작했지만, 테레제는 때리는 소리도 들리지 않았고 맞았다는 느낌도 들지 않았다. 그러고서 그들은 활기를 띠는 골목길을 계속 걸었다. 어머니는 담벼락을 짚어가며 걷다가, 다리를 건널 때는 난간의 서리를 손으로 훑어냈다. 그렇게 해서 그들이 마침내 다다른 곳은 어머니에게 그날 아침 오라고 한 바로 그 공사장이었다. 당시 테레제는 그러려니 했지만, 지금 와서는 이해가 되지 않았다. 어머니는 테레제에게 기다려야 하는지 떠나야 하는지 말해주지 않았고, 테레제는 기다리라는 뜻으로 받아들였다. 그녀가 가장 바라는 바였기 때문이다. 그래서 그녀는 벽돌더미 위에 앉아 어머니가 보따리를 풀고 알록달록한 천조각을 꺼낸 다음 밤새도록 쓰고 다녔던 두건에다 두르는 모습을 지켜보았다. 테레제는 너무 지쳐서 어머니를 도와야겠다는 생각조차 떠오르지 않았다. 어머니는 관례대로 현장 사무실에 신고하지도 누구에게 물어보지도 않고 마치 자신에게 할당된 일이 무엇인지 이미 아는 사람처럼 사다리를 올라갔다. 공사장 여자 인부들은 아래에서만 석회를 물에 개거나 벽돌을 건네주거나 그 밖의 단순한 일들을 하는 것이 보통이라 테레제는 그런 어머니가 의아했다. 그래서 어머니가 오늘은 품삯이 더 좋은 일을 하려나보다 생각하고 졸린 얼굴로 어머니 쪽을 올려다보며 미소 지었다. 건물은 아직 높지 않고 채 일층도 다 지어지기 전이었다. 하지만 앞으로 건물을 높이기 위한 비계의 높은 버팀목들이 아직 연결목재 없이 푸른 하늘을 향해 치솟아 있었다. 위에서 어머니는 벽돌을 쌓고 있는 벽돌공들을 능숙하게 피해갔는데, 그들은 어찌된 영문인지 어머니에게 따져 묻지도 않았다. 그녀는 난간 역할을 하는 판자벽을 연약한 손으로 조심스럽게 붙잡고 있었다. 테레제는 아래에서 비몽사몽간에 이 능숙한 동작을 놀라 바라보며 그래도 어머니가 다정한 시선을 보냈다고 믿었다. 그런데 이제 어머니는 그대로 걸음을 옮겨 조그마한 벽돌더미 쪽으로 다가갔다. 바로 그 앞에서 난간은 끝이 났고 보나마나 길도 끊겨 있을 테지만 그녀는 난간을 붙잡지 않고 벽돌더미를 향해 나아갔다. 그녀의 능숙함도 거기서 끝난 것 같았다. 어머니는 벽돌더미를 밀쳐 넘어뜨리면서 그 너머 아래로 떨어지고 말았다. 많은 벽돌이 뒤이어 굴러떨어졌고, 얼마 후 마지막으로 어딘가의 무거운 널빤지 하나가 풀려 그녀 위로 쾅하고 떨어졌다. 어머니에 대한 테레제의 마지막 기억은 포메라니아에서 가져온 체크무늬 치마를 걸치고서 두 다리가 벌어진 채 누워 있는 모습이었다. 그 위에 얹힌 거친 널빤지에 온몸이 가려지다시피 하고, 사방에서 사람들이 몰려들고, 공사장 위에서 한 남자가 격분해 아래로 소리를 지르던 모습이었다.

테레제가 이야기를 마쳤을 때는 꽤 늦은 시간이었다. 그녀는 평소 습관과 달리 이야기를 상세히 했고 제각각 따로따로 하늘 높이 솟아 있는 비계의 버팀목들을 묘사하는 것과 같은 별로 대수롭지 않은 대목들에서 하필 눈물을 글썽이며 말을 잇지 못했다. 십 년이 지난 지금도 그녀는 당시 일어났던 사소한 일 하나하나까지 아주 정확히 알고 있었다. 그리고 다 지어지지도 않은 일층 위에 있던 모습이 어머니의 일생에 대한 마지막 기억이었다는 것을 친구인 카를에게 충분히 뚜렷하게 전달할 수가 없어서 이야기가 끝나고도 다시 한번 처음부터 시작하려 했다. 하지만 말을 멈추고서 얼굴을 두 손에 대고 더는 한마디도 하지 않았다.

그러나 테레제의 방에서 즐거운 시간을 보낼 때도 있었다. 바로 첫 방문 때 카를은 그녀의 방에서 상업통신문 교본이 놓여 있는 것을 보고 그녀에게 부탁해서 빌렸다. 그와 동시에 둘이서 상의해, 카를이 책에 있는 문제를 풀어서 테레제에게 검사를 받기로 했다. 그녀는 자신의 소소한 업무에 필요한 수준에서 그 책을 끝까지 다 공부했던 것이다. 그래서 카를은 귀를 솜으로 틀어막은 채 공동 침실의 침대에 누워, 기분전환을 위해 온갖 가능한 자세를 취하면서, 밤을 새워가며 그 책을 읽고 문제의 답을 작은 공책에 만년필로 끄적거렸다. 만년필은 그가 부탁을 받고 많은 양의 재고품 목록을 매우 실용적으로 구성해 깔끔하게 작성해준 것에 대한 보답으로 주방장이 선물한 것이었다. 그는 다른 보이들의 방해를 대부분 오히려 자기에게 역이용하여 유리하게 바꾸어 놓을 수 있었는데, 그 방법은 그들로 하여금 영어로 간단한 조언을 좀 해달라고 요구하는 것이었고, 그러면 그들은 제풀에 지쳐 그를 가만히 내버려두었다. 그는 다른 동료들이 자기 처지에 완전히 만족해 지금의 자리가 임시직이라는 것을—스무 살이 넘으면 엘리베이터 보이로 일할 수 없었다—전혀 의식 못하고, 장래의 직업을 결정할 필요성도 깨닫지 못한 채, 카를 같은 친구의 예가 있는데도 고작 꼬질꼬질한 누더기가 되어 침대에서 침대로 전해지는 탐정소설 말고는 아무것도 읽지 않는 모습을 보고 놀랄 때가 많았다.

둘이 만나면 테레제는 지나칠 정도로 세세하게 고쳐주었고, 의견의 차이가 생길 때면 카를은 자신의 그 위대한 뉴욕 교수를 증인으로 끌어댔지만, 그 교수도 테레제에게는 엘리베이터 보이들의 문법적 의견만큼이나 별로 설득력이 없었다. 그녀는 카를의 손에서 만년필을 빼앗아 틀렸다고 확신하는 부분에 줄을 그어 지웠다. 하지만 그런 의심스러운 경우에 테레제보다 더 권위 있는 사람이 보는 것도 아닌데 카를은 정확하게 하려고 테레제가 지운 것을 다시 지웠다. 물론 가끔은 주방장이 나타나 맞는지 따져보기도 전에 매번 테레제의 손을 들어주었다. 테레제는 자기 비서였기 때문이다. 하지만 동시에 차를 끓이기도 하고 구운 과자를 가져오기도 하면서 모두 마음을 풀 화해의 분위기를 조성했다. 그러면 카를은 유럽 이야기를 해야 했다. 몇 번이고 묻고 놀라곤 하는 주방장에 의해 이야기는 수시로 중단되었다. 그 바람에 카를은 유럽에서 비교적 짧은 기간에 얼마나 많은 것이 근본적으로 변했는지, 자기가 그곳을 떠난 후로도 얼마나 많은 것이 달라졌을지, 또 끊임없이 달라질지 의식하게 되었다.

카를이 램시스에 머문 지 한 달쯤 되었을 때였다. 어느 날 저녁 레넬이 지나가면서 말하기를, 호텔 앞에서 들라마르슈라는 이름의 남자가 말을 걸어와 카를에 대해 자세히 묻더라고 했다. 레넬은 아무것도 숨길 이유가 없어서 사실대로 카를이 지금은 엘리베이터 보이지만 주방장의 비호 덕분에 전혀 다른 자리를 얻게 될 가망도 있다고 말해주었다. 카를은 들라마르슈가 레넬에게 심지어 그날 저녁 함께 식사를 하자고 했다는 말을 듣고 레넬을 얼마나 조심스럽게 대했는지 알 수 있었다. "나는 들라마르슈와는 더이상 아무 관계도 없어." 카를이 말했다. "너도 그 친구를 조심해!" "내가?" 레넬은 말하고서 몸을 쭉 펴더니 서둘러 자리를 떠났다. 그는 호텔에서 가장 수려하게 생긴 보이였다. 그래서 누가 퍼뜨렸는지는 모르지만 호텔의 장기 투숙객인 어느 귀부인에게 엘리베이터 안에서 적어도 수차례 키스를 당했다는 소문이 보이들 사이에 돌고 있었다. 그 소문을 알고 있는 자에게는 겉보기엔 전혀 그런 짓을 할 것 같지 않은 당당한 모습의 부인이 고운 베일을 쓰고 허리를 잘록하게 동여맨 채 차분하고도 경쾌한 걸음걸이로 옆을 지나가는 것을 보는 일은 무조건 커다란 매력이 아닐 수 없었다. 그녀는 이층에 묵고 있었으므로 레넬의 엘리베이터는 그녀가 이용하는 엘리베이터가 아니었다. 하지만 물론 다른 엘리베이터들이 일시적으로 모두 만원인 경우 그런 손님들이 본래 이용하는 것과 다른 엘리베이터에 타는 것을 막을 수는 없었다. 그래서 이 부인도 가끔 카를과 레닐이 담당하는 엘리베이터에 탈 때가 있었는데, 사실은 레닐이 근무할 때만이었다. 우연일 수도 있었지만, 그렇게 믿는 사람은 아무도 없었다. 그래서 이 두 사람이 탄 엘리베이터가 움직이기 시작하면 엘리베이터 보이들 사이에는 억누르기 힘든 술렁거림이 퍼져나가 수석웨이터가 개입하게 되는 일까지 있었다. 그런데 그 부인이 원인이든 그 소문이 원인이든 간에 레닐은 딴사람이 되었다. 훨씬 더 당당해졌고, 쓸고 닦는 일은 전부 카를에게 떠넘겨버려 그가 조만간 이 문제를 철저히 따져볼 기회를 갖고자 벼르는 중이었으며, 공동 침실에 모습을 드러내는 일도 없었다. 이처럼 완전히 엘리베이터 보이들의 공동체에서 이탈한 자는 아무도 없었다. 대체적으로 다들 적어도 근무에 관한 문제들에서는 단단한 결속력을 유지하며 호텔 지도부가 인정하는 하나의 조직을 가지고 있었기 때문이다.

카를은 이 모든 일을 곱씹고 들라마르슈 생각도 하면서 평소처럼 근무를 하고 있었다. 자정 무렵, 심심치 않게 조그만 선물을 들고 와 놀라게 하는 테레제가 이번에는 커다란 사과와 초콜릿 한 판을 가져와서 약간의 기분전환을 할 수 있었다. 그들은 승강기 운행으로 몇 차례 중단해야 했지만 별로 개의치 않고 즐겁게 이런저런 이야기를 나누었다. 대화중에 들라마르슈 이야기도 나왔는데, 카를은 조금 전부터 그를 위험인물로 여기게 된 것이 사실 테레제의 영향 때문임을 깨달았다. 카를의 이야기를 듣고서 테레제가 그를 그렇게 보았던 것이다. 그럼에도 카를은 그를 단지 운이 나빠서 타락하게 되었지만 그럭저럭 어울려 지낼 수 있는 룸펜쯤으로 생각했다. 하지만 테레제는 그 의견에 완강히 반대해 길게 이야기를 늘어놓으면서 카를에게 이제는 들라마르슈와 한마디도 하지 않겠다는 약속을 해달라고 요구했다. 약속을 하는 대신 카를은 자정이 지난 지도 한참 되었으니 어서 가서 자라고 거듭 재촉했다. 그녀가 거부하자 그는 그럼 근무지를 떠나 그녀를 방으로 데리고 가겠다고 위협했다. 그녀가 마침내 떠날 마음을 먹자 그가 말했다. "왜 그런 쓸데없는 걱정을 하는 거야, 테레제? 그래야만 당신이 더 편히 잘 수 있다면 기꺼이 약속할게. 불가피한 경우에만 들라마르슈와 말을 섞겠다고 말이야." 그러고는 승강기 운행 횟수가 늘어났다. 옆 엘리베이터 보이가 다른 일로 부득이 자리를 비우는 바람에 카를이 두 대의 엘리베이터를 맡아보아야 했기 때문이다. 무질서하다고 불평하는 손님들이 있었고, 부인을 대동한 한 신사는 어서 서두르라며 지팡이로 카를을 살짝 건드리기까지 했지만 아무 소용 없는 재촉이었다. 한쪽 엘리베이터에 보이가 없는 것을 보았으니 하다못해 곧장 카를의 엘리베이터로 왔더라면 좋았을 텐데, 손님들은 그러지 않고 옆 엘리베이터로 가서 손잡이를 잡고 서 있거나 안내도 없이 엘리베이터 안으로 들어갔다. 하지만 이것은 근무 규정의 가장 엄격한 조항에 따라 엘리베이터 보이들이 무슨 일이 있어도 막아야 하는 일이었다. 그렇게 해서 카를은 이리 뛰고 저리 뛰느라 녹초가 되다시피 했지만 자신의 의무를 정확히 다하고 있다는 의식은 갖지 못했다. 게다가 새벽 세시경에는 약간 친하게 지내는 늙은 짐꾼이 뭘 좀 도와달라고 부탁해왔는데, 카를은 도저히 들어줄 수가 없었다. 마침 손님들이 그의 두 엘리베이터 앞에 서 있었기 때문이다. 즉시 성큼성큼 다가가 어느 한쪽 그룹을 먼저 태우기로 결정하는 데는 마음의 여유도 필요했다. 그래서 옆자리의 보이가 근무에 복귀했을 때는 매우 기뻤고, 틀림없이 그의 책임은 아니었겠지만 오랫동안 자리를 비운 것에 대해 비난의 말 몇 마디를 소리쳤다. 새벽 네시가 지나자, 카를이 절실하게도 바라던 평안이 조금 찾아왔다. 그는 승강기 옆 난간에 무거운 몸을 기대고서 천천히 사과를 먹었다. 첫입을 베어 물자 진한 향이 물씬 풍겼다. 그러면서 식품저장실의 커다란 창문들로 둘러싸인 채광정 안을 내려다보았다. 창문들 뒤로 주렁주렁 매달린 바나나 송이들이 어둠 속에서 희미하게 빛나고 있었다.

VI
로빈슨 사건

그때 누가 어깨를 톡톡 두드려서, 당연히 손님일 줄 알았던 카를은 사과를 황급히 호주머니에 넣고서 그 남자를 쳐다보지도 않고 서둘러 승강기 쪽으로 갔다. "안녕, 로스만!" 남자가 말했다. "나야, 로빈슨." "딴 사람이 됐네." 카를은 고개를 가로저으며 말했다. "그래, 나는 잘 지내고 있어." 로빈슨은 그렇게 말하고 눈으로 자신의 옷을 훑어내렸다. 상당히 고급스러운 천들로 만들어진 것 같기는 한데 천 배합이 뒤죽박죽이어서 실상은 천박해 보였다. 가장 눈에 띄는 것은 처음 입은 것이 분명한 하얀 조끼로, 검은 테두리를 두른 작은 호주머니가 네 개 달려 있었다. 아니나다를까 로빈슨은 가슴을 내밀어 조끼로 시선을 끌어보려 했다. "비싼 옷을 입었네." 카를은 그렇게 말하는데 그들 나쁜 두 친구가 팔아치운 자신의 멋지고 소박한 옷 생각이 잠깐 스쳐갔다. 그 옷을 입는다면 레널과 견주어도 손색이 없었을 것이다. "맞아." 로빈슨이 말했다. "거의 매일같이 뭔가 사고 있어. 이 조끼 어때?" "정말 좋아." 카를이 말했다. "그런데 이건 진짜 호주머니가 아니라 그냥 그렇게 보이도록 만들어진 거야." 로빈슨은 말하면서 카를의 손을 잡고 직접 확인해 보게 했다. 하지만 카를은 로빈슨의 입에서 참기 힘든 브랜디 냄새가 풍기는 바람에 뒷걸음쳤다. "또 많이 마셨군." 카를이 말하고 다시 난간에 기대섰다. "아니야." 로빈슨이 말했다. "많이 안 마셨어." 그러고는 조금 전의 만족스러운 모습과는 달리 이렇게 덧붙였다. "이 세상에 술 말고 무슨 낙이 있겠어?" 엘리베이터가 한 차례 운행되는 바람에 대화가 중단되었다. 카를이 다시 내려오자마자 전화가 걸려와, 팔층에 있는 어느 부인이 실신했으니 호텔 전속 의사를 불러오라고 했다. 카를은 의사를 부르러 가면서 그사이 로빈슨이 가버렸으면 하고 내심 바랐다. 그와 함께 있는 모습을 보이고 싶지 않았고, 테레제의 경고를 생각해서 들라마르슈의 소식을 듣고 싶지도 않았기 때문이다. 하지만 로빈슨은 만취한 사람의 뻣뻣한 자세로 아직 기다리고 있었다. 그때 마침 호텔의 높은 간부가 검은색 프록코트 차림에 실크해트를 쓴 모습으로 지나갔지만 다행히 로빈슨을 특별히 주목하는 것 같지는 않았다. "로스만, 우리한테 한번 와보지 않을래? 지금 아주 멋지게 지내고 있거든." 로빈슨은 말하면서 카를을 유혹의 눈길로 바라보았다. "네가 초대하는 거야? 아니면 들라마르슈가 초대하는 거야?" 카를이 물었다. "나하고 들라마르슈가. 우리 둘 다 생각이 같았어." 로빈슨이 말했다. "그럼 너한테 말할 테니 들라마르슈에게도 똑같이 전해줘. 부탁이야. 우리가 헤어진 것은 그 자체로 분명치 못한 점이 있었다 해도 완전히 헤어진 거야. 너희 둘은 내게 큰 상처를 줬어, 그 누구보다도. 혹시 앞으로도 나를 괴롭힐 작정인 거야?" "우린 너의 동료들이잖아." 그렇게 말하는 로빈슨의 눈에 술 취한 자의 역겨운 눈물이 글썽거렸다. "들라마르슈가 너에게 지난번 일을 전부 보상하고 싶다는 말을 전하라고 했어. 우리는 지금 브루넬다와 함께 살고 있거든. 더없이 아름다운 여자 가수야." 이 말에 이어 그가 막 높은 소리로 노래를 부르려는 찰나에 카를이 쉬잇 하고 저지했다. "얼른 입다물어. 여기가 어딘지 몰라?" "로스만", 로빈슨은 단지 노래를 부르려다 못한 것에 풀이 죽어서 말했다. "나는 네 동료잖아. 뭐든 네가 원하는 걸 말해봐. 그런데 여기서 멋진 지위를 얻은 모양인데, 너 나한테 돈 좀 빌려줄 수 있어?" "또 술 마시는 데 쓰려는 거겠지." 카를이 말했다. "네 호주머니 속의 브랜디 술병이 보여. 보나마나 내가 자리를 비운 동안 마신 거지. 처음엔 그래도 꽤 정신이 말짱했으니까 말이야." "이건 돌아다닐 때 기운을 차리려고 마시는 것일 뿐이야." 로빈슨이 변명조로 말했다. "나는 더이상 너를 개선시키고 싶은 마음 없거든." 카를이 말했다. "하지만 돈은!" 로빈슨이 눈을 번쩍 뜨며 말했다. "들라마르슈가 돈을 빌려오라고 했나보군. 좋아, 돈 줄게. 단, 조건이 있어. 네가 즉시 여기를 떠나 다시는 나를 찾아오지 않는 거야. 나에게 뭔가 전할 말이 있으면 편지를 써서 보내. 카를 로스만, 엘리베이터 보이, 옥시덴털호텔, 주소는 이것으로 충분해. 하지만 다시 한번 말하는데, 더이상 이곳으로 나를 찾아와서는 안 돼. 여기는 내가 일하는 곳이고 누가 찾아와도 만날 시간이 없어. 그럼 이런 조건으로 돈을 받을래?" 카를은 그렇게 물으면서 조끼 주머니에 손을 넣었다. 오늘밤 받은 팁을 내주기로 마음먹은 터였다. 로빈슨은 질문에 대해 그저 고개만 끄덕이고 가쁜 숨을 몰아쉬었다. 카를은 그 행동의 의미가 애매한 것 같아서 다시 한번 물었다. "그러겠다는 거야, 말겠다는 거야?"

그때 로빈슨이 자기 쪽으로 오라고 손짓하더니 아주 확연히 무언가를 삼키는 동작을 하면서 속삭였다. "로스만, 나 지금 속이 몹시 안 좋아." "제기랄." 카를은 불쑥 내뱉으며 두 손으로 그를 붙들고 난간 쪽으로 끌고 갔다.

그런데 벌써 로빈슨의 입에서는 토사물이 울컥 쏟아져나와 저 아래 깊은 곳으로 떨어졌다. 그는 어쩔 줄 몰라하며 구역질이 잠깐씩 멎으면 그냥 무턱대고 카를을 쓰다듬었다. 그러면서 "너는 정말 좋은 청년이야"라고 했다가, "이젠 그쳤어"라고도 했는데, 이 말은 아직 맞는다고 할 수 없었다. 또한 "개새끼들, 그놈들 나한테 무슨 술을 먹인 거야!"라고도 했다. 카를은 불안하고 속이 메스꺼운 나머지 곁에 있는 것을 더 이상 참지 못하고 이리저리 왔다갔다하기 시작했다. 물론 로빈슨은 승강기 옆 구석진 곳에 잠시 몸을 숨길 수는 있었지만, 만일 누군가가 그의 존재를 알아챈다면, 가령 이리로 달려오는 호텔 직원에게 불만거리를 털어놓을 기회만 보고 있는 신경질적인 부자 손님들 중 한 사람이 그를 발견한다면 어떻게 될 것인가. 그러면 그 직원은 격분해서 어떻게든 보복을 할 것이다. 또는 계속 교체되면서 근무하는 호텔 담당 형사들 중 한 사람이 이곳을 지나간다면 어떻게 될 것인가. 그 형사들은 호텔 간부 외에는 아무도 모르고 있어서, 어쩌면 그저 근시인 것뿐인데 눈을 가늘게 뜨고 살피는 듯한 시선을 던지는 사람이 있으면 형사가 아닐까 다들 넘겨짚기 일쑤였다. 그리고 저 아래에서 문을 닫지 않은 레스토랑이 밤새도록 영업중이었기 때문에 그곳의 누군가가 식품저장실로 들어가기만 하면 채광정 안의 그 역겨운 토사물에 깜짝 놀라며 그 위에서 도대체 무슨 일이 있는 거냐고 카를에게 전화로 물어올 것이다. 그럴 경우 카를은 로빈슨을 모른다고 딱 잡아뗄 수 있을까? 설령 그가 그런다 해도 어리석은 로빈슨이 절망스러운 상태에서 어떻게든 잘못을 사죄하는 대신 곧바로 카를을 끌어대며 붙잡고 늘어지지 않을까? 그리고 그렇게 되면 카를은 당장 해고될 수밖에 없지 않을까? 엄청나게 복잡한 이 호텔의 종업원 서열 중 가장 말단이고 가장 하찮은 일개 엘리베이터 보이가 친구를 들여 호텔을 더럽히고 손님들을 놀라게 하거나 쫓아버리기까지 했다는 전대미문의 사건이 일어났으니까 말이다. 그런 친구를 두었고, 게다가 근무시간 중에 그런 친구의 방문을 허락한 엘리베이터 보이를 계속 용인할 수 있을까? 그런 엘리베이터 보이 자신이 술꾼이거나 어쩌면 더 고약한 존재처럼 보이는 것은 아닐까? 그가 호텔 식품저장실에서 음식을 가져다가 친구들을 배 터지게 먹이는 바람에 지나칠 정도로 깨끗이 관리되고 있는 이런 호텔에서, 지금의 로빈슨이 그랬듯이 아무데서나 그런 짓을 한 것이 아니냐는 추측보다 더 명쾌한 것은 없을 듯했기 때문이다. 그리고 그런 보이라면 왜 식료품만 훔칠 거라고 생각하겠는가. 주지의 사실인 손님들의 부주의한 태도, 도처에 열려 있는 옷장, 테이블 위에 아무렇게나 놓인 귀중품, 활짝 열린 보석함, 아무 생각 없이 내던져진 열쇠 등으로 보건대 훔칠 가능성은 실로 얼마든지 있었기 때문이다.

그때 막 카를은 저멀리 손님들이 방금 버라이어티쇼가 끝난 지하 술집에서 올라오고 있는 것을 보았다. 카를은 자신의 승강기 쪽으로 가서 섰는데, 무엇을 보게 될지 두려워 로빈슨 쪽은 아예 돌아볼 엄두도 내지 못했다. 그쪽에서는 아무 소리도, 한숨소리조차 들리지 않았지만, 그것만으로는 마음이 놓이지 않았다. 그는 손님들의 시중을 들며 그들을 태우고 오르락내리락하기는 했지만, 심란한 마음을 완전히 감출 수는 없었다. 타고 내려올 때마다 아래에서 곤혹스럽게도 또 어떤 예기치 못한 광경을 맞닥뜨리게 될까 각오하고 마음을 다잡았다.

마침내 그는 다시 로빈슨 쪽을 바라볼 여유가 생겼다. 로빈슨은 구석에 한껏 웅크리고 앉아서 얼굴을 무릎에 처박고 있었다. 둥글고 딱딱한 모자는 이마 위로 치켜올린 채였다. "그럼 이제 돌아가." 카를이 나지막하고도 단호하게 말했다. "돈은 여기 있어. 네가 서두르면 가장 빨리 갈 수 있는 길을 가르쳐줄게." "못 가겠어." 로빈슨은 말하면서 손바닥만한 작은 손수건으로 이마를 훔쳤다. "여기서 죽을 것 같아. 속이 얼마나 안 좋은지 너는 상상도 못할 거야. 들라마르슈가 여기저기 근사한 술집들로 데리고 다니는데, 그 고급 술이 내 몸엔 잘 맞지가 않는단 말이야. 들라마르슈에게 매일같이 그렇게 말하지." "어쨌든 여기에 있으면 안 돼." 카를이 말했다. "네가 어디 있는지 생각해보란 말이야. 네가 여기 있는 게 발각되면 너는 처벌을 받을 거고 나는 직장을 잃을 거야. 그걸 원해?" "지금은 갈 수가 없어." 로빈슨이 말했다. "차라리 저 아래로 뛰어내리고 싶어." 그러고는 난간 기둥 사이로 채광정을 가리켰다. "여기 이대로 앉아 있는 건 그나마 견디겠는데, 일어서는 건 못하겠어. 네가 자리를 비웠을 때 일어서려고 해봤거든." "그럼 차를 부를 테니까 병원에 가봐." 카를은 그렇게 말하고 금방이라도 완전한 감각상실 상태로 빠져들 것처럼 보이는 로빈슨의 두 다리를 살짝 흔들어보았다. 그러나 로빈슨은 병원이라는 말을 듣자마자 끔찍한 상상이 떠올랐는지 큰 소리로 울기 시작했고 살려달라고 빌면서 카를을 향해 두 손을 내뻗었다.

"조용히 해!" 카를은 그의 손을 찰싹 내려치며 말하고는 자기가 밤근무를 대신 서주었던 엘리베이터 보이에게 달려가 그도 잠시만 똑같이 해달라고 부탁한 다음 로빈슨에게로 급히 돌아왔다. 여전히 흐느껴 울고 있는 그를 온 힘을 다해 일으켜세우면서 그의 귀에 대고 속삭였다. "로빈슨, 내가 너를 돌봐주기를 원한다면 이제 아주 짧은 거리니까 똑바로 서서 걷도록 애를 좀 써봐. 너를 내 침대로 데려가는 거야. 거기서 몸이 좋아질 때까지 누워 있으면 돼. 얼마나 빨리 회복하는지 놀랄걸. 하지만 지금은 정신 좀 똑바로 차리고 행동해줘. 복도 어디에나 사람들이 있고 내 침대도 공동 침실 안에 있으니까 말이야. 사람들이 조금이라도 주목하게 되면 내가 너를 위해 할 수 있는 일이 더는 없어. 그리고 눈은 뜨고 있어. 내가 너를 중환자처럼 끌고 다닐 수는 없으니까." "네가 옳다고 하는 건 뭐든지 할게." 로빈슨이 말했다. "하지만 너 혼자서는 나를 못 데려갈 것 같은데. 레넬을 불러올 수는 없을까?" "레넬은 여기 없어." 카를이 말했다. "아, 그렇지." 로빈슨이 말했다. "레넬은 들라마르슈와 함께 있지. 그 두 사람이 너를 데려오라고 나를 보낸 거야. 벌써 모든 게 헷갈리는걸." 카를은 로빈슨이 알아들을 수 없는 이런저런 혼잣말을 늘어놓는 틈을 타 그를 앞으로 떠밀고 가서 다행히 모퉁이에까지 이르렀다. 거기서부터 복도가 약간 어두워진 조명 아래 엘리베이터 보이들의 공동 침실로 통했다. 그때 마침 엘리베이터 보이 하나가 그들을 향해 전속력으로 달려오더니 옆을 쌩하고 지나갔다. 그런데 지금까지는 별로 문제될 것이 없는 사람들하고만 마주쳤다. 네시와 다섯시 사이가 가장 조용한 시간이었던 것이다. 그래서 카를은 로빈슨을 지금 데리고 움직이지 않으면 동이 트고 새로 하루가 시작되는 시간에는 아예 생각도 못할 일이라는 것을 잘 알고 있었다.

침실에 들어가보니 방 저쪽 끝에서 마침 큰 싸움 아니면 무슨 시합 같은 것이 벌어지고 있는 모양인지, 리듬감 있는 박수 소리, 흥분해서 발을 구르는 소리, 스포츠 경기에서와 같은 함성이 들렸다. 방의 문 쪽 절반에서는 침대에서 꿋꿋이 자고 있는 사람이 몇 명밖에 되지 않았다. 그들 대부분은 등을 대고 누워 허공을 향한 자세였는데, 가끔씩 한 사람 정도가 옷을 입고 있거나 입고 있지 않거나 자던 차림 그대로 침대에서 벌떡 일어나 방 저쪽에서의 일이 어떻게 되어가는지 살폈다. 그렇게 해서 카를은 그사이 걷는 데 약간 익숙해진 로빈슨을 그럭저럭 사람들 눈에 띄지 않게 문과 아주 가깝고 다행히 비어 있는 레널의 침대로 데리고 갔다. 반면에 카를의 침대에서는 멀리서 보기에 그가 전혀 모르는 웬 낯선 보이가 조용히 자고 있었다. 로빈슨은 등에 닿는 침대가 느껴지자마자—한쪽 다리는 미처 올리지 못하고 밖으로 축 늘어져 흔들거렸다—곧바로 잠이 들었다. 카를은 그의 얼굴 위로 이불을 끌어올려 덮어주고 나서 적어도 당분간은 안심해도 되겠다고 생각했다. 로빈슨이 아침 여섯시 이전에는 깨지 않을 것이 분명했기 때문이다. 그리고 그때까지는 그가 다시 여기로 돌아와 아마도 분명 레널과 함께 로빈슨을 밖으로 데리고 나갈 방법을 찾게 될 것이었기 때문이다. 모종의 상급 조직이 침실을 검사하는 일은 아주 특별한 경우였다. 예전에 수시로 있었던 일제 검사는 폐지되었는데, 이미 수년 전 엘리베이터 보이들이 힘을 모아 관철시킨 일이었다. 그러니 그런 쪽으로는 전혀 걱정할 필요가 없었다.

카를이 다시 승강기로 돌아와보니 자기 담당 승강기도 옆 친구의 승강기도 올라가는 중이었다. 어찌된 영문인지 그는 불안한 마음으로 기다렸다. 그의 승강기가 먼저 내려왔고, 거기에서 나온 사람은 조금 전 복도를 달려왔던 그 보이였다. "야, 로스만, 너 도대체 어디 갔었어?" 그가 물었다. "왜 자리를 떴지? 왜 보고 안 했어?" "하지만 저애한테 잠시 내 일을 대신 봐달라고 말해두었는데." 카를은 대답하면서 마침 다가오고 있는 옆 승강기의 보이를 가리켰다. "나도 제일 왕래가 많은 때 두 시간 동안 그를 대신해준 적이 있어." "다 좋아, 아주 잘한 일이야." 다가온 옆 승강기의 보이가 말했다. "하지만 그것만으로는 부족해. 근무 중에 자리를 비울 때는 아무리 잠깐이라도 수석웨이터의 사무실에 보고해야 한다는 거 몰라? 그러라고 저기 전화가 있는 거잖아. 나도 물론 너를 기꺼이 대신해주고 싶었어. 하지만 그게 그리 쉽지 않다는 건 너도 알 거야. 마침 양쪽 엘리베이터 앞에는 네시 삼십분 특급열차의 손님들이 새로 몰려왔어. 내가 먼저 네 엘리베이터 쪽으로 달려가 내 손님들을 기다리게 할 수는 없지 않았겠어. 그래서 먼저 내 엘리베이터를 타고 올라갔던 거지." "그래서?" 두 보이 모두 입을 다물고 있기에 카를은 잔뜩 긴장해서 물었다. "그런데", 옆 엘리베이터의 보이가 말했다. "그때 하필 수석웨이터가 지나가다가 네 엘리베이터 앞에서 서비스를 받지 못하고 있는 사람들을 보게 된 거야. 그는 버럭 화를 내면서 곧바로 달려내려온 나에게 너는 어디에 처박혀 있느냐고 물었어. 나는 알 수가 없었지. 네가 어디로 간다는 말을 전혀 해주지 않았으니까. 그래서 그가 곧바로 공동 침실에 전화를 걸어 즉시 다른 보이더러 이리로 오라고 한 거야." "그래서 내가 아까 복도에서 너랑 마주친 거고." 카를을 대신해준 보이가 말했다. 카를이 고개를 끄덕였다. "물론", 다른 보이가 힘주어 말했다. "나는 얼른 말했지, 네가 나한테 대리 근무를 부탁해놓고 갔다고 말이야. 하지만 그자가 어디 그런 변명을 들어주나? 아무래도 너는 아직 그가 어떤 사람인지 모르는 것 같아. 그리고 너한테 즉시 사무실로 오라고 전하라는 지시를 받았어. 그러니 여기서 지체하지 말고 달려가. 아마 용서해줄 거야. 네가 자리를 비운 건 사실 딱 이 분이니까. 나한테 대리 근무를 부탁했다고 하면서 염려 말고 나를 얼마든지 증인으로 내세워. 너도 나 대신 근무를 서준 적이 있다는 것은, 충고하는데, 말하지 않는 편이 좋을 것 같아. 물론 나는 아무 일도 없을 거야. 허락을 받았거든. 하지만 그 일을 말해서 아무 상관도 없는 이 일과 결부시키는 것은 좋지 않아." "내가 자리를 비운 것은 이번이 처음이었어." 카를이 말했다. "늘 그렇지. 다만 사람들이 안 믿을 뿐이야." 그 보이는 그렇게 말하고 사람들이 다가오고 있는 자신의 엘리베이터 쪽으로 달려갔다. 카를 대신 근무를 섰던 열네 살 정도의 보이는 카를을 동정하는 기색이 역력한 모습으로 말했다. "이미 많은 사건이 있었는데 그런 일은 용서를 받았어. 대개는 업무가 바뀌게 되지. 내가 아는 한 그런 일로 해고당한 경우는 딱 한 사람뿐이야. 너는 그럴듯한 변명거리를 생각해두기만 하면 돼. 갑자기 몸이 안 좋아졌다는 말은 절대로 하지 마. 그랬다간 비웃음을 사게 돼. 한 손님이 다른 손님에게 급히 전할 것이 있어서 너에게 부탁을 했는데, 부탁한 손님이 누구인지 이제는 모르겠고 부탁을 전한 손님도 어디로 갔는지 찾을 수 없다고 말하는 편이 더 좋을 거야." "글쎄", 카를이 말했다. "그렇게 상황이 나빠지지는 않겠지." 하지만 그는 이제껏 들었던 모든 이야기로 미루어 좋은 결과가 있을 거라고 믿지도 않았다. 설령 이 근무 태만이 용서된다 하더라도 저 침실에는 아직 로빈슨이 그가 저지른 과실의 산증인으로 누워 있었다. 그리고 수석웨이터의 고약한 성격으로 볼 때 표면적인 조사로는 만족하지 않을 테고 결국 로빈슨을 찾아내고야 말리라는 것은 불을 보듯 분명했다. 낯선 사람을 침실로 데려와서는 안 된다는 명시적인 금지 규정은 따로 없었지만, 그것은 생각해낼 수 없는 일까지 굳이 금지할 필요가 없었기 때문이었다.

카를이 수석웨이터의 사무실로 들어갔을 때 그는 마침 모닝커피를 앞에 놓고 앉아 있었다. 일단 한 모금 마시고 나서 분명 동석한 호텔 수위장이 검토해보라고 건네주었을 명세서를 다시 들여다보았다. 수위장은 몸집이 큰 사람이었다. 장식이 많이 달린 호화로운 제복은—거기에다 양어깨 위와 양팔 아래로 금색 사슬과 띠가 구불거렸다—본래보다 어깨를 더욱 넓어 보이게 했다. 헝가리인들이 하고 다니는 것처럼 양끝이 뾰족하게 길게 뻗은 반짝거리는 검은색 콧수염은 고개를 아무리 빠르게 돌려도 흔들리지 않았다. 그 외에도 옷 무게 때문에 거동이 몹시 둔했으며 체중을 적당히 나눠 싣기 위해 하는 수 없이 두 다리를 옆으로 벌려 지탱하고 있었다.

카를은 이 호텔에서 습관을 들인 대로 거리낌없이 급히 들어갔다. 일반인에게는 공손한 태도로 여겨지는 느릿하고 조심스러운 동작을 엘리베이터 보이들이 하면 게으르다는 소리를 듣는다. 게다가 들어서면서부터 죄책감을 느끼는 듯한 모습을 보여 사람들이 알아채게 할 필요도 없었다. 수석웨이터는 열리는 문 쪽을 힐끔 쳐다보았지만 금세 커피를 마시며 명세서를 읽는 일로 돌아갔다. 더이상 카를은 거들떠보지 도 않았다. 하지만 수위장은 카를이 있어서 신경이 쓰이는 눈치였다. 아마 무슨 은밀한 소식이나 부탁을 전할 게 있는 것 같았다. 어쨌든 그는 연신 성난 눈초리로 고개를 뻣뻣하게 기울인 채 카를 쪽을 보았고, 그러다가 의도대로 카를과 눈이 마주치면 다시 수석웨이터 쪽으로 시선을 돌렸다. 하지만 카를은 어차피 사무실에 들어온 이상 수석웨이터의 지시도 없이 다시 나가는 것은 좋지 않게 보일 거라고 생각했다. 그러나 수석웨이터는 명세서를 계속 검토하면서 간간이 케이크 한 조각을 조금씩 먹었고, 읽는 것을 멈추지 않고 가끔씩 설탕을 털어냈다. 한번은 명세서 한 장이 바닥에 떨어졌는데, 수위장은 그것을 주우려는 시도조차 하지 않았고, 자신이 그 일을 해낼 수 없다는 것을 알고 있었으며, 또 그럴 필요도 없었다. 카를이 어느새 그 자리로 달려와서 그 종이를 집어 수석웨이터에게 건넸기 때문이다. 그러자 수석웨이터는 마치 종이가 저절로 바닥에서 날아오르기라도 한 것처럼 슬쩍 손을 움직여 얼른 채갔다. 이 사소한 시중도 아무런 소용이 없었다. 수위장은 여전히 성난 시선을 거두지 않았기 때문이다.

그럼에도 카를은 조금 전보다 침착해졌다. 그의 문제가 수석웨이터에게는 별로 중요해 보이지 않았는데 그것만으로도 이미 좋은 징조라고 여길 수 있었다. 그것은 가만히 생각해보면 이해할 수도 있는 일이었다. 말할 것도 없이 엘리베이터 보이는 그야말로 아무것도 아닌 존재고 그래서 어떤 일도 제멋대로 해서는 안 되지만, 바로 그런 아무것도 아닌 존재이기 때문에 어떤 돌출 행동도 할 수가 없는 것이다. 사실 수석웨이터 자신도 어렸을 때는 엘리베이터 보이였고—이것은 또 그 세대 엘리베이터 보이들의 자랑이었는데—또 엘리베이터 보이들을 처음으로 조직한 사람이었다. 그리고 그도 틀림없이 언젠가는 허락 없이 자리를 비운 일이 있었을 것이다. 물론 지금은 아무도 그에게 그런 일을 기억해내도록 강요할 수는 없는 노릇이었고, 그 자신이 바로 한때 엘리베이터 보이였기에 때로는 인정사정없이 엄격하게 엘리베이터 보이들을 관리하는 일을 의무로 여기고 있다는 것을 간과해서는 안 되었지만 말이다. 하지만 카를은 이제 시간이 점차 흘러가고 있다는 데도 희망을 걸었다. 사무실 시계로는 벌써 다섯시 십오분이 지났으니 언제라도 레널이 돌아올 수 있었다. 어쩌면 이미 와 있을지도 몰랐다. 로빈슨이 돌아오지 않았다는 것을 틀림없이 알아차렸을 테니까. 게다가 카를에게 지금 떠오른 생각이지만 들라마르슈와 레널은 옥시덴털호텔에서 결코 멀리 떨어진 곳에 있지 않을 것이다. 그렇지 않다면 로빈슨은 그런 참담한 상태로 이리로 오는 길을 발견할 수 없었을 것이기 때문이다. 그래서 레널이 자신의 침대에 누워 있는 로빈슨을 목격한다면—틀림없이 그럴 것이다—모든 일이 잘 풀릴 것이다. 레널은 수완이 좋은 친구라서 특히 자신의 이해관계가 걸려 있는 경우라면 분명 어떻게든 로빈슨을 호텔에서 내보낼 것이기 때문이다. 이 일은, 로빈슨이 그동안 다소 기운을 차렸을 것이고 게다가 보나마나 들라마르슈가 그를 데려가기 위해 호텔 앞에서 기다리고 있을 것이기 때문에 그만큼 더 쉬울 것이다. 로빈슨이 일단 호텔에서 나가고 나면 카를은 수석웨이터를 대하기가 훨씬 더 편할 것이고 이번에는 비록 중하더라도 징계를 받고 곤경을 벗어날 수 있을 것이다. 그러면 그는 주방장에게 진실을 말해도 되는지—그로서는 하등 꺼릴 이유가 없었다—테레제와 상의

할 것이고, 그렇게만 된다면 이 일은 큰 타격 없이 잘 해결될 것이다.

이런 생각을 하자 카를은 다소 마음이 진정되어 그날 밤 받은 팁을 슬그머니 세어보기 시작했다. 느낌상 팁이 특히 많았던 것 같았다. 그때 수석웨이터가 "잠깐만 더 기다려주세요, 페오도어 씨"라는 말과 함께 명세서를 테이블 위에 놓더니 튕겨오르듯이 벌떡 일어나 카를을 향해 큰 소리로 호통을 쳤고, 그 바람에 카를은 깜짝 놀라 처음엔 그 커다랗고 시커먼 입속만 멍하니 바라보았다.

"너는 허락도 없이 자리를 이탈했어. 그게 무슨 뜻인 줄 알아? 바로 해고라는 뜻이야. 변명은 듣고 싶지 않아. 네가 지어낸 구실 따위는 행여 입 밖에 낼 생각도 마라. 네가 자리에 없었다는 사실만으로도 완전히 충분하니까. 만일 내가 그 일을 한번 묵인하고 용서한다면 이내 사십 명의 엘리베이터 보이 전부가 근무중에 달아나버려 나 혼자서 오천 명의 손님을 계단으로 모셔야 할 거야."

카를은 잠자코 있었다. 수위장이 다가와 약간 구겨진 카를의 조그만 상의를 살짝 아래로 잡아당겼다. 의심할 여지 없이 수석웨이터에게 카를의 사소한 이 흐트러진 옷매무새에 특별히 주목하게 하려는 행동이었다.

"혹시 갑자기 몸이 안 좋아졌나?" 수석웨이터가 교활하게 물었다. 카를은 그를 세밀히 검사하듯 살펴보면서 대답했다. "아닙니다." "그럼 몸이 안 좋아진 것도 아니었어?" 수석웨이터가 한층 더 강하게 소리쳤다. "그렇다면 너는 엄청난 거짓말을 꾸며낸 것임이 틀림없군. 어디 꺼내놔 보시지. 무슨 변명을 하려는 거지?" "저는 전화로 허락을 구해야 한다는 것을 몰랐습니다." 카를이 말했다. "근사한 변명이군." 수석웨이터는 말하고서 카를의 멱살을 잡고 그를 들어올려 거의 공중에 뜬 상태로 벽에 붙은 승강기 근무 규정 앞으로 데려갔다. 수위장도 그들을 뒤따라 벽 쪽으로 갔다. "여기! 읽어!" 수석웨이터는 조항 하나를 가리키며 말했다. 카를은 혼자 속으로 읽으라는 말인 줄 알았다. "큰 소리로!" 수석웨이터가 명령했다. 큰 소리로 읽는 대신 카를은 수석웨이터를 더 잘 진정시킬 수 있을 거라는 희망을 갖고 이렇게 말했다. "그 조항은 알고 있습니다. 저도 근무 규정을 받아서 정확히 읽었습니다. 하지만 결코 필요가 없는 그런 규정이야말로 쉽게 잊어버리기 마련이지요. 근무를 선 지 벌써 두 달이 되었지만 저는 한 번도 자리를 비운 적이 없었거든요." "그 대가로 이제 자리를 비우게 될 거야." 수석웨이터는 그렇게 말하고 테이블로 가서는 마치 계속 읽으려는 듯이 명세서를 다시 집어들었다. 하지만 쓸모없는 천조각인 양 그것으로 테이블을 내려치더니 이마와 두 뺨이 시뻘겋게 상기된 채 사무실 안을 이리저리 서성였다. "저런 놈 때문에 그런 규정이 필요한 거야. 야간 근무중에 이런 소란을 피우다니!" 그는 이 말을 서너 번 내뱉었다. "여기 이 자식이 뛰쳐나갔을 때 마침 누가 승강기를 타고 올라가려고 했는지 아시나요?" 그가 수위장 쪽을 보고 말했다. 그러고서 그가 어떤 이름을 말하자 보아하니 모든 손님을 알고 있고 어떤 사람인지 평가할 수도 있는 듯이 보이는 수위장은 몸을 떨면서 빠르게 카를 쪽을 바라보았다. 마치 카를의 존재야말로 그 이름을 지닌 사람이 보이가 자리를 비운 승강기에서 헛되이 한참을 기다려야 했던 사실의 확인서라도 되는 듯한 태도였다. "그거 끔찍한 일이군요!" 수위장은 말하면서 굉장히 불안한 표정으로 카를 쪽을 향해 천천히 고개를 가로저었다. 카를은 그를 슬픈 눈빛으로 바라보며 이제 이 남자의 우둔함 때문에라도 처벌을 면할 수 없을 것 같다는 생각이 들었다. "게다가 또 나는 너를 이미 알고 있어." 수위장은 통통하고 큰 집게손가락을 빳빳하게 뻗으면서 말했다. "너는 기본적으로 나한테 인사를 하지 않는 유일한 보이야. 도대체 무슨 엉뚱한 생각을 하길래 그러는 거야! 수위실을 지나는 사람은 누구나 나한테 인사를 해야 돼. 다른 수위들한테는 네가 하고 싶은 대로 해도 되지만 나는 인사받기를 원한다고. 가끔은 내가 신경쓰지 않는 척하니 너야 무사태평이겠지만, 누가 나한테 인사하고 인사하지 않는지 나는 똑똑히 안단 말이다, 이 무례한 놈아." 그러고서 그는 카를에게서 몸을 돌려 머리를 꼿꼿이 세우고 수석웨이터에게로 갔다. 하지만 수석웨이터는 수위장의 일에 대해 아무 말도 하지 않고 아침식사를 마치고는 사환이 방금 방으로 가지고 들어온 조간신문을 대강 훑어보았다.

"수위장님." 카를이 말했다. 그는 수석웨이터가 딴 데 신경이 가 있는 사이 하다못해 수위장과의 문제만이라도 해결하고 싶었다. 어쩌면 수위장의 비난이 아니라 그의 적개심이 자신에게 해를 끼칠 수 있을 거라고 파악했기 때문이다. "당신에게 인사는 꼬박꼬박 잘하고 있습니다. 저는 미국에 온 지 아직 얼마 되지 않았고 유럽에서 왔어요. 아시다시피 거기서는 사람들이 필요 이상으로 인사를 하지요. 물론 저도 그 습관을 아직 완전히 버리지 못했습니다. 그래서 두 달 전만 해도 제가 우연히 상류사회에서 어울리게 된 뉴욕 사람들은 기회가 있을 때마다 저에게 지나치게 공손한 태도를 취하지 말라고 충고했지요. 그런데 제가 다른 사람도 아닌 당신에게 인사를 하지 않았다니요. 저는 매일 여러 번씩 당신에게 인사했어요. 하지만 물론 당신을 볼 때마다 인사한 건 아니에요. 저는 매일같이 백 번도 더 당신 곁을 지나다니니까요." "너는 매번 인사를 해야 돼. 한 번의 예외도 없이 매번. 나와 이야기하는 내내 모자는 벗어들고 있어야 하고. 나를 언제나 '수위장님'이라고 불러야지 '당신'이라고 불러서는 안 되지. 그리고 지금 말한 것은 모두 매번 하도록 해." "매번요?" 카를이 물어보는 어조로 나지막하게 되풀이했다. 그는 이곳에 머무는 내내 수위장으로부터 항상 엄격하고 비난에 찬 시선을 받았다는 기억이 이제야 떠올랐다. 이미 첫날 아침부터 그랬다. 그때는 자신이 근무하는 자리에 아직 제대로 적응하지 못하고 약간은 너무 대담했던 터라 이 수위장에게 다짜고짜 남자 둘이 혹시 자기에 대해 묻지 않았는지 그리고 그들이 자기에게 전해주라며 혹시 사진 한 장을 남겨두고 가지 않았는지 귀찮고 집요하게 캐묻기도 했다. "지금 너는 그런 행실이 어떤 결과를 초래하는지 보고 있는 거야." 다시 카를 바로 가까이 돌아와 있었던 수위장이 말했다. 그는 마치 여전히 신문을 보고 있는 수석웨이터가 바로 자신의 복수를 해줄 대리인인 양 가리켰다. "다음 직장에서는 네가 수위에게 인사하는 법을 확실히 터득하게 되겠지. 그 직장이 형편없는 싸구려 음식점이 될지도 모르지만 말이야."

카를은 자신이 사실상 일자리를 잃었다는 것을 깨달았다. 수석웨이터가 이미 그런 말을 했고, 수위장도 다 끝난 사실로 여겨 역시 같은 말을 되풀이했으며, 엘리베이터 보이 한 명 때문에 아마 호텔 이사회측에서 해고를 확인해주는 일은 필요치 않을 것이기 때문이다. 물론 이 일은 그가 생각했던 것보다 더 빠르게 진행되고 있었다. 가만히 생각해보면 그는 두 달 동안 최선을 다해 착실히 근무했으며 많은 다른 보이

보다 확실히 일을 더 잘했으니까 말이다. 하지만 그러한 것들은 분명 유럽에서든 미국에서든 지구 어느 곳에서도 그야말로 결정적인 순간에는 고려되지 않고, 우리가 분노를 터뜨리는 처음 그 순간 입에서 튀어나오는 판단대로 일이 결정되는 것이다. 그가 곧바로 작별을 고하고 떠나가는 편이 아마도 지금으로서는 최선일 것이다. 주방장과 테레제는 아직 자고 있을 테니까, 직접 만나서 작별을 하는 경우 적어도 그들이 자신의 행실에 실망하고 슬퍼하지 않도록 그는 서신으로 작별인사를 전할 수 있을 것이다. 그러고는 재빨리 여행가방을 싸서 조용히 떠날 수 있을 것이다. 하루만 더 머문다 해도—그러면 물론 잠도 좀 자야 할 것이다—그를 기다리고 있는 것은 자신의 일이 스캔들로 확대되고, 사방팔방에서 비난의 소리가 들려오고, 견디기 어려운 장면이지만 테레제의 눈물과 어쩌면 주방장의 눈물까지 봐야 하고, 아마도 결국은 처벌받는 일 외에는 아무것도 없을 것이다. 그런데 다른 한편으로 그가 여기서 이렇게 두 명의 적과 마주하고 있고, 이제 무슨 말을 하든 이쪽이 아니면 저쪽이 트집을 잡고 나쁘게 해석할 거라는 생각에 당황스럽기 짝이 없었다. 그래서 그는 입을 다물었고 방안을 지배하는 고요함을 잠시 즐겼다. 수석웨이터는 여전히 신문을 보고, 수위장은 근시가 심한 까닭에 진땀을 빼며 테이블 위에 흩어진 자신의 명세서를 페이지 순서대로 정리하고 있었다.

마침내 수석웨이터는 하품을 하면서 신문을 내려놓았고, 카를 쪽을 한번 쳐다보고는 그가 아직 여기 있다는 것을 확인한 다음 탁상전화기의 벨을 눌렀다. 그는 여러 차례 '여보세요'라고 외쳤지만 아무도 받지 않았다. "안 받네요." 그가 수위장에게 말했다. 전화 거는 일에 특별한 관심을 가지고 지켜보던—카를에게는 그렇게 보였다—수위장은 이렇게 말했다. "벌써 다섯시 사십오분인데요. 틀림없이 그녀는 깨어 있을 겁니다. 더 세게 울려보세요." 그 순간 벨을 울리지 않았는데 전화기의 응답 신호가 왔다. "수석웨이터 이즈베리입니다." 수석웨이터가 말했다. "안녕하세요, 주방장님. 제가 혹시 깨운 건 아닌가요. 죄송합니다. 네, 네, 벌써 다섯시 사십오분입니다. 하지만 놀라게 해서 정말 죄송해요. 주무시는 동안은 전화기를 꺼놓는 게 좋겠어요. 아닙니다, 아니에요 정말로. 어떻게 용서를 구해야 할지 마땅한 말이 생각나지 않네요. 더군다나 제가 말씀드리려는 일은 사소한 것이라서요. 물론 저는 시간이 있습니다. 그럼요, 그렇게 하세요. 괜찮으시다면 전화를 계속 들고 있겠습니다." "잠옷 바람으로 전화를 받으러 달려온 모양입니다." 수석웨이터가 미소를 지으며 수위장에게 말했다. 수위장은 그동안 내내 긴장된 얼굴을 하고 전화기 상자 쪽으로 몸을 구부리고 있었다. "정말로 내가 그녀를 깨웠네요. 평소에는 곁에서 타자 치는 작은 여자애가 깨우거든요. 그애가 오늘은 웬일로 그 일을 놓쳤나봅니다. 내가 그녀를 깜짝 놀라게 해서 유감이에요. 아무튼 신경이 예민하거든요." "왜 통화를 계속하지 않는 거죠?" "그 여자애한테 무슨 일이 있나 살펴보러 갔어요." 수석웨이터는 다시 벨소리가 울리는 바람에 이미 수화기를 귀에 갖다댄 채로 그렇게 대답했다. "그애는 곧 나타날 겁니다." 그는 계속 전화기에 대고 말했다. "모든 일에 그렇게 놀라지 마세요. 정말 확실히 휴식을 취하셔야 해요. 네, 그럼 사소한 질문을 하나 드릴게요. 엘리베이터 보이가 한 명 와 있는데, 이름이"—그가 묻는 얼굴로 카를 쪽을 돌아보았고 카를은 잔뜩 주의를 기울이고 있어서 얼른 이름을 말해 그를 거들 수 있었다―"이름이 카를 로스만이에요. 제가 제대로 기억하는 거라면 당신이 다소 관심을 가지셨던 것으로 아는데요. 하지만 유감스럽게도 이자는 당신의 호의를 고약하게 갚았어요. 허락 없이 자리를 비웠고 그 때문에 지금으로서는 아직 가늠할 수 없을 정도로 일에 중대한 지장을 초래했습니다. 그래서 제가 방금 그를 해고했어요. 당신이 이 일을 심각하게 받아들이시지 않기를 바랍니다. 무슨 말씀이시죠? 해고했어요, 해고요. 하지만 제가 말씀드렸죠, 그가 자기 자리를 비웠다고요. 아닙니다, 당신 때문에 제가 물러설 수는 없습니다, 주방장님. 제 권위에 관한 문제입니다. 거기엔 많은 것이 걸려 있어요. 저런 보이는 조직 전체를 엉망으로 만들어요. 엘리베이터 보이들에게는 각별한 주의를 기울여야 해요. 아닙니다, 아니에요, 이 경우엔 호의를 베풀어드릴 수 없습니다. 제가 아무리 호의적으로 대하려고 항상 마음을 쓰고 있더라도요. 그 모든 일에도 불구하고 오직 제 울화통을 계속 터뜨릴 목적으로 제가 그를 여기 그냥 놔둔다 하더라도 당신 때문에, 주방장님, 그래요 당신 때문에, 그는 여기 머물 수가 없습니다. 당신은 그에게 관심을 보이고 있지만, 그는 그럴 자격이 전혀 없습니다. 저는 그만이 아니라 당신도 어떤 사람인지 알기에 그렇게 하면 당신에게 더없이 큰 실망을 안겨드리게 되리라는 것을 분명히 알고 있습니다. 어떤 대가를 치르더라도 그런 실망은 안겨드리지 않을 생각입니다. 그 고집불통인 보이가 지금 제 몇 걸음 앞에 서 있습니다만 저는 이런 말을 탁 터놓고 하고 있습니다. 그를 해고하겠어요. 아니요, 아니요, 주방장님, 그는 완전히 해고예요. 아니요, 아니요, 다른 어떤 일자리로도 보내지 않을 겁니다. 아무짝에도 쓸모가 없어요. 게다가 그에 대한 다른 불평불

만도 내 귀에 들어오고 있어요. 예를 들면 수위장은, 네, 뭐라고요, 페오도어요, 이 보이의 무례함과 뻔뻔스러움에 대해 불평하고 있거든요. 네에? 그걸로는 충분하지 않다고요? 네, 주방장님, 당신은 이 보이 때문에 본인의 본성과 달리 행동하고 있어요. 아니요, 그렇게 자꾸 조르지 마세요."

그 순간 수위장이 고개를 숙여 수석웨이터의 귀에 대고 뭐라고 속삭였다. 처음에 놀라서 그를 보던 수석웨이터는 전화기에 대고 빠르게 말했다. 하도 빨라서 처음에는 거의 제대로 알아들을 수 없었던 카를은 발끝으로 두 걸음 더 가까이 다가갔다.

"주방장님", 수석웨이터가 말했다. "솔직히 말해서, 저는 당신이 그렇게 사람 볼 줄 모르는 분이라고는 생각하지 않았을 겁니다. 방금 저는 당신의 천사 같은 젊은이에 대해 어떤 얘기를 듣게 되었는데요. 들어보시면 주방장님도 그에 대한 생각이 완전히 달라질 얘기입니다. 그래서 바로 제가 이런 말을 해야 하는 것이 유감스러울 정도입니다. 당신이 품행이 반듯한 청년의 표본이라고 부르시는 이 근사한 보이는 비번인 날 밤이면 어김없이 시내로 달려가고 아침이 되어서야 돌아온다는군요. 네, 네, 주방장님, 이 얘기는 여러 증인이 입증하고 있는 사실입니다. 나무랄 데 없는 증인들이지요, 그렇고말고요. 그런데 혹시 그가 이 유흥에 필요한 돈을 어디서 마련하는지 저에게 말씀해주실 수 있나요? 그가 근무를 서는 데 필요한 세심한 주의력을 어떻게 유지하는지도요? 그리고 혹시 저더러 그가 시내에서 무슨 짓을 하는지도 이야기해보라고 하실 건가요? 이런 보이는 어서 빨리 내보내도록 서두르려고 해요. 그러니 제발 부탁인데, 이 일을 출신이 미심쩍은 젊은 녀석들에 대해 우리가 얼마나 조심해야 하는지 일깨워준 사건으로 받아들이세요."

"하지만 수석웨이터님." 카를이 외쳤다. 그는 이 사람들이 커다란 착오를 범한 것 같아서 정말로 마음이 한결 가벼워졌다. 어쩌면 그런 착오는 그나마 가장 손쉽게 모든 것이 의외로 호전되는 결과를 가져올지도 몰랐다. "틀림없이 무슨 오해가 있는 듯합니다. 수위장님이 제가 매일 밤 외출한다고 말씀드렸나본데요. 하지만 전혀 사실무근이에요. 저는 매일 밤 공동 침실에 있었습니다. 이 사실은 모든 보이가 증언해줄 수 있어요. 잠을 자지 않을 때는 상업통신문을 배워요. 하지만 침실 밖으로 나간 일은 하룻밤도 없었습니다. 어렵지 않게 증명할 수 있어요. 수위장님은 보아하니 저를 다른 사람과 혼동하신 것 같습니다. 왜 제가 인사하지 않는다고 생각하시는지도 이제 이해가 되는군요."

"당장 입다물지 못하겠어." 수위장이 고함을 지르며 주먹을 흔들었다. 다른 사람들 같으면 손가락 하나를 펴서 입에 갖다댔을 텐데 말이다. "내가 너를 다른 사람과 혼동하는 거라고? 그래, 사람들을 혼동한다면 나는 더이상 수위장 자리에 있을 수 없어. 자 들어보세요, 이즈베리씨. 그렇다면 저는 더이상 수위장 노릇을 할 수 없습니다, 글쎄 뭐, 제가 사람들을 혼동한다면 말이에요. 삼십 년간 근무하면서 저는 한 번도 그런 적이 없습니다. 그 옛날부터 우리가 모셨던 수백 분의 수석웨이터님이 틀림없이 입증해주실 겁니다. 그런데 너 같은 불량한 놈 일로 내가 혼동하기 시작했다는 거야? 금방 눈에 띄게 낯짝이 빤질빤질한 네 놈을 말이지? 혼동할 게 뭐가 있어? 너는 매일 밤 내 등뒤에서 몰래 시내로 나갔겠지. 나는 네 얼굴만 보고도 네가 썩어빠진 건달이라는 것을 보장할 수 있어."

"그만둬요, 페오도어!" 수석웨이터가 말했다. 주방장과의 전화통화가 갑자기 끊어진 것 같았다. "이 일은 아주 간단합니다. 이자가 밤에 즐기는 유흥은 크게 중요하지 않아요. 이자는 해고되기 전에 자신의 야간 용무에 대해 대대적인 조사 같은 것을 벌여주기를 바라는 눈치인 것 같은데, 만약 그런 일이 벌어지면 속으로 쾌재를 부르리라는 게 벌써 상상이 돼요. 아마도 사십 명의 엘리베이터 보이 전원이 소환되어 증인으로 심문을 받게 될 겁니다. 물론 그들 모두가 그를 잘못 보고 있었을지도 모르죠. 그래서 점차적으로 전 직원이 증인으로 소환되어야 할 거예요. 자연히 호텔 영업은 한동안 중단될 테고. 그러고서 결국 쫓겨난다고 해도 그는 적어도 재미를 본 셈이 되겠지요. 그러니까 우리는 아예 그런 일을 벌이지 않는 편이 좋아요. 그는 주방장을, 그 선량한 부인을 이미 우롱했고 그걸로 됐다고 봐야죠. 더는 아무 말도 듣고 싶지 않다. 너는 근무 태만으로 그 자리에서 즉각 해고된 거야. 그러니 네 임금이 오늘 날짜까지 지불되도록 경리과에 보낼 지불전표를 너에게 주겠다. 말이 나왔으니 말인데 이건 네 행실로 볼 때, 우리끼리 얘기지만, 오직 주방장님을 봐서 내가 너에게 주는 일종의 선물이야."

전화가 걸려와 지불전표에 즉시 서명하려던 수석웨이터를 멈춰 세웠다. "엘리베이터 보이들이 오늘 참 애를 먹이는군!" 그는 첫마디를 듣자마자 외쳤다. "이건 전례가 없던 일이야!" 얼마 후 또 그렇게 외쳤다. 그러고는 수화기에서 귀를 떼고 수위장 쪽으로 몸을 돌려 말했다. "페오도어, 이 녀석 좀 붙잡아둬요. 그와 이야기를 더 해야 할 것 같군요." 그는 전화기에 대고 명령했다. "당장 올라와!"

이제 수위장은 말로는 제대로 되지 않았던 분풀이라도 그나마 할 수 있게 되었다. 그는 카를의 팔 위쪽을 꽉 붙잡았다. 결국은 견딜 수 있을 만하게 지그시 힘을 주는 것이 아니라 간간이 힘을 풀어 느슨하게 했다가 강도를 높여 점점 더 세게 잡았다. 이 행동은 그의 엄청난 체력으로 보아 좀처럼 멈출 것 같지 않았고 카를은 눈앞이 캄캄해졌다. 하지만 그는 카를을 그냥 붙잡고 있었을 뿐 아니라 그와 동시에 잡아 늘이라는 명령도 받은 것처럼 이따금 위로 들어올려 이리저리 흔들어댔다. 그러면서 몇 번이고 반쯤은 물어보는 어조로 수석웨이터에게 말했다. "제가 지금 이 녀석을 잘못 보고 있는 건 아니죠? 제가 지금 이 녀석을 잘못 보고 있는 건 아니죠?"

엘리베이터 보이들 중 최고참인 베스라는 친구가 들어와 수위장의 관심을 조금이나마 돌려놓은 것은 카를로서는 일종의 구원이었다. 그는 끊임없이 쌕쌕거리는 소리를 내는 뚱뚱한 보이였다. 카를은 몹시 지친 나머지 축 늘어져 제대로 인사도 못했는데 그때 놀랍게도 그 친구 뒤로 테레제가 미끄러지듯이 날렵하게 들어오는 모습이 보였다. 단정치 못한 옷차림에 머리를 느슨하게 틀어올렸고 얼굴은 새파랗게 질려 있었다. 어느새 그녀는 옆으로 다가와 속삭였다. "주방장님도 이 일을 알고 계셔?" "수석웨이터가 주방장님께 전화했어." 카를이 대답했다. "그럼 됐어, 그럼 됐어." 눈에 생기가 돌면서 그녀가 재빨리 말했다. "아니야." 카를이 말했다. "너는 이자들이 나한테 얼마나 악감정을 품고 있는지 몰라. 나는 떠나야 해. 주방장님도 이미 설득당해서 그렇게 알고 있어. 여기 있지 말고 어서 올라가. 그러면 내가 작별인사 하러 갈게." "하지만 로스만, 대체 무슨 생각을 하는 거야? 네가 원하는 한 너는 우리와 함께 있을 거야. 수석웨이터는 주방장님이 원하면 뭐든지 하거든.

그는 주방장님을 사랑하고 있어. 최근에 우연히 알게 됐어. 그러니 안심해." "제발 테레제, 어서 가. 네가 여기 있으면 나 자신을 제대로 변호할 수가 없어. 나에 대한 거짓말이 돌고 있어서 올바로 변호해야 돼. 내가 똑바로 정신을 차려 변호를 잘하면 잘할수록 여기 머무를 수 있는 희망은 그만큼 커져. 그러니 테레제—" 유감스럽게도 그는 갑작스러운 고통 때문에 겨우 들리는 낮은 목소리로 이렇게 덧붙이지 않을 수 없었다. "이 수위장이 나 좀 놔주면 좋겠는데! 이자가 앙숙이라는 걸 나는 전혀 몰랐어. 그런데 어찌나 계속 눌러대고 잡아당기는지." '왜 내가 이런 말을 하지!' 동시에 그는 생각했다. '어떤 여자도 이런 말을 침착하게 들을 수 없을 텐데.' 실제로 테레제는 그가 말릴 틈도 없이 몸을 돌려 수위장에게 말했다. "수위장님, 제발 당장 로스만을 풀어주세요. 이 사람이 고통스러워하잖아요. 곧 주방장님이 직접 오실 거예요. 그러면 이 사람이 하나부터 열까지 부당한 일을 당하고 있다는 것을 알게 될 거예요. 이 사람을 놔주세요. 도대체 무슨 즐거움을 얻겠다고 이 사람을 괴롭히는 거예요?" 그녀는 수위장의 손을 잡기까지 했다. "명령이야, 아가씨. 명령이라고." 그렇게 말한 수위장은 자유로운 손으로 테레제를 다정하게 끌어당겼다. 그러면서 다른 손으로는 카를을 이제는 심지어 온 힘을 다해 눌러댔다. 마치 카를에게 고통을 주려는 것만이 아니라 자기 수중에 들어온 이 팔로 이루고 싶은, 하지만 아직은 어림도 없는 특별한 목표라도 있는 것 같았다.

테레제가 수위장의 품에서 몸을 빼내는 데 얼마간의 시간이 걸렸다. 그러고는 직접 수석웨이터에게 가서 카를을 위해 애를 써보려고 했다. 여전히 수석웨이터는 장황하게 설명을 늘어놓는 베스의 이야기를 듣고 있었다. 그때 주방장이 급한 발걸음으로 총총히 걸어들어왔다. "아, 이제 됐어." 테레제가 그렇게 외쳤고 순간 방안에는 이 고성의 말밖에 들리지 않았다. 곧바로 수석웨이터가 벌떡 일어나 베스를 옆으로 밀어냈다. "직접 오셨군요, 주방장님. 이런 사소한 일로요? 전화통화를 한 후 짐작할 수는 있었지만 정말로 이렇게 오시리라고는 사실 생각지 못했습니다. 그런데 당신이 아끼시는 이 아이의 일은 갈수록 더 악화되고 있습니다. 실제로 해고하는 대신 감금이라도 해야 할 것 같아서 걱정입니다. 직접 들어보시죠!" 그러고서 그는 손짓으로 베스를 오게 했다. "먼저 로스만과 몇 마디 나눠보고 싶어요." 주방장은 그렇게 말하고 수석웨이터가 굳이 권하는 의자에 앉았다. "카를, 이리 가까이 와봐." 그녀가 말했다. 카를은 그 말에 따랐다. 아니 더 정확하게 말하면 수위장의 손에 끌려갔다. "그 아이를 놔주세요." 주방장이 성난 어조로 말했다. "그가 강도 살인범은 아니잖아요." 수위장은 실제로 그를 놓아주었지만 그전에 다시 한번 아주 세게 눌러서, 카를은 애쓰지 않아도 절로 눈물이 핑 돌았다.

"카를", 주방장은 말하면서 두 손을 가만히 무릎 위에 놓고 머리를 비스듬히 기울여 카를을 바라보았다—심문 같은 것과는 거리가 멀었다—"무엇보다 먼저 나는 아직 너를 전적으로 신뢰하고 있다는 것을 말하고 싶구나. 수석웨이터님도 공정한 분이야. 그건 내가 보증할게. 사실 우리 둘 다 너를 계속 여기 데리고 있기를 원해"—그러면서 그녀는 마치 자기 말을 가로막지 말아달라고 부탁하는 듯한 눈빛으로 수석웨이터 쪽을 슬쩍 건너다보았다. 부탁이 통한 듯 그런 일은 일어나지 않았다—"그러니 네가 지금껏 여기서 들은 말은 다 잊어버려. 특히 수위장님이 심한 말들을 한 모양인데 별로 심각하게 받아들일 필요 없어. 흥분을 잘하는 분이고, 그건 직무상 이상한 일도 아니야. 그렇긴 하지만 그분도 부인과 자식들이 있고, 자기 자신밖에 의지할 곳 없는 젊은이를 쓸데없이 괴롭혀서는 안 된다는 것, 그리고 여기가 아니어도 이미 세상이 충분히 그렇게 하고 있다는 것을 안단다."

방안이 쥐죽은듯 조용했다. 수위장은 해명을 요구하는 눈빛으로 수석웨이터를 보았고, 수석웨이터는 주방장을 바라보며 고개를 가로저었다. 엘리베이터 보이인 베스는 수석웨이터 등뒤에서 별 의미 없이 히죽거리고 있었다. 테레제는 기쁜 동시에 괴로운 나머지 울음이 났지만 속으로 꾹 삼켜 아무에게도 그 소리가 들리지 않게 안간힘을 썼다.

그런데 카를은, 좋지 않은 징조로 여겨질 수밖에 없는데도, 필시 카를과 눈을 맞추기를 바라는 주방장이 아닌 앞쪽의 바닥에 시선을 주고 있었다. 쿡쿡 쑤시는 팔의 통증이 온몸으로 퍼졌다. 셔츠가 길게 피멍이 든 자리에 들러붙어 있어서 상의를 벗고 상태가 어떤지 확인해보고 싶었다. 주방장이 한 말은 물론 매우 호의적이었지만, 불행히도 주방장의 바로 그런 태도로 말미암아 그는 어떤 호의도 받을 가치가 없고 주방장의 은혜를 두 달 동안 부당하게 누려왔으며 수위장의 손아귀에 들어가는 것 말고는 다른 무엇도 받아 마땅하지 않다는 사실이 틀림없이 밝혀질 것처럼 여겨졌다.

"내가 이렇게 말하는 것은", 주방장이 말을 이어갔다. "지금이야말로 네가 평소에 어떻게 일해왔는지 꿋꿋하게 대답해보라는 거야. 네가 어떤 사람인지 내가 알고 있다고 생각하는 대로 말이야."

"말씀 나누시는 동안 제가 의사를 불러와도 될까요? 그 남자가 이러는 사이 계속 피를 흘리다 죽을지도 모르거든요." 별안간 엘리베이터 보이인 베스가 아주 공손하게, 그러나 분위기를 깨고 끼어들었다.

"가봐." 수석웨이터가 말하자 베스는 곧장 달려나갔다. 그러고서 수석웨이터는 주방장에게 말했다. "이 일은 이런 겁니다. 수위장이 그 보이를 장난삼아 붙잡고 있었던 것이 아닙니다. 아래 엘리베이터 보이들의 침실에 생판 모르는 웬 만취한 사내가 조심스럽게 이불에 덮인 채 침대에서 발견된 겁니다. 물론 그자를 깨워서 쫓아내려고 했지요. 그러자 그자는 크게 난동을 부리기 시작했습니다. 계속 고래고래 소리를 지르면서 이 침실은 카를 로스만의 것이고 자기는 로스만의 손님이다, 로스만이 자기를 이리로 데려왔고 자기를 감히 건드리는 자는 누구든 로스만이 혼을 내줄 거다, 라고 했답니다. 게다가 로스만이 주기로 약속한 돈을 가지러 갔기 때문에 올 때까지 기다려야 한다는 거예요. 이 대목에 주목해주세요, 주방장님. 돈을 주기로 약속하고 가지러 갔다는 대목요. 너도 잘 들어, 로스만." 수석웨이터가 덧붙여 카를에게 말했다. 마침 카를은 넋이 나간 사람처럼 수석웨이터를 뚫어져라 보고 있는 테레제 쪽으로 몸을 돌리고 있었다. 그동안 그녀는 머리카락 몇 가닥을 이마에서 쓸어내거나 아니면 이 손동작을 기계적으로 되풀이했다. "그런데 어쩌면 나는 너에게 지켜야 할 약속 같은 것들을 상기시켜주는지도 몰라. 아래에 있는 그 사내는 그 밖에도 네가 돌아오면 둘이서 밤에 어느 여자 가수의 집을 방문할 거라고 말했다고 하거든. 다만 가수의 이름은 아무도 알아듣지 못했지. 그 사내가 내내 노래를 부르면서 그 이름을 말해서 말이야."

여기서 수석웨이터는 이야기를 중단했다. 창백한 기색이 역력한 주방장이 의자를 약간 뒤로 밀어내면서 일어났기 때문이다. "이야기를 계속해서 심기를 더 불편하게 해드리지 않겠습니다." 수석웨이터가 말했다. "아닙니다, 아니에요." 주방장은 그의 손을 잡으며 말했다. "어서 계속 이야기해봐요. 나는 다 듣고 싶어요. 그러려고 여기 온 거니까요." 그때 수위장이 앞으로 걸어나오더니 자신은 처음부터 모든 것을 꿰뚫어보았다는 표시로 가슴을 쿵쿵 두드렸고 그러자 수석웨이터는 "그래요, 당신 말이 전적으로 옳았어요, 페오도어!"라는 말로 수위장을 진정시키는 동시에 물러가게 했다.

"이제 할 이야기는 별로 많지 않아요." 수석웨이터가 말했다. "보이들이 뭐 그렇듯이 처음엔 그 사내를 놀려대며 웃었고, 그러고는 그와 싸우게 되었죠. 거기엔 언제든지 나설 수 있는 우수한 권투선수들이 있어서 그는 간단히 녹다운되었어요. 저는 그가 신체의 어느 부위에 그리고 얼마나 많은 부위에 출혈이 있었는지 물어볼 엄두도 나지 않았습니다. 이 보이들은 가공할 만한 권투선수들이고 술 취한 사람 하나 정도는 당연히 너무나 쉬운 상대니까요."

"그렇군요." 주방장은 말하고서 의자의 팔걸이를 잡고 자신이 방금 일어났던 자리를 내려다보았다. "자, 그럼 제발 뭐라고 한마디만 해봐, 로스만!" 그녀가 말했다. 테레제는 여태 있던 자리를 떠나 주방장 쪽으로 달려가서는 그녀의 팔짱을 꼈다. 카를로서는 지금껏 그녀에게서 한 번도 본 적 없는 모습이었다. 수석웨이터는 주방장 바로 뒤에 붙어서서 약간 젖혀진 그녀의 작고 소박한 레이스 옷깃을 천천히 펴고 있었다. 카를 옆에 나란히 서 있던 수위장이 말했다. "자, 아직 멀었나?" 그가 그렇게 말한 것은 오로지 그러면서 카를의 등을 가격한 것을 숨기기 위해서였다.

"그건 사실입니다." 카를은 가격을 당하는 바람에 본래의 어조보다 더 자신 없게 말했다. "제가 그 남자를 침실로 데려왔습니다."

"그 이상은 알고 싶지 않아." 수위장이 모두를 대신해 말했다. 주방장은 말없이 수석웨이터 쪽을 보고 나서 테레제 쪽을 보았다.

"달리 방법이 없었어요." 카를이 계속 말했다. "그자는 저의 예전 동료입니다. 두 달 동안 서로 못 봤는데 그가 여기로 저를 찾아온 겁니다. 하지만 다시 혼자서 갈 수 없을 정도로 취해 있었어요."

수석웨이터가 주방장 옆에 나란히 서서 낮은 목소리로 혼잣말을 했다. "그러니까 그자는 널 찾아왔고 그러고 나서 술에 취해 돌아갈 수 없었다는 말이군." 주방장은 어깨 너머로 수석웨이터에게 뭐라고 속삭였고, 보아하니 수석웨이터는 이 일에 어울리지 않는 미소를 지어서 이의를 제기하는 것 같았다. 테레제는—카를은 그녀 쪽만 바라보았다—완전히 넋이 나가 얼굴을 주방장에게 기대고서 더이상 아무것도 보려 하지 않았다. 카를의 설명에 전적으로 만족한 유일한 사람은 수위장이었다. "당연하지, 술친구를 도와야지." 그는 이런 말을 몇 번이나 되풀이했고, 눈빛과 손짓을 더해 그 자리에 있는 모두에게 그 말을 각인시키려고 했다.

"그러니까 제 잘못이에요." 카를은 그렇게 말하고서 마치 재판관들의 입에서 자신에게 계속 변호할 용기를 주는 친절한 말이 나오기를 기다리는 양 잠시 멈추었다. 하지만 그런 말은 나오지 않았다. "제 잘못은 그자를 침실로 데려온 것뿐입니다. 그는 로빈슨이라 하고 아일랜드인이에요. 그가 한 다른 모든 말은 술에 취해서 한 것이고 사실이 아닙니다."

"그럼 그자에게 돈을 주겠다는 약속을 하지 않았다는 거야?" 수석웨이터가 물었다.

"네, 그래요". 카를은 말하면서 그걸 잊고 있었음을 안타까워했다. 생각이 짧아서 아니면 잠시 방심한 탓에 너무 단호한 말로 자신이 결백하다고 한 것이다. "저는 돈을 주겠다고 약속했습니다. 그가 간청을 해서요. 하지만 저는 그 돈을 가지러 가려 하지 않았고 제가 지난밤 받은 팁을 주려고 했어요." 그러고는 증거로 호주머니에서 돈을 꺼내 손바닥에 펼쳐서 조그만 동전 몇 개를 보여주었다.

"너는 점점 더 나쁜 길로 빠지고 있어." 수석웨이터가 말했다. "네 말을 믿으려면 네가 먼저 했던 말을 잊어야 할 거야. 그러니까 처음에 너는 그자를—로빈슨이라는 이름도 나는 못 믿겠다. 아일랜드가 생긴 이래 그런 이름의 아일랜드인은 없었으니까—처음에 너는 그를 침실로 데려왔을 뿐이라고 했지. 말이 나왔으니 말인데 그것만으로도 이미 쫓겨날 만한 일이야. 처음에 너는 그에게 돈을 주겠다는 약속을 하지 않았다고 했다가 우리가 갑작스럽게 질문하자 다시 그에게 돈을 주기로 약속했다고 했어. 하지만 우리는 여기서 문답 놀이를 하는 것이 아니라 네 해명을 들으려는 거다. 그런데 또 너는 처음에 돈을 가지러 가려 하지 않고 오늘 받은 팁을 주려고 했다지만 그 돈을 아직 지니고 있다는 것이 드러났지. 그러니 너는 또다른 돈을 가지러 가려 했던 것이 분명해. 네가 오래 자리를 비웠다는 것도 그 증거야. 만일 네가 그에게 줄 돈을 너의 여행가방에서 꺼내오려고 했다면 그건 이상한 일이 아닐 거다. 하지만 네가 그것을 극구 부인하는 것은 이상한 일이야. 그자가 여기 호텔에 와서야 취했다는 것을 네가 계속 감추려고 하는 것 역시 마찬가지로 이상한 일이듯이 말이야. 그건 조금도 의심할 여지가 없어. 왜냐하면 그자는 혼자 왔지만 혼자 나갈 수 없었다는 것을 너 스스로가 인정했고, 그자 스스로도 자기가 네 손님이라고 침실에서 고래고래 외쳐댔기 때문이지. 따라서 이제 의문으로 남은 것은 단 두 가지다. 네가 이 일을 간단하게 해결하고자 한다면 이 두 가지에 대해 네가 직접 대답해야 해. 하지만 결국엔 네 협조 없이도 두 가지는 확인할 수 있을 거야. 첫째는 네가 어떻게 식품저장실로 들어갈 수 있었느냐는 것이고, 둘째는 어째서 남에게 거저 줄 수 있는 돈을 모았느냐는 것이지."

'상대에게 선의가 없다면 나 자신을 변호하는 일은 불가능해.' 카를은 속으로 말하면서 수석웨이터에게 더이상 대답하지 않았다. 보나마나 테레제는 그 때문에 괴로워하고 있을 테지만 그래도 하는 수 없었다. 그는 자기가 무슨 말을 하더라도 본뜻과는 전혀 다르게 받아들여지리라는 것과, 좋게 보느냐 나쁘게 보느냐는 오직 어떻게 판단하는가에 달려 있다는 것을 알고 있었다.

"그가 대답하지 않는군요." 주방장이 말했다.

"그게 그가 할 수 있는 가장 현명한 행동이에요." 수석웨이터가 말했다.

"뭔가 또 생각을 해내겠죠." 수위장이 말했다. 그러면서 아까는 그토록 잔인했던 그 손으로 제 수염을 조심스럽게 쓰다듬었다.

"조용히 해." 주방장이 옆에서 흐느껴 울기 시작한 테레제에게 말했다. "너도 보다시피 그가 대답을 하지 않잖아. 그러니 내가 어떻게 그를 위해 뭔가를 할 수 있겠니. 결국 수석웨이터님 앞에서 내 말이 틀렸다는 게 밝혀지는 거야. 말해봐, 테레제. 네 생각에 내가 그를 위해 할 수 있는 뭔가를 제대로 안 한 것 같니?" 테레제가 그것을 어떻게 알 수 있으며, 주방장이 그 조그만 여자애에게 공개적으로 건넨 이 질문과 부탁으로 인해 두 남자 앞에서 어쩌면 크게 체면이 깎였다 한들 그게 무슨 소용이 있었겠는가?

"주방장님." 카를이 내키지 않는 마음을 다시 한번 고쳐먹고 입을 열었다. 하지만 그저 테레제가 하기 힘든 대답을 하지 않게 해주기 위한 것일 뿐 다른 목적은 없었다. "제가 당신의 명예를 더럽힌 무언가 수치스러운 일을 했다고는 생각하지 않아요. 정확히 조사해보면 다른 사람들도 누구나 알게 될 거예요."

"다른 사람들도 누구나라니." 수위장은 말하고 손가락으로 수석웨이터를 가리켰다. "이즈베리 씨, 이건 바로 당신을 향해 빈정대는 말입니다."

"자, 주방장님." 수석웨이터가 말했다. "여섯시 반이에요. 이러고 있을 때가 아닙니다. 이미 너무나 관대하게 다루어온 이 일의 결론을 저에게 맡겨주시는 게 최선이라는 생각이 드는데요."

그때 키 작은 자코모가 들어와 카를 쪽으로 가려다가 방 전체를 지배하고 있는 조용한 분위기에 놀라 움직임을 멈추고 가만히 기다렸다.

주방장은 카를이 마지막으로 말한 이후 그에게서 시선을 떼지 않았다. 수석웨이터의 말은 들은 것 같지도 않았다. 그녀의 눈은 온통 카를을 바라보고 있었다. 커다랗고 파란 두 눈은 지긋한 나이와 숱한 고생으로 다소 흐릿했다. 그녀가 그렇게 서서 자기 앞의 의자를 힘없이 흔들고 있는 모습을 보고 다음 순간 잘하면 그녀가 이렇게 말하지 않을까 충분히 기대할 수도 있었을 것이다. '자, 카를. 내가 가만히 생각해

보면 이 일은 아직 제대로 해명되지 않았고, 그래서 네가 올바로 말했듯이 아직 정확한 조사가 필요해. 그러니 다른 사람들이 동의하든 하지 않든 간에 이제 그 조사를 벌이려고 해. 정의가 실현되어야 하니까.'

하지만 주방장은 그 대신 말하기 전에 잠시 더 침묵했다. 아무도 감히 침묵을 깰 엄두를 내지 못했다—시계만이 수석웨이터의 말을 확인해주듯 여섯시 반을 알렸고, 누구나 알고 있듯이 호텔 전체의 모든 시계가 동시에 여섯시 반을 알렸다. 귓속이 윙윙거리고 마치 단 하나의 커다란 초조함이 두 번 경련을 일으키듯이 머릿속 예감이 흔들렸다. "아니야, 카를, 아니야, 아니야! 우리는 그렇게 믿고 싶지 않아. 정당한 일은 모습도 특별한 법이야. 그런데 너의 일은 그렇지 않아. 나는 그것을 인정하지 않을 수 없어. 나는 그렇게 말할 수 있고 또 그렇게 말할 수밖에 없어. 왜냐하면 나는 여기에 온 사람들 중 네게 가장 좋은 선입견을 가진 사람이니까. 너도 보고 있지, 테레제도 입을 다물고 있어." (그러나 테레제는 입을 다물지 않았고 울고 있었다.)

주방장은 갑자기 엄습해오는 어떤 결심에 멈칫했다가 "카를, 이리 와봐"라고 말했다. 그가 다가오자—그의 등뒤에서는 금세 수석웨이터와 수위장이 하나가 되어 활기찬 대화를 나누기 시작했다—그녀는 왼손으로 꼭 붙들었다. 그러고는 머뭇머뭇 따라오는 테레제와 함께 그를 데리고 방 안쪽으로 가서 몇 번 이리저리 서성였다. 그러면서 그녀가 말했다. "그럴 수 있어, 카를. 조사가 이루어지면 하나하나 세세한 부분까지 네 말이 옳다는 것을 인정받을 수 있고, 또 너는 그럴 거라고 믿는 것처럼 보여. 그렇지 않다면 나는 너를 전혀 이해하지 못할 거야. 도대체 왜 아니겠어? 너는 실제로 수위장에게 인사를 했을 거야. 나는 그랬을 거라고 확실히 믿어. 그리고 수위장이란 사람을 어떻게 봐야 하는지도 알아. 보다시피 나는 지금 모든 걸 툭 터놓고 이야기하는 거야. 하지만 그런 사소한 변명 따위는 너에게 전혀 도움이 안 돼. 오랜 세월 같이 지내면서 나는 수석웨이터의 사람 보는 안목을 높이 평가하게 되었고 그는 내가 아는 사람들 가운데 가장 신뢰할 만해. 그런 수석웨이터가 너의 잘못을 명백히 이야기했고 그 잘못은 물론 반박할 수 없는 것으로 보여. 아마도 너는 그저 앞뒤 생각 없이 경솔하게 행동했던 것 같고, 어쩌면 내가 생각했던 사람이 아닌지도 몰라. 하지만", 이 말과 함께 그녀는 이야기를 중단하고서 두 남자 쪽을 힐끗 돌아보았다. "네가 근본적으로 품행이 반듯한 젊은이라는 생각은 아직 못 버리겠구나."

"주방장님! 주방장님." 그녀의 시선을 놓치지 않고 있던 수석웨이터가 재촉해댔다.

"금방 끝나요." 그러고 나서 주방장은 한층 더 빠른 말투로 카를을 타일렀다. "들어봐, 카를. 내가 이 일을 이해하는 바로는 수석웨이터가 조사에 들어가지 않겠다는 걸 나는 그나마 기쁘게 생각해. 왜냐하면 그가 조사에 들어가려고 한다면 내가 너를 위해 그걸 막아야 할 테니까. 네가 그 사내에게 무엇을 어떻게 대접했는가에 대해 아무도 알게 해서는 안 돼. 이제 와서 말이지만 그자는 네가 둘러대듯이 너의 예전 동료들 중 하나일 수가 없어. 왜냐하면 그들과 헤어질 때 크게 싸워서 너는 지금 그중 누구도 동료로 대접하지 않을 거잖아. 그러니 네가 경솔하게도 밤중에 시내의 한 싸구려 술집에서 친교를 맺는 바람에 그저 안면을 트게 된 사람 정도겠지. 카를, 네가 어떻게 나에게 이 모든 것을 숨길 수 있었지? 공동 침실에서 지내기가 참기 힘들고 처음엔 그런 소박한 이유에서 밤나들이를 시작했다면, 왜 그런 이야긴 한마디도 안 했어? 너도 알다시피 내가 독방을 하나 마련해주려고 했다가 네가 하도 부탁하는 바람에 포기했다고 할 수 있잖니. 그런데 지금 보니 너는 공동 침실을 더 선호한 게 아닌가 싶구나. 그곳이 더 자유롭다고 느꼈을 테니까. 그리고 네 돈을 너는 내 금고에 맡겨두고 받은 팁도 매주 나에게 가져왔잖니. 얘야, 너는 유흥비를, 세상에나, 도대체 어디서 조달했고 네 친구에게 줄 돈을 어디서 가져오려고 했니? 물론 이런 얘기는 적어도 지금은 수석웨이터에게 아예 귀띔조차 해서는 안 될 것들이지. 그가 눈치챈다면 조사가 불가피해질 거야. 그러니까 너는 무조건 호텔을 나가야 해, 그것도 가능한 한 빨리. 곧바로 브레너 하숙집으로 가렴—거긴 테레제와 함께 이미 여러 번 가봤지—이 추천서를 가져가면 무료로 너를 받아줄 거야"—그러고서 주방장은 블라우스에서 꺼낸 금색 연필로 명함에다 몇 줄 적었다. 그러면서도 이야기를 중단하지는 않았다—"네 여행가방은 나중에 내가 금방 보내줄게. 테레제, 어서 엘리베이터 보이들의 옷 보관실로 달려가 카를의 여행가방을 싸렴." (그러나 테레제는 움직이지 않았다. 그동안 모든 괴로움을 견뎌온 만큼 이제 주방장의 친절한 배려 덕분에 카를의 일이 좋은 방향으로 바뀌고 있는 이 상황도 전부 함께 겪고 싶었던 것이다.)

누군가 모습을 드러내지 않은 채 문을 조금 열었다가 금방 다시 닫았다. 보나마나 자코모가 틀림없었다. 그가 걸어들어와 이렇게 말했기 때문이다. "로스만, 너에게 전할 말이 있어." "금방 끝나." 주방장은 고개를 숙인 채 그녀의 말에 귀기울이고 있던 카를의 호주머니에 명함을 넣으면서 말했다. "네 돈은 당분간 내가 잘 간수해둘게. 나를 믿고 맡겨

둘 수 있겠지. 오늘은 하숙집에 있으면서 네 일을 곰곰이 생각해봐. 내일 내가—오늘은 시간이 없고, 또 여기 너무 오래 있었어—브레너로 갈게. 우리는 계속 너를 위해 뭘 할 수 있는지 신경쓸게. 어쨌든 오늘 이미 알게 됐겠지만 내가 널 버리는 일은 없을 거야. 너의 미래는 걱정하지 않아도 돼. 그보다는 오히려 최근 일에 대해서나 걱정해." 그러고는 그의 어깨를 가볍게 두드리고 수석웨이터 쪽으로 건너갔다. 카를은 고개를 들어 크고 당당한 그녀의 뒷모습을 바라보았다. 그녀는 차분한 발걸음과 거리낌없는 거동으로 그에게서 떠나갔다.

"전혀 기쁘지 않아?" 그의 곁에 남은 테레제가 말했다. "일이 다 잘되었는데도?" "아, 그래 기뻐." 카를은 말하면서 그녀를 보고 미소 지었다. 하지만 도둑으로 쫓겨나는 마당에 자신이 왜 기뻐해야 하는지 몰랐다. 테레제의 눈에서는 기쁨의 빛이 퍼져나오고 있었다. 마치 그를 달아날 수 있게만 해준다면 그것이 수치스러운 것이든 명예로운 것이든, 그가 무슨 잘못을 저질렀든 아니든, 그가 공정한 판정을 받았든 아니든, 그녀로서는 전혀 상관없다는 듯한 태도였다. 자기 일에 관한 한은 그토록 꼼꼼하고 주방장이 건넨 그리 분명치 않은 말 한마디조차 몇 주 동안이나 이리저리 머릿속에서 굴려보며 분석하던 테레제가, 다른 사람도 아닌 바로 그녀가 그런 반응을 보인 것이다. 그가 의도적으로 물었다. "내 여행가방을 바로 싸서 보낼 거야?" 그는 놀란 나머지 자신의 뜻과는 상관없이 고개를 가로저을 수밖에 없었다. 그렇게나 빠르게 테레제가 질문에 응해, 누구에게도 비밀로 해야 하는 물건들이 여행가방 안에 있는 것이 틀림없다는 확신으로 카를 쪽을 아예 보지도, 손을 내밀지도 않고 이렇게만 속삭였던 것이다. "물론이야, 카를. 금방 돼. 바로 가방을 쌀게." 그러고는 어느새 가버렸다.

이제 자코모는 더이상 참지 못하고 오래 기다린 탓에 흥분해 큰 소리로 외쳤다. "로스만, 그 남자가 아래 복도를 뒹굴면서 내보내려 해도 버티고 있어. 병원으로 데려가려고 했지만 극구 거부하면서 자기가 병원에 가는 걸 네가 절대 용인하지 않을 거라고 우기네. 자동차를 불러 자기를 집으로 보내달라는 거야. 네가 차비를 낼 거라면서. 그렇게 할래?"

"그자가 너를 믿고 있군." 수석웨이터가 말했다. 카를은 어깨를 한번 으쓱하고는 자코모의 손안에다 돈을 세어서 놓았다. "더이상은 가진 게 없어." 카를이 말했다.

"네가 같이 갈 건지 물어보라고도 했어." 돈을 짤랑거리며 자코모가 물었다.

"그는 같이 가지 않을 거야." 주방장이 말했다.

"그럼, 로스만." 수석웨이터는 자코모가 밖으로 나갈 때까지 기다리지도 않고 재빨리 말했다. "너는 당장 해고야."

수위장은 마치 그것이 자신의 말이고 수석웨이터는 그것을 똑같이 되풀이한 것인 양 여러 번 고개를 주억거렸다.

"너의 해고 이유는 결코 큰 소리로 말할 수가 없어. 그랬다간 너를 감금시켜야 할 테니까."

수위장은 표가 나게 매서운 눈초리로 주방장 쪽을 건너다보았다. 이 일이 이렇게 너무 관대하게 처리된 것의 원인이 바로 그녀라는 것을 확실히 깨달았기 때문이다.

"지금 베스에게 가. 옷을 갈아입고 네 제복은 베스에게 넘겨주고 즉시 떠나. 즉시 호텔을 떠나란 말이야."

주방장은 눈을 감았다. 그렇게 해서 카를을 진정시키려는 것이었다. 그가 작별인사를 위해 고개를 숙이면서 슬쩍 보니 수석웨이터는 주방장의 손을 남몰래 감싸 어루만지고 있었다. 수위장은 육중한 걸음으로 카를을 문까지 배웅했는데, 카를이 문을 닫지 못하게 열어놓은 채 등뒤에 대고 소리쳤다. "십오 초 뒤 네가 내 옆을 지나 정문을 통과하는 모습을 볼 거야. 명심해."

카를은 그저 정문에서 성가신 일을 당하지 않기 위해 할 수 있는 한 최대로 서둘렀지만 모든 일이 마음먹은 것보다 훨씬 더 느리게 진행되었다. 우선 베스를 금방 찾을 수가 없었고, 지금은 아침식사 시간이라 온통 사람들로 가득했다. 그다음에는 보이 하나가 카를의 낡은 바지 몇 벌을 빌려갔다는 것을 알게 되어 그걸 찾으려고 거의 모든 침대마다 옆에 서 있는 옷걸이를 뒤져야 했다. 그러느라 아마 오 분은 지난 것 같고, 그만큼 늦게 정문 쪽으로 갔다. 바로 앞에 숙녀 하나를 가운데 두고 신사 네 명이 걸어가고 있었다. 다들 기다리고 있는 대형 자동차 쪽으로 갔다. 제복을 입은 한 하인이 벌써 자동차 문을 열어놓은 채 붙잡고 있었고, 놀고 있는 왼팔은 옆으로 들어올려 수평으로 빳빳하게 뻗었다. 그 모습이 대단히 엄숙해 보였다. 카를은 이 고상한 사람들 뒤에 따라붙어서 들키지 않고 몰래 빠져나갈 수 있기를 바랐지만 부질없는 생각이었다. 어느새 수위장이 그의 손을 붙잡은 뒤 죄송하다고 말하면서 두 신사 사이에서 그를 끌어내 자기 쪽으로 잡아당겼다. "십오 초라고 했잖아." 그는 마치 시간이 맞지 않는 시계를 들여다보듯이 카를을 옆에서 바라보며 말했다. "이리 와봐." 그러고는 카를을 커다란 수위실 안으로 데리고 들어갔다. 카를은 진작부터 그곳에 한번 가보고 싶었지만 수위장에게 떠밀려 들어서는 지금은 그저 불신감이 들 뿐이었다. 몸을 돌려 수위장을 밀쳐내고 달아나려고 해보았지만 그는 어느새 문안에 들어와 있었다. "안 돼, 안 돼, 여기로 들어가." 수위장은 말하면서 카를을 다시 돌려세웠다. "나는 이미 해고되었잖아요." 카를이 말했다. 이제는 호텔에서 자기에게 명령할 수 있는 사람이 아무도 없다는 뜻이었다. "내가 붙잡고 있는 한 너는 해고된 게 아니야." 수위장이 말했다. 물론 이 말도 틀린 건 아니었다.

잘 생각해보면 카를이 수위장에게 저항해야 할 이유는 딱히 없었다. 사실 그에게 무슨 일이 더 일어날 수 있겠는가? 게다가 수위실의 벽은 전체가 엄청나게 큰 통유리로 되어 있어서 현관을 드나드는 사람들 무리를 마치 자신이 그들 사이에 섞여 있는 것처럼 똑똑히 볼 수 있었다. 그렇다, 이 수위실 어디에도 사람들의 눈을 피해 숨을 구석은 없는 것 같았다. 저기 바깥에서 사람들은 팔을 내뻗고, 고개를 숙이고, 무언가를 찾는 듯이 눈을 두리번거리고, 짐을 높이 쳐들고서 저마다 갈 길을 찾아가고 있었기 때문에 다들 바삐 움직이는 듯 보였지만, 수위실에 눈길 한 번 주지 않고 지나치는 사람은 거의 없었다. 수위실 유리벽 뒤에 손님이나 호텔 직원 모두에게 중요한 정보를 주고 있는 여러 안내문과 통지문이 항상 게시되어 있었던 것이다. 그 외에도 수위실은 현관과 직접 교신을 하고 있었다. 두 개의 커다란 내리닫이창 앞에 말단 수위 둘이 앉아서 온갖 다양한 용무에 관해 끊임없이 안내해주는 일을 하고 있었기 때문이다. 말하자면 그들은 과중한 업무에 시달리는 사람들이라고 할 수 있었다. 카를은 수위장도 그가 알기로는 바로 이런 자리에서 차차 경력을 쌓아올라갔다는 것을 말해주고 싶었다. 안내인 역할의 이 두 사람은—바깥에서는 제대로 상상할 수 없었지만—열린 창문 구멍으로 언제나 적어도 열 명 정도의 질문하는 얼굴을 상대하고 있었다. 끊임없이 바뀌는 이들 열 명의 질문자 사이에서는 마치 한 사람 한 사람이 각기 다른 나라에서 파견되기라도 한 것처럼 여러 언어가 난무하는 일이 자주 있었다. 늘 몇 사람이 동시에 질문했고, 늘 두서넛씩은 자기들끼리도 이야기를 나누었다. 대부분은 수위실에서 무언가를 받아 가려고 하거나 무언가를 그곳에 맡기려는 사람들이어서, 항상 조급하게 마구 흔들어대는 손들이 그 혼잡한 무리로부터 삐죽 솟은 모습도 보였다. 한번은 갑자기 높은 데서 신문이 떨어져 순간적으로 모두의 얼굴을 덮어버린 일 때문에 찾아온 사람도 있었다. 이런 모든 일을 이 말단 수위 둘이 감당해내야 했다. 그들의 임무를 수행하기 위해서는 단순히 말하는 것만으로는 안 되었다. 그들은 계속 지껄였다. 특히 둘 중 얼굴 전체가 검은 수염으로 덮인 음울한 분위기의 수위는 잠시도 쉬지 않고 안내를 했다. 그는 테이블 위에서 무언가를 건네주든가 끊임없이 도움이 될 만한 일을 했는데, 아마 힘을 아끼고 모으기 위해서인 듯 테이블 상판도 보지 않고 질문자가 누구든 그 얼굴도 보지 않고 자기 앞만을 응시했다. 게다가 수염은 그의 말을 알아듣는 데 약간 방해가 되는 듯했다. 카를은 잠시 그의 옆에 가만히 서 있는 동안, 그가 외국어를 쓰긴 했지만, 영어식 어조에도 불구하고 그가 하는 말을 거의 알아들을 수 없었다. 그리고 안내가 다음 안내로 거의 쉬지 않고 바로 넘어갔기 때문에 질문자가 아직 자신의 용건에 대한 안내가 계속되고 있다고 생각해 긴장된 얼굴로 경청하다가 잠시 후에야 용무가 끝났다는 것을 깨닫게 되는 일이 자주 일어났는데, 이 또한 사람을 얼떨떨하게 만들었다. 손님들은 그 말단 수위가 질문이 대략적으로 이해되면 다소 분명치 않은 점이 있어도 다시 질문해달라고 청하는 법이 없다는 데도 익숙해져야 했다. 그럴 경우 그는 거의 알아볼 수 없게 머리를 살살 흔드는데, 이는 그 질문에 대답할 의향이 없다는 것을 말해주는 표시였다. 그래서 자기 잘못을 깨닫고 다시 보다 명확하게 고쳐 묻는 것은 질문자의 몫이었다. 특히 이 문제로 고심하느라 많은 사람이 창구 앞에서 아주 오랜 시간을 보냈다. 말단 수위의 일을 지원하기 위해 각자에게는 사환이 한 명씩 딸려 있었다. 사환은 말단 수위가 그때그때 필요로 하는 모든 것을 서가나 각종 상자로 급히 달려가 갖다주는 일을 했다. 가장 힘들기는 해도 나이 어린 젊은이들이 호텔에서 가장 좋은 보수를 받을 수 있는 일자리였다. 어떤 의미에서는 이 일이 말단 수위의 일보다 더 힘들었다. 말단 수위는 잘 생각하고 말하기만 하면 되지만 이들 젊은이는 잘 생각하고 동시에 달려야 했기 때문이다. 사환들이 물건을 잘못 가져오면 물론 말단 수위는 바쁜 와중에 그들을 길게 훈계하는 일에 매달릴 수 없었기에 차라리 사환들이 테이블에 올려놓은 것을 그냥 홱 밀어서 테이블 아래로 떨어뜨렸다. 말단 수위들의 근무 교대 장면은 아주 흥미로웠는데, 마침 카를이 들어온 직후 교대가 있었다. 물론 한 시간 이상 창구 뒤에서 버틸 재간이 있는 사람은 아마도 없었을 것이기 때문에 적어도 낮시간에는 이런 근무 교대가 수시로 이루어져야 했다. 근무 교대 시간을 알리는 종이 울리면 그와 동시에 옆문에서 이제 근무를 시작할 두 명의 말단 수위가 각자 뒤로 자신의 사환을 거느리고 들어섰다. 그들은 우선 하는 일 없이 창구 옆에 가만히 서서 바로 지금 이루어지고 있는 질문에 대한 대답이 어느 단계에 있는가를 확인하기 위해 밖에 있는 사람들을 잠시 관찰했다. 교대하기에 적당한 순간이 되었다고 여겨지면 교대할 수위의 어깨를 톡톡 두드렸다. 그러면 지금껏 등 뒤에서 일어나는 일에 전혀 신경쓰지 않았던 수위도 즉시 깨닫고 자리를 비워주었다. 이 전체가 신속하게 이루어지는 바람에 창구 바깥의 사람들을 깜짝 놀라게 할 때가 많았는데, 그들은 그렇게 갑자기 자신들 앞에 나타난 새로운 얼굴을 보고 놀라서 뒤로 물러나기도 했다. 교대한 두 사람은 기지개를 켜고 나서 마련되어 있는 두 개의 세면대에서 열난 머리에 물을 끼얹었다. 반면에 교대한 사환들은 아직 기지개를 켜서는 안 되고 한동안은 근무시간 중 바닥에 내던져진 물건들을 주워서 다시 제자리에 갖다놓는 일을 해야 했다.

카를은 이 모든 것을 고도의 주의력을 기울여 짧은 순간 이해했고, 가벼운 두통을 느끼며 계속해서 자신을 이끄는 수위장을 조용히 따라갔다. 보아하니 수위장도 이런 식의 안내가 카를에게 강한 인상을 주었다는 것을 알아채고 그를 지켜보는 듯했다. 그러더니 갑자기 카를의 손을 잡아채며 말했다. "이것 봐, 여기서는 이렇게 일해." 카를은 물론 이 호텔에서 게으름을 피우지 않았지만 이런 일에 대해서는 전혀 몰랐다. 그리고 수위장이 자신의 큰 적이라는 사실을 까맣게 잊고서 그를 올려다보며 말없이 인정한다는 뜻으로 고개를 끄덕였다. 그런데 수위장의 눈에 이것은 다시 말단 수위들을 과대평가하는 것으로 보였고, 그래서 어쩌면 자신의 인격을 모독하는 무례한 태도일 수도 있는 것처럼 여겨졌다. 그는 사람들에게 들리든 말든 아랑곳하지 않고 마치 카를을 조롱하는 것처럼 큰 소리로 이렇게 말했다. "물론 여기 일은 이 호텔 전체에서 가장 멍청한 일이야. 한 시간만 잘 들어보면 사람들이 무슨 질문을 하는지 거의 다 알게 되거든. 그러면 나머지 질문에는 대답할 필요가 없는 셈이야. 네가 만일 무례하고 버릇없이 굴지 않았더라면, 거짓말하고 허랑방탕하게 살고 술 퍼마시고 훔치는 짓을 하지 않았더라면, 어쩌면 내가 저런 창구에 고용할 수도 있었을 텐데. 저런 자리에는 머리가 우둔한 놈들만 쓸 수 있으니까 말이야." 자신을 겨냥한 모욕은 전부 흘려들었지만, 말단 수위들의 우직하고 힘겨운 일이 인정받기는커녕 조롱당하자 카를은 화가 치밀었다. 더군다나 언감생심 마음도 못 먹겠지만 그래도 만일 그런 창구에 앉는다면 보나마나 몇 분도 되지 않아 모든 질문자의 비웃음 속에 물러나야 했을 그런 위인에게 조롱을 당했으니 말이다. "놔주세요." 카를이 말했다. 수위실에 관한 그의 호기심은 이제 지나칠 정도로 충족되었다. "더는 당신과 상대하고 싶지 않습니다." "떠나려면 이 정도로는 안 되지." 수위장이 말했다. 그러고는 카를이 전혀 움직일 수 없을 만큼 양팔을 눌러 그를 수위실의 다른 쪽 끝으로 거의 들어 나르다시피 했다. 바깥의 사람들은 수위장의 이런 폭력 행위를 보지 못한 걸까? 아니, 보았다면 대체 이런 행위를 어떻게 이해했기에 누구 하나 비난하는 사람이 없고, 최소한 유리창이라도 두드려 수위장에게 사람들이 지켜보고 있으며 카를을 그렇게 마음대로 다루어서는 안 된다는 것을 지적하는 사람 하나 없단 말인가?

하지만 카를은 곧 현관 홀로부터 누군가의 도움을 받을 수 있으리라는 희망을 버렸다. 수위장이 줄 하나를 잡아당겨 수위실 절반쯤의 유리창이 순식간에 맨 위까지 검은색 커튼으로 가려졌기 때문이다. 수위실 이쪽에도 사람들이 있었지만, 다들 일에 파묻혀 자신과 관계없는 것에는 뭐든 눈과 귀를 돌리지 않았다. 게다가 그들은 전적으로 수위장에게 종속되어 있는 자들이라 카를을 돕기는커녕 오히려 수위장이 무슨 짓을 해도 감추는 일을 도왔을 것이다. 예를 들면 거기에는 여섯 명의 말단 수위가 여섯 대의 전화기 옆에서 일을 했다. 금방 알아차릴 수 있었듯이, 지시가 떨어지면 한 사람은 늘 통화 내용을 기록하기만 하고 옆 사람은 처음 사람에게서 건네받은 메모에 따라 지시 사항을 다시 전화로 전달했다. 이 전화기들은 전화부스가 필요 없는 최신식 전화기였다. 벨소리는 찌륵거리는 귀뚜라미 소리보다 크지 않았고, 전화기에 대고 속삭여도 특수한 음향증폭장치 덕분에 우레 같은 소리로 상대방에게 전달되었다. 그 때문에 세 사람이 각자 전화기를 붙잡고 말하는 소리가 거의 들리지 않았고, 그래서 수화기 속의 어떤 사건인가를 중얼거리면서 주시하고 있는 것처럼 생각될 정도였다. 반면에 다른 세 사람은 밀려드는, 하지만 주변 사람들에게는 들리지 않는 소음에 마비된 듯 종이 위로 고개를 숙이고 있었고 거기에다 전화통화 내용을 써나가는 것이 그들의 임무였다. 다시 여기서도 전화기를 붙잡고 말하는 세 사람 옆에 각자 한 명씩 사환이 일을 돕기 위해 서 있었다. 이 세 명의 사환은 번갈아 자신의 주인 쪽으로 고개를 빼고 경청하다가 마치 무언가에 찔린 듯 황급히 커다란 노란 책에서—책장을 뭉텅이로 넘기는 소리가 전화기들의 어떤 소음보다도 훨씬 더 요란했다—전화번호를 찾아내는 일만 반복했다.

수위장이 자리를 잡고 앉아 카를을 꽉 붙잡다시피 해서 자기 앞에 세워두었음에도 카를은 이 모든 것을 자세히 추적하는 것을 실로 자제할 수가 없었다. "내 의무는 말이야", 수위장은 마치 자기 쪽으로 얼굴을 돌리게 하려는 듯 카를을 이리저리 흔들며 말했다. "수석웨이터가 무슨 이유에선지 늘 소홀히 한 것을 호텔 이사회의 이름으로 약간이나마 만회하는 거야. 여기서는 늘 이렇게 누구든 다른 사람을 위해 대신 나서지. 그러지 않고는 이렇게 거대한 호텔 경영은 엄두도 못 낼 일이야. 아마도 너는 내가 직속상관이 아니라고 말하고 싶겠지만, 이제 내가 방치된 이 문제를 떠맡는 것은 그만큼 더 잘된 일이야. 말이 나왔으니 말인데 어떤 의미에서 나는 수위장으로서 누구보다도 위에 있는 셈이지. 호텔의 모든 문이 내 밑에 있으니까 말이야. 그러니까 이 정문을 비롯해 세 개의 중간문과 열 개의 옆문이 내 감독하에 있거든. 수많은 작은 문과 문 없는 출구는 말할 것도 없고. 물론 내 관할 아래에 들어오는 모든 종업원은 나에게 무조건 복종해야 해. 이 커다란 명예의 대가로 다른 한편으로는 당연히 호텔 이사회를 대신해 조금이라도 수상한 자는 내보내지 않는 의무를 다해야 하지. 그런데 바로 네가, 그것도 몹시, 수상하게 여겨진단 말이야. 그게 내 마음에 들어." 그는 기쁜 나머지 두 손을 들어올렸다가 다시 뒤로 젖혀 찰싹 소리를 내면서 아플 정도로 세게 부딪쳤다. "너는 다른 출구로 들키지 않고 빠져나갈 수도 있었을 거야." 그는 덧붙여 근엄하게 이야기했다. "물론 네가 나에게는 특별 지시를 내릴 만한 가치가 없었기 때문이지. 하지만 네가 어쨌든 여기 있으니까 나는 너랑 재미 좀 보고 싶단 말이야. 말이 나왔으니 말인데 나는 우리가 정문에서 갖기로 한 밀회의 약속을 네가 지킬 거라고 믿어 의심치 않았어. 왜냐하면 방자하고 삐뚤어진 놈은 자기에게 해가 되면 못된 짓을 그만두기 마련이거든. 이제 너도 틀림없이 너 자신에게서 그 사실을 여러 번 발견할 수 있게 될 거야."

"그렇게 생각하지 마세요." 카를은 말하면서 수위장에게서 나는 특유의 퀴퀴한 냄새를 맡았다. 이렇게 오랫동안 바로 곁에 서 있었는데도 이제야 그 냄새를 깨달은 것이다. "내가 완전히 당신의 수중에 있다고 생각하지 마시라고요." 그가 말했다. "나는 소리지를 수도 있어요." "그러면 나는 네 입을 틀어막을 수 있지." 수위장은 아마 꼭 필요한 경우엔 그러기로 마음먹은 듯 차분하면서도 빠르게 말했다. "그런데 너는 진심으로 사람들이 너 때문에 여기 들어오면, 누군가 수위장인 나를 마주하고도 네 말이 옳다고 편들어줄 거라고 생각해? 그럼 네 희망이 터무니없는 것임을 깨닫게 될 거야. 이봐, 네가 아직 제복을 입고 있었을 때는 사실 그나마 약간은 주목을 끌 만한 모습이었지만, 정말이지 유럽에서나 가능할 법한 그런 옷차림으로는 어림없어." 그러면서 그는 카를의 옷을 여기저기 마구 잡아당겼다. 물론 다섯 달 전까지만 해도 새것이나 다름없던 옷이었지만 지금은 허름하고, 구겨지고, 무엇보다 심하게 얼룩이 져 있었다. 그것은 주로 엘리베이터 보이들의 무분별함 때문이라고 할 수 있었다. 그들은 기본 지시에 따라 매일 침실 바닥을 매끄럽게 먼지 하나 없이 유지해야 하는데, 게으름을 피우느라 정식으로 청소하지 않는 대신 바닥에 무슨 기름인가를 뿌려대는 바람에 옷걸이에 걸린 옷에도 전부 보기 흉하게 튀었던 것이다. 그런데 누구나 원하는 곳에 자기 옷을 보관할 수 있었지만 마침 입을 것이 마땅치 않고 감추어 둔 남의 옷은 손쉽게 발견해 슬쩍 빌려 입는 자가 꼭 있었다. 그리고 그 자가 하필 그날 침실 청소를 해야 하는 경우에는 빌려 입은 옷에 그냥 기름을 튀게 하는 정도가 아니라 위에서 아래까지 아예 기름 범벅을 만들어버릴 수도 있었다. 레널만이 자신의 값비싼 옷을 어딘가 은밀한 곳에 감추어놓아서 이제껏 그곳을 발견해 그의 옷을 꺼내 입은 사람은 거의 없었다. 특별히 누구도 무슨 악의가 있다거나 구두쇠라서 남의 옷을 슬쩍 빌려 입는 것이 아니라 그저 마음이 급하고 칠칠치 못해 눈에 보이는 대로 대충 집어 입었다. 그러나 레널의 옷조차 등 한가운데에 둥글고 불그스름한 기름 얼룩이 배어 있어서 시내에서 좀 아는 사람이 보면 이 세련된 젊은이조차 엘리베이터 보이라는 것을 알 수 있었다.

그래서 카를은 이런 기억들을 떠올리며 자신도 엘리베이터 보이로서 겪을 만큼 겪었지만 모든 것이 허사였다고 혼잣말을 했다. 이제 이 엘리베이터 보이 자리는 그가 희망했던 것처럼 더 나은 일자리로 올라가는 전 단계가 아니라, 오히려 지금은 더욱더 아래로 끌어내려졌고 하마터면 감옥에 갇히는 신세까지 될 뻔했기 때문이다. 게다가 아직도 수위장에게 붙잡혀 꼼짝도 못하고 있었다. 아마 수위장은 어떻게 하면 카를을 계속 더 욕보일 수 있을지 궁리중인 모양이었다. 그런데 수위장은 결코 누군가에게 설득될 만한 사람이 아니라는 것을 까맣게 잊어버리고 카를은 마침 자유로운 한 손으로 이마를 몇 번 치면서 외쳤다. "설령 제가 당신에게 정말로 인사를 하지 않았다 하더라도 어른인 사람이 도대체 그런 일로 어쩌면 이토록 복수심에 사로잡힐 수 있나요!"

"나는 복수심에 사로잡히지 않았어." 수위장이 말했다. "그저 네 호주머니를 조사하려는 것뿐이야. 아무것도 발견할 수 없을 거라고 확신하고는 있어. 너는 아주 조심스러웠을 테고 네 친구를 시켜 모든 것을 서서히, 매일 조금씩 빼냈을 테니까. 그렇기는 해도 너는 샅샅이 몸수색을 받아야 해." 그러고는 어느새 카를의 상의 주머니들 중 하나에 손을 집어넣었는데 어찌나 우악스러웠던지 옆 솔기가 터져버렸다. "여긴 별

거 없군." 그는 그렇게 말하고 자기 손안에 주머니 속 물건들을 하나하나 올려놓았다. 호텔의 홍보용 달력 하나, 상업통신문 과제가 적힌 종이 한 장, 상의 단추와 바지 단추 몇 개, 주방장의 명함, 언젠가 한 손님이 여행가방을 쌀 때 던져주었던 손톱 손질용 줄칼, 레널이 열 번쯤 대리 근무를 서준 것에 대한 고마움의 표시로 선물했던 낡은 손거울, 그 밖의 소소한 물긴 몇 가지. "다 별거 아닌 것들이야." 수위장은 되풀이해서 말하고는 모조리 장의자 밑으로 던져버렸다. 마치 카를의 소유물은 훔친 것이 아닌 한 장의자 아래 있는 것이 당연하다는 듯한 태도였다. '이건 정말 심하잖아.' 카를이 속으로 말했다. 얼굴이 벌겋게 달아올랐다. 수위장이 과욕을 부려 조심성을 잃고 두번째 주머니를 마구 뒤지기 시작하자 카를은 홱 뿌리치고 튀어나갔고 고삐 풀린 듯한 힘으로 단숨에 펄쩍 뛰는 바람에 말단 수위 하나가 제법 세게 전화기에 부딪혔다. 그는 후텁지근한 공기를 가르고 마음먹은 것보다는 사실 더 느리게 문으로 달려갔지만, 다행히 무거운 외투를 걸친 수위장이 미처 몸을 일으키기도 전에 밖으로 나왔다. 경비 근무 조직은 그다지 모범적이지 못한 것이 분명했다. 여러 곳에서 벨이 울리기는 했지만 무슨 일 때문인지는 아무도 몰랐다. 많은 수의 호텔 종업원이 정문 통로에서 왔다 갔다하고 있기는 했다. 사람들이 호텔 밖으로 나가는 것을 넌지시 막으려는 것이 아니라면 다른 의미는 생각할 수 없는 움직임이었다. 어쨌든 카를은 곧 밖으로 나왔지만, 아직은 호텔의 보도를 따라 걷지 않으면 안 되었다. 끊임없는 자동차 행렬이 정체를 일으키며 호텔 정문 앞을 지나고 있어서 차도로는 접근할 수 없었기 때문이다. 자동차들은 그저 가능한 한 빨리 주인을 태우러 가려고 다른 차들 사이로 끼어들었고, 자동차마다 뒤따르는 자동차에 밀려 앞으로 가는 형국이었다. 사정이 아주 급해서 차도로 들어서야 하는 보행자들은 여기저기서 마치 거기가 공용 통로인 양 자동차들 사이로 지나다니며 운전사와 하인만 차에 타고 있는지 지체 높은 사람들도 같이 타고 있는지는 전혀 아랑곳하지 않았다. 하지만 카를에게는 그런 행동이 지나친 것으로 여겨졌고, 그런 행동을 감행하려면 상황을 잘 알고 있어야 할 것 같았다. 만일 그가 그런 행동을 벌였다면 얼마나 쉽게 자동차에 부딪혔겠는가. 그러면 차에 타고 있는 사람들은 기분이 상해 그를 바닥에 내동댕이쳐서 소동을 일으킬 수도 있었다. 그는 셔츠 바람으로 도망쳐나온 수상한 호텔 직원으로서 더이상 두려울 것이 없었다. 결국 자동차 행렬이 영원히 이렇게 계속될 수는 없었고, 그도 호텔에 가까이 붙어서 걸어가는 한 최대로 의심을 피할 수 있었다. 실제로 카를은 마침내 자동차 행렬이 끊기지는 않았지만 길이 꺾어져 간격이 느슨해진 지점에 이르렀다. 그가 자기보다 훨씬 더 수상쩍어 보이는 사람들이 거침없이 돌아다니는 도로의 차량들 틈으로 슬며시 섞여들어가려는 바로 그때, 가까이에서 자신의 이름을 부르는 소리가 들렸다. 그가 돌아서자 잘 아는 엘리베이터 보이 두 명이 납골실의 개구부 같은 작고 나지막한 문에서 안간힘을 다해 들것 하나를 끌어내는 모습이 보였다. 이제 카를이 알아보기로는, 들것 위에 바로 로빈슨이 머리, 얼굴, 양팔에 붕대를 칭칭 감고 누워 있었다. 그가 두 팔을 눈가로 가져가, 통증 때문인지 또다른 괴로움 때문인지 그것도 아니면 카를을 다시 만난 기쁨 때문인지 흐르는 눈물을 붕대로 훔쳐내는 모습은 보기 흉했다. "로스만." 그가 비난에 찬 목소리로 외쳤다. "왜 나를 그렇게 오랫동안 기다리게 했어? 네가 오기 전에는 실려나가지 않으려고 한 시간 동안이나 버티고 있었단 말이야. 이 자식들은"—그러면서 그는 엘리베이터 보이 한 명에게 알밤을 먹였다. 마치 붕대가 지켜줘서 자기는 맞지 않을 거라는 듯이—"진짜 악마들이야. 아아, 로스만. 너를 한번 찾아왔다가 이렇게 큰 봉변을 당하는구나." "대체 너한테 무슨 짓을 한 거야?" 카를은 그렇게 말하고 엘리베이터 보이들이 쉬려고 웃으면서 내려놓은 들것 옆으로 다가왔다. "또 질문인 거야." 로빈슨이 한숨을 푹 쉬었다. "내 꼴이 어떤지 보이잖아. 생각해봐! 나는 죽도록 얻어맞아 보나마나 평생 병신으로 살게 생겼단 말이야. 여기서 여기까지 끔찍하게 아파"—그러면서 그는 먼저 머리를 가리켰다가 다음으로 발가락을 가리켰다—"코피가 얼마나 났는지 봐야 해. 조끼는 완전히 엉망이 돼서 대충 거기다 두고 왔어. 바지는 갈기갈기 찢어져서 팬티만 입고 있고"—그러면서 덮은 천을 약간 들춰 카를더러 그 밑을 들여다보게 했다. "나는 이제 어떻게 되는 거지! 적어도 몇 달은 누워 있어야 할 거야. 그러니 이 말을 직접 너에게 하고 싶은데, 너 말고는 간호해줄 만한 사람이 아무도 없어. 들라마르슈는 너무 참을성이 없어. 로스만, 로스만!" 그러고서 로빈슨은 카를을 어루만져 마음을 얻기 위해 손을 뻗었고 그는 약간 뒤로 물러섰다. "내가 왜 너를 찾아가야만 했던 걸까!" 로빈슨은 자신의 불행에 대해 공동 책임이 있음을 카를이 잊어버리지 않도록 이 말을 여러 번 되풀이했다. 이제 카를도 로빈슨의 푸념이 상처 때문이 아니라 숙취 후의 비참한 기분 탓이라는 것을 금세 깨달았다. 그는 만취 상태로 곯아떨어지자마자 바로 깨워져서 난데없이 피투성이가 되도록 주먹질을 당했고 정신이 들고 나서는 이 상황이 도무지 익숙해지지 않았던 것이다. 상처가 대단치 않다는 것은 누더기 천들로 이루어진 볼품없는 붕대만으로도 알 수 있었다. 보아하니 엘리베이터 보이들이 장난삼아 둘둘 감아놓은 것이었다. 들것 양쪽 끝에 서 있는 두 명의 엘리베이터 보이도 이따금 요란하게 웃어댔다. 그러나 이제 여기는 로빈슨이 제정신을 차릴 만한 곳이 못 되었다. 물밀듯이 밀려드는 행인들이 들것 옆의 사람들은 개의치 않고 급히 지나다녔기 때문이다. 진짜 체조선수인 양 로빈슨을 펄쩍 뛰어넘어 다니는 사람들도 종종 있었다. 카를에게서 요금을 받은 운전사가 "갑시다, 갑시다"라고 소리쳤다. 엘리베이터 보이들은 남은 힘을 다해 들것을 들어올렸다. 로빈슨은 카를의 손을 잡고 살살 달래듯이 말했다. "어서 타, 어서 타라고." 승강기에서 일하던 카를로서는 자동차 안의 어둠이 그래도 가장 안전하지 않겠는가? 그래서 그는 로빈슨 옆에 나란히 앉았고, 로빈슨은 그에게 머리를 기댔다. 뒤에 남은 엘리베이터 보이들은 쿠페형 자동차의 창문 너머로 동료였던 카를과 정겹게 악수를 나누었고, 자동차는 차도 쪽으로 급커브를 틀어 움직였다. 꼭 무슨 사고라도 날 것 같은 모습이었지만, 곧 모든 것을 포용하는 차량들의 흐름은 직진하는 이 자동차 역시 품안으로 조용히 받아들였다.

자동차가 멈춘 곳은 교외의 한적한 거리였음이 분명했다. 주위가 조용했고 보도 가장자리에서 아이들이 웅크리고 앉아 놀고 있었기 때문이다. 양어깨에 헌 옷가지를 잔뜩 짊어진 한 남자가 이 집 저 집 창문들을 올려다보며 소리쳤다. 자동차에서 내려 오전의 햇살이 따뜻하고 환하게 비추는 아스팔트 위에 발을 디뎠을 때, 카를은 피로감에 휩싸여 온몸이 찌뿌드드한 느낌이었다. "너 정말 여기에 살아?" 그가 자동차 안을 향해 소리쳤다. 오는 내내 편안히 잠을 잤던 로빈슨은 볼멘소리로 뭐라고 웅얼거리며 불분명한 긍정의 답을 내뱉고는 카를이 안아서 내려주기를 기다리는 눈치였다. "그러면 나는 여기서 더이상 할일이 없어. 잘 지내." 카를은 그렇게 말하고 약간 내리막인 그 거리를 걸어가기 시작했다. "안 돼, 카를, 대체 무슨 생각을 하는 거야?" 로빈슨은 외치면서 걱정에 사로잡힌 나머지 제법 똑바로 일어섰지만 무릎이 아직 약간 불안한 모습이었다. “나는 가야 해.” 로빈슨의 빠른 회복을 지켜본 카를이 말했다. “셔츠 바람으로?” 로빈슨이 물었다. “상의도 곧 구하겠지 뭐.” 카를은 대답하고 다 잘될 거라는 확신의 뜻으로 로빈슨에게 고개를 끄덕이고는 손을 들어 인사했다. “잠깐만 기다려요, 손님” 하고 운전사가 외치지 않았다면 이제는 정말로 떠나갔을 것이다. 짜증스럽게도 운전사는 호텔 앞에서 기다린 시간이 계산되지 않았다며 추가 요금을 요구하고 나섰다. “아, 그렇군요.” 로빈슨이 운전사의 요구가 정당하다는 것을 확인해주면서 자동차 밖으로 소리쳤다. “거기서 너를 아주 오래 기다릴 수밖에 없었어. 기사님한테 좀더 드려야 할 거야.” “그럼요, 물론이지요.” 운전사가 말했다. “내가 단 얼마라도 돈이 있다면 그렇게 할게요.” 카를은 소용없는 짓이라는 것을 알면서도 바지 주머니에 손을 넣어 뒤져보며 말했다. “나는 당신에게 매달릴 수밖에 없어요.” 운전사는 말하고서 다리를 벌리고 섰다. “저 환자에게는 뭘 달라고 할 수 없으니까요.” 코가 물어뜯긴 듯한 젊은 청년 하나가 큰문 쪽에서 다가와 몇 걸음 떨어진 곳에서 엿듣고 있었다. 그때 마침 거리를 순찰하던 경찰관 한 명이 고개를 숙이고 셔츠만 걸친 사람을 주시하면서 멈춰 섰다. 경찰관을 알아본 로빈슨이 멍청하게도 다른 쪽 차창 밖으로 그를 향해 소리쳤다. “아무 일도 아니에요, 아무 일도 아니에요.” 마치 경찰관을 파리처럼 쫓아낼 수 있기라도 한 것 같았다. 경찰관을 보고 있던 아이들은 그가 멈춰 서는 바람에 카를과 운전사에게도 주의가 쏠리면서 쪼르르 달려왔다. 건너편 큰문 안에는 노파 하나가 이쪽을 뚫어져라 건너다보고 서 있었다.

그때 위쪽에서 "로스만" 하고 부르는 소리가 들렸다. 맨 위층 발코니에서 외친 사람은 들라마르슈였다. 흰빛을 띤 푸른 하늘을 배경으로 하고 있어서 그 자신의 모습은 흐릿하기만 했는데, 보아하니 잠옷 바람으로 오페라글라스를 들고 거리를 관찰하는 모양이었다. 그의 옆으로는 빨간색 양산이 펼쳐져 있고 그 아래 한 여자가 앉아 있는 것 같았다. "어이." 그가 자기 말을 잘 알아들을 수 있게 하려고 무진 애를 쓰면서 외쳤다. "로빈슨도 거기 있어?" "그래." 카를이 대답했다. 로빈슨이 차 안에서 훨씬 더 큰 소리로 "그래" 하고 소리쳐서 카를의 대답을 힘차게 뒷받침했다. "어이." 위에서 되받아 소리쳤다. "금방 내려갈게." 로빈슨이 차 밖으로 몸을 내밀었다. "저 친구는 진짜 사나이야." 그가 말했다. 들라마르슈에 대한 이 칭찬의 말은 카를, 운전사, 경찰관 그리고 그 말을 듣고자 하는 모든 사람에게 들으라고 한 것이었다. 들라마르슈가 이미 떠났어도 사람들이 아직 멍하니 바라보고 있는 저 위 발코니에는 이제 양산 아래서 실제로 붉은색 드레스를 입은 튼실한 여자 하나가 몸을 일으키더니 난간에서 오페라글라스를 집어들고 그것으로 사람들을 내려다보았다. 그러자 사람들은 차차 그녀에게서 시선을 돌렸다. 카를은 들라마르슈가 나오기를 기대하면서 집의 큰문 안쪽을 들여다보았고 다시 그 너머 마당을 들여다보았다. 마당을 가로질러 상점 종업원들이 거의 끊임없이 왔다갔다했는데 누구나 작지만 아주 무거워 보이는 상자를 하나씩 어깨에 얹고 나르는 중이었다. 운전사는 차로 가서 그 틈에 천조각으로 자동차 라이트를 닦았다. 팔다리를 만져보던 로빈슨은 아무리 주의를 기울여도 통증이 의외로 약해서 놀란 모습이었고 얼굴을 푹 숙여 다리에 감긴 두툼한 붕대 하나를 조심스럽게 풀기 시작했다. 경찰관은 검은색 경찰봉을 가슴 앞에 가로로 들고서 경찰들이 일상 근무중이든 잠복근무를 하든 필수로 갖추어야 하는 커다란 인내심을 가지고 조용히 기다렸다. 코가 물어뜯긴 듯한 청년은 큰문의 돌 위에 앉아서 두 다리를 쭉 뻗었다. 아이들은 종종걸음으로 차츰 카를에게 다가왔다. 카를 쪽에서는 그들이 전혀 안중에 없었지만, 그들에게 카를은 파란 셔츠 소매 때문에 그곳의 모든 사람 중에서 가장 중요해 보였기 때문이다.

들라마르슈가 도착할 때까지 걸린 시간으로 이 집의 높이가 상당하다는 것을 가늠할 수 있었다. 더욱이 들라마르슈는 잠옷 가운만 대충 걸친 차림으로 아주 급히 왔다. "그래, 너희 왔구나!" 그가 기뻐하면서도 단호하게 외쳤다. 그가 성큼성큼 걸어오는 바람에 색깔 있는 속옷이 자꾸 드러났다. 카를은 들라마르슈가 어떻게 해서 여기 이 도시, 이 대규모 공동주택, 이 탁 트인 거리를 마치 자신의 개인 빌라에 있는 것처럼 편안한 옷차림으로 돌아다니고 있는지 도무지 이해가 되지 않았다. 로빈슨과 마찬가지로 들라마르슈도 아주 많이 변했다. 매끈하게 면도를 하고, 지나치게 말쑥하고, 근육이 울룩불룩하게 발달된 그의 거무튀튀한 얼굴은 자부심이 강하고 왠지 존경심을 가져야 할 것처럼 보였다. 항상 약간 가운데로 몰린 듯한 두 눈의 광채는 사람을 놀라게 했다. 보라색 잠옷 가운은 낡고 얼룩지고 그에겐 너무 커 보였으며, 이 보기 흉한 옷 위쪽으로는 공단으로 만든 커다란 짙은 색 넥타이가 불룩 솟아 있었다. "그런데 어떻게 된 거야?" 그가 모두에게 물었다. 경찰관은 좀더 가까이 다가와 자동차 보닛에 기댔다. 카를이 간단하게 설명했다. "로빈슨이 좀 좋지 않아. 하지만 애를 쓴다면 계단은 올라갈 수 있을 거야. 그리고 여기 운전사는 내가 이미 지불한 요금 외에 추가 요금을 요구하고 있어. 그럼 이제 나는 간다. 안녕!" "너는 못 가." 들라마르슈가 말했다. "나도 그렇게 말했어." 차 안에서 로빈슨이 알렸다. "그래도 나는 가." 카를은 말하고 몇 걸음 옮겼다. 하지만 들라마르슈는 어느새 그의 뒤까지 와서 완력으로 그를 밀어 다시 돌아오게 했다. "여기 있으라고 했잖아." 그가 소리쳤다. "그러지 말고 놔줘." 카를은 말하고서 들라마르슈 같은 사내를 상대로 이길 가망은 거의 없었지만 필요하다면 주먹으로라도 자유를 얻어내겠다는 각오를 다졌다. 하지만 거기에는 경찰관이 있었고, 운전사도 있었고, 간간이 노동자들 무리가 보통은 물론 한산한 거리를 지나다녔다. 이런 상황에 만일 들라마르슈가 카를에게 부당한 짓을 한다면 사람들이 과연 보고만 있겠는가? 들라마르슈와 단둘이 한방에 있으라 하면 못했을 테지만, 여기서라면? 들라마르슈는 이제 아무 군소리 없이 운전사에게 돈을 지불했고, 운전사는 연신 굽실거리며 과분하게 많은 금액을 챙겨넣고는 고마운 마음에 로빈슨에게로 가서 어떻게 하면 그가 차에서 가장 잘 내릴 수 있을지 이야기를 나누는 모양이었다. 카를은 자기가 주목을 받고 있지 않다는 것을 알았다. 어쩌면 말없이 떠나는 편이 들라마르슈에게는 용인하기 더 쉬울지도 모른다. 싸움을 피할 수 있다면 물론 그것이 최상이어서 카를은 가능한 한 빨리 떠나기 위해 그냥 차도로 들어섰다. 아이들이 들라마르슈에게 몰려가 카를이 달아난다고 일러주었지만 그가 직접 관여할 필요가 전혀 없었다. 왜냐하면 경찰관이 경찰봉을 앞으로 뻗으며 "정지!"라고 말했기 때문이다.

"너 이름이 뭐야?" 그는 묻고 나서 경찰봉을 겨드랑이에 끼고 천천히 수첩을 꺼냈다. 카를은 지금 처음으로 그를 자세히 보았다. 건장한 남자였지만 머리는 이미 온통 백발에 가까웠다. "카를 로스만입니다." 카를이 말했다. "로스만." 경찰관이 반복해서 말했다. 틀림없이 그는 차분하고 철저한 사람일 테고, 그가 말을 반복하는 이유는 오직 그 때문일 것이다. 그러나 여기서 사실상 처음으로 미국의 관청과 관계하게 된 카를은 이 반복만으로 이미 어떤 혐의를 표현하는 것이라고 생각했다. 그리고 실제로 그의 일은 사정이 좋을 수 없었다. 왜냐하면 자신의 걱정거리에 푹 빠져 있던 로빈슨조차 차창 밖으로 열심히 무언의 손짓을 하면서 들라마르슈에게 카를을 좀 도와달라고 부탁했기 때문이다. 하지만 들라마르슈는 급하게 고개를 흔들어 거절하고는 양손을 지나치게 큰 호주머니에 찔러넣은 채 하는 일 없이 지켜보기만 했다. 큰문의 돌 위에 앉아 있던 청년은 지금 처음 문밖으로 걸어나오는 한 여자에게 일이 어떻게 된 건지 맨 처음부터 설명해주었다. 아이들은 카를의 뒤에 반원을 그리고 서서 조용히 경찰관을 올려다보았다.

"신분증 꺼내봐." 경찰관이 말했다. 아마도 이는 그저 형식적인 요청이었을 것이다. 상의를 입지 않으면 신분증을 안 챙기기 십상이니 말이다. 그래서 카를은 다음 질문에 자세히 답하기 위해 일단 입을 다물었고, 그렇게 해서 신분증 미소지 문제를 되도록이면 흐지부지 넘어가고자 했다. 그러나 다음 질문은 이러했다. "그럼 신분증이 없다는 거야?" 그래서 카를은 대답해야 했다. "지금은 지니고 있지 않습니다." "그건 곤란한데." 그러고 나서 경찰관은 생각에 잠긴 채 주위를 빙 둘러보고는 손가락 두 개로 수첩의 표지를 톡톡 두드렸다. "무슨 벌이는 있고?" 경찰관이 마침내 물었다. "저는 엘리베이터 보이였습니다." 카를이 말했다. "엘리베이터 보이였다가 지금은 아니란 말이지. 그럼 대체 어떻게 살고 있다는 건가?" "이제 새로운 일자리를 구할 겁니다." "그래, 그럼 이제 막 해고당했나?" "네, 한 시간 전에요." "갑자기?" "네." 그러고 나서 카를은 무슨 변명을 하려는 듯 한 손을 들었다. 이야기의 전모를 여기서 다 말할 수는 없었고, 그것이 가능하다 해도 그가 겪었던 부당함을 이야기해서 곧 닥쳐올 부당함을 막아낼 가망은 전혀 없어 보였다. 주방장의 호의와 수석웨이터의 통찰력으로도 자신의 정당함을 인정받지 못했는데, 여기 길거리 사람들에게서 그것을 기대하다니 어림없는 일이었다.

"그런데 상의도 못 입은 채로 해고되었단 말이야?" 경찰관이 물었다. "글쎄 말이에요." 카를이 말했다. 뻔히 눈으로 보고도 일부러 묻는 것은 미국에서도 관공서의 수법 중 하나였다. (그의 아버지가 여권을 마련할 때 쓸데없는 관공서 질문들에 얼마나 분개했던가.) 카를은 그냥 뿌리치고 달아나서 어딘가에 몸을 숨겨 더이상 아무 질문도 받지 않을 수 있었으면 하는 마음이 굴뚝같았다. 그런데 이제 경찰관은 카를이 가장 두려워했던, 물어볼까봐 조마조마한 마음에 지금껏 어쩌면 다른 때보다 더 조심성 없이 행동했을지도 모르는, 바로 그 질문을 던졌다. "대체 어느 호텔에서 근무한 거지?" 그는 고개를 떨구고 대답하지 않았다. 이 질문에는 죽어도 대답하고 싶지 않았다. 경찰관의 호위를 받으며 다시 옥시덴털호텔로 돌아가 그곳에서 심문이 벌어지고 그의 친구들과 적들이 소환되는 일이 일어나서는 안 되었다. 그러면 주방장은 카를에 대해 이미 매우 약해진 자신의 호의적 견해를 완전히 버리게 될 것이다. 브레너 하숙집에 있을 거라 믿었던 카를이 경찰관에게 붙잡혀서 셔츠 바람으로 그녀의 명함도 없이 돌아온 것을 보게 될 것이기 때문이다. 반면에 수석웨이터는 아마도 충분히 이해한다는 표정으로 고개를 끄덕이기만 할 것이고, 그와는 달리 수위장은 이 부랑아를 마침내 찾아낸 신의 손에 대해 이야기할 것이다.

"그는 옥시덴털호텔에서 근무했습니다." 들라마르슈는 그렇게 말하고 경찰관 옆으로 다가갔다. "아닙니다." 카를은 발을 구르며 외쳤다. "그건 사실이 아닙니다." 들라마르슈는 비꼬듯이 입을 삐죽 내밀며 전혀 다른 사실도 폭로할 수 있다는 듯이 그를 바라보았다. 예기치 않은 카를의 흥분은 아이들 사이에 큰 동요를 가져왔고, 그들은 들라마르슈 쪽으로 몰려가 거기서 카를을 자세히 보려고 했다. 로빈슨은 머리를 완전히 차 밖으로 내밀고서 긴장한 나머지 가만히 숨을 죽이고 있었다. 이따금 눈을 깜빡거리는 것이 유일한 움직임이었다. 큰문 안의 청년은 뭐가 그리 즐거운지 손뼉을 쳤고, 옆에 나란히 선 여자는 조용히 하라며 팔꿈치로 그를 쳤다. 짐꾼들은 마침 아침 휴식시간이어서 다들 진한 커피가 담긴 커다란 잔을 하나씩 들고 나타나 바게트로 커피를 저었다. 몇 명은 보도 가장자리에 걸터앉았고, 그들 모두 요란하게 커피를 후루룩거렸다.

"당신은 이 청년을 아는 모양이군요?" 경찰관이 들라마르슈에게 물었다. "원하는 것 이상으로 잘 알지요." 들라마르슈가 말했다. "전에 내가 여러 가지로 친절을 베풀었지만, 이자는 배은망덕한 짓을 했습니다. 아주 잠깐만 심문해봐도 그건 쉽게 파악하실 수 있을 겁니다." "그래요." 경찰관이 말했다. "고집불통 청년인 것 같군요." "그렇습니다." 들라마르슈가 말했다. "하지만 그 정도는 아직 가장 고약한 면이라고 할 수 없습니다." "그래요?" 경찰관이 말했다. "네." 들라마르슈는 말하면서 호주머니에 찔러넣은 양손으로 잠옷 가운을 이리저리 흔들었다. "이 녀석은 교활한 놈입니다. 나하고 저기 차 안의 내 친구는 비참한 처지에 빠진 그를 우연히 발견하고 구해주었습니다. 당시 그는 미국 생활과 사정에 대해 전혀 몰랐습니다. 막 유럽에서 왔는데, 거기서도 쓸모가 없었던 거예요. 우리는 그를 데리고 다니며 함께 지내게 해주었어요. 뭐든지 설명해주었고 일자리도 구해주려 했지요. 그렇게 해줄 필요가 없다는 조짐이 계속 있었지만 그래도 우리는 그를 쓸모 있는 인간으로 만들 생각이었어요. 그런데 어느 날 밤 사라졌어요. 입에 담기도 싫은 일들을 벌여놓고 그냥 없어진 거예요. 그래, 안 그래?" 마무리로 들라마르슈는 그렇게 물으면서 카를의 셔츠 소매를 살짝 잡아당겼다. "얘들아, 저리 가." 경찰관이 소리쳤다. 아이들이 너무 가까이 다가오는 바람에 들라마르슈가 한 아이에게 걸려 넘어질 뻔했기 때문이다. 그사이 지금까지 이 심문에 별로 흥미를 느끼지 못했던 짐꾼들도 관심을 보이며 카를의 뒤로 모여들어 빽빽이 둥그렇게 에워싸는 바람에, 카를은 한 걸음도 뒤로 물러설 수 없을 정도였던데다가 그들의 목소리가 뒤섞여 끊임없이 귓전에 들려왔다. 그들은 슬라브어인 듯한 단어들이 섞여 전혀 알아들을 수 없는 영어로 이야기를 한다기보다는 이상한 소리를 내고 있었다.

"알려주셔서 감사합니다." 경찰관은 말하고 들라마르슈에게 거수경례를 했다. "어쨌든 그를 데려가 옥시덴털호텔에 도로 인계하겠습니다." 그러나 들라마르슈는 이렇게 말했다. "이 친구를 잠시 저에게 맡겨 달라고 부탁드려도 되겠습니까. 그와 몇 가지 해결해야 할 일이 있어서요. 그런 다음 제가 책임지고 직접 그를 호텔에 다시 데려다놓겠습니다." "그럴 수는 없어요." 경찰관이 말했다. 그러자 들라마르슈는 "여기 제 명함입니다"라고 말하면서 작은 명함 한 장을 내밀었다. 경찰관은 인정한다는 표정으로 그것을 바라보았지만 친절한 미소를 지으며 말했다. "아닙니다, 소용없습니다."

이제껏 들라마르슈를 몹시 경계했던 카를이었지만, 지금은 그에게서 이 상황을 벗어날 유일한 가능성을 보았다. 들라마르슈가 경찰관에게서 카를을 빼내려고 실랑이하는 것이 의심스럽긴 했지만, 여하튼 그를 호텔로 돌려보내지 않도록 마음을 움직이기는 들라마르슈가 경찰관보다 더 수월할 터였다. 그리고 설령 카를이 들라마르슈의 손에 이끌려 다시 호텔로 돌아간다 해도 경찰관이 동행하는 것보다는 훨씬 나았다. 하지만 물론 당장은 자기가 정말 들라마르슈 쪽으로 가고 싶어한다는 것을 내색해서는 안 되었다. 그랬다간 일을 다 그르치고 말 것이다. 그래서 카를은 언제라도 들어올려 자신을 붙잡을 수 있는 경찰관의 손을 불안하게 바라보았다.

"나는 적어도 그가 왜 갑자기 해고되었는지 알아야겠습니다." 경찰관이 마침내 말했다. 반면에 들라마르슈는 못마땅한 얼굴로 고개를 틀어 옆을 바라보며 손가락 끝으로 명함을 짓구겼다. "그런데 그는 해고되지 않았어요." 로빈슨이 그렇게 외치는 바람에 다들 놀랐다. 그러면서 그는 운전사에게 의지해 몸을 최대한 차 밖으로 내밀었다. "정반대입니다. 거기서 좋은 자리를 누리고 있어요. 공동 침실에서는 최상의 지위에 있고 원하는 사람을 데리고 들어갈 수 있어요. 다만 엄청나게 바빠서 그에게 무언가를 얻으려는 사람은 오래 기다려야 해요. 늘 수석웨이터나 주방장 곁에 붙어 있고 두터운 신임을 얻고 있는 사람이에요. 해고라니 말도 안 됩니다. 그가 왜 그런 말을 했는지 모르겠어요. 도대체 어떻게 해고될 수 있겠어요? 나는 호텔에서 심한 부상을 당했고, 그는 나를 집으로 데려다주라는 지시를 받았어요. 그런데 마침 상의를 입고 있지 않아서 어쩔 수 없이 그대로 같이 차를 타고 온 거예요. 나는 그가 상의를 가져올 때까지 더 기다릴 수 없었어요." "자, 그렇다면", 들라마르슈는 양팔을 벌리고 마치 경찰관에게 사람 보는 안목이 없음을 비난하는 듯한 어조로 말했는데, 그의 이 두 마디가 로빈슨의 불확실한 진술 내용에 이론의 여지가 없는 명확성을 부여하는 것 같았다.

"그것이 정말 사실입니까?" 경찰관이 한결 힘 빠진 목소리로 물었다. "그리고 사실이라면 왜 이 청년은 해고당했다고 둘러대는 겁니까?" "네가 대답해봐." 들라마르슈가 말했다. 카를은 다들 자기 생각만 하고 있는 이 낯선 사람들 사이에서 질서를 세워야 하는 임무를 맡은 경찰관을 바라보았다. 그러자 경찰관의 전반적인 고민거리 중 일부가 카를에게도 전해졌다. 카를은 거짓말을 하고 싶지 않았고, 두 손을 등뒤로 돌려 단단히 깍지를 꼈다.

큰문 안에 감독관 하나가 나타나서 짐꾼들에게 다시 일을 시작해야 한다는 신호로 손뼉을 쳤다. 그들은 커피잔의 남은 찌꺼기를 쏟아버리고는 입을 꾹 다문 채 비틀거리는 걸음으로 건물 안으로 들어갔다. "그러면 결말이 나지 않습니다." 경찰관은 말하고 카를의 팔을 잡으려고 했다. 카를은 자기도 모르게 약간 뒤로 물러섰다가 짐꾼들이 가버리면서 생긴 빈 공간을 느꼈고, 몸을 돌려 처음엔 몇 번 껑충껑충 뛰다가 냅다 달리기 시작했다. 아이들이 일제히 소리를 지르며 작은 팔을 내뻗고서 몇 발짝 같이 달렸다. “저놈 잡아라!” 경찰관이 텅 비다시피 한 기다란 골목 아래로 소리쳤다. 그리고 그런 고함을 일정한 간격으로 계속 내지르며 엄청난 힘과 연습량을 보여주는 소리 없는 주법으로 카를을 뒤쫓아 달렸다. 이 추격전이 노동자 구역에서 벌어지고 있는 것이 카를로서는 행운이었다. 노동자들은 관헌의 편을 들지 않는다. 카를은 방해물이 가장 적은 차도 한복판을 달리면서 이제 보도 여기저기에 멈춰 서서 자신을 조용히 지켜보고 있는 노동자들의 모습을 보았다. 반면에 경찰관은 그들에게 “저놈 잡아라!”를 외쳐댔고, 영리하게도 바닥이 평평한 보도로 달리면서 끊임없이 카를을 향해 경찰봉을 내뻗었다. 카를은 희망이 거의 없었고, 틀림없이 순찰대도 있을 교차로에 경찰관이 가까워지면서 혼이 나가도록 요란하게 호루라기를 불어댔을 때는 그나마 있던 희망도 완전히 사라졌다. 카를의 유리한 점이라고는 가벼운 옷차림뿐이었다. 그는 날듯이, 아니 더 정확하게는, 경사가 점점 더 심해지는 내리막길을 곤두박질치듯 달려갔다. 하지만 잠을 못 잔 탓에 멍해져서 여러 번 쓸데없이 펄쩍 뛰어오르는 바람에 아까운 시간만 허비했다. 게다가 경찰관은 목표물이 내내 눈앞에 있어서 생각을 할 필요가 없었던 반면에, 카를에게는 사실 달리기가 중요하지 않고 생각을 해야 했다. 여러 가능성 가운데 선택을 하고 매번 새롭게 결정을 해야 했다. 그의 조금은 절박한 계획은 일단 교차로를 피하는 것이었다. 그곳에 무엇이 숨어 있는지 알 수 없었고 자칫 거기서 파출소로 직행하게 될지도 모를 일이었기 때문이다. 그는 가능한 한 시야가 멀리까지 탁 트인 이 길을 계속 달리고만 싶었다. 길은 깊숙이 내려가서야, 초입부터 물안개와 불그레한 연무에 가려진 다리로 이어졌다. 이렇게 마음을 정하고 나서 그는 더 빨리 달려 첫번째 교차로를 쏜살같이 통과하기 위해 정신을 바짝 차리려 했다. 그때 그리 멀지 않은 앞쪽에서 경찰관 하나가 그늘진 건물의 어두운 벽에 몸을 붙인 채 적시에 카를을 덮치려고 숨어서 기다리고 있는 것이 보였다. 지금은 교차로 외에는 도움을 기대할 만한 데가 없었고 심지어 이 길에서 너무나 천연덕스럽게 그의 이름을 부르는 소리가 들려왔을 때—그동안 내내 달리느라 귀가 윙윙 울렸던 탓에 처음에는 착각인 듯 여겨졌는데, 그는 더이상 주저하지 않고 경찰들을 최대한 놀라게 하려고 한 발을 직각 방향으로 홱 틀어 이 길로 꺾어들어갔다.

그가 두 번 껑충 뛰어 달려나갔을까 했을 때—누가 자기 이름을 불렀다는 것을 그새 또 잊어버렸는데, 잠복해 있던 두번째 경찰관도 호루라기를 불어대기 시작했다. 아직 소모되지 않아 쌩쌩한 그의 기운이 느껴졌고, 저멀리 보이는 교차로의 행인들은 더 빠른 걸음으로 다니는 것 같았다—그때 어느 집 작은 문에서 손 하나가 쑥 나와 카를을 덥석 붙잡더니 "조용히 해"라는 말과 함께 컴컴한 복도 안으로 끌어당겼다. 들라마르슈였다. 숨이 넘어갈 듯 헉헉대는 그는 양쪽 볼이 벌겋게 상기되고 머리카락이 이마에 찰싹 달라붙어 있었다. 잠옷 가운은 겨드랑이에 낀 채 셔츠와 팬티만 입은 모습이었다. 정식 출입문이 아니라 눈에 잘 띄지 않는 옆쪽 입구인 듯한 이 문을 그는 얼른 닫고 잠가버렸다. "잠시만." 그는 말하고 고개를 높이 쳐들어 벽에 기대서는 힘들게 숨을 쉬었다. 그의 팔에 안기다시피 한 카를은 반쯤 정신이 나간 채로 그의 가슴에 얼굴을 파묻었다. "저기 나리들이 달려오고 있군." 들라마르슈는 그 말과 함께 귀를 기울이면서 손가락으로 문 쪽을 가리켰다. 실제로 지금

두 명의 경찰관이 후닥닥 지나갔다. 그들이 달려가는 소리가 마치 쇠가 돌에 부딪히는 것처럼 텅 빈 골목에 울려퍼졌다. "너 제대로 혼쭐이 났구나." 들라마르슈가 카를에게 말했지만, 카를은 여전히 숨이 턱끝까지 차서 한마디도 입 밖에 낼 수가 없었다. 들라마르슈가 그를 조심스럽게 바닥에 앉힌 다음 옆에 무릎을 꿇고 앉아서 여러 번 이마를 쓰다듬어주며 그를 살폈다. "이제 됐어." 카를이 마침내 말하고 간신히 일어섰다. "그럼 가자." 잠옷 가운을 다시 걸친 들라마르슈는 그렇게 말하고 아직도 기진해 고개를 푹 숙이고 있는 카를을 자기 앞으로 밀었다. 좀 더 기운을 차리도록 때때로 그를 흔들기도 했다. "녹초가 된 거야?" 그가 말했다. "너는 야외에서 말처럼 달릴 수 있었지만 나는 빌어먹을 통로며 마당을 살금살금 지나야 했어. 다행히 내가 또 달리기 선수 아니겠어." 우쭐한 나머지 그는 팔을 번쩍 쳐들어 카를의 등짝을 찰싹 때렸다. "때때로 이렇게 경찰과 달리기 시합을 하는 건 좋은 연습이 되지." "달리기 시작했을 때 이미 나는 녹초였어." 카를이 말했다. "달리기를 못하는 데는 변명의 여지가 없는 거야." 들라마르슈가 말했다. "내가 없었다면 너는 벌써 그들에게 붙잡혔을 거야." "나도 그렇게 생각해." 카를이 말했다. "큰 신세를 졌어." "그야 물론이지." 들라마르슈가 말했다.

그들은 바닥에 매끄러운 짙은 색 돌이 깔린 길고 좁은 복도를 지났다. 드문드문 오른쪽이나 왼쪽에 위로 올라가는 계단이 나타나기도 하고, 또다른 더 널찍한 복도가 보이기도 했다. 어른들은 거의 보이지 않고 아이들만 빈 계단에서 놀고 있었다. 난간을 붙잡고 어린 소녀 하나가 울고 있었는데, 하도 눈물을 흘려 온 얼굴이 반짝거렸다. 소녀는 들라마르슈를 알아보자마자 입을 벌리고 숨을 헐떡이며 계단을 뛰어올라갔다. 몇 번이나 뒤돌아보며 위로 높이 올라간 뒤 아무도 자기를 쫓아오거나 쫓아오려고 하지 않는다는 것을 확인하고 나서야 비로소 마음을 놓았다. "내가 방금 전 전속력으로 달려오다가 저 아이를 넘어뜨렸거든." 들라마르슈가 웃으면서 말하고는 주먹으로 위협하는 몸짓을 해 보이자 소녀는 비명을 지르며 계속 위로 뛰어올라갔다.

그들이 지나간 안마당들에도 사람이 별로 없었다. 간간이 상점 종업원이 바퀴가 둘 달린 손수레를 밀면서 지나가고, 한 여자가 펌프 옆에서 주전자에 물을 받고, 우편배달부가 조용한 걸음으로 온 마당을 가로지르고, 허연 콧수염이 난 노인 하나가 유리문 앞에 다리를 꼬고 앉아 파이프 담배를 피우고 있었다. 운송점 앞에 상자들이 부려졌고, 할일이 없는 말들은 태평하게 머리를 돌리고 있었고, 작업복 차림의 남자가 손에 종이를 들고 전체 작업을 감독하고 있었다. 창문이 열린 어느 사무실에서는 책상에 앉은 사무원이 몸을 돌리고 골똘히 생각에 잠긴 채 밖을 내다보고 있었는데, 마침 그 앞을 카를과 들라마르슈가 지나갔다.

"이보다 더 조용한 곳은 바랄 수가 없지." 들라마르슈가 말했다. "저녁 두어 시간은 아주 시끄럽지만, 낮 동안은 여기만큼 이상적인 데가 없어." 카를은 고개를 끄덕였는데, 그에게는 조용한 것이 너무 지나친 듯했다. "나는 다른 곳에서는 아예 못 살 것 같아." 들라마르슈가 말했다. "브루넬다가 소음이라면 절대 못 견디거든. 너 브루넬다 알아? 이제 그녀를 만나게 될 거야. 어쨌든 나는 네가 되도록 조용히 처신했으면 한다."

그들이 들라마르슈의 집으로 통하는 계단에 도착했을 때, 자동차는 이미 떠나고 없었고, 코가 물어뜯긴 듯한 청년은 다시 나타난 카를을 보고도 전혀 놀라는 기색 없이 자기가 로빈슨을 계단 위로 업어 날랐다고 알렸다. 들라마르슈는 마치 그 청년이 당연한 임무를 이행한 자신의 하인인 것처럼 그에게 고개를 끄덕이기만 하고는, 약간 주저하면서 해가 비치는 거리를 바라보고 있는 카를을 잡아끌어 함께 계단을 올랐다. "금방 위에 도착할 거야." 들라마르슈는 계단을 오르는 동안 몇 번이나 그렇게 말했다. 하지만 그의 말은 좀처럼 실현될 것 같지 않았다. 하나의 계단에 새로운 계단이 알아챌 수 없게 방향이 바뀌면서 계속 이어졌다. 한번은 카를이 멈춰 서기도 했는데, 지쳐서가 아니라 길어도 너무 긴 이 계단의 길이가 감당이 안 되어서였다. "우리집은 아주 높이 있어." 그들이 다시 올라가기 시작했을 때 들라마르슈가 말했다. "하지만 장점도 있지. 외출을 잘 안 하게 돼. 온종일 잠옷 바람으로 지내는 거야. 아주 편안해. 물론 이렇게 높은 곳으로는 찾아오는 사람도 없지." '하긴 어디서 누가 찾아오겠어?' 카를은 생각했다.

마침내 어느 층계참에 이르자 닫힌 문 앞에 있는 로빈슨이 보였다. 이제 도착이었다. 계단은 끝나지 않고 희미한 어둠 속으로 계속 이어졌으며 곧 끝날 것 같은 기미도 보이지 않았다. "이렇게 될 거라고 생각했어." 로빈슨은 아직 통증으로 괴로운 듯 나지막하게 말했다. "들라마르슈가 카를을 데려올 거라고 말이야! 로스만, 들라마르슈가 없었다면 너는 어떻게 되었겠어!" 로빈슨은 속옷 바람으로 서서 옥시덴털호텔에서 들려 보낸 조그만 담요로 몸을 가능한 한 많이 감싸려고 애썼다. 그가 왜 집안으로 들어가지 않고 여기서 혹시 지나갈지도 모르는 사람들에게 웃음거리가 되려 했는지 알 수 없는 노릇이었다. "그녀가 자고 있어?" 들라마르슈가 물었다. "그런 것 같지는 않아." 로빈슨이 말했다.

"하지만 나는 네가 올 때까지 기다리는 편이 더 좋을 것 같았어." "먼저 그녀가 자는지부터 살펴봐야겠어." 들라마르슈는 말하고서 열쇠구멍 쪽으로 몸을 구부렸다. 이렇게저렇게 고개를 돌려가며 한참 들여다보더니 몸을 일으키고는 말했다. "잘 안 보여. 커튼이 내려져 있어. 그녀는 소파에 앉아 있는데, 잠든 모양이야." "그녀가 어디 아픈 거야?" 들라마르슈가 마치 조언을 구하는 사람처럼 서 있어서 카를이 물었다. 하지만 들라마르슈는 날카로운 말투로 되물었다. "아프냐고?" "카를은 그녀를 모르잖아." 로빈슨이 변명하듯이 말했다.

서너 개의 문 저쪽에서 여자 두 명이 복도로 나왔다. 그들은 양손을 앞치마에 문질러 깨끗이 닦고 들라마르슈와 로빈슨 쪽을 보며 두 사람에 대해 쑥덕거리는 것 같았다. 또 어느 문에서 반짝거리는 금발의 아주 앳된 소녀가 뛰쳐나오더니 두 여자의 팔에 매달리면서 그들 사이를 파고들었다.

"아주 역겨운 여편네들이야." 들라마르슈가 나지막하게 말했다. 하지만 목소리를 낮춘 건 분명 자고 있는 브루넬다를 배려한 것일 뿐이었다. "내가 조만간 저 여자들을 경찰에 신고할 거야. 그러면 몇 년 동안은 안 보고 조용히 지낼 수 있을 거야. 저쪽은 쳐다보지 마." 그러고서 그는 카를에게 '쉬잇' 하고 주의를 주었지만, 카를은 어차피 복도에서 브루넬다가 깨기를 기다려야 한다면 저 여자들을 본다고 나쁠 것은 없다고 생각했다. 그래서 들라마르슈의 주의 따위는 받아들일 필요가 없다는 듯이 짜증스럽게 머리를 흔들었고, 이런 생각을 더욱 분명히 보여주기 위해 여자들 쪽으로 가려고 했다. 하지만 그때 로빈슨이 "로스만, 조심해"라는 말과 함께 소매를 잡아당겨 그를 만류했고, 이미 카를 때문에 부아가 난 들라마르슈는 소녀가 까르르 웃어대는 통에 격분해서 와락 뛰쳐나가 팔다리를 크게 휘저으며 여자들에게 돌진했다. 그러자 그들은 각자 자기 문안으로 바람처럼 사라졌다. "이렇게 내가 여기서 종종 복도를 청소해줘야겠어." 들라마르슈가 느릿느릿한 걸음으로 돌아와서는 말했다. 그러고는 카를이 반발했던 것이 떠올라 이렇게 말했다. "앞으로는 네 행동이 완전히 달라져야 할 거야. 안 그러면 나하고 좋지 않은 경험을 하게 될 수도 있어."

그때 방안에서 부드럽고 느른한 억양으로 묻는 듯한 목소리가 들려왔다. "들라마르슈야?" "그래." 들라마르슈는 따뜻한 시선으로 문 쪽을 바라보며 대답했다. "우리 들어가도 돼?" "응, 그래." 안에서 대답하자 들라마르슈는 뒤에서 기다리는 두 사람을 한눈에 쓱 훑어본 다음 천천히 문을 열었다.

모두 깜깜한 어둠 속으로 걸어들어갔다. 발코니의 커튼이—창문은 하나도 없었다—바닥까지 내려와 있어서 빛이 거의 들어오지 않았다. 게다가 방안을 가득 채운 가구들과 곳곳에 걸린 옷들도 방을 어둡게 하는 데 크게 한몫하고 있었다. 공기는 숨막히게 답답했고, 손이 미치지 않는 구석구석에 쌓인 먼지 냄새가 나는 것 같았다. 카를이 방에 들어서면서 제일 먼저 알아챈 것은 서로 붙여서 세워둔 세 개의 장롱이었다.

소파 위에 아까 발코니에서 아래를 내려다보던 여자가 누워 있었다. 그녀의 붉은색 드레스는 아래가 약간 씰그러지는 바람에 자락이 퍼져 바닥까지 늘어져 있었다. 다리는 거의 무릎까지 드러나 보였는데, 희고 두툼한 양털 스타킹을 신었고 구두는 신고 있지 않았다. "너무 더워, 들라마르슈." 그녀는 얼굴을 벽에서 이쪽으로 돌리며 말했고 들라마르슈 쪽으로 무심히 내민 손이 허공에 떠 있었다. 그러자 그는 그 손을 잡고 입을 맞추었다. 카를은 그녀가 고개를 돌리면 살이 같이 출렁거리는 이 중턱만 보고 있었다. "커튼 올릴까?" 들라마르슈가 물었다. "그건 아니야." 그녀가 눈을 감은 채로 절망적이라는 듯이 말했다. "그러면 더 안 좋아지잖아." 카를은 여자를 더 자세히 보려고 소파 발치 쪽으로 다가갔다. 엄청 더운 건 전혀 아니어서 그녀의 불평이 의아하게 여겨졌다. "기다려. 좀더 편하게 해줄게." 들라마르슈는 걱정스러운 듯이 그렇게 말하고 목 쪽의 단추 몇 개를 풀어서 옷을 벌려주었다. 그러자 목과 윗가슴이 훤히 드러나고 속옷의 섬세한 노란색 레이스 가장자리 장식이 나타났다. "저 사람 누구야?" 여자가 불쑥 말하면서 손가락으로 카를을 가리켰다. "왜 나를 저렇게 뚫어져라 보는 거야?" "너는 곧 쓸모 있는 일을 시작하게 될 거야." 들라마르슈는 카를을 옆으로 밀치며 말하고는 이런 말로 여자를 진정시켰다. "자기 시중을 들도록 데려온 친구일 뿐이야." "하지만 나는 아무도 필요 없어." 그녀가 외쳤다. "왜 자기는 낯선 사람들을 우리집에 데려오는 거야?" "하지만 그동안 내내 시중들 사람을 원했잖아." 들라마르슈는 무릎을 꿇고 앉으면서 말했다. 소파는 폭이 아주 넓었지만 브루넬다 옆에는 앉을 만한 자리가 없었다. "아, 들라마르슈." 그녀가 말했다. "자기는 내 마음을 몰라, 내 마음을 몰라." "그러면 난 정말로 자기를 모르겠어." 들라마르슈는 두 손으로 그녀의 얼굴을 감싸며 말했다. "하지만 아무 일도 아니야. 자기가 원치 않으면 이 자는 당장 떠날 거야." "이왕 여기 온 사람이니 그냥 있으라고 해." 그녀가 다시 말했다. 지친 카를은 아마도 절대 우호적인 뜻으로 하지는 않왔을 그녀의 이 말이 너무 고마웠고, 그래서 어쩌면 지금 바로 다시 내려가야 했을지 모르는 그 끝도 없는 계단을 어렴풋이 떠올리며 이제는 담요를 깔고 평화롭게 잠든 로빈슨을 넘어가서 들라마르슈가 짜증스럽게 연신 손사래를 치는데도 이렇게 말했다. "어찌됐든 잠시나마 저를 이곳에 머물게 해주신다니 감사드립니다. 저는 스물네 시간쯤 한숨도 못 잤어요. 그러면서 일은 일대로 하고, 갖가지 혼란스러운 일을 겪었어요. 지금은 죽도록 피곤한 상태입니다. 제가 어디 와 있는지도 전혀 모르겠어요. 하지만 서너 시간 잘 수 있게 해준다면 다른 사정은 전혀 봐줄 것 없이 저를 내보내셔도 좋아요. 그럼 저도 기꺼이 가겠어요." "여기 그대로 있어도 좋아요." 여자는 말하고서 비꼬듯이 이렇게 덧붙였다. "보다시피 자리는 얼마든지 있어요." "그러니까 너는 가줘야겠다." 들라마르슈가 말했다. "우리는 네가 필요 없어." "아냐, 여기 있으라고 해." 여자는 이제 다시 진지하게 말했다. 그래서 들라마르슈는 그녀의 소망을 실행에 옮기려는 듯이 카를에게 말했다. "그럼 어디든지 누워." "그는 커튼더미 위에서 자면 돼. 하지만 커튼이 찢어지지 않게 신발은 벗어야 해." 들라마르슈는 그녀가 말한 곳을 카를에게 가리켰다. 문과 세 개의 장롱 사이에 온갖 창문 커튼이 내던져져 무더기로 수북이 쌓여 있었다. 전부 가지런히 개켜서 무거운 것은 맨 밑에 놓고 가벼운 것은 위에다 놓고 무더기 안에 꽂혀 있는 여러 가지 나무판과 나무고리 등을 빼낸다면 제법 쓸 만한 잠자리가 되었을 테지만, 그것은 건들거리고 삐딱거려 미끄러지기 쉬운 덩어리에 불과했다. 그런데도 카를은 즉시 그 위에 누웠다. 자기 위해 특별히 준비하기에는 너무 피곤했고 또 주인들을 생각해서 공연히 수선을 피우지 않도록 조심해야 했기 때문이다.

그가 벌써 깊은 잠에 빠져들려는데 요란한 외마디 소리가 들려 일어나보니 브루넬다가 소파에 똑바로 앉아 두 팔을 넓게 벌리고서 자기 앞에 꿇어앉은 들라마르슈를 끌어안고 있는 모습이 보였다. 카를은 차마 보고 있기 민망해서 다시 드러누워 잠을 청하려고 커튼더미 속에 몸을 파묻었다. 여기서는 채 이틀도 견디지 못할 거라는 것이 분명해 보였다. 하지만 먼저 충분히 잠을 자두는 것이 그렇기에 더욱더 필요했다. 그래야 말짱한 정신으로 신속하고 정확하게 결단을 내릴 수 있을 테니까 말이다.

그러나 브루넬다는 아까 한번 자신을 놀라게 했던 카를의 눈이 피곤에 겨워 번쩍 뜨이는 것을 보고 소리쳤다. "들라마르슈, 더워서 못 견디겠어. 속이 뜨거워. 옷을 벗어야겠어. 목욕을 해야겠어. 저 두 사람을 방에서 내보내줘. 복도든 발코니든 자기가 원하는 데로 말이야. 내 눈에 보이지 않게만 해줘. 제 집에 있는데 끊임없이 남들한테 방해를 받다니. 자기하고 단둘이 있으면 얼마나 좋을까, 들라마르슈. 아 이런, 저 사람들 여전히 저렇게 있잖아! 저 뻔뻔스러운 로빈슨은 숙녀 앞에서 속옷 바람으로 몸을 쭉 뻗고 누워 있질 않나. 그리고 조금 전 나를 아주 사납게 보던 저 낯선 친구는 내 눈을 속이려고 다시 드러눕질 않나. 저들 좀 쫓아내, 들라마르슈. 저들은 내게 짐이야. 내 가슴을 짓누르고 있단 말이야. 내가 지금 죽는다면 다 저 사람들 때문이야."

"그들은 바로 밖으로 나갈 거야. 그러니 어서 옷 벗어." 들라마르슈는 말하고서 로빈슨 쪽으로 가더니 가슴에 발을 올려놓고는 그대로 그를 흔들어댔다. 동시에 카를에게는 이렇게 외쳤다. "로스만, 일어나! 너희 둘 다 발코니로 나가! 그리고 부르기도 전에 들어오면 불벼락을 맞을 줄 알아! 자 어서 빨리, 로빈슨"—그러면서 그는 로빈슨을 더 세게 흔들었다—"그리고 로스만, 너도. 내가 덮치러 가지 않게 정신 차려"—그러면서 그는 큰 소리로 두 번 손뼉을 쳤다. "뭐가 이렇게 오래 걸려!" 브루넬다가 소파에서 소리쳤다. 그녀는 비대한 몸이 더 많은 공간을 차지할 수 있게 앉은 자세로 두 다리를 쩍 벌린 다음 가쁜 숨을 내쉬며 자주 쉬기도 하면서 온 힘을 다해 애를 써야만 몸을 숙이고 간신히 스타킹 맨 윗부분을 잡아 약간 아래로 내릴 수 있었다. 혼자 힘으로 끝까지 벗기는 무리여서 이제 들라마르슈가 벗겨주기를 조급한 마음으로 기다리고 있었다.

피로에 절어 완전히 둔감해진 카를은 커튼더미에서 기어내려와 천천히 발코니 문 쪽으로 갔다. 발에 휘감긴 커튼 천 한 자락을 아무렇지도 않게 질질 끌었다. 넋이 나간 바람에 그는 브루넬다 옆을 지나다가 "안녕히 주무세요"라는 말까지 한 다음 들라마르슈의 옆을 지나 발코니로 나갔다. 들라마르슈는 발코니 문의 커튼을 약간 옆으로 잡아당겨 주었다. 바로 뒤따라 로빈슨이 오면서 카를 못지않게 잠에 취한 듯 혼잣말을 중얼거렸다. "사람을 계속 못 살게 군단 말이야! 브루넬다가 따라오지 않으면 나도 발코니로 안 나갈 거야." 하지만 그는 이렇게 딱 잘라 말하고도 아무 저항 없이 밖으로 나갔다. 카를이 안락의자를 차지하고 몸을 푹 파묻고 있어서 그는 얼른 돌바닥에 누웠다.

카를이 깼을 때는 벌써 저녁때였다. 하늘에는 별들이 반짝이고, 건너편 길가의 높은 집들 뒤로 달빛이 올라오고 있었다. 낯선 일대를 몇 번 둘러보고, 서늘하고 상쾌한 공기를 몇 번 들이마시고 난 뒤에야 비로

소 카를은 자신이 어디에 있는지 깨닫게 되었다. 그는 얼마나 무분별했던가. 주방장의 온갖 충고도, 테레제의 온갖 경고도, 자신의 온갖 걱정도 소홀히 넘겨버렸다. 마치 커튼 뒤에 그의 큰 적인 들라마르슈 따위는 없다는 듯이 여기 그의 발코니에 가만히 앉아 있었고, 여기서 심지어 반나절을 잠까지 잔 것이다. 바닥에서는 게으른 로빈슨이 몸을 돌리더니 카를의 발을 끌어당겼다. 아닌 게 아니라 그런 식으로 카를을 깨우려 했던 모양이었다. 로빈슨이 이렇게 말했기 때문이다. "로스만, 자는구나! 참 마음 편한 젊은이야. 도대체 얼마나 더 자려는 거야. 더 자게 놔두고 싶지만, 첫째 여기 바닥 위는 너무 따분하고, 둘째 배가 너무 고파. 제발 부탁인데, 좀 일어나줄래. 내가 거기 의자 밑에다 먹을 것을 넣어두었거든. 그걸 꺼내고 싶단 말이야. 너도 좀 줄게." 그래서 일어난 카를은 이제 로빈슨이 일어나지도 않은 채 배를 깔고 이쪽으로 기어와서 두 손을 뻗어 의자 밑에서 은도금이 된 우묵한 접시 하나를 꺼내는 모습을 지켜보았다. 명함 보관용으로 쓰일 법한 접시였지만 그 안에 새까만 소시지 반 토막, 가느다란 담배 몇 개비, 뚜껑을 땄지만 아직 양이 충분하고 기름이 질질 흐르는 정어리 통조림 하나, 대부분 짓눌려 공처럼 되어버린 사탕덩어리가 놓여 있었다. 또 빵 조각 큰 것 하나와 향수병처럼 생긴 뭔가도 나왔다. 하지만 로빈슨이 특히 만족스러운 표정을 지으며 손가락으로 그것을 가리키더니 카를을 올려다보면서 혀로 쪽쪽거리는 소리를 내는 것으로 봐서 병에는 향수와는 다른 것이 들어 있는 것 같았다. "이봐, 로스만." 로빈슨이 말했다. 그는 정어리를 집어 허겁지겁 먹는 사이사이, 아무래도 브루넬다가 발코니에 두고 잊어버린 것인 듯한 모직 손수건으로 기름이 묻은 두 손을 닦아냈다. "이봐,

로스만. 굶어죽지 않으려면 이렇게 자신의 음식을 보관해두어야 해. 이봐, 나는 완전히 무시당하고 있어. 그리고 끊임없이 개 취급을 받게 되면 결국 자신이 정말로 개라고 생각하기 마련이야. 로스만, 네가 여기 있으니 좋구나. 적어도 누군가와 이야기할 수 있으니까 말이야. 이 집에서는 아무도 나랑 이야기를 하지 않거든. 우리는 천덕꾸러기야. 이게 다 브루넬다 때문이지. 물론 대단한 여자이긴 해. 너 말이지—" 그러고서 그는 귓속말을 하기 위해 카를에게 자기 쪽으로 몸을 숙이라고 손짓했다—"한번은 그녀가 발가벗은 모습을 봤어. 아!"—그리고 그때의 황홀한 기분을 떠올리며 그는 카를의 두 다리를 눌렀다 때렸다 하기 시작했다. 그러다 마침내 카를이 "로빈슨, 너 미쳤구나" 하고 소리를 지르면서 그의 두 손을 움켜잡고 밀쳐냈다.

"너는 정말 아직 어린애구나, 로스만." 로빈슨은 말하고서 목줄에 달고 다니는 단검을 셔츠 밑에서 꺼내 칼집을 벗긴 다음 딱딱한 소시지를 잘랐다. "아직 많은 것을 더 배워야 돼. 하지만 우리한테서 제대로 배울 수 있어. 자, 앉아. 너도 좀 먹지 않을래? 이제 내가 먹는 것을 지켜보면 너도 식욕이 생길 거야. 마시는 것도 싫어? 너는 정말 아무것도 원하지 않는구나. 이야기하는 것도 별로 좋아하지 않고. 하지만 누구와 함께 발코니에 있는가는 어쨌든 누가 있기만 한다면 전혀 상관없는 거야. 요컨대 나는 발코니에 나와 있을 때가 아주 많거든. 브루넬다가 아주 재미있어하니까 말이야. 그녀는 뭔가 구실을 생각해내기만 하면 되지. 어떤 때는 춥다고, 어떤 때는 덥다고, 어떤 때는 자고 싶다고, 어떤 때는 머리를 빗고 싶다고, 어떤 때는 코르셋을 풀고 싶다고, 어떤 때는 코르셋을 입고 싶다고 하지. 그러면 그때마다 나는 발코니로 쫓겨나는 거야. 자기가 말하는 것을 실제로 할 때도 가끔 있지만, 대개는 아까처럼 그렇게 그냥 소파에 누워서 꼼짝도 하지 않아. 전에는 종종 커튼을 살짝 잡아당겨 안을 들여다보기도 했지만, 언젠가 그럴 때 들라마르슈가—나는 그가 원해서가 아니라 단지 브루넬다가 부탁해서 그런 것뿐이라는 걸 잘 알고 있지—내 얼굴을 채찍으로 몇 번 때린 후로는—여기 피멍자국 보여?—더이상 들여다볼 엄두를 못 내. 그래서 나는 여기 발코니에 이렇게 누워서 뭘 먹는 것 말곤 아무 낙이 없어. 그저께 저녁에 혼자 누워 있었을 때, 그때만 해도 멋진 옷을 입고 있었는데, 애석하게도 그 옷을 너희 호텔에서 잃어버렸지 뭐야—글쎄 그 개자식들이! 그 비싼 옷을 벗겨가는 거야!—그러니까 여기에 혼자 누워서 난간 사이로 아래쪽을 보고 있었을 때, 모든 게 몹시 슬프게 느껴져서 그만 목놓아 울기 시작했어. 그때 어쩌다보니 금방 알아차리지 못했는데 브루넬다가 그 붉은색 드레스를 입고—그 옷이 그녀에게 가장 잘 어울려—여기 밖으로 나와 내게로 왔어. 그녀는 나를 잠시 지켜보다가 마침내 이렇게 말하는 거야. '로빈슨, 왜 울어?' 그러더니 드레스를 들어올려 옷자락으로 내 눈을 닦아줬어. 만일 그때 들라마르슈가 부르는 바람에 그녀가 바로 다시 방안으로 들어가지 않아도 되었다면 뭘 더 했을지 누가 알아. 물론 나는 이제 내 차례구나 생각하고서 커튼을 통해 내가 방으로 들어가도 되느냐고 물었지. 브루넬다가 뭐라고 했을 것 같아? '안 돼!'라고 하면서 '무슨 생각을 하는 거야?'라고 했어."

"이런 취급을 받으면서 대체 왜 계속 여기 있는 거야?" 카를이 물었다.

"미안해, 로스만. 그건 별로 적당한 질문이 아니야." 로빈슨이 대답했다. "너도 분명 여기 있게 될 거야. 이 사람들이 너를 더 심하게 대하더라도 말이야. 말이 나왔으니 말인데 나는 결코 그렇게 심한 대우를 받는 건 아니야."

"아니." 카를이 말했다. "나는 반드시 여길 떠날 거야. 아마 오늘 저녁 중으로. 나는 너희 곁에 있지 않을 거야."

"대체 무슨 수로 오늘 저녁에 떠나겠다는 거야?" 로빈슨이 물었다. 그는 빵의 부드러운 부분을 잘라 조심스럽게 정어리 통조림 기름에 적셨다. "방안에도 못 들어가는데 어떻게 떠날 건데?"

"왜 들어가면 안 되는 거야?"

"글쎄 벨이 울리지 않는 한 들어가서는 안 돼." 로빈슨이 말했다. 그는 최대한 입을 크게 벌려 그 기름진 빵을 맛있게 먹었다. 그러면서 한 손으로 빵에서 뚝뚝 떨어지는 기름을 받아 아직 남은 빵을 저수 용기처럼 쓰이는 그 오목한 손안에 가끔씩 찍어 먹었다. "여긴 모든 게 더 엄격해졌어. 처음엔 얇은 커튼만 있었지. 들여다볼 수는 없어도 저녁 때는 그림자를 알아볼 수 있었어. 그것이 브루넬다의 신경에 거슬렸던 거야. 그래서 나는 그녀의 극장용 외투 한 벌을 커튼으로 개조해서 예전 커튼 대신 여기에 걸어야 했어. 덕분에 이제는 아무것도 보이지 않게 되었지. 그리고 전에는 내가 들어가도 되는지 언제든 물을 수 있었고, 상황에 따라 그들은 '그래' 또는 '아니'라고 대답했어. 하지만 내가 아무래도 너무 심하게 이용해서 너무 자주 물었나봐. 브루넬다가 참을 수 없게 되었지—그녀는 그렇게 뚱뚱한데도 아주 허약 체질이야. 수시로 머리가 아프고 다리는 거의 언제나 통풍을 앓고 있거든—그래서 나는 더이상 질문을 해서는 안 되고 내가 들어가도 될 때면 테이블의 벨을 누르기로 정해졌어. 벨소리는 내가 다 잠에서 깰 정도로 커—언젠가 여기서 내가 고양이 한 마리를 애완용으로 길렀는데, 그 고양이가 벨소리에 놀란 나머지 달아나서는 더이상 돌아오지 않았어. 그러니까 오늘은 아직 벨이 울리지 않은 거지—요컨대 벨이 울리면 나는 들어가도 될 뿐만 아니라 들어가야만 하거든—그리고 일단 이렇게 오래 벨이 울리지 않으면 울릴 때까지 아주 한참 걸릴 수도 있어."

"그래." 카를이 말했다. "하지만 너에게 일어나는 일이 나에게도 꼭 일어나리라는 법은 없지. 대체로 그런 일은 그걸 감수하는 자에게만 일어나기 마련이야."

"하지만", 로빈슨이 외쳤다. "대체 왜 그런 일이 네게는 일어나지 않는단 거야? 당연히 그건 네게도 일어날 일이야. 벨이 울릴 때까지 나랑 여기서 조용히 기다려. 그런 다음에야 네가 달아날 수 있는지 시도해볼 수 있을 거 아냐."

"근데 도대체 왜 여기를 떠나지 않는 거야? 단지 들라마르슈가 친구이기 때문에, 아니 더 정확하게는 친구였기 때문에? 도대체 이게 사는 거야? 너희가 처음에 가려고 했던 버터퍼드가 더 낫지 않을까? 아니면 네 친구들이 있는 캘리포니아라든지."

"그래." 로빈슨이 말했다. "이럴 줄은 아무도 몰랐어." 그러고는 이야기를 계속하기 전에 "너의 행복을 위해, 로스만"이라고 말하더니 향수병을 들고 한 모금 쭉 들이켰다. "우리는 그때 네가 야비하게도 우리를 버리는 바람에 아주 힘들었지. 처음 며칠간은 일자리도 얻을 수 없었어. 게다가 들라마르슈는 나서기만 하면 분명 일자리를 얻을 수 있었을 텐데 일을 하려고 하지 않고 늘 나만 일을 구해오라고 보냈는데, 나는 예나 지금이나 운이 좋지 않아. 그는 그렇게 빈들거리며 돌아다니기만 했지. 하지만 어느 날 거의 저녁때가 다 되었을 때 그가 숙녀용 지갑을 하나 들고 오는 거야. 진주로 되어 있는 아주 멋진 지갑이었고, 지금은 브루넬다에게 선물로 주었는데, 안에는 아무것도 들어 있지 않았어. 그러고선 이 집 저 집 구걸을 하러 다니자는 거야. 그러다보면 자연히 이런저런 쓸모 있는 것들을 얻을 수 있을 거라면서. 그래서 우리는 구걸을 하러 다녔고, 나는 더 잘 보이기 위해 집 앞에서 노래를 불렀지. 그런데 들라마르슈는 항상 운이 좋은 친구라서, 불과 두번째 집 앞에서, 일층에 있는 아주 부유한 집이었지, 우리는 문가에 서 있는 여자 요리사와 남자 하인에게 노래를 좀 불러주고 있었는데, 그때 마침 그 집의 주인인 귀부인이 계단을 올라가는 거야. 바로 브루넬다였지. 그녀는 너무 세게 허리를 졸라맸던 탓인지 계단을 몇 개 이상 못 올라갔어. 하지만 로스만, 그녀가 어찌나 아름답게 보이던지! 새하얀 드레스에 빨간색 양산을 들고 있었어. 핥아주고 싶을 정도였지. 마셔버리고 싶을 정도였어. 오오 세상에, 그렇게 아름다울 수가 없었어. 그런 여자였지! 물론 요리사와 하인이 금방 달려가 그녀를 거의 나르다시피 해서 올라갔어. 우리는 문 오른쪽과 왼쪽에 서서 거수경례를 했지. 여기서는 그렇게들 해. 그녀는 여전히 숨을 충분히 쉴 수 없어서 잠시 가만히 서 있었어. 그런데 도대체 어떻게 그런 일이 일어났는지 모르겠어. 나는 배가 고파서 거의 제정신이 아니었고, 그녀는 바로 앞에서 보니까 더욱더 아름다웠고 엄청 펑퍼짐했어. 그리고 특수한 코르셋 때문에—그건 장롱에 있으니까 나중에 보여줄 수 있어—온몸이 단단하게 조여 있었어—요컨대, 내가 그런 그녀를 뒤에서 살짝 건드린 거야. 하지만 아주 살짝,

너도 알지, 그냥 요렇게 건드렸어. 당연히 거지가 부유한 숙녀를 만진다는 것은 용납할 수 없는 일이지. 물론 그건 거의 건드린 것도 아니지만 굳이 따지자면 어쨌든 건드린 건 건드린 거였어. 만약 들라마르슈가 바로 내 따귀를 때리지 않았더라면 그 일이 얼마나 험악한 결과를 가져왔을지 아무도 몰라. 나도 바로 두 손으로 뺨을 문질러야 했을 만큼 호되게 얻어맞았지."

"이 무슨 해괴한 짓들이야." 카를이 이야기에 완전히 사로잡혀 그렇게 말하고는 바닥에 주저앉았다. "그러니까 그 여자가 브루넬다였다고?"

"그렇다니까." 로빈슨이 말했다. "그 여자가 브루넬다였어."

"너는 얼마 전에 그녀가 가수라고 하지 않았어?" 카를이 물었다.

"물론 그녀는 가수야, 유명한 가수지." 로빈슨이 대답했다. 그는 커다란 사탕덩어리를 혀로 굴리다가 가끔 입에서 밀려나오면 손가락으로 다시 밀어넣었다. "하지만 당시에는 물론 그 사실을 몰랐지. 그저 부유하고 아주 세련된 귀부인으로만 보였을 뿐이니까. 그녀는 마치 아무 일도 없었던 것처럼 행동했는데, 어쩌면 아무것도 느끼지 못했을 거야. 정말 손가락 끝으로만 살짝 건드렸으니까. 그런데 그녀는 줄곧 들라마르슈를 바라보았고, 그 또한 맞받아서—과녁을 쏘아 맞추듯이—똑바로 그녀의 눈을 바라보았지. 그러고 나서 그녀는 그에게 '잠깐 좀 들어와봐요'라고 말하고는 양산으로 집안을 가리켰어. 들라마르슈더러 앞장서라는 뜻이었지. 그러고서 두 사람은 안으로 들어갔고 그들 뒤에서 하인들이 문을 닫았단다. 그들이 나를 밖에 놔둔 채 잊어버려서 나는 그리 오래 걸리지 않을 거라 여기고는 들라마르슈를 기다리기 위해 계단에 앉았지. 하지만 들라마르슈 대신에 하인이 나오더니 나에게 수프를 한 사발 가득 갖다주는 거야. 나는 속으로 '들라마르슈가 베푸는 친절이군!' 하고 생각했지. 하인은 내가 먹는 동안 옆에 그대로 서서 브루넬다에 대해 몇 가지 이야기를 해주었어. 그때 나는 브루넬다의 집을 찾아간 것이 우리에게 얼마나 큰 의미인지 알게 되었단다. 왜냐하면 브루넬다는 이혼한 여자였고, 큰 재산을 가지고 있었고, 완전히 독립해 있었기 때문이지. 코코아공장 주인인 그녀의 전남편은 그녀를 여전히 사랑했지만, 그녀는 그에 관한 이야기를 한마디도 듣고 싶어하지 않았어. 그는 결혼식 때처럼 언제나 아주 우아한 옷차림을 하고서 뻔질나게 집으로 찾아왔어—이건 말한 그대로 전부 사실이야. 나는 그를 직접적으로 알거든—하지만 하인은 아무리 많은 뇌물을 주어도 브루넬다에게 그를 만나줄 마음이 있느냐고 감히 물어볼 엄두조차 내지 못했어. 이미 몇 번 물어본 적이 있었는데 그때마다 브루넬다는 마침 손에 들고 있던 것을 그의 얼굴에다 내던졌거든. 한번은 뜨거운 물이 채워진 커다란 탕파를 집어던지는 바람에 앞니 하나가 부러졌지. 그래, 로스만, 너도 보게 될 거야!"

"너는 어떻게 그 남자를 아는데?" 카를이 물었다.

"가끔 여기도 올라오거든." 로빈슨이 말했다.

"여기도?" 카를이 놀란 나머지 손으로 가볍게 바닥을 때렸다.

"놀랄 만도 하지." 로빈슨이 이야기를 계속했다. "하인이 당시 그런 이야기를 했을 때 나도 놀랐어. 자, 생각해봐. 브루넬다가 집에 없을 때면 그 남자는 하인을 앞세우고 그녀의 방으로 들어가 매번 사소한 물건 하나를 기념으로 가져가면서 아주 비싸고 세련된 물건을 브루넬다를 위해 남겨두고 간단다. 그러고는 하인에게 누가 갖다놓았는지 절대로 말하지 말라고 한 거야. 그런데 한번은 그가—하인이 말한 대로라면, 그리고 나는 그 말을 믿는데—거의 돈을 주고도 살 수 없는 도자기로 된 귀중한 물건을 가져다놓았을 때 브루넬다가 어쩌다 그 사실을 알아버렸지 뭐야. 그러자 그녀는 당장 그걸 바닥에 내던지고, 그 위를 이리저리 밟아 깨뜨리고, 거기에다 침을 뱉고, 그것을 가지고 다른 짓도 몇 가지 더 했어. 하인이 역겨운 나머지 치울 수가 없을 정도였다는 거야."

"도대체 그 남자가 무슨 짓을 한 거야?" 카를이 물었다.

"사실 나도 모르겠어." 로빈슨이 말했다. "하지만 내 생각에 무슨 특별한 짓을 한 것 같지는 않아. 적어도 그 자신조차 왜인지 모르거든. 나는 이미 여러 번 그것에 대해 그와 이야기를 나눴어. 그는 매일같이 저기 길모퉁이에서 나를 기다렸어. 내가 가면 그에게 새로운 소식을 전해주어야 했고, 내가 가지 못하면 그는 삼십 분쯤 기다리다가 그냥 가버렸어. 나한테는 훌륭한 부수입이었지. 내가 들려주는 소식들에 대해 아주 근사하게 사례를 해주었거든. 하지만 들라마르슈가 알게 된 후로는 그에게 모든 걸 넘겨줘야 했고, 그래서 그 남자를 만나러 가는 일이 뜸해졌어."

"한데 그 남자가 원하는 게 뭐야?" 카를이 물었다. "도대체 뭘 원하는 거지? 그녀가 자기를 원치 않는다는 걸 그도 알잖아."

"그래." 로빈슨은 한숨을 쉬더니 담배에 불을 붙이고는 팔을 크게 휘저으며 연기를 공중으로 날려보냈다. 그러고 나서 그는 달리 결심하는 것 같더니 이렇게 말했다. "그게 나랑 무슨 상관이야? 오직 내가 아는 건, 우리처럼 여기 발코니에 누워 있을 수 있다면 그 대가로 그가 많은 돈을 주고 싶어한다는 것뿐이야."

카를은 일어나서 난간에 기대어 거리를 내려다보았다. 달은 이미 떠올랐지만, 그 빛이 골목 깊숙한 데까지는 아직 미치지 못했다. 낮에는 텅 비어 있다시피 하던 골목이 특히 각 건물의 출입구 앞에서 사람들로 북적였다. 다들 굼뜨고 느릿느릿하게 움직이고 있었다. 남자들의 셔츠 소매와 여자들의 밝은색 옷이 어둠 속에서 희미하게 드러나 보였다. 모두 모자를 쓰지 않은 모습이었다. 주변의 많은 발코니가 이제는 사람들로 그득했다. 백열등 불빛 아래 가족들이 발코니의 크기에 따라 조그만 테이블에 둘러앉거나 그냥 한 줄로 쭉 늘어선 의자에 앉아 있었다. 아니면 방밖으로 머리만이라도 내밀고 있었다. 남자들은 다리를 벌리고 두 발을 난간 기둥 사이로 내민 채 앉아서 거의 바닥까지 늘어진 신문을 읽고 있거나, 여기서 보기엔 입을 꾹 다문 채 테이블을 세게 내려치면서 카드놀이를 하고 있었다. 여자들은 무릎에 바느질감을 가득 안고 일하다가 이따금 주변이나 거리를 슬쩍 바라볼 뿐이었다. 바로 옆 발코니의 가냘프게 생긴 금발 여자는 계속 하품을 하고 눈을 부라리며 깁고 있는 내의를 연신 입 앞으로 들어올렸다. 아무리 작은 발코니에서조차 아이들이 서로 잡으려고 쫓아다니는 바람에 부모들은 몹시 성가셔했다. 많은 집의 방안에는 축음기가 설치되어 있어 노래나 관현악곡을 내보내고 있었다. 사람들은 이 음악에 별로 신경쓰지 않았고, 가끔 가장인 남자가 눈짓하면 누군가 방안으로 얼른 들어가 새 레코드판을 올려놓았다. 여러 창문들에서는 전혀 움직임이 없는 연인들이 보였다. 카를 건너편 창문에는 그런 연인이 똑바로 서 있었는데, 젊은 남자가 여자에게 팔을 걸치고서 손으로 그녀의 가슴을 누르고 있었다.

"여기 이웃 가운데 누구 아는 사람이 있어?" 카를이 로빈슨에게 물었다. 이제는 로빈슨도 일어나 있었는데, 한기가 들어 자기 담요에 브루넬다의 담요까지 두르고 있었다.

"거의 없어. 그것이 바로 내 입장에서 느껴지는 고약한 점이야." 로빈슨이 말하고서 카를을 자기 쪽으로 좀더 가까이 끌어당겨 귀에 대고 속삭였다. "그 점 말고는 불평할 것이 당장은 별로 없을 텐데 말이야. 브루넬다는 들라마르슈 때문에 가지고 있던 것을 모조리 팔고 자신의 전 재산을 들고서 여기 이 교외의 집으로 이사왔거든. 그에게 전적으로 헌신하면서 누구에게도 방해받지 않기 위해서였지. 그런데 그건 들라마르슈의 바람이기도 했어."

"그럼 하인들은 해고했어?" 카를이 물었다.

"맞아." 로빈슨이 말했다. "하인들을 묵게 할 곳이 여기 어디 있겠어? 그 하인들은 아주 까다로운 상전들이지. 한번은 들라마르슈가 브루넬다의 집에서 그런 하인 하나를 마구 따귀를 때려 방에서 몰아낸 일이 있었어. 따귀를 연달아 날리는 바람에 밖으로 밀려나가게 된 거지. 물론 다른 하인들이 그 하인과 힘을 합쳐 문 앞에서 소란을 피웠어. 그러자 들라마르슈가 밖으로 나와(당시 나는 하인이 아니라 두 사람의 친구였지만 하인들과 함께 있었지) '너희가 원하는 게 뭐야?' 하고 물었지. 이에 이지도어라는 제일 나이 많은 하인이 말하기를 '당신과는 할 이야기가 없습니다. 우리의 주인은 인자하신 부인입니다'라는 거야. 너도 알아챘겠지만 그들은 브루넬다를 아주 존경했지. 하지만 브루넬다는 그들을 거들떠보지도 않고 들라마르슈에게로 달려갔어. 당시에는 아직 몸이 지금처럼 무겁지 않았거든. 그녀는 모두가 보는 앞에서 그와 포옹하고, 키스하고, '내 사랑 들라마르슈'라고 불렀어. '저 원숭이들을 내보내줘.' 급기야는 그렇게 말했단다. 원숭이들—하인들을 가리킨 그 말을 듣고 그들이 어떤 표정을 지었을지 한번 상상해봐. 그러고서 브루넬다는 들라마르슈의 손을 허리에 차고 있던 자신의 돈주머니 쪽으로 끌어당겼어. 들라마르슈는 그 안에 손을 집어넣었고, 하인들에게 임금을 지불하기 시작했지. 그때 브루넬다가 임금 지불에 관여한 일은 허리띠에 달린 돈주머니를 열어놓은 채 가만히 서 있던 것뿐이었어. 들라마르슈는 여러 번 그 안에 손을 집어넣어야 했어. 돈을 세지도 않고 요구사항을 확인하지도 않고 나눠줬거든. 끝으로 그는 이렇게 말했지—너희가 나와는 이야기하고 싶어하지 않으니, 지금 내가 하는 말은 오로지 브루넬다의 이름으로 하는 거야. '어서들 꺼져, 당장.' 그들은 그렇게 해고됐어. 그러고서 몇 차례 소송이 있었지. 들라마르슈는 한 번 법정까지 나가야 했는데, 더 자세한 내용은 나도 모르겠어. 다만 하인들이 떠나자마자 들라마르슈는 브루넬다에게 말했어. '그럼 이제 자기에게는 하인이 하나도 없는 거지?' 그러자 그녀는 '하지만 저기 로빈슨이 있잖아'라고 말했어. 이에 들라마르슈는 '그럼 좋아, 너는 이제부터 우리의 하인이 되는 거야'라고 말하면서 내 어깨를 툭 쳤지. 브루넬다는 내 뺨을 톡톡 두드렸고. 로스만, 기회가 되면 너도 한번 그녀에게 그렇게 뺨을 한번 맞아봐. 얼마나 기분좋은 일인지 놀랄 거야."

"그러니까 네가 들라마르슈의 하인이 됐다고?" 카를이 요점을 잡아서 말했다.

로빈슨은 질문에서 동정의 뜻을 읽어내고 이렇게 대답했다. "나는 하인이야. 하지만 그 사실을 알아차리는 것은 극소수의 사람들뿐이야. 봐, 너 자신도 벌써 한참을 우리 곁에 있었지만 몰랐잖아. 내가 밤에 너희 호텔에 갔을 때 어떤 옷을 입었는지 너도 봤지. 고급 중에도 가장 고급 옷을 입고 있었지. 하인들이 그런 옷을 입고 다니겠어? 다만 문제는 바로 내가 자주 외출할 수 없다는 거야. 나는 항상 대기하고 있어야 해. 집에는 늘 해야 할 일이 있으니까. 그 많은 일을 하는 데 한 명으로는 턱없이 부족하지. 너도 봤겠지만 우리는 아주 많은 물건을 방안 여기저기 널어놓고 있어. 대대적으로 이사 나올 때 팔아치우지 못한 것을 다 가져온 거야. 물론 남들에게 선물로 줘버릴 수도 있었을 텐데, 브루넬다는 어떤 것도 그렇게 하지 않거든. 그 물건들을 계단으로 날라 올리는 것이 얼마나 큰일이었을지 한번 생각해봐."

"로빈슨, 네가 그걸 다 이 위로 날랐어?" 카를이 외쳤다.

"나 아니면 대체 누가 하겠어?" 로빈슨이 말했다. "조수가 하나 있었는데, 게을러터진 녀석이었지. 대부분의 일을 나 혼자 해야 했어. 브루넬다는 저 아래 차 옆에 서 있었고, 들라마르슈는 위에서 물건들을 어디에 놔야 하는지 지시를 했고, 나는 계속 이리저리 뛰어다녔지. 이틀이 걸렸어. 엄청 오래 걸렸지, 안 그래? 하지만 얼마나 많은 물건이 여기 방안에 있는지 너는 전혀 모를 거야. 모든 장롱이 가득차 있고, 장롱들 뒤에는 온갖 것이 천장까지 꽉 차 있어. 이삿짐 운반할 사람을 몇 명 썼더라면 일이 금방 끝났을 텐데, 브루넬다가 나 말고는 누구에게도 맡기려 하지 않았어. 그건 아주 좋은 일이었지만, 나는 그때 내 평생의 건강을 망쳐버렸어. 건강 말고 내게 대체 뭐가 있었겠어? 이젠 조금만 힘을 써도 온몸이 쑤셔. 여기, 여기, 여기. 내가 건강했다면, 호텔의 그 보이들, 그 개구리 같은 녀석들이—그애들이 개구리가 아니면 뭐겠어?—나를 이길 수 있었을 거라고 생각해? 하지만 어디가 아파도 들라마르슈와 브루넬다에게 한마디도 안 해. 할 수 있는 한 끝까지 일할 거고, 더이상 일할 수 없게 되면 그냥 드러누워 죽을 거야. 그런 뒤에야 그들은 내가 아팠었고 그런데도 끊임없이 일했고 그들을 위해 일하다가 죽었다는 걸 뒤늦게라도 알게 될 거야. 아, 로스만." 그는 마지막 말을 하면서 카를의 셔츠 소매로 눈물을 닦았다. 잠시 후 그가 말했다. "근데 너 춥지 않아? 그런 셔츠 바람으로 서 있어도?"

"에이, 로빈슨." 카를이 말했다. "너 계속 울고 있구나. 나는 네가 그렇게 아픈 것 같지 않아. 아주 건강해 보여. 하지만 내내 여기 발코니에 누워 있다보니 그렇게 이런저런 생각을 하게 되는 거야. 어쩌면 가끔씩 가슴이 쑤실지도 몰라. 나도 그래. 그건 누구나 그러니까. 모든 사람이 사소한 일마다 너처럼 울려고 한다면, 발코니에 있는 모든 사람들이 울어야 할 거야."

"그건 내가 더 잘 알아." 로빈슨은 말하고 이제 자기 담요의 끝자락으로 눈물을 닦았다. "이웃집 주인 여자가 우리가 먹을 음식도 요리해주고 있는데, 최근에 내가 식기를 돌려주러 갔을 때 그 집에 사는 대학생이 이러는 거야. '이봐요, 로빈슨. 당신 아프지 않아요?'라고 말이야. 나는 사람들과 이야기하는 게 금지되어 있어서 식기만 놓고 오려고 했지. 그러자 그가 다가와 말하는 거야. '내 말 좀 들어봐요. 너무 무리해서 일하지 마요. 당신은 병이 있어요.' 그래서 나는 '그래요, 그럼 부탁드려요. 나는 대체 어떻게 해야 하나요?'라고 물었어. 그러자 그는 '그건 당신이 알아서 할 일이지요'라고 말하고는 돌아서서 가버렸어. 거기 식탁에 있던 다른 사람들은 웃었지. 여기는 어디를 가나 적들뿐이야. 그래서 나는 와버렸지."

"그러니까 너는 너를 바보 취급하는 사람들의 말은 믿고, 너에게 호의를 가진 사람들의 말은 믿지 않는구나."

"하지만 나는 나 자신이 어떤 상태인지 알아야 한단 말이야." 로빈슨이 발끈했다. 하지만 금세 다시 울기 시작했다.

"너는 너 자신의 어디가 문제인지 모르고 있어. 여기서 들라마르슈의 하인 노릇을 하는 대신 너에게 맞는 정식 일자리를 찾도록 해. 네 이야기를 듣고 또 내가 직접 보고 판단하건대, 여기서 네가 하고 있는 일은 고용된 하인의 일이 아니야. 이건 노예의 노동이라고. 이런 일은 어떤 사람도 못 배겨내. 나는 너의 그 말을 믿어. 하지만 너는 네가 들라마르슈의 친구여서 그를 떠나면 안 된다고 생각하지. 그건 잘못된 생각이야. 네가 얼마나 비참한 생활을 하고 있는지 그가 모른다면 너도 그에 대해 져야 할 의무 같은 건 더이상 없는 거야."

"로스만, 그럼 너는 정말로 내가 여기 하인 생활을 그만두면 건강이 다시 회복될 거라고 생각해?"

"물론이지." 카를이 말했다.

"물론이라고?" 로빈슨이 다시 물었다.

"물론이고말고." 카를이 미소 지으며 말했다.

"그렇다면 나는 금방 회복될 수 있겠군." 로빈슨이 말하면서 카를을 바라보았다.

"근데 어떻게?" 카를이 물었다.

"이제 네가 내 일을 넘겨받아야 하니까." 로빈슨이 대답했다.

"도대체 누가 그런 소리를 했어?" 카를이 물었다.

"그건 오래된 계획이야. 벌써 며칠 전부터 이야기되고 있었어. 집이 충분히 깨끗하지 않다며 브루넬다가 나를 야단친 것으로 이야기는 시작되었지. 물론 나는 모든 것을 금방 잘 정리하겠다고 약속했어. 그런데 그게 아주 힘든 일이야. 예를 들어 내 몸 상태로는 먼지를 닦아내기 위해 집안 곳곳을 기어다닐 수가 없어. 방 한가운데에서도 옴짝달싹할 수가 없거든. 가구들과 보관품들 사이에서는 더욱더 그렇고. 그래서 모든 걸 확실하게 청소하려면 가구들도 옮겨야 하는데, 그걸 나 혼자서 하라고? 게다가 그 모든 일을 아주 조용히 해야 하거든. 방에서 나가는 법이 거의 없는 브루넬다를 성가시게 해서는 안 되니까. 그래서 전부 깨끗이 청소하겠다고 약속하기는 했지만 실제로는 그러지 못했어. 브루넬다가 그걸 알았을 때 그녀는 들라마르슈에게 이대로는 안 되겠으니 도와줄 사람을 하나 더 고용해야겠다고 말했어. '들라마르슈, 나는 말이지' 하고 그녀는 말했어. '내가 살림을 잘 못했다고 자기한테 언젠가 비난받고 싶지 않아. 내가 직접 힘을 쓸 수는 없고, 그건 자기가 잘 알잖아. 로빈슨만으로는 역부족이야. 처음엔 그가 아주 쌩쌩했고 구석구석 신경을 썼지만, 지금은 줄곧 피곤해하면서 대부분 구석에 앉아 있어. 하지만 우리 방처럼 이렇게 물건이 많은 방은 어지간해서는 깨끗이 정리하기가 쉽지 않아.' 그러자 들라마르슈는 어떻게 하면 좋을지 곰곰이 생각했어. 당연히 이런 집안에 아무나 무턱대고 들일 수는 없었기 때문이지. 시험삼아 고용해볼 수도 없는 노릇이고. 사방에서들 우리를 지켜보고 있으니까 말이야. 하지만 나는 너의 좋은 친구이고 네가 호텔에서 고생하고 있다는 이야기를 레닐에게 들은 터라 너를 추천했지.

네가 예전에 들라마르슈에게 아주 당돌하게 행동하긴 했지만 그는 금방 동의했어. 물론 내가 너에게 그렇게 도움이 될 수 있다니 아주 기뻤어. 너는 젊고, 강하고, 기민해. 반면에 나는 이제 아무 가치가 없어. 다만 말해두겠는데, 너는 아직 채용된 게 아니야. 브루넬다의 마음에 들지 않으면 우리는 너를 쓸 수 없거든. 그러니 그녀가 너에게 호감이 생기도록 노력 좀 해봐. 나머지 일은 내가 알아서 할 테니까 말이야."

"그럼 내가 여기서 하인이 된다면 너는 뭘 할 건데?" 카를이 물었다. 그는 자유로운 느낌이었다. 로빈슨의 이야기를 듣고 처음에 들었던 경악스러운 마음은 사라졌다. 그러니까 들라마르슈는 카를을 하인으로 삼고자 하는 것보다 더 나쁜 의도가 있던 것은 아니었다—더 나쁜 의도가 있었더라면 입이 가벼운 로빈슨이 틀림없이 발설했을 테니까—만일 그렇다면 카를은 오늘밤 안으로 떠나갈 자신이 있었다. 어느 누구에게도 일자리를 강요할 수는 없는 일이다. 전에는 호텔에서 해고된 후 자신이 과연 배를 곯지 않을 수 있을 만큼 충분히 빨리 적합하고도 되도록 초라하지 않은 일자리를 얻을 수 있을지 걱정이 많았지만, 지금은 자기에게 내정된 이곳의 역겨운 일자리에 비하면 다른 어떤 일자리도 훨씬 더 좋아 보였다. 이런 일자리보다는 차라리 일자리 없이 고생하는 편이 더 나을 것 같았다. 하지만 그는 로빈슨에게 자신의 이런 생각을 이해시키려고 하지 않았다. 더군다나 로빈슨은 지금 어떤 판단을 해도 어쨌든 카를 덕분에 자신의 짐을 벗을 수 있을 거라는 희망에 완전히 사로잡혀 있었기 때문이다.

"그러니까 나는 말이지." 로빈슨은 유쾌한 손동작을 곁들이며 말했다—그는 팔꿈치를 난간에 괴고 있었다—"우선 너에게 모든 걸 설명해주고 보관물들을 보여주려고 해. 너는 배운 사람이고 보나마나 글씨도 잘 쓸 거야. 그러니까 너는 우리가 갖고 있는 모든 물건의 목록을 금방 작성할 수 있겠지. 그건 브루넬다가 일찍부터 바라던 일이었어. 내일 오전 날씨가 좋으면 브루넬다에게 발코니에 나가 앉아 있어달라고 부탁한 다음 그동안 우리는 그녀를 방해하지 않고 마음 편히 방안에서 일할 수 있을 거야. 로스만, 너는 무엇보다도 주의해야 해. 오직 브루넬다의 신경에 거슬리지 않도록 하는 점 말이야. 그녀는 모든 소리를 다 듣거든. 아무래도 가수라서 귀가 아주 예민한 모양이야. 가령 네가 장롱들 뒤에 있는 화주통을 굴려 끌어낸다고 하면 요란한 소리가 날 거야. 무거운데다 거기 곳곳에 온갖 물건이 널려 있어서 그 사이로 단번에 그 통을 굴려 내올 수는 없기 때문이지. 그때 브루넬다는 예를 들어 소파에 조용히 누워 자신을 몹시도 성가시게 하는 파리를 잡고 있다고 해보자. 너는 그녀가 너에게 신경쓰지 않을 거라고 생각하고 그 화주통을 계속 굴리는 거야. 그녀는 여전히 조용히 누워 있지. 하지만 네가 전혀 예기치 못한, 그리고 네가 소음을 거의 내지 않는 순간, 그녀는 갑자기 똑바로 일어나 앉아서 두 손으로 소파를 마구 두드려댈 거야. 먼지가 자욱하게 날려 그녀가 보이지 않을 정도로 말이지—우리가 여기에 온 후로 내가 그 소파를 털어 청소한 적은 없었거든, 그녀가 줄곧 그 위에 누워 죽치고 있으니까—그러고는 사내처럼 무시무시하게 소리를 지르기 시작할 거야. 그녀는 몇 시간이고 그렇게 소리를 질러. 이웃사람들이 그녀가 노래 부르는 것은 못하게 했지만 소리지르는 것은 아무도 막을 수 없어. 소리를 지르지 않고는 못 배기거든. 그런데 요즘에는 그런 일이 드물어. 나하고 들라마르슈가 아주 조심스러워져서 말이야.

소리지르는 건 그녀 자신에게도 아주 해로운 일이니까. 한번은 그녀가 실신하는 바람에 나는—들라마르슈는 마침 외출중이었지—이웃집 대학생을 불러와야 했어. 그가 오더니 큰 병에 든 무슨 액체를 그녀에게 뿌렸어. 과연 효과가 있어서 도움이 되었지만 냄새가 참을 수 없을 정도였던 거야. 그래서 지금도 코를 소파에 갖다대면 그 냄새가 나. 그 대학생은 이곳의 모든 사람처럼 우리의 적인 게 분명해. 너도 모두를 조심해야 하고 누구하고도 상종해서는 안 돼."

"이봐, 로빈슨." 카를이 말했다. "하지만 그건 정말 고된 일이야. 너는 참 멋진 일자리에 나를 추천해주었군."

"걱정하지 마." 로빈슨은 말하면서 생각할 수 있는 카를의 모든 걱정을 막아내기 위해 눈을 감고 고개를 저었다. "이 일자리는 다른 어떤 일자리도 주지 못하는 장점이 있어. 너는 브루넬다와 같은 귀부인을 계속 가까이에서 모시게 되는 거야. 가끔은 한방에서 함께 자게 될 때도 있어. 그럴 때면 너도 벌써 상상할 수 있듯이 여러모로 안락한 기분이 들거든. 보수도 넉넉하게 받을 거야. 돈은 많이 있어. 나는 들라마르슈의 친구라서 돈을 받지 않았어. 내가 외출할 때만 브루넬다가 항상 약간의 돈을 쥐여주었지만, 너는 물론 다른 하인들처럼 보수를 받을 거야. 그들과 다를 게 없으니까. 하지만 너에게 가장 중요한 건 내가 너의 그 자리를 아주 편하게 만들어줄 거라는 점이야. 물론 처음엔 내가 몸을 회복해야 하니까 아무 일도 하지 않을 거야. 하지만 조금만 회복되면 너는 내 도움을 기대해도 돼. 브루넬다를 실제로 시중드는 일은 대체로 내가 맡을게. 그러니까 들라마르슈가 하지 않는 한 머리 손질과 옷 입히기는 내가 할게. 너는 방 청소, 장보기, 다소 힘든 집안일만 신경쓰면

될 거야."

"아냐, 로빈슨." 카를이 말했다. "아무리 그래봐야 나는 안 넘어가."

"멍청한 소리 하지 마, 로스만." 로빈슨이 카를의 얼굴에 아주 가까이 대고 말했다. "이 좋은 기회를 놓치지 마. 대체 네가 당장 어디서 일자리를 얻겠어? 누가 너를 알아? 네가 아는 사람이 있어? 이미 많은 일을 겪어서 경험이 풍부한 우리 두 사람도 여러 주 동안 헤매고 다녔지만 일자리를 얻지 못했어. 쉽지 않은 일이야. 엄청나게 어려운 일이지."

카를은 고개를 끄덕이면서 로빈슨도 이렇게 말을 조리 있게 할 줄 안다는 사실에 의아해했다. 물론 카를에게는 이런 충고의 말들이 아무 가치가 없었다. 그는 이곳에 머무를 수 없었다. 이 대도시에 아직 그가 머물 만한 조그만 자리 하나쯤은 있을 것이다. 모든 주점이 밤새도록 손님들로 가득찬다는 것을 그는 알고 있었다. 그 손님들을 위해 시중들 종업원이 필요할 것이다. 그런 일이 그는 이미 익숙했다. 어느 영업점에서든 민첩하고 눈치채지도 못할 만큼 빠르게 적응할 수 있을 것이다. 바로 건너편 건물에도 아래쪽에 작은 주점이 있어 그곳에서 왕왕거리는 음악이 흘러나오고 있었다. 정면 출입구는 커다란 노란색 커튼으로만 덮여 있었는데, 그 커튼이 가끔 한줄기 바람에 날려 골목 쪽으로 세차게 펄럭거렸다. 그것 말고는 길은 훨씬 더 조용해졌다. 발코니들은 대부분 어두컴컴했고, 멀리 몇 군데만 드문드문 불빛이 보였다. 하지만 그런 불빛을 잠시 눈여겨보고 있으면 곧 그곳 사람들이 일어나 집안으로 들어갔고 그사이 발코니에 마지막으로 남은 한 남자가 백열등에 손을 뻗어 거리를 슬쩍 한번 내려다보고는 불을 껐다.

'이제 벌써 밤이 시작되는군.' 카를이 속으로 말했다. '여기 더 오래 머물다간 나도 어느새 그들 사람이 될 거야.' 그는 거실 문 앞의 커튼을 걷어 젖히기 위해 몸을 돌렸다. "너 뭐하려는 거야?" 로빈슨이 카를과 커튼 사이에 서서 가로막으면서 말했다. "떠나려고." 카를이 말했다. "날 가게 놔줘, 가게 놔줘!" "설마 그녀를 방해하려는 건 아니겠지." 로빈슨이 소리쳤다. "도대체 무슨 생각인 거야?" 그러고는 두 팔로 카를의 목을 감은 채 몸무게를 실어 매달리고 두 다리로는 카를의 두 다리를 휘감아 순간적으로 그를 바닥에 주저앉혔다. 그러나 카를은 엘리베이터 보이들 틈에서 조금은 싸움질하는 법을 배웠기에 로빈슨의 턱밑을 주먹으로, 하지만 사정을 많이 봐줘서 약하게 때렸다. 로빈슨은 재빠르게 무릎으로 카를의 배를 사정없이 한 방 정통으로 먹였다. 그러고는 두 손으로 턱을 잡고 큰 소리로 울부짖기 시작했다. 이웃집 발코니에서 한 남자가 마구 손뼉을 쳐대며 "조용히 하시오"라고 외칠 정도였다. 카를은 로빈슨의 일격으로 인한 고통을 이겨내기 위해 조금 더 가만히 누워 있었다. 그는 보아하니 어두운 방 앞에 조용히 무겁게 드리운 커튼 쪽으로 얼굴만 돌렸다. 방안에는 이제 아무도 없는 것 같았다. 어쩌면 들라마르슈가 브루넬다와 함께 외출했을지도 몰랐고 그러면 카를은 이미 완전한 자유였다. 실제로 파수견처럼 행동했던 로빈슨도 결정적으로 나가떨어져 있었다.

그때 골목길 저멀리서부터 북소리와 나팔소리가 단속적으로 들려왔다. 수많은 사람 각각의 외침이 이윽고 하나로 모아져 일제히 지르는 함성이 되었다. 카를은 고개를 돌려 모든 발코니가 새로이 활기를 띠는 모습을 보았다. 그는 천천히 일어났다. 몸을 완전히 펼 수가 없어서 난간에 기대 힘겹게 일어나야 했다. 아래 보도에서는 젊은 청년들이 팔을 내뿜으며 한 손으로는 모자를 높이 들고 고개는 뒤로 돌린 채 큰 걸음으로 행진하고 있었다. 차도는 아직 그대로 비어 있었다. 몇몇 사람은 노르스름한 연기에 휩싸인 초롱을 높다란 장대에 매달아 흔들고 있었다. 마침 북 치는 사람과 나팔 부는 사람이 넓은 대형으로 줄지어 다가오는 모습이 시야에 들어왔고, 카를은 그들의 큰 규모에 놀라 입이 떡 벌어졌다. 그때 뒤에서 목소리가 들려 돌아보니 들라마르슈가 묵직한 커튼을 걷어올리고 있었고, 이어서 브루넬다가 방의 어둠 속에서 걸어나오는 모습이 보였다. 붉은 드레스를 입고, 어깨에는 레이스 망토를 걸치고, 아무래도 손질을 하지 않은 채 그냥 묶어 올려 끝부분이 여기저기 삐져나온 머리에는 조그마한 짙은 색 보닛을 쓰고 있었다. 손에는 작은 부채를 하나 펼쳐 들고 있었는데, 흔들어 부치지는 않고 가만히 몸에 댄 채 누르고 있었다.

카를은 두 사람에게 자리를 내주기 위해 난간을 따라 옆으로 비켰다. 분명 아무도 그에게 여기에 머무르기를 강요하지 않을 것이다. 설령 들라마르슈가 그러려고 해도 브루넬다에게 부탁하면 그를 놓아줄 것이다. 그녀는 그를 전혀 좋아하지 않았다. 그의 눈이 그녀를 놀라게 한 것이다. 하지만 그가 문 쪽으로 한 걸음 내딛자 이를 알아챈 그녀가 말했다. “대체 어딜 가려고, 꼬마 청년?” 카를은 들라마르슈의 매서운 시선 앞에 몸이 굳어버렸고, 브루넬다는 그를 자기 쪽으로 잡아당겼다. “저 아래 가두행렬 구경하고 싶지 않아?” 그녀는 그를 앞의 난간 쪽으로 밀면서 말했다. “무슨 행렬인지 자기는 알아?” 카를은 그녀가 뒤에서 말하는 소리를 들었고, 그녀의 압박에서 놓여나려고 저도 모르게 몸을 움직였으나 소용없었다. 그는 슬픈 눈빛으로 거리를 내려다보았다.

마치 그곳에 자신의 슬픔의 원인이 있기라도 한 것처럼.

처음에 팔짱을 낀 채 브루넬다 뒤에 서 있던 들라마르슈는 이어서 방안으로 뛰어들어가 브루넬다에게 오페라글라스를 가져다주었다. 아래에는 악사들 뒤로 가두행렬의 본대가 나타났다. 거구의 남자 어깨 위에 신사 한 명이 올라앉아 있었는데 이 높이에서는 신사의 희미하게 빛나는 대머리밖에 보이지 않았다. 대머리 위로 그는 실크해트를 높이 쳐든 채 계속 인사하고 있었다. 그를 빙 둘러싸고 발코니에서는 새하얗게 보이지만 나무판이 분명한 플래카드들이 날라지고 있었다. 사방에서 이 플래카드들은 그 가운데 우뚝 솟아 있는 신사에게 기대는 모양으로 배치되어 있었다. 전체가 움직이고 있어서 이 플래카드 벽은 계속 느슨해지다가도 다시 정돈되었다. 이 신사 주변으로 폭넓게 골목 전체가, 어둠 속에서 짐작할 수 있는 한 대열의 길이는 그리 대단치 않았지만, 그의 추종자들로 가득차 있었다. 그들은 다 함께 박수를 치면서 장엄한 노래에 맞춰 필시 그 신사의 이름을 알리고 있는 것 같았다. 아주 짧지만 알아들을 수 없는 이름이었다. 무리 속에 적절히 배치된 몇몇 사람은 자동차 전조등을 최고 밝기로 조정해 거리 양쪽에 늘어선 건물들을 천천히 위아래로 비추었다. 카를이 서 있는 높은 위치에서는 그 빛이 거슬리지 않았지만, 아래쪽 발코니에서는 그 빛이 스치자 사람들이 황급히 두 손으로 눈을 가리는 것이 보였다.

들라마르슈는 브루넬다의 부탁으로 이웃 발코니의 사람들에게 이게 무슨 행사인지 물어보았다. 카를은 사람들이 그에게 대답을 할지, 대답을 한다면 뭐라고 할지 약간 궁금했다. 그런데 실제로는 대답이 없어 들라마르슈는 세 번이나 물어야 했다. 어느새 그는 위험하게도 난간 너머로 몸을 굽혔고, 브루넬다는 이웃사람들에게 화가 나서 가볍게 발을 굴러 그녀의 무릎이 카를에게 닿았다. 마침내 어떤 대답이 건너왔는데, 그와 동시에 사람이 잔뜩 들어찬 그쪽 발코니에서 다들 큰 소리로 웃기 시작했다. 그러자 들라마르슈는 그쪽으로 뭐라고 고함을 질렀다. 어찌나 큰 소리로 질렀던지 만일 지금 온 거리가 떠들썩하지 않았더라면 주위의 모든 사람이 놀라서 무슨 소리인지 귀를 기울일 정도였다. 어쨌든 그것은 효과가 있어서 웃음소리는 부자연스럽게 곧 가라앉았다.

"내일 재판관 한 명이 우리 구역에서 선출되는데 저 아래서 사람들이 떠메고 가는 저 사람이 후보자래." 들라마르슈가 완전히 진정이 되어 브루넬다에게 돌아오면서 말했다. 그러고는 "아니!"라고 외치면서 브루넬다의 등을 애무하듯이 톡톡 두드렸다. "우리는 이제 세상에서 무슨 일이 일어나는지 전혀 모른다니까."

"들라마르슈", 브루넬다가 이웃사람들의 태도를 다시 거론하면서 말했다. "그렇게 힘들지만 않다면 나는 이사가고 싶어. 하지만 유감스럽게도 그럴 수 있다고 자신하면 안 되겠지." 불안하고 심란한 그녀는 한숨을 푹푹 쉬면서 카를의 셔츠를 만지작거렸다. 카를은 되도록 넌지시 이 작고 통통한 손을 거듭 밀어내려고 했고 쉽게 성공할 수 있었다. 브루넬다는 그에게 관심을 가진 것이 아니라 전혀 다른 생각에 골몰해 있었기 때문이다.

하지만 카를도 곧 브루넬다를 잊고 그녀의 팔이 어깨를 누르는 무게를 감내하고 있었다. 거리에서 벌어지는 일들이 그의 마음을 온통 빼앗았기 때문이다. 후보자 바로 앞에는 손짓 몸짓을 하는 작은 무리의 남자들이 행진하고 있었는데, 그들의 이야기는 특별한 의미를 가진 것이 분명했다. 사방에서 귀기울여 듣고 있는 사람들의 얼굴이 그들 쪽으로 기울어지는 것이 보였기 때문이다. 이제 그들의 지시에 따라 행렬은 뜻밖에도 주점 앞에서 멈추어 섰다. 영향력 있는 이 남자들 중 하나가 손을 들어 군중과 후보자 모두에게 어떤 신호를 보냈다. 군중은 갑자기 입을 다물었고, 아래서 떠받치고 있는 자의 어깨에서 여러 차례 일어서려고 시도하다가 여러 차례 도로 주저앉은 후보자는 짧은 연설을 하면서 실크해트를 바람처럼 빠르게 이리저리 흔들었다. 연설하는 동안 모든 자동차 전조등이 그를 비추어서 환한 별 모양의 한가운데에 있는 그의 모습은 아주 또렷하게 보였다.

그런데 상황이 이렇다보니 사람들도 이미 온 거리가 이 일에 관심을 쏟고 있음을 알게 되었다. 후보와 같은 당 지지자들이 차지한 발코니에서는 그의 이름을 넣어 노래를 부르는 데 동참했고 난간 너머 두 손을 앞으로 뻗어 기계적으로 박수를 쳤다. 오히려 다수를 이루고 있는 나머지 발코니에서는 그에 대응하는 노래가 힘차게 터져나왔다. 하지만 이쪽은 각기 서로 다른 후보자들을 지지하고 있어서 통일성이 없었다. 반면에 지금 거리에 있는 후보의 모든 반대자는 합심해 일제히 휘파람을 불어댔고 축음기들까지 여러 차례 반복해서 틀었다. 각각의 발코니들 사이에서는 밤시간이라 더욱 고조된 흥분 속에서 정치적인 언쟁이 벌어졌다. 대부분은 이미 잠옷 차림이었고 그 위에 덧옷을 걸치고 있을 뿐이었다. 여자들은 커다란 짙은 색 천을 두르고 있었고, 아무도 지켜보지 않는 아이들은 불안하게도 발코니의 울타리 위로 이리저리 기어올랐으며 점점 더 많은 수가 자고 있던 컴컴한 방안에서 기어나왔다. 여기저기서 특히 흥분한 사람들이 무언지 알 수 없는 물건들을 반대편 사람들 쪽으로 집어던졌고, 때때로 그 물건들은 목표로 한 자리에 도달하기도 했지만 대개는 거리로 떨어지는 바람에 그곳에서 종종 분노의 고함을 불러일으켰다. 아래에서 행렬을 이끄는 앞서의 그 남자들에게 이 난리법석이 너무 심하다고 여겨질 때면 북 치고 나팔 부는 자들이 개입하라는 지시를 받았다. 그러면 고막이 터져라 온 힘을 다해 끝도 없이 울려대는 그들의 소리가 모든 인간의 목소리를 압도하면서 건물들의 지붕 꼭대기까지 울려퍼졌다. 그러다가 매번 아주 갑작스럽게—사람들이 거의 생각지도 못하게—그들은 소리를 그쳤고, 이어서 아무래도 이 목적으로 연습한 듯한 거리의 무리들이 자기네 당가黨歌를 일순간에 찾아든 정적 속으로 포효하듯이 불러댔다—자동차 전조등의 불빛 속에서 그들 각각의 입이 크게 벌어지는 모습이 보였다—그러면 그사이 정신을 차린 반대쪽 사람들이 모든 발코니와 창문에서 전보다 열 배는 더 강하게 소리를 질러 일시적으로 승리를 거둔 아래쪽 당 사람들을 침묵시켜버렸다. 위에서 볼 때 아래쪽 사람들은 적어도 전체적으로는 침묵했다.

"어때, 꼬마 청년?" 브루넬다가 물었다. 그녀는 오페라글라스로 가능한 한 모든 것을 보기 위해 카를 바로 뒤에서 몸을 이리 돌리고 저리 돌렸다. 카를의 대답은 그냥 고개를 끄덕이는 것뿐이었다. 그러면서 그는 로빈슨이 들라마르슈에게 보아하니 카를의 행동에 대해 열심히 이런저런 보고를 하고 있다는 것을 알아차렸다. 하지만 들라마르슈는 전혀 의미를 두지 않는 모습이었는데, 오른손으로 브루넬다를 끌어안은 채 왼손으로는 로빈슨을 자꾸 옆으로 밀어내려고 했기 때문이다. "이 글라스로 보지 않을래?" 브루넬다가 물으면서 카를에게 하는 말임을 알리기 위해 그의 가슴을 톡톡 두드렸다.

"잘 보입니다." 카를이 말했다.

"그래도 써봐." 그녀가 말했다. "더 잘 보일 거야."

"나는 눈이 좋아요." 카를이 대답했다. "다 보여요." 그녀가 오페라글라스를 그의 눈 가까이 갖다대면서 듣기 좋지만 위협이 담긴 어조로 "너"라고 딱 한 마디를 실제로 했을 때 그에게 그것은 친절이 아니라 방해로 느껴졌다. 그러다 어느새 카를은 글라스를 눈에 댔지만 정말로 아무것도 보이지 않았다.

"아무것도 안 보여요." 그는 말하면서 글라스를 눈에서 떼려고 했다. 하지만 그녀가 글라스를 단단히 붙잡는 바람에 그는 그녀의 가슴에 파묻혀 있는 자신의 머리를 앞으로 빼낼 수도, 옆으로 밀 수도 없었다.

"이제는 잘 보일 거야." 그녀는 오페라글라스의 조리개를 돌리면서 말했다.

"아뇨, 여전히 하나도 안 보여요." 카를은 말하고서 본의 아니게 자기가 로빈슨의 부담을 이제 실제로 덜어주었다는 생각이 들었다. 감당하기 힘든 브루넬다의 변덕이 그를 향해 분출되었으니 말이다.

"대체 언제 보이게 되는 거야?" 그녀는 말하면서—카를의 온 얼굴에 그녀의 가쁜 숨결이 닿았다—계속 조리개를 돌렸다. "이제는?" 그녀가 물었다.

이제 아주 희미하기는 하지만 글라스를 통해 실제로 모든 것을 구분할 수 있었음에도 불구하고 카를은 "아뇨, 아뇨, 아뇨!"라고 외쳤다. 하지만 그때 마침 브루넬다가 들라마르슈와 무슨 얘기를 주고받느라 들고 있던 오페라글라스가 카를의 얼굴에서 살짝 떨어져, 카를은 그녀가 별로 주의하지 못하는 틈에 글라스 아래로 거리를 내려다볼 수 있었다. 얼마 후 그녀도 더이상 고집을 부리지 않고 글라스를 자신이 사용했다.

아래 주점에서 웨이터 하나가 나와 문턱을 급히 넘나들며 행렬 주도자들의 주문을 받았다. 그가 몸을 쭉 뻗어 주점 내부를 살펴보고 가능한 한 많은 급사를 불러내려는 모습이 보였다. 보아하니 대규모 무료 음주 행사를 벌이려는 이 준비 과정이 진행되는 동안 그 후보자는 연설을 그만두지 않았다. 그를 떠받치고 있는 사람, 오직 그를 위해 봉사하고 있는 거구의 남자는 연설이 군중 모두에게 두루 전달되도록 몇 문장의 말이 끝날 때마다 조금씩 몸을 돌렸다. 후보자는 대체로 몸을 웅크리고 있었고, 한 손에 들고 있는 실크해트와 다른 쪽 빈손을 휙휙 흔들어 자신의 말에 최대한 강조 효과를 주려고 했다. 하지만 가끔씩 규칙적인 간격으로 무슨 생각이 퍼뜩 머릿속을 스치면 두 팔을 활짝 벌리고서 몸을 일으켰다. 그는 이제 하나의 무리가 아니라 전체를 향해 호소했다. 맨 꼭대기층까지 건물들 주민 전체에게 말했다. 하지만 맨 아래층에서는 아무도 그의 말을 들을 수 없었고, 들을 수 있다 한들 아무도 그의 말에 귀를 기울이려 하지 않을 것임이 아주 분명했다. 창문마다 발코니마다 소리를 질러대는 연설자가 적어도 하나씩은 있었기 때문이다. 그동안 급사 몇몇이 당구대만한 커다란 널빤지 하나를 주점에서 내왔는데, 그 위에는 찰랑거리는 반짝이는 유리잔들이 가득 올려져 있었다. 행렬 주도자들은 주점 문 앞을 행진해 지나가면서 그것을 나눠받을 수 있도록 준비했다. 널빤지 위의 유리잔들은 계속해서 다시 채워졌는데도 군중 모두에게 다 돌아가기에는 부족해서 술 따르는 급사들이 두 줄을 서서 널빤지 오른쪽과 왼쪽으로 재빨리 빠져나가면서 군중에게 술을 추가로 공급해야 했다. 후보자는 자연스레 연설을 중단하고 휴식시간을 이용해 새로 기운을 차렸다. 그를 젊어진 자가 천천히 이리저리 다니다가 그를 군중과 눈부신 불빛에서 떨어진 곳으로 데려갔고, 그의 가장 가까운 추종자 몇 명만 따라와서 그를 올려다보며 이야기를 건넸다.

"이 꼬마 친구 좀 봐." 브루넬다가 말했다. "구경하느라 정신이 팔려 자기가 어디에 있는지 잊고 있어." 그러고서 그녀는 카를을 깜짝 놀라게 하고는 두 손으로 그의 얼굴을 자기 쪽으로 돌려서 눈을 들여다보았다. 하지만 그것은 잠깐 동안의 일이었다. 카를이 금방 그녀의 두 손을 뿌리쳤기 때문이다. 자기를 잠시도 가만히 놔두지 않는 것이 짜증스러웠고, 그와 동시에 거리로 나가 모든 것을 가까이에서 보고 싶은 마음이 가득해 그는 이제 브루넬다의 압박에서 놓여나려고 안간힘을 다하면서 말했다.

"제발 놔주세요."

"넌 우리 곁에 있어야 해." 들라마르슈가 거리에서 시선을 돌리지 않은 채 말했다. 그러면서 카를이 나가지 못하게 하려고 한 손을 내뻗었다.

"그만둬." 브루넬다가 말하면서 들라마르슈의 손을 막았다. "그는 우리 곁에 머물 거야." 그러고서 그녀는 카를을 더욱더 세게 난간으로 밀어붙였다. 그가 벗어나기 위해서는 그녀와 드잡이라도 해야 할 판이었다. 설사 드잡이에서 이긴다 해도 그것으로 무엇을 얻을 수 있겠는가. 왼쪽에는 들라마르슈가 있었고, 오른쪽에는 이제 로빈슨이 있었으니, 그는 꼼짝없이 갇힌 셈이었다.

"너를 내던지지 않는 것을 다행으로 생각해." 로빈슨이 말하고서 브루넬다의 팔 밑으로 손을 뻗어 카를을 툭툭 쳤다.

"내던진다고?" 들라마르슈가 말했다. "도망친 도둑을 내던지지는 않지. 그 대신 경찰에게 넘기겠지. 만약 얌전히 있지 않으면 당장 내일 아침에 그를 넘길 수도 있어."

그때부터 카를은 아래에서 벌어지는 구경거리에 흥미를 잃었다. 브루넬다 때문에 몸을 똑바로 세울 수가 없어서 하는 수 없이 난간 너머로 몸을 약간 굽혔다. 자신에 대한 걱정에 휩싸여 멍한 시선으로 아래쪽 사람들을 내려다보았다. 그들은 대략 스무 명씩 무리를 지어 주점 문 앞으로 가서 잔을 집어든 다음 몸을 돌려 지금 자신의 일로 여념없는 후보자를 향해 흔들면서 당 구호를 외치고는 잔을 비웠다. 그러고서 이 높이에서는 들리지 않는, 어쨌든 왕왕거리는 소리를 내면서 잔을 널빤지 위에 다시 내려놓고는 조급한 나머지 시끄럽게 떠들어대는 새로운 무리에게 자리를 내주었다. 지금까지 주점 안에서 연주하던 악대가 행렬 주도자들의 주문에 따라 거리로 나왔다. 커다란 관악기들이 어두운 군중 속에서 번쩍거렸지만 그들의 연주는 소음 속에 거의 묻히다시피 했다. 거리는 이제 적어도 주점이 있는 쪽 주변으로 넓게 사람들로 가득찼다. 카를이 아침에 자동차를 타고 온 거리 위쪽에서도 사람들이 밀려내려왔고, 다리가 있는 거리 아래쪽에서도 사람들이 떼 지어 올라왔다. 건물 안에 있던 사람들까지 행사에 직접 관여하고 싶은 유혹을 견뎌내지 못하고 뛰쳐나왔다. 남자들이 건물 아래 출입문 밖으로 몰려나가는 바람에 발코니와 창문에는 거의 여자들과 아이들만 남아 있었다. 하지만 이제 음악과 향응의 목적은 달성되었다. 사람들이 충분히 많이 모여든 것이다. 좌우로 자동차 전조등 두 개의 호위를 받고 있는 주도자 한 사람이 신호를 보내 음악을 중지시켰다. 그가 이번에는 휘파람을 세게 불자 후보자를 목말 태운 채 다소 길을 잃고 헤매던 그 거구의 사내가 추종자들이 터주는 길을 통해 황급히 다가오는 모습이 보였다.

주점 문 가까이에 오자마자 후보자는 주위로 좁은 원을 그리며 모여든 전조등 불빛 속에서 새로 연설을 시작했다. 하지만 이제는 모든 것이 전보다 훨씬 더 어려웠다. 그를 지탱하고 있는 사내가 옴짝달싹도 못할 만큼 혼잡이 극심했던 것이다. 전에는 온갖 가능한 수단을 다해 후보자의 연설 효과를 강화하려고 시도했던 최측근의 추종자들이 이제는 그의 곁에 붙어 있기도 힘에 부쳤다. 스무 명가량이 혼신의 힘으로 사내를 꽉 붙잡고 늘어졌다. 하지만 힘이 장사인 이 사내조차 더는 한 걸음도 제 뜻대로 움직일 수 없었다. 특정 방향으로 몸을 돌린다거나 아니면 적절히 앞으로 나아가든가 뒤로 물러나든가 해서 군중에게 영향을 미친다는 것은 이제 생각할 수도 없었다. 군중은 속수무책으로 밀려들어 서로 다닥다닥 붙어 있었고 아무도 똑바로 서 있지 못했다. 반대 세력도 새로 가담한 사람들로 인해 크게 불어난 것 같았다. 사내는 주점 문 근처에서 한참 버티고 있었지만, 보아하니 이제는 아무 저항도 못하고 골목 위아래로 속절없이 밀려다니고 있는 듯했다. 후보자는 끊임없이 연설을 했지만, 그가 자신의 강령을 펼치고 있는 것인지 아니면 도움을 호소하고 있는 것인지 더는 분명치 않았다. 잘못 본 것이 아니라면 반대편 후보자도 한 명, 아니 여러 명이 나타났다. 갑자기 타오르는 불빛 속에서 군중이 들어올린 창백한 얼굴의 남자가 두 주먹을 불끈 쥐고 연설하면 많은 성원의 목소리가 터져나오는 모습이 여기저기서 보였기 때문이다.

"저기서 대체 무슨 일이 일어나는 거야?" 카를이 숨막힐 듯이 긴장된 혼란 속에서 자신의 파수꾼들 쪽으로 몸을 돌려 물었다.

"이 꼬마 친구가 왜 이렇게 흥분하는 거지." 브루넬다가 들라마르슈에게 말하고서 카를의 머리를 자기 쪽으로 잡아당기기 위해 그의 턱을 잡았다. 하지만 카를은 잡히지 않으려고 몸을 흔들었다. 거리에서 벌어지는 일들의 영향으로 더욱 막무가내가 되어 심하게 몸을 흔드는 바람에, 브루넬다는 그를 놓아주었을 뿐만 아니라 뒤로 물러나서 그를 완전히 자유롭게 해주었다. "이제 볼 거 다 봤지." 분명 카를의 행동에 화가 난 그녀가 말했다. "방으로 들어가 자리 펴고 잠잘 준비나 해." 그러고는 손을 뻗어 방 쪽을 가리켰다. 그쪽이야말로 카를이 몇 시간 전부터 가고 싶던 방향이었다. 그는 한마디도 토를 달지 않았다. 그때 골목길에서 수많은 유리가 산산이 깨지는 요란한 소리가 들려왔다. 카를은 자제하지 못하고 재빨리 난간 쪽으로 뛰어가 다시 한번 슬쩍 아래를 내려다보았다. 반대측의 일격, 아마도 결정적인 일격이 성공을 거둔 모양이었다. 그동안 추종자들이 비추는 자동차 전조등의 강한 불빛 덕분에 적어도 주요 행사가 전체 군중이 지켜보는 앞에서 진행될 수 있었고 모든 일이 어떤 한계 내에서 통제될 수 있었는데, 그 전조등이 전부 동시에 박살난 것이었다. 이제 후보자와 그를 짊어진 사내를 비추는 것은 원래 이 골목의 흐릿한 조명뿐이었고 이 조명의 불빛이 갑자기 퍼지자 마치 암흑천지가 되어버린 느낌이었다. 후보자가 지금 어디에 있는지 대략이라도 말할 수 있는 사람은 없었을 것이다. 이 어둠의 혼돈은 막 시작된, 저 아래 다리 쪽에서부터 가까워지고 있는 대규모 합창소리로 더욱 배가되었다.

"네가 지금 무슨 일을 해야 하는지 말하지 않았어?" 브루넬다가 말했다. "빨리 해. 나 피곤해." 그녀는 두 팔을 높이 뻗어올리며 덧붙였다. 그러자 그녀의 가슴이 다른 때보다 훨씬 더 불룩하게 솟았다. 그녀를 여전히 부둥켜안고 있던 들라마르슈는 그녀를 발코니 한쪽 구석으로 끌고 갔다. 로빈슨은 거기에 아직 놓여 있는, 자신이 먹다 남은 음식을 치우려고 그들을 뒤따라갔다.

카를은 이 좋은 기회를 이용해야 했다. 지금 아래를 내려다보고 있을 때가 아니었다. 거리에서 벌어지고 있는 일들은 아래로 내려가서도 얼마든지 볼 수 있을 테고 여기 위에서보다 더 많이 보게 될 것이다. 그는 두 번 펄쩍 뛰어 불그스름한 조명이 비치는 방을 급히 가로질러 건넜지만, 문은 잠겨 있었고 열쇠는 뽑혀 있었다. 열쇠를 지금 당장 찾아내야 했다. 하지만 누가 이런 무질서 속에서 열쇠를 찾을 수 있단 말인가. 더구나 카를에게 주어진 이 짧고 귀중한 시간 안에? 원래대로라면 지금은 이미 계단으로 나가 달리고 또 달려야만 했는데. 그런데 이제 열쇠를 찾고 있었다! 손이 닿는 모든 서랍을 뒤졌고, 온갖 그릇, 냅킨, 놓기 시작한 자수가 어지럽게 널려 있는 테이블 위도 샅샅이 뒤졌다. 마구 뒤엉킨 낡은 옷더미가 쌓여 있는 안락의자에도 마음이 동했다. 어쩌면 그 안에 열쇠가 있을지도 몰랐기 때문이다. 하지만 거기서는 도저히 열쇠를 찾아낼 수가 없었다. 마지막으로 실제로 고약한 냄새가 나는 소파 위에 몸을 던져서 모든 구석과 주름 속을 손으로 더듬었다. 그러고서 그는 찾는 일을 그만두고 방 한가운데에 멈추어 섰다. 틀림없이 브루넬다가 열쇠를 허리띠에 매달아 차고 다닐 거라고 중얼거렸다. 거기에는 또 많은 물건이 달려 있을 거라고, 그러니 아무리 찾아도 소용없는 일이라고.

그러고서 카를은 닥치는 대로 칼 두 자루를 집어들고 문짝과 문짝 사이에 찔러넣었다. 서로 떨어진 두 개의 작용점을 얻기 위해 하나는 위에, 다른 하나는 아래에다 넣었다. 그가 칼을 잡아당기자마자 저절로 칼날이 두 동강 났다. 그는 달리 어떻게 하려고 하지 않았다. 그가 이제 더 단단히 밀어넣을 수 있다면 동강난 칼이 오히려 더 잘 견딜 것이다. 이제 그는 두 팔을 넓게 벌리고 두 다리도 넓게 벌려 앙버티고 서서 정확히 문에 집중해 신음소리와 함께 온 힘을 다해서 잡아당겼다. 빗장이 느슨해지는 소리를 뚜렷이 듣고 기뻐하면서 문이 오래 버티지는 못하리라는 것을 깨달았다. 하지만 천천히 하면 할수록 그것은 그만큼 더 확실했다. 자물쇠가 갑자기 열려서는 절대 안 된다. 그러면 발코니에서 듣고 알게 될 테니까. 자물쇠는 오히려 아주 천천히 풀려야 한다. 그렇게 되도록 카를은 눈을 점점 자물쇠에 가까이 가져가면서 더없이 조심스럽게 혼신의 힘을 기울였다.

"저기 좀 봐." 들라마르슈의 목소리가 들렸다. 세 사람 모두 방안에 들어와 있었다. 커튼은 그들 뒤에서 이미 닫혀 있었다. 카를은 그들이 들어오는 소리를 듣지 못했던 것이 틀림없었다. 그 모습을 보자 칼을 잡고 있던 두 손이 아래로 툭 떨어졌다. 하지만 설명이나 변명을 하기 위해 말 한마디 꺼낼 틈도 없었다. 그런 잠깐의 틈도 허용치 않는 엄청난 분노를 발작적으로 터뜨리며 들라마르슈가 펄쩍 뛰어올라—그때 풀어진 그의 잠옷 가운 끈이 공중에서 어떤 커다란 모양을 그렸다—

카를에게 달려들었기 때문이다. 카를은 마지막 순간 가까스로 공격을 피했다. 문에서 칼을 뽑아 방어를 위해 사용할 수도 있었을 테지만 그러지 않고, 몸을 웅크렸다가 펄쩍 뛰어오르면서 들라마르슈의 잠옷 가운의 넓은 옷깃을 붙잡고 치켜올렸다. 그러고서 그것을 더 위로 끌어올렸다—잠옷 가운은 들라마르슈에게 너무 컸다—그리고 이제 운좋게도 들라마르슈의 머리를 붙잡았다. 들라마르슈는 불의의 기습에 너무 놀라 처음에는 무턱대고 두 손을 휘두르기만 하다가 얼마 후에야 주먹으로 카를의 등을 때렸지만 아직 큰 효과는 없었다. 카를은 얼굴을 보호하기 위해 들라마르슈의 가슴에 달라붙었다. 주먹이 점점 더 세지고 아파서 몸을 비틀었지만 카를은 견뎌냈다. 어떻게 견뎌내지 않을 수 있겠는가, 승리가 눈앞에 보이는데. 카를은 두 손으로 들라마르슈의 머리통을 붙잡고, 엄지손가락으로는 두 눈을 꽉 누른 채 그를 마구 뒤섞인 가구 쪽으로 데리고 가서는 발끝으로 잠옷 가운의 끈을 들라마르슈의 다리에 휘감아 그를 넘어뜨리려고 했다.

그러나 무엇보다 저항이 점점 더 커지는 것이 느껴지고 이 적수의 몸이 점점 더 억세게 맞버티고 있어서 전적으로 그만을 상대할 수밖에 없었기 때문에 카를은 들라마르슈와 단둘만 있는 것이 아니라는 사실을 실제로 잊고 있었다. 하지만 그 사실을 금방 깨닫게 되었는데 갑자기 자신의 두 발이 말을 듣지 않았기 때문이다. 뒤에서 바닥으로 몸을 던진 로빈슨이 소리를 지르면서 그의 두 발을 붙잡아 벌리려고 했던 것이다. 카를은 한숨을 내쉬면서 들라마르슈를 놓아주었고, 들라마르슈도 한 걸음 뒤로 물러섰다. 브루넬다는 두 다리를 넓게 벌리고 무릎을 굽혀 한껏 몸을 넓힌 자세로 방 한가운데에 서서 눈을 반짝이며 사태를 지켜보고 있었다. 마치 실제로 싸움에 가담한 듯이 그녀는 숨을 깊이 들이쉬고 눈으로 가늠하면서 두 주먹을 천천히 앞으로 내밀었다. 들라마르슈는 옷깃을 제자리로 내려서 이제 다시 자유롭게 시야를 확보했다. 물론 이제 더이상 싸움은 없고 오로지 응징뿐이었다. 그는 카를의 셔츠 앞부분을 움켜잡고서 그를 바닥에서 들어올리다시피 해서 경멸스러워 아예 쳐다보지도 않고 몇 걸음 떨어진 장롱을 향해 냅다 집어던졌다. 어찌나 세게 던졌는지, 카를은 장롱에 부딪히면서 생긴 등과 머리의 찌르는 듯한 통증이 처음엔 들라마르슈의 손에 직접 얻어맞아서 생긴 것이라고 생각할 정도였다. "이 악당 놈의 새끼." 파르르 떨리는 눈 앞에 생겨난 어둠 속에서 들라마르슈가 그렇게 외치는 소리가 들렸다. 카를이 녹초가 되어 장롱 앞에서 푹 쓰러지는 처음 순간 "좀 기다려"라는 말이 귓전을 맴돌며 희미하게 울렸다.

정신이 들었을 때 주위는 칠흑같이 깜깜했고, 아직 깊은 밤인지 발코니에서 희미한 달빛이 커튼 밑을 통해 방안으로 흘러들어왔다. 잠자는 세 사람의 차분한 숨소리가 들렸다. 월등하게 가장 큰 숨소리는 브루넬다의 것이었다. 그녀는 자면서도 말할 때 이따금 그러듯이 거친 숨소리를 냈다. 하지만 세 사람이 각각 어느 쪽에 있는지는 확인하기가 쉽지 않았다. 방 전체가 색색거리는 숨소리로 가득했다. 주변을 더듬어보고야 비로소 자기 자신에게 생각이 미친 카를은, 그 순간 깜짝 놀랐다. 통증 때문에 몸이 심하게 굽고 뻣뻣한 느낌이 들긴 했어도 자신이 중상을 입고 피투성이가 되었을 거라고는 생각하지 않았기 때문이다. 하지만 이제 그는 머리가 짐처럼 무거웠고, 얼굴 전체, 목, 셔츠 밑의 가슴이 피 같은 것에 젖어 축축했다. 상태를 정확하게 확인하려면 불빛 쪽으로 가야 했다. 아마도 불구가 될 만큼 늘씬하게 두들겨맞은 모양이었다. 그렇다면 들라마르슈가 그를 기꺼이 놓아줄 것이다. 하지만 그다음에는 어떻게 하는 것이 좋겠는가. 그렇게 되면 정말 그에게는 더이상 아무런 전망도 없는데. 큰문 앞에 있던 코가 물어뜯긴 듯한 청년이 생각났고, 그는 순간적으로 얼굴을 두 손에 파묻었다.

그러고서 그는 자기도 모르게 문 쪽을 향해 엎드려서 손으로 더듬어 기어갔다. 곧 손가락 끝에 장화 하나와 다리 하나가 만져졌다. 로빈슨이었다. 그 말고 장화를 신은 채로 잠을 잘 사람이 누가 있겠는가? 그는 카를이 달아나는 것을 저지하기 위해 문 앞에 가로로 누워 자라는 명령을 받은 것이다. 하지만 그들은 대체 카를의 상태를 모른단 말인가? 지금으로서는 달아나고 싶은 마음이 전혀 없었고, 그저 불빛 쪽으로 가고 싶을 뿐이었다. 따라서 문밖으로 나갈 수 없다면 발코니로 나가는 수밖에 없었다.

그는 식탁의 위치가 분명 저녁때와는 달라진 것을 알게 되었다. 카를이 물론 아주 조심스럽게 다가간 소파는 놀랍게도 비어 있었다. 반면에 방 한가운데에서는, 한껏 눌러놓았지만 그래도 높이 쌓인 옷, 이불, 커튼, 쿠션, 양탄자들에 부딪혔다. 처음에는 저녁때 소파 위에서 그가 보았지만 어쩌다가 바닥으로 굴러떨어진 것과 비슷한 작은 더미일 뿐이라고 생각했다. 하지만 놀랍게도 계속 기어가다가 그러한 물건들로 족히 차 한 대 분량쯤이 거기에 놓여 있음을 알게 되었다. 그 물건들을 낮 동안은 장롱에 넣어두었다가 필시 밤이 되면 꺼내 쓰는 것 같았다. 그는 이 무더기를 돌아 기어가다가 그 전체가 일종의 잠자리라는 사실을 곧 알게 되었다. 더없이 조심스럽게 손으로 더듬어 확신하기로는, 그 무더기 위의 높은 곳에 들라마르슈와 브루넬다가 자고 있었던 것이다.

이제 그는 모두가 어디에서 자고 있는지 알았으니 발코니로 나가는 일을 서둘렀다. 커튼 바깥의 그곳은 전혀 다른 세계였다. 그 다른 세계에서 이제 그는 빠르게 일어섰다. 상쾌한 밤공기 속에서 달빛을 가득 받으며 발코니를 몇 차례 왔다갔다했다. 골목을 내려다보았더니 아주 조용했다. 주점에서는 아직 음악이 울려나왔지만, 한풀 꺾인 소리일 뿐이었다. 거리에서 한 남자가 문 앞의 보도를 비로 쓸고 있었다. 저녁때는 전체적으로 혼란이 극으로 치닫는 엄청난 소음 속에서 선거 후보자 한 사람의 외침이 수천 명의 다른 목소리와 구별도 안 되던 곳이었는데, 이제는 빗자루가 포석 위를 쓸며 할퀴는 소리까지 또렷이 들렸다.

이웃집 발코니에서 책상 움직이는 소리가 나서, 카를은 그쪽으로 주의를 돌렸다. 그곳에 누군가 앉아 공부를 하고 있었다. 작은 뾰족 수염을 기른 청년이었다. 그는 책을 읽으면서 빠르게 입술을 움직거리는 동시에 끊임없이 수염을 돌리며 꼬았다. 얼굴을 카를 쪽으로 돌린 채 그는 책들이 쌓여 있는 작은 책상에 앉아 있었는데, 벽에서 떼어온 백열등을 두 권의 커다란 책 사이에 끼워놓고 있어서 그 눈부신 빛이 그를 완전히 뒤덮고 있었다.

"안녕하세요." 카를은 청년이 자기 쪽을 건너다보았다고 생각해 말했다.

하지만 그것은 착각이었던 것이 분명했다. 왜냐하면 청년은 아예 그를 보지 못한 듯한 모습으로, 빛을 가리고서 누가 이 시간에 느닷없이 인사를 하는 것인지 확인하기 위해 한 손을 눈 위에 갖다댔다가 여전히 아무것도 보이지 않는지 백열등을 높이 들어 이쪽 발코니까지도 슬쩍 비춰보았기 때문이다.

"안녕하세요." 청년도 말했다. 그는 잠깐 이쪽을 날카롭게 건너다보더니 덧붙였다. "그런데 무슨 일이라도?"

"제가 방해가 되었나요?" 카를이 물었다.

"그럼요, 그렇고말고요." 청년은 말하고서 백열등을 다시 이전 자리에 놓았다.

물론 이 말로 어떤 대화가 이어지는 것도 거절당한 셈인데 카를은 청년에게서 가장 가까운 발코니 구석을 떠나지 않았다. 그는 잠자코 청년이 책을 읽고 책장을 넘기는 모습을 지켜보았다. 청년은 때때로 번개처럼 재빨리 집어든 다른 책에서 뭔가 찾아보기도 하고 종종 공책에다 메모를 하기도 했는데, 그때마다 놀랍게도 공책에 닿을락 말락 고개를 깊이 숙였다.

이 청년은 혹시 대학생일까? 그 모습이 딱 공부를 하는 것처럼 보였다. 카를도 크게 다르지 않게—지금은 이미 옛날 일이 되었지만—집에서 부모님의 책상에 앉아서 숙제를 했었다. 그동안 아버지는 신문을 보거나 회계장부를 정리하고 어느 협회에 보낼 서신을 작성했으며, 어머니는 바느질에 열중해 옷감에서 실을 높이 끌어올렸다. 아버지를 성가시게 하지 않기 위해 카를은 공책과 필기도구만 책상에 올려놓았고, 필요한 책들은 자신의 오른쪽과 왼쪽에 있는 의자들 위에다 가지런히 정리해놓았다. 그곳은 얼마나 조용했던가! 낯선 사람들이 그 방에 들어오는 일은 얼마나 드물었던가! 카를은 어린애였을 때부터 벌써 어머니가 저녁 무렵 현관문을 열쇠로 잠그는 모습을 늘 즐겨 지켜보았다.

지금은 카를이 남의 집 문을 칼로 억지로 열려고 할 지경까지 되었다는 것을 그녀는 상상도 못할 것이다.

그런데 그는 그 공부를 어떤 목적으로 했던 것일까! 전부 잊어버렸다. 여기서 공부를 계속하기로 감행했다고 해도 몹시 어려운 일이었을 것이다. 그는 집에서 언젠가 한 달 동안 앓아누웠던 일이 생각났다—그후 다시 중단되었던 공부를 따라가느라 얼마나 힘들었던가. 그런데 이제는 영어 상업통신문 교본 외에는 책이라는 것을 읽은 지도 이미 오래였다.

"여보세요, 젊은 친구." 카를은 갑자기 자기에게 말을 걸어오는 소리를 들었다. "딴 데로 좀 가줄 수 없겠어요? 당신이 이쪽을 계속 보고 있으니까 엄청나게 방해가 돼요. 새벽 두시쯤에는 발코니에서 방해받지 않고 공부할 수 있는 권리를 요구할 수 있지 않을까요. 그런데 나에게 무슨 용무라도 있나요?"

"당신은 공부를 하는 건가요?" 카를이 물었다.

"네, 그래요." 청년은 말하면서 공부하는 데 쓰지 못하고 잃어버리는 이 짧은 시간도 책들을 새로 정돈하는 데 이용했다.

"그러면 방해하지 않을게요." 카를이 말했다. "나는 다시 방으로 들어갑니다. 잘 자요."

청년은 대답조차 하지 않았다. 방해꾼이 물러나자 그는 득달같이 작심하고 다시 공부에 착수했고 이마가 무거운지 오른손으로 떠받쳤다.

그때 카를은 커튼 바로 앞에서 자기가 왜 밖으로 나왔는지 생각이 떠올랐다. 자신의 몸 상태가 어떤지 아직 전혀 몰랐다. 뭐가 머리를 이렇게 무겁게 누르는 거지? 그는 머리를 만져보고 깜짝 놀랐다. 방의 어둠 속에서 걱정했던 피투성이의 상처는 아니었고 아직도 축축한 터번 모양의 붕대일 뿐이었다. 여기저기 늘어진 레이스 자투리들로 미루어 짐작하건대, 그 붕대는 브루넬다의 낡은 내의를 찢어서 로빈슨이 카를의 머리에 대충 감아놓은 것인 듯했다. 다만 내의에서 물을 짜내는 것을 잊어버려서 카를이 정신을 잃은 동안 많은 물이 얼굴을 타고 흘러내려 셔츠를 적셨고 그 바람에 카를이 그렇게 놀랐던 것이다.

"아직도 거기 있나보네요?" 청년은 눈을 가늘게 뜨고 이쪽을 건너다보면서 물었다.

"이제 정말로 들어갑니다." 카를이 말했다. "여기서 뭘 좀 보려고 했어요. 방안이 너무 깜깜해서요."

"그런데 당신은 누구세요?" 청년은 말하고서 펜대를 앞에 펴놓은 책 사이에 놓고 난간으로 다가왔다. "이름이 어떻게 됩니까? 어떻게 해서 그 사람들 집에 오게 되었나요? 여기 온 지 벌써 오래됐습니까? 그런데 뭘 보려고 한 거죠? 당신을 볼 수 있도록 거기 있는 백열등을 좀 켜보세요."

카를은 그렇게 했다. 하지만 대답하기 전에 안에 있는 사람들이 아무 소리도 못 듣도록 문의 커튼을 더 꼭 닫았다. "이렇게 목소리를 낮춰 말해서 죄송합니다." 그가 속삭이는 어조로 말했다. "저 안에 있는 자들이 내 말소리를 듣게 되면 다시 시끄러운 소동이 일어나요."

"다시요?" 청년이 물었다.

"네." 카를이 말했다. "저녁때 저들과 대판 싸웠어요. 그 바람에 엄청난 혹이 생긴 게 분명해요." 그러고서 그는 머리 뒤쪽을 손으로 더듬어보았다.

"대체 무슨 싸움이었는데요?" 물어봐도 카를이 바로 대답하지 않자 청년은 이렇게 덧붙였다. "나한테는 그 집 주인들에 대해 하고 싶은 말이 있으면 마음놓고 전부 털어놔도 돼요. 한마디로 나는 그들 셋 모두, 특히 그 안주인이 몹시 싫거든요. 그 사람들이 당신한테 아직 내 험담을 하지 않았다면 이상하게 생각할 만한 일이지요. 나는 요제프 멘델이라고 하고 대학생입니다."

"네." 카를이 말했다. "당신 얘기는 이미 들었지만 나쁜 말은 없었어요. 브루넬다 부인을 한번 치료해준 일이 있었죠, 아닌가요?"

"맞아요." 대학생은 웃으면서 말했다. "소파에서 아직도 그 냄새가 나나요?"

"네, 납니다." 카를이 말했다.

"그렇다니 나는 기쁘네요." 대학생이 손으로 머리를 쓸어올리며 말했다. "그런데 어쩌다 그들 때문에 머리에 혹이 난 거예요?"

"싸움이 있었습니다." 카를은 대학생에게 어떻게 설명해야 좋을지 곰곰이 생각하면서 말했다. 하지만 그는 거기서 말을 중단하고 이렇게 말했다. "근데 내가 방해되지 않나요?"

"첫째로", 대학생이 말했다. "당신은 이미 나를 방해했어요. 나는 유감스럽게도 신경이 아주 예민해서 하던 일에 다시 적응하려면 오랜 시간이 걸립니다. 당신이 거기서 발코니 산책을 시작한 후로 공부가 잘되지 않는군요. 둘째로, 하지만 나는 세시에는 언제나 휴식을 갖습니다. 그러니 염려 말고 이야기해보세요. 흥미도 있고요."

"아주 단순한 이야기입니다." 카를이 말했다. "들라마르슈는 내가 자기 집의 하인이 되기를 원해요. 하지만 나는 원치 않아요. 저녁때 바로 떠나고 싶었어요. 그가 나를 놔주지 않더니 문을 잠가버렸어요. 나는 그 문을 부수어 열려고 했고, 그다음에 싸움이 벌어졌어요. 나는 아직도 여기 있다는 것이 불행해요."

"당신은 그럼 다른 일자리가 있나요?" 대학생이 물었다.

"아니요." 카를이 말했다. "하지만 여기서 나갈 수만 있다면 그런 건 문제도 안 됩니다."

"글쎄요." 대학생이 말했다. "그런 게 문제가 안 된다고요?" 그러고는 둘 다 잠시 말이 없었다.

"도대체 왜 그 사람들 집에 머무르지 않겠다는 거예요?" 대학생이 물었다.

"들라마르슈는 나쁜 사람입니다." 카를이 말했다. "나는 그를 이미 예전부터 알고 있었어요. 언젠가 하루종일 함께 걸었는데, 그날 그의 곁을 떠나게 되어 기뻤거든요. 그런데 지금 내가 그의 집에서 하인이 되라는 말인가요?"

"모든 하인이 주인을 선택하는 데 당신처럼 그렇게 까다롭게 군다면야!" 대학생은 말하면서 미소 짓는 것 같았다. "보세요. 나는 낮 동안 점원 일을 해요. 말단 점원이지요. 어딘가 하면 바로 몬틀리백화점의 급사 일이에요. 이 몬틀리라는 자는 의심할 여지 없이 악당이에요. 하지만 그런 것에는 전혀 마음이 흔들리지 않아요. 나는 오직 임금이 형편없다는 게 화가 날 뿐이에요. 그러니 내 경우를 본보기로 삼아요."

"뭐라고요?" 카를이 말했다. "낮에는 점원으로 일하고 밤에는 공부를 한다고요?"

"네." 대학생이 말했다. "달리 방법이 없어요. 할 수 있는 걸 다 해보았지만, 이런 생활방식이 그래도 가장 좋아요. 몇 년 전에는 그냥 대학생이었어요. 밤낮으로 공부만 했죠. 알겠어요? 하지만 그때는 굶어죽을 지경이었어요. 더럽고 오래된 동굴 같은 방에서 잠을 잤고, 당시의 행색으로는 강의실에 들어갈 엄두도 못 냈어요. 하지만 다 지난 일이에요."

"하지만 잠은 언제 자고요?" 카를은 물으면서 대학생을 의아한 표정으로 바라보았다.

"그래요, 잠이라고요!" 대학생이 말했다. "공부를 다 끝내면 잘 겁니다. 지금은 블랙커피를 마시죠." 그러고서 그는 몸을 돌려 책상 밑에서 큰 병 하나를 꺼내고 그 병에서 블랙커피를 조그만 잔에 따라 마치 약을 먹을 때 가능한 한 그 맛을 느끼지 않으려고 급히 삼키는 것처럼 입에 털어넣었다.

"훌륭한 음료예요, 블랙커피는." 대학생이 말했다. "당신에게 조금 건네주고 싶지만 그렇게 멀리 있으니 아쉽네요."

"블랙커피는 좋아하지 않아요." 카를이 말했다.

"나도 그래요." 대학생은 말하고서 웃었다. "하지만 이게 없으면 내가 뭘 어떻게 하겠어요. 블랙커피가 없으면 나는 몬틀리에서 한순간도 일할 수 없을 겁니다. 몬틀리는 물론 내가 이 세상에 존재하는지조차 모르지만, 나는 늘 몬틀리, 몬틀리 하죠. 만일 내가 그곳 판매대 안에 이것과 똑같은 크기의 병을 항상 준비해두지 않았다면 매장에서 어떻게 일할 수 있었을지 잘 모르겠어요. 커피를 그만 마셔야지 하는 생각은 아직 한 번도 해본 적이 없었죠. 하지만 내 말 믿어요, 그랬더라면 금세 판매대 뒤에 누워서 잤을 거예요. 유감스럽게도 사람들이 그것을 눈치채고, 백화점에서는 나를 '블랙커피'라고 불러요. 시시한 농담이지만 확실히 승진에는 이미 해를 끼치고 있습니다."

"그러면 언제 공부를 끝마치나요?" 카를이 물었다.

"더디게 진척되고 있어요." 대학생이 고개를 숙이고 말했다. 그는 난간에서 물러나 다시 책상에 앉았다. 펼쳐놓은 책 위에 팔꿈치를 괴고 두 손으로 머리를 쓸어올리면서 그는 말했다. "아직 일이 년 더 걸릴지 몰라요."

"나도 공부를 하려고 했어요." 카를은 마치 자신의 이런 사정을 이야기하면 지금 입을 다물고 있는 대학생이 자신에게 이미 보여준 것보다 더 큰 신뢰를 보여주기라도 할 것처럼 그렇게 말했다.

"그렇군요." 대학생이 말했다. 그가 책을 다시 읽는지 아니면 그저 멍하니 들여다보고만 있는 것인지 분명치 않았다. "당신이 공부를 포기한 것을 기쁘게 생각하세요. 나 자신이 이미 수년 전부터 공부를 하고 있는 것은 사실 이왕에 시작한 일이기 때문입니다. 공부로 얻는 만족은 작고 미래에 대한 전망은 더욱 작아요. 나한테 대체 무슨 전망이 있겠어요! 미국은 가짜 박사들로 득실거리고 있거든요."

"나는 엔지니어가 되고 싶었어요." 카를은 얼핏 주의가 완전히 산만해진 듯 보이는 대학생을 향해 급히 말했다.

"그러면 당신은 지금 그 사람들 집에서 하인이 되어야 해요." 대학생은 말하고서 슬쩍 쳐다보았다. "물론 고통스러운 일이겠지만 말입니다."

대학생의 이런 추론은 물론 오해에서 나온 것이었지만 어쩌면 카를이 그 오해를 이용할 수 있을지도 몰랐다. 그래서 그는 물었다. "혹시 나도 백화점에서 일자리를 하나 얻을 수 없을까요?"

이 질문이 대학생을 완전히 책에서 떼어놓았다. 그로선 자기가 카를의 구직에 도움이 될 수 있을 거라는 생각은 전혀 하지 못했다. "한번 해봐요." 그가 말했다. "아니 차라리 안 하는 편이 더 낫겠어요. 내가 몬틀리에서 일자리를 얻은 건 지금까지 내 인생에서 가장 큰 성공이었어요. 만약 대학 공부와 이 일자리 중에 선택을 해야 한다면 나는 일자리 쪽을 선택할 겁니다. 그런 선택을 할 필요가 생기지 않도록 노력하고 있을 뿐입니다."

"거기에서 일자리 하나 얻는 것이 그렇게 어렵다니." 카를은 상대에게보다는 자신에게 그렇게 말했다.

"아, 무슨 생각을 하는 거예요?" 대학생이 말했다. "몬틀리에서 수위가 되는 것보다 여기서 지역 재판관이 되는 게 더 쉬워요."

카를은 입을 다물었다. 이 대학생은 카를보다 훨씬 더 경험이 많고, 카를이 아직 모르는 어떤 이유로 들라마르슈를 미워하고 있으며, 반면에 카를에 대해서는 나쁜 감정이 없는 것이 분명했는데, 그런 그가 카를에게 들라마르슈를 떠나도록 고무하는 말은 한마디도 하지 않았다. 그러면서 그는 아직 카를이 경찰에게 쫓기는 위험에 처해 있으며 당장은 들라마르슈 곁에서만 그 위험에서 어느 정도 벗어나 보호를 받고 있다는 것을 전혀 모르고 있었다.

"저녁때 아래에서 있었던 시위를 보았죠? 그렇죠? 사정을 잘 모르는 사람은 그 후보자가—이름이 로브터입니다—왠지 가망이 있다거나 적어도 물망에는 오를 거라고 생각할 겁니다. 아닌가요?"

"정치는 전혀 몰라요." 카를이 말했다.

"그건 잘못이에요." 대학생이 말했다. "하지만 그건 그렇다 쳐도 당신은 눈과 귀가 있잖아요. 그 사람에게는 의심할 여지 없이 지지자들과 반대자들이 있었죠. 그건 당신도 알아차렸겠죠. 그럼 이제 생각해봐요. 내 생각에 그 사람은 당선될 가망이 전혀 없어요. 나는 우연히 그 사람에 대해 모든 것을 알게 되었죠. 그를 알고 있는 어떤 사람이 여기에 같이 살거든요. 무능력한 사람은 아니에요. 정치적 견해와 경력을 보면 그 사람이야말로 이 지역 재판관으로 적합하다는 생각이 들어요. 하지만 그가 선출될 거라고 생각하는 사람은 아무도 없어요. 그는 더없이 멋지게 떨어질 겁니다. 선거 유세를 위해 돈을 좀 뿌렸을 거예요. 그게 전부일 겁니다."

카를과 대학생은 잠시 침묵하면서 서로를 바라보았다. 대학생은 미소 지으며 고개를 끄덕이더니 한 손으로 피로한 두 눈을 눌렀다.

"자, 이제 자지 않을래요?" 그가 물었다. "나도 다시 공부해야 되거든요. 내가 얼마나 더 공부해야 하는지 봐요." 그러고는 아직 그를 기다리고 있는 공부의 양이 얼마나 되는지 카를이 감을 잡을 수 있도록 책의 절반쯤을 휘리릭 넘겨 보였다.

"그럼 잘 자요." 카를은 말하고서 몸을 숙여 인사했다.

"우리집에 한번 놀러와요." 다시 책상에 앉은 대학생이 말했다. "물론 마음이 내키면 말입니다. 여기에 오면 늘 같이 어울릴 친구가 많아요. 저녁 아홉시에서 열시까지는 나도 당신과 어울릴 시간이 있어요."

"그럼 당신은 나에게 들라마르슈의 집에 있으라고 충고하는 거지요?" 카를이 물었다.

"무조건입니다." 그러고 나서 대학생은 마치 그 말을 전혀 하지 않은 사람처럼 이미 책들 쪽으로 고개를 숙이고 있었다. 대학생의 목소리보다 한층 더 깊은 어떤 목소리가 말한 것처럼 그 말이 아직도 카를의 귓전에 남아 울렸다. 그는 천천히 커튼 쪽으로 가다가 이제 미동도 없이 거대한 어둠에 휩싸여 자신의 불빛 속에 앉아 있는 대학생 쪽을 한번 더 보았다. 그러고서 카를은 방안으로 미끄러지듯이 들어갔다. 잠자는 세 사람의 숨소리가 하나로 합쳐져 그를 맞이했다. 그는 벽을 따라서 소파를 찾아 더듬어나가다 발견하자 마치 그것이 익숙한 잠자리인 양 가만히 그 위에 누워 몸을 뻗었다. 들라마르슈와 이곳 사정을 잘 알고 더구나 배운 사람인 그 대학생이 이곳에 머물도록 충고했으므로, 당장은 의심을 내려놓기로 했다. 그는 그 대학생처럼 그렇게 높은 목표가 없었다. 공부를 끝마치는 일은 그가 고향집에 있더라도 과연 해낼 수 있을지 아무도 몰랐다. 자기 집에서도 거의 불가능해 보이는 일인데 여기 낯선 땅에서 그가 그것을 이룬다는 것은 누구도 바랄 수 없는 일이었다. 하지만 우선은 들라마르슈 집의 하인 자리를 받아들이고 안정된 발판 위에서 좋은 기회를 기다린다면, 그가 무언가를 이루고 그 성과에 따라 인정받을 수 있는 일자리를 하나쯤 찾아낼 수 있으리라는 희망은 확실히 더 컸다. 이 거리에는 중소 규모의 사무실이 많아 보였고 그런 사무실에서는 아마도 사람이 필요해서 직원을 뽑을 때 그다지 까다롭지는 않을 것이다. 달리 어쩔 수 없다면 그는 상점 급사라도 되고 싶었다. 하지만 가만히 생각해보면 그라고 번듯한 사무실에 채용되지 못하리라는 법은 없었다. 그도 언젠가는 그런 곳에서 사무직원이 되어 자기 책상에 앉아 어제 아침 안마당들을 지나면서 보았던 그 사무실 직원처럼 마음 편히 한참 동안 열린 창문 밖을 내다볼 수 있으리라는 것이 아예 가당치도 않은 희망은 아닐 것이다. 그가 눈을 감았을 때 위안처럼 마음속에 떠오른 생각은, 자신이 그래도 젊다는 것과 들라마르슈가 언젠가는 자기를 놓아주리라는 것이었다. 사실 이 집안 살림은 언제까지고 계속 유지될 것 같아 보이지 않았기 때문이다. 그러나 만일 카를이 언젠가 어느 사무실에서 그런 일자리를 얻게 된다면 그는 사무실 일 외에는 다른 어떤 일도 하지 않을 것이고 그 대학생처럼 힘을 분산해서 낭비하지 않을 것이다. 만일 필요하다면 사무실 일을 위해 밤시간도 기꺼이 바칠 의향이 있었다. 그것은 처음에는 업무를 보기 위한 기초 지식과 역량이 부족하므로 어차피 그에게 요구될 일이었다. 그는 오직 자신이 몸 바쳐 일할 영업점의 이익만 생각하려 했고, 다른 직원들이 자신들에게 적합하지 않다고 해서 거절하는 일까지 포함해서 모든 일을 떠맡을 터였다. 이런 착실한 결심들이 머릿속에 무성하게 자라났다. 마치 미래의 사장이 소파 앞에 서서 그의 얼굴에서 그 결심들을 읽어내고 있기라도 하듯이 말이다.

그런 생각을 하면서 카를은 잠이 들었다. 처음에 선잠이 들었을 때만 브루넬다의 커다란 한숨소리 때문에 방해를 받았다. 그녀는 아무래도 감당하기 힘든 꿈에 시달리며 잠자리에서 몸을 뒤척이는 것 같았다.

"일어나! 어서!" 카를이 아침에 눈을 뜨자마자 로빈슨이 소리쳤다. 발코니 문의 커튼은 아직 열리지 않은 채였지만 틈새로 들어오는 고른 햇빛을 보고 오전 몇시쯤인지 짐작할 수 있었다. 로빈슨은 걱정스러운 눈빛으로 열심히 이리저리 뛰어다니고 있었다. 때로는 수건을 들고, 때로는 양동이를 들고, 때로는 세탁물이며 옷가지를 들고 왔다갔다하면서 카를 옆을 지날 때마다 고개를 끄덕여 어서 일어나도록 기운을 북돋우려 했고, 마침 손에 들고 있던 물건을 높이 쳐들어서 자신이 오늘 마지막으로 카를 대신 애쓰고 있다는 것을 보여주었다. 카를이 당연히 첫날 아침이라 해야 할 일에 대해 구체적으로 세세히 알지는 못했기 때문이다.

그러나 곧 카를은 로빈슨이 대체 누구를 시중들고 있는지 알게 되었다. 장롱 두 개로 방 나머지 부분과 구분지어둔, 카를이 이제껏 보지 못한 공간이 있었는데, 그 안에서 한바탕 목욕이 이루어지고 있었다. 브루넬다의 머리, 드러난 목—머리채가 막 얼굴로 쏟아져내렸다—그리고 목덜미 시작 부분이 장롱 위로 솟아오르는 모습이 보였고, 이따금 쳐드는 들라마르슈의 손에는 사방으로 물을 튀기며 브루넬다를 씻기고 문지르는 목욕용 스펀지가 들려 있었다. 들라마르슈가 로빈슨에게 짧게 지시를 내리는 소리들이 들렸다. 그러면 로빈슨은 그 공간으로 통하는 원래 출입구는 이제 막혀 있어 거기가 아닌 장롱과 가림막 사이의 작은 틈으로 물건을 건네주었는데 그때마다 팔을 쭉 뻗은 채 고개는 돌리고 있어야 했다. "수건! 수건!" 하고 들라마르슈가 소리쳤다. 그러자 테이블 밑에서 다른 뭔가를 찾고 있던 로빈슨이 깜짝 놀라 머리를 내밀기가 무섭게 벌써 이런 소리가 들려왔다. "물은 어디 있어? 빌어먹을!" 장롱 위로 들라마르슈의 성난 얼굴이 불쑥 나타났다. 카를의 생각으로는 사람들이 평소 씻고 옷 입을 때 딱 한 번 필요한 모든 게 여기서는 가능한 온갖 순서로 몇 번씩 요구되었고 또 그렇게 행해졌다. 작은 전기난로 위에는 줄곧 물 데우는 양동이가 올려져 있었고, 로빈슨은 몇 번씩 그 무거운 것을 가랑이를 넓게 벌려 그 사이로 들고 목욕간으로 날랐다. 할일이 너무 많은 통에 그가 매번 정확하게 지시를 따르지 못한다 해도 전혀 이상할 게 없었다. 한번은 다시 수건을 가져오라고 하자, 로빈슨은 방 한복판의 커다란 잠자리에서 무심코 셔츠 하나를 집어들어 꾸깃꾸깃 큰 뭉치로 만들어선 장롱 너머로 던지기도 했다.

하지만 들라마르슈도 힘들긴 마찬가지였다. 로빈슨에게 툭하면 화를 내는 것도—화가 나서 카를은 아예 본체만체했다—순전히 그 자신이 브루넬다를 만족시킬 수 없기 때문인 것 같았다. "아야!" 그녀가 갑자기 외마디 소리를 질렀다. 그동안 무심코 있던 카를조차 움찔했다. "왜 이렇게 아프게 하는 거야! 저리 가! 차라리 나 혼자 씻을 테야! 이렇게 아파서 고생하느니. 지금 또 팔을 들어올릴 수가 없어. 그렇게 세게 눌러대면 기분이 아주 나빠. 등짝은 틀림없이 온통 멍든 자리일 거야. 물론, 자기는 나한테 말 안 하겠지. 기다려봐, 로빈슨에게 등을 봐달라고 할 거야. 아니면 우리의 꼬마 친구에게. 아니야, 그러지 않을래. 하지만 더 부드럽게 좀 해봐. 조심 좀 해서, 들라마르슈. 그런데 이건 아침마다 되풀이하는 말이잖아. 자기는 너무 조심성이 없어. 로빈슨!" 그녀는 갑자기 외치면서 레이스 팬티를 머리 위로 흔들어댔다. "나 좀 도와줘. 내가 얼마나 시달리고 있는지 와서 봐. 이런 고문을 들라마르슈는 글쎄 목욕이라고 부르는 거야. 로빈슨, 로빈슨, 어디 있어? 당신도 인정머리 없는 사람이야?" 카를은 말없이 손가락으로 로빈슨에게 어서 가보라고 신호를 보냈지만, 로빈슨은 눈을 내리깔고 짐짓 거만하게 고개를 가로저었다. 그는 사정을 더 잘 알고 있었던 것이다. "무슨 생각을 하는 거야?" 로빈슨이 몸을 굽혀 카를의 귀에 대고 말했다. "저건 그런 뜻이 아니야. 딱 한 번 나도 갔었지. 그뒤로는 두 번 다시 안 가. 그때 저 둘이 나를 붙잡아서 욕조에 담그는 바람에 익사하는 줄 알았어. 그러고서 브루넬다는 며칠이나 나를 파렴치한이라며 비난했고, 자꾸만 '내가 목욕할 때 와본 지도 이제 오래되었네'라든가 '언제 또 내가 목욕하는 걸 구경하러 올 거야?'라고 비아냥대는 거야. 내가 여러 차례 무릎 꿇고 빌고 나서야 그만두었지. 그 일은 못 잊을 거야." 로빈슨이 이야기를 하는 동안에도 브루넬다는 몇 번이나 외쳐댔다. "로빈슨! 로빈슨! 이놈의 로빈슨 도대체 어디에 있는 거야!"

아무도 그녀를 도우러 가지 않았고 대답조차 하지 않았지만—로빈슨은 카를에게로 가서 앉았고, 둘 다 말없이 장롱 쪽을 쳐다보았다. 그 위로 이따금 브루넬다와 들라마르슈의 머리가 나타났다—브루넬다는 들라마르슈에 대해 큰 소리로 불평을 쏟아내기를 멈추지 않았다. "하지만 들라마르슈!" 그녀가 외쳤다. "이젠 또 자기가 나를 씻겨주고 있다는 느낌이 전혀 안 들어. 스펀지는 어디에 있는 거야? 어서 잡아! 내가 몸을 구부릴 수만 있다면, 내가 움직일 수만 있다면! 어떻게 씻는 건지 자기에게 보여줄 텐데. 나의 처녀 시절은 어디로 가버린 거지? 저 너머 우리 부모님 농장에서 살던 나는 매일 아침 콜로라도강에서 수영을 했지. 친구들 중에서 제일 민첩했던 나였는데. 그런데 지금은 이게 뭐야! 들라마르슈, 자기는 도대체 언제쯤이면 나를 제대로 씻겨주는 법을 터득하게 될까? 스펀지를 이리저리 흔들면서 애를 쓰고는 있는데, 나는 하나도 느껴지지 않는단 말이야. 내가 자기에게 상처가 나도록 문지르지 말라고 한 건 여기 서서 감기 들고 싶다고 한 말이 아니야. 나 이대로 욕조에서 뛰쳐나가버린다."

하지만 그녀는 이 위협을 실행에 옮기지는 않았다—본래 그렇게 할 수도 없었을 것이다—들라마르슈는 감기가 들까봐 걱정스러워 그녀를 붙잡아 욕조 속에 집어넣은 것 같았다. 아주 커다란 것이 물속으로 첨벙 들어가는 소리가 났기 때문이다.

"들라마르슈, 자기는 그렇게 하지." 브루넬다가 약간 더 낮은 목소리로 말했다. "무언가 잘못했을 때면 비위를 맞춰 넘어가려 해, 번번이 그래." 그리고는 한참 조용했다. "지금 그가 그녀에게 키스하고 있는 거야." 로빈슨은 눈썹을 치켜올리며 말했다.

"이젠 무슨 일을 할 차례지?" 카를이 물었다. 어차피 이곳에 머무르기로 결심한 바에 바로 자신의 일을 시작하고 싶었다. 그는 대답이 없는 로빈슨을 혼자 소파에 놔두고서, 긴 밤시간 동안 자는 사람의 무게에 눌리는 바람에 여전히 꺼져 있는 그 커다란 잠자리를 해체하기 시작했다. 그러고는 이 큰 덩어리가 해체되어 나온 이불이며 옷가지를 하나하나 가지런히 개키려고 했다. 아마도 몇 주 동안 한 적이 없는 일일 것이다.

"확인해봐, 들라마르슈." 브루넬다가 말했다. "내 생각엔 저들이 우리 침대를 망가뜨리고 있는 것 같아. 모든 경우를 생각해야 돼. 도대체 편히 쉴 수가 없네. 자기는 저 둘을 더 엄격히 대해야 돼. 안 그러면 자기들 멋대로 할 거야." "저건 보나마나 빌어먹을 열성에 사로잡힌 그 꼬마 친구가 벌이는 짓일 거야." 들라마르슈가 그렇게 외치면서 필시 목욕간에서 뛰쳐나오려는 것 같았다. 카를은 들고 있던 것을 벌써 전부 던져버렸지만 다행히 브루넬다가 이렇게 말했다. "가지 마, 들라마르슈. 가지 마. 아, 물이 정말 따끈해. 몸이 노곤해지려고 해. 내 곁에 있어줘, 들라마르슈." 이제야 카를은 수증기가 장롱 뒤에서 끊임없이 올라오고 있는 것을 실제로 보았다.

로빈슨은 카를이 무슨 몹쓸 짓을 저지르기라도 한 것처럼 깜짝 놀라 한 손을 뺨에다 댔다. "전부 본래 상태대로 놔둬." 들라마르슈의 목소리가 울려나왔다. "근데 너희는 브루넬다가 목욕 후 항상 한 시간 정도 휴식을 취한다는 거 몰라? 집안 살림이 엉망이군! 내가 너희 손 좀 봐줄 테니까 기다려. 로빈슨, 너 또 꿈꾸고 있는 모양이구나. 벌어지는 모든 일은 너에게 책임을 물을 거야. 전적으로 네 책임이야. 너는 그 아이를 길들여야 해. 여기서는 그애 생각대로 살림이 꾸려지는 게 아니야. 우리가 무언가를 원할 때는 너희에게서 아무것도 얻을 수가 없고, 아무 일도 안 해도 될 때는 너희가 부지런을 떤단 말이야. 아무데나 기어들어가서 우리가 부를 때까지 기다려."

하지만 금방 모든 것이 잊혀버렸다. 브루넬다가 그 따끈한 물속에 잠긴 듯 아주 노곤한 목소리로 "향수! 향수 좀 갖다줘!"라고 속삭였기 때문이다. "향수!" 들라마르슈가 소리쳤다. "멍청하게 가만있지 말고 움직여!" 그렇다, 하지만 향수가 어디 있지? 카를은 로빈슨을 쳐다보았고, 로빈슨은 카를을 쳐다보았다. 카를은 혼자서 모든 걸 떠맡아야 한다는 것을 깨달았다. 로빈슨은 향수가 어디에 있는지 전혀 몰랐고 그래서 무작정 바닥에 엎드려 두 팔로 쉴새없이 소파 밑을 이리저리 휘저어보았지만 여자 머리카락이 뒤엉킨 먼지 뭉치 외에는 아무것도 끄집어내지 못했다. 카를은 먼저 급히 문 바로 옆에 있는 화장대로 갔다. 하지만 그 서랍들에 든 것은 낡은 영어 소설책, 잡지, 악보들이 다였고, 모든 서랍이 꽉꽉 채워져 있어서 한번 열었다 하면 닫을 수가 없었다. 그동안 브루넬다는 한숨을 내쉬며 "향수"라고 말했다. "얼마나 오래 걸리는 거야! 오늘 중으로 내 향수를 가질 수 있을지 모르겠군!" 브루넬다가 이렇게 안달하는 바람에 카를은 물론 구석구석 샅샅이 찾을 수 없었고 첫눈에 언뜻언뜻 보이는 인상으로 판단할 수밖에 없었다. 상자형 세면대 안에는 향수병이 없었다. 상자형 세면대 위에는 대체로 약과 연고가 든 낡은 작은 병들만 놓여 있었고, 어쨌든 다른 것들은 전부 목욕간으로 들고 가서 없었다. 어쩌면 향수병은 식탁 서랍 안에 들어 있을지도 모른다. 그러나 식탁 쪽으로 가는 도중에—카를은 오직 향수 생각뿐 그 밖에는 아무 생각도 없었다—그는 로빈슨과 거칠게 부딪쳤다. 로빈슨은 소파 밑에서 찾기를 결국 포기하고 향수가 있을 만한 곳에 대한 어렴풋한 예감에 휩싸여 마치 앞이 보이지 않는 것처럼 카를을 향해 달려왔던 것이다. 두 사람의 머리가 부딪치는 소리가 똑똑히 들렸다. 카를은 아무 말 없이 가만히 있었고, 로빈슨은 달려가기를 멈추지 않았지만 아픔을 누그러뜨리려고 과장되게 큰 소리로 계속 비명을 질렀다.

"저들은 향수는 찾지 않고 싸우기만 하고 있군." 브루넬다가 말했다. "들라마르슈, 집안 꼴이 이래서야 나는 병들어 틀림없이 자기 팔에 안겨 죽고 말 거야. 나는 향수가 있어야 돼." 그녀가 가까스로 일어나면서 외쳤다. "무슨 일이 있어도 향수가 있어야 돼. 그걸 가져오기 전에는 욕조에서 나가지 않고 저녁때까지 여기 그대로 있을 거야." 그러고서 그녀는 주먹으로 물을 때렸고, 물 튀는 소리가 들렸다.

그러나 식탁 서랍에도 향수는 없었다. 거기에는 낡은 분첩, 분통, 헤어브러시, 곱슬머리 가발 같은 브루넬다의 화장용품과 서로 뒤엉키고 들러붙은 온갖 잡동사니가 있었지만 향수는 거기에 없었다. 로빈슨은 백 개쯤의 작은 상자와 갑이 쌓여 있는 한쪽 구석에서 여전히 소리를 지르면서 그것들을 하나하나 차례로 열어보고 뒤적거리며 샅샅이 찾았는데, 대개 바느질도구와 우편물의 내용물 절반 정도가 번번이 바닥에 떨어져 나뒹굴었다. 때때로 카를에게 고개를 가로젓고 어깨를 으쓱하며 알려주듯이 그 역시 아무것도 찾지 못했다.

그때 들라마르슈가 속옷 바람으로 목욕간에서 뛰쳐나왔다. 그와 동시에 브루넬다가 발작적으로 우는 소리가 들렸다. 카를과 로빈슨은 찾는 것을 멈추고 온몸이 흠뻑 젖은 들라마르슈를 바라보았다. 얼굴과 머리카락에서 물이 뚝뚝 떨어지는 그는 "이제 어서들 찾기 시작해"라고 소리쳤다. 먼저 카를에게 "여기!"라고 외쳐서 찾으라고 명령했고, 이어서 "저기!"라고 외치며 로빈슨에게 명령했다. 카를은 하라는 대로 찾았고 로빈슨이 명령을 받고 이미 찾은 곳들도 다시 확인해보았지만 로빈슨과 마찬가지로 향수를 발견하지는 못했다. 로빈슨은 찾는 것보다 들라마르슈 쪽을 곁눈질로 살피는 데 더 열심이었다. 발을 굴러대면서 공간이 허락하는 한 방안 곳곳을 왔다갔다하는 들라마르슈는 카를과 로빈슨을 마구 두들겨패고 싶은 기색이 역력했다.

"들라마르슈!" 브루넬다가 외쳤다. "와서 수건질이라도 해줘. 그 둘은 향수는 못 찾고 모든 걸 어질러놓기만 하잖아. 찾는 걸 즉시 그만두라고 해. 당장 말이야! 그리고 손에 든 것을 전부 놓으라고 해! 더이상 아무것도 만지지 못하게 해! 그들은 집을 돼지우리로 만들고 싶은 모양이야. 들라마르슈, 그만두지 않으면 멱살을 잡아! 그런데 그들은 여전히 찾고 있잖아. 막 상자 하나가 떨어졌어. 그걸 집어들지 말라고 하고 전부 그대로 놔두고 방에서 나가게 해! 그들이 나가면 문을 걸어잠그고 나에게 와줘. 너무 오래 물속에 있었더니 다리가 너무 차가워졌어."

"금방 갈게, 브루넬다. 금방." 들라마르슈는 외치면서 카를과 로빈슨을 급히 문 쪽으로 데려갔다. 하지만 그는 그들을 내보내기 전에 아침식사를 가져오라고 지시했다. 또 혹시 가능하다면 누구에게서든 브루넬다를 위해 좋은 향수를 빌려오라는 지시도 했다.

"집이 더럽고 엉망이야." 카를이 바깥 복도에서 말했다. "아침식사를 가지고 돌아오는 대로 곧장 정리를 시작해야겠어."

"내가 이렇게 아프지만 않으면!" 로빈슨이 말했다. "게다가 이런 대우를 받다니!" 로빈슨은 브루넬다가 여러 달 동안 자기를 시중들어온 그 자신과 겨우 어제 들어온 카를을 전혀 구별하지 않고 똑같이 대우해 확실히 기분이 상해 있었다. 하지만 그가 그런 대우를 받는 데는 자업자득인 면이 있어서 카를은 이렇게 말했다. "너는 정신 좀 차려야 해." 하지만 그가 완전히 실의에 빠지지 않도록 덧붙였다. "이런 일은 다시 없을 거야. 내가 장롱 뒤에다 네 보금자리를 만들어줄게. 그리고 일단 모든 게 웬만큼 정리되기만 하면 너는 거기 온종일 누워 있어도 좋아. 그래서 아무 일에도 전혀 신경쓰지 않아도 되면 금방 괜찮아질 거야."

"그러니까 이제 너도 내 상태가 어떤지 알았지." 로빈슨은 말하고서 자신의 불행을 혼자 감당하려는 듯 카를에게서 얼굴을 돌렸다. "하지만 저들이 과연 나를 가만히 누워 있게 놔둘까?"

"네가 원한다면 내가 직접 들라마르슈와 브루넬다하고 상의해볼게."

"브루넬다가 과연 사정을 봐줄까?" 로빈슨이 외쳤다. 그러고는 카를에게 예고도 하지 않고 그들 바로 앞에 있는 문을 주먹으로 쳐서 열었다.

그들은 부엌으로 들어갔다. 수리가 필요해 보이는 부엌 아궁이에서 검은 연기가 흡사 조그만 구름 모양으로 피어올랐다. 아궁이 문 앞에 카를이 어제 복도에서 보았던 여자들 중 하나가 무릎을 꿇고서 맨손으로 커다란 석탄덩이들을 집어넣으며 불을 이리저리 살펴보고 있었다. 그러면서 노파에게는 불편한 무릎 꿇은 자세 그대로 한숨을 쉬었다.

"물론, 또 성가신 일을 가지고 왔겠지." 그녀가 로빈슨을 보며 말했다. 그러고는 한 손으로 석탄 상자를 짚고 힘겹게 일어서며 앞치마로 손잡이를 감아 잡고서 아궁이 문을 닫았다. "지금 오후 네신데"—카를은 부엌 시계를 놀란 눈으로 쳐다보았다—"이제야 아침을 먹겠다는 거야? 몹쓸 놈들!"

"앉아." 그녀가 이어서 말했다. "그리고 내가 너희를 봐줄 틈이 날 때까지 기다려."

로빈슨은 카를을 잡아당겨 문 근처에 있는 작은 장의자에 앉게 하고서 그에게 속삭였다. "시키는 대로 해야 해. 우린 그녀한테 의존하고 있거든. 방을 세 들어 살고 있어서 당연히 언제든 우리를 내쫓을 수 있다고. 하지만 우린 집을 옮길 수 없어. 다시 그 모든 세간을 어떻게 나를 수 있겠어? 특히 브루넬다는 옮길 수가 없단 말이야."

"그럼 여기 복도 쪽에 다른 방은 없어?" 카를이 물었다.

"아무도 우릴 받아주지 않아." 로빈슨이 대답했다. "이 건물 전체에서 우릴 받아줄 사람은 아무도 없어."

그들은 그렇게 조용히 장의자에 앉아서 기다렸다. 노파는 두 개의 탁자와 한 개의 빨래통과 아궁이 사이를 끊임없이 왔다갔다했다. 짧게 내뱉는 한탄에서 딸이 현재 몸이 좋지 않으며 그 때문에 그녀 혼자 모든 일을 해야 한다는 것을 알 수 있었다. 그 모든 일이란 바로 삼십 명의 세입자에게 식사를 제공하고 잔일을 돌봐주는 것이었다. 게다가 이제는 화덕에 문제가 생겨 식사 마련이 여의치 않았다. 두 개의 대형 냄비에서 진한 수프가 끓고 있었는데, 그녀가 몇 번씩 국자로 떠서 높이 들어올린 다음 흘러내리게 하면서 살펴보았지만 수프는 영 완성될 것 같지가 않았다. 불이 시원찮은 탓이 분명했기에 그녀는 아궁이 문 앞 바닥에 주저앉다시피 해서 부지깽이로 이글거리는 석탄 속을 이리저리 뒤적거렸다. 부엌에 가득찬 연기 때문에 그녀는 기침을 했다. 기침이 때로는 심해져 의자를 붙잡고서 몇 분 동안이나 다른 일은 아무것도 못하고 콜록거리기만 했다. 오늘은 아무래도 아침식사를 주지 못할 것 같다고, 그럴 시간도 마음도 없기 때문이라는 말을 그녀는 여러 번 했다. 카를과 로빈슨은 한편으로는 아침식사를 가져오라는 지시를 받았고, 다른 한편으로는 아침식사를 억지로라도 받아낼 가능성이 없었기 때문에 아무 대꾸도 하지 않고 이전처럼 조용히 앉아 있었다.

주변의 의자와 발받침 위, 테이블 위와 아래, 심지어 한쪽 구석의 바닥까지 세입자들의 아침식사 그릇이 아직 설거지가 안 된 채로 수북이 쌓여 있었다. 아직 커피나 우유가 약간 들었을 것 같은 작은 주전자들이 있었고, 많은 접시에는 먹고 남은 버터가 아직 붙어 있었으며, 넘어진 큰 깡통 하나에서는 비스킷이 쏟아져나와 있었다. 그걸 다 합해도 아침식사 한 끼는 마련할 수 있을 것 같았다. 그것이 어떻게 마련된 것인지 브루넬다가 끝내 영문을 모른다면 조금도 불평할 수 없을 아침식사를 말이다. 카를이 그런 생각을 하면서 시계를 보았더니 그들이 여기서 기다린 시간이 벌써 삼십 분이었고 그러니 브루넬다는 아마도 길길이 날뛰며 하인들을 단단히 혼내주라고 들라마르슈를 부추기고 있을 터였다. 그때 노파는 기침을 하는 중간중간에—기침하는 동안 그녀는 카를을 뚫어져라 바라보았다—이렇게 외쳤다. "너희는 여기 앉아 있을 수 있지만 아침식사는 못 받아가. 그래도 두 시간 후 저녁식사는 받을 수 있을 거야."

"이리 와, 로빈슨." 카를이 말했다. "우리가 직접 아침식사를 만들자." "뭐라고?" 노파가 고개를 기울이며 소리쳤다. "제발 잘 생각해보세요." 카를이 말했다. "도대체 왜 아침식사를 안 주시려는 거죠? 우리는 벌써 삼십 분이나 기다렸어요. 이만하면 기다릴 만큼 기다린 거죠. 돈도 전부 드렸고 분명히 우리가 남들보다 더 많이 드리고 있을 거예요. 이렇게 늦게 아침식사를 하는 것은 확실히 당신 입장에선 귀찮겠죠. 하지만 우리는 당신의 세입자들이고 늦게 아침을 먹는 습관이 있어요. 그러니 당신도 조금은 우리한테 맞춰주셔야죠. 오늘은 물론 따님이 병이 나서 특히 힘드시겠지만, 달리 방법이 없고 우리한테 요리를 새로 해주시지 못한다면 대신 우리가 직접 여기 남들이 먹고 남긴 음식으로 아침식사를 마련할 생각이 있습니다."

그러나 노파는 누구와도 살가운 대화를 하려고 하지 않았다. 그녀가 보기에 모두가 아침식사를 하고 남은 음식마저 이 세입자들에게는 과분했다. 하지만 다른 한편으로 그녀는 자꾸 귀찮게 구는 이 두 하인의 태도에 이미 질려서 쟁반 하나를 집어들고 그것으로 로빈슨의 몸을 쿡쿡 찔렀다. 로빈슨은 잠시 후에야 엄살떠는 표정을 지으며 노파가 골라주는 음식을 받기 위해 그 쟁반을 들고 있어야 한다는 것을 깨달았다. 그녀가 쟁반 위에 서둘러 많은 것을 올려놓기는 했지만 그 전체는 한 무더기의 지저분한 그릇으로 보였을 뿐 이제 막 제공될 아침식사 같지는 않았다. 노파가 밖으로 몰아내 욕설을 듣거나 얻어맞지나 않을까 두려운 듯 몸을 웅크리고서 문 쪽으로 급히 가는 사이에도 카를은 쟁반을 로빈슨의 손에서 빼앗았다. 로빈슨이 들고 있기에는 쟁반이 안전해 보이지 않았다.

복도로 나와 그들이 집주인의 문에서 충분히 멀리 떨어진 뒤 카를은 쟁반을 들고 바닥에 앉았다. 무엇보다 쟁반을 깨끗하게 하고 같은 종류끼리 한데 모으기 위해서였다. 그래서 남은 우유를 한곳에 붓고 버터 찌꺼기들을 한 접시에 긁어모았다. 그러고 나서 먹고 남은 것의 흔적을 전부 없애기 위해 나이프와 숟가락을 깨끗이 닦고 잇자국이 난 빵을 반듯하게 잘라서 전체적으로 더 나은 모양새를 만들려고 했다. 로빈슨은 부질없는 짓이라 여기며 아침식사가 이보다 훨씬 더 좋지 않아 보일 때도 많았다고 주장했지만, 카를은 끄떡도 하지 않았고 로빈슨이 더러운 손가락으로 이 일에 끼어들려고 하지 않는 것을 고맙게 여겼다. 그를 조용히 시키려고 카를은 딱 한 번만이라고 말하면서 비스킷 몇 개와 전에는 초콜릿이 가득 담겨 있던 그릇 바닥의 초콜릿 찌꺼기를 나누어주었다.

집 앞에 와서 로빈슨이 무턱대고 문손잡이에 손을 대자, 카를이 가로막았다. 그들이 들어가도 되는지 아닌지가 확실치 않았다. "그래 맞아." 로빈슨이 말했다. "지금 그는 틀림없이 그녀의 머리 손질을 해주고 있을 거야." 그런데 실제로 여전히 환기도 하지 않고 커튼도 그대로 쳐놓은 채인 방안에서 브루넬다는 두 다리를 쩍 벌리고 안락의자에 앉아 있었고, 그녀의 뒤에 서 있는 들라마르슈는 얼굴을 깊숙이 숙이고서 그녀의 마구 뒤엉킨 듯한 짧은 머리를 빗질하고 있었다. 브루넬다는 다시 품이 아주 넉넉한 드레스를 입고 있었다. 이번에는 연한 분홍색이고 어제 것보다 약간 더 짧은 듯 적어도 거칠게 짠 흰 양말이 거의 무릎까지 올라와 있는 것이 보이긴 했다. 빗질하는 시간이 오래 걸리는 데 조바심이 나서 브루넬다는 두껍고 빨간 혀를 입술 사이로 이리저리 움직였다. 가끔 "그만 좀 해, 들라마르슈!"라고 소리치며 들라마르슈에게서 완전히 몸을 빼냈지만, 그는 그녀가 머리를 다시 뒤로 할 때까지 빗을 들고 기다렸다.

"오래도 걸렸군." 브루넬다가 모두에게 말했다. 특히 카를에게는 이렇게 말했다. "다른 사람의 마음에 들기를 원한다면 너는 좀더 민첩해야 돼. 게으르고 게걸스러운 로빈슨을 본보기로 삼아서는 안 돼. 너희는 이미 어디선가 아침을 먹었겠지. 내가 말하는데, 다음에 또 그러면 가만두지 않을 거야."

전혀 가당치 않은 말에 로빈슨은 고개를 가로젓고 소리는 내지 않았지만 입술을 달싹거렸다. 하지만 카를은 의심의 여지 없이 확실한 일을 해 보여야만 주인들을 감화시킬 수 있음을 간파했다. 그래서 그는 낮은 일본식 탁자를 한쪽 구석에서 끌어내 천으로 덮고 그 위에 가져온 것들을 올려놓았다. 이 아침식사가 어떻게 해서 마련되었는지 본 사람이라면 그 모든 것에 만족할 수 있을 테지만, 그러지 않은 경우 카를 자신이 인정하지 않을 수 없었던 것처럼 여기저기 트집 잡을 데가 많았다.

다행히도 브루넬다는 배가 고팠다. 카를이 모든 것을 준비하는 동안 그녀는 흡족한 듯 그에게 고개를 끄덕였고, 뭐든 가능한 한 당장 짓눌러 으깨버릴 듯한 보들보들하고 통통한 손으로 음식을 조금씩 집어먹느라 수차례 그를 방해했다. "잘 차려놨네." 그녀가 입맛을 쪽쪽 다시며 말했다. 그러면서 뒷손질을 위해 빗을 그녀의 머리에 꽂아둔 들라마르슈를 자기 옆 의자에 끌어 앉혔다. 들라마르슈도 음식을 보자 친절해졌다. 두 사람 다 몹시 시장했던 것이다. 그들의 손이 조그만 탁자 위를 종횡으로 누비며 분주히 움직였다. 카를은 이 사람들을 만족시키려면 늘 가능한 한 많이 가져오기만 하면 된다는 것을 알아차렸다. 그리고 부엌에 여러 가지 먹을 만한 것이 아직 더 있는데 바닥에 그냥 놔두고 왔다는 생각이 나서 이렇게 말했다. "처음이라 이 전부를 어떻게 갖추어야 할지 몰랐는데, 다음번에는 더 잘하겠습니다." 하지만 말을 하면서도 누구를 상대로 하고 있는가 싶은 생각이 들었다. 그는 그 일 자체에 너무나 사로잡혀 있었다. 브루넬다는 만족해 들라마르슈에게 고개를 끄덕였고, 카를에게 상으로 과자 한 줌을 집어주었다.

미완성 장들

(1)
브루넬다의 출발

어느 날 아침 카를은 브루넬다를 태운 환자 이송용 수레를 대문 밖으로 밀고 나갔다. 그가 바랐던 것만큼 그리 이른 시각은 아니었다. 그들은 날이 밝기 전 이동하기로 의견 일치를 본 터였다. 날이 밝으면 브루넬다가 커다란 회색 천으로 아무리 수수하게 자신을 덮어 가리려고 한들 거리에서 사람들의 이목을 끄는 것을 피할 도리가 없을 것이기 때문이다. 하지만 대학생이 선뜻 나서서 거들어주었음에도 불구하고 계단으로 브루넬다를 옮기는 일은 시간이 너무 오래 걸렸다. 이번 일로 드러났듯이 대학생은 카를보다 힘이 훨씬 약했다. 브루넬다는 겁내지 않고 아주 씩씩한 태도를 보였는데, 거의 한숨 한 번 쉬지 않고 자신을 나르는 사람들의 일이 좀더 수월해지도록 갖은 애를 썼다. 그러나 그들 자신만이 아니라 그녀에게도 꼭 필요한 휴식의 시간을 갖기 위해 다섯 계단마다 그녀를 내려놓지 않을 수 없었다. 선선한 아침이었고 복도는 마치 지하실처럼 서늘한 공기가 감돌았지만 카를과 대학생은 땀에 흠뻑 젖는 바람에 휴식을 취하는 동안 브루넬다가 웬일로 친절하게 내미는 천을 각자 한 귀퉁이씩 쥐고 얼굴을 닦아야 했다. 그렇게 해서 그들은 두 시간 후에야 겨우 아래에 도착하게 되었는데, 그곳에는 이미 저녁때부터 작은 수레가 대기하고 있었다. 브루넬다를 들어 거기 앉히는 것 또한 얼마간 큰일이었지만, 그러고 나서는 이제 다 된 것이나 마찬가지였다. 바퀴가 커서 수레를 미는 일은 틀림없이 그리 어렵지 않을 터였고, 염려가 되는 것은 브루넬다의 무게에 눌려 수레가 쪼개지지나 않을까 하는 것뿐이었기 때문이다. 물론 그런 위험은 감수하는 수밖에 없었다. 대학생이 반 농담으로 구해 와서 끄는 것까지 하겠다고 나서기는 했지만 예비로 수레를 하나 더 끌고 갈 수는 없는 노릇이었다. 이제 대학생과 이별할 때가 되었다. 이별은 심지어 애틋하기까지 했다. 브루넬다와 대학생 사이에 있었던 그간의 모든 불화와 갈등은 싹 잊힌 듯했고, 그는 아픈 그녀를 심하게 모욕했던 오래전 일에 대해서까지 용서를 구했지만, 브루넬다는 전부 잊어버린 지 오래되었고 보상을 받은 것 이상이라고 말했다. 끝으로 그녀는 여러 겹의 치마 속에서 간신히 1달러짜리 동전을 하나 꺼내 자신에 대한 기념으로 부디 받아달라고 대학생에게 부탁했다. 잘 알려진 브루넬다의 인색한 성격으로 볼 때 아주 뜻깊은 선물이었다. 대학생도 실제로 그 뜻에 맞게 크게 기뻐했고 기쁜 나머지 그 동전을 공중으로 높이 던졌다. 그러고는 물론 그것을 땅바닥에서 찾아야 했고, 카를이 그를 돕지 않을 수 없었다. 마침내 카를이 브루넬다의 수레 밑에서 그 동전을 찾아냈다. 대학생과 카를의 이별은 자연히 훨씬 더 간단했다. 서로 손을 내밀어 악수만 했고, 언젠가 한 번은 다시 만날 텐데 그러면 그때 적어도 둘 중 하나는, 유감스럽게도 지금까지는 그렇지 못했지만, 틀림없이 인정받을 만한 무슨 일인가를 이루어 멋진 사람이 되어 있을 거라고—대학생은 카를이, 카를은 대학생이 그렇게 될 거라고—서로의 확신을 주고받았다. 그러고서 카를은 기분좋게 수레의 손잡이를 움켜잡고 대문 밖으로 수레를 밀고 나갔다. 대학생은 카를과 브루넬다가 보이지 않을 때까지 그들이 떠나가는 것을 지켜보며 손수건을 흔들었다. 카를은 몇 번이나 뒤돌아보며 인사로 고개를 끄덕였고, 브루넬다도 몸을 돌리고 싶었을 테지만 그녀에게는 너무 힘든 동작이었다. 그래도 그녀에게 마지막 작별인사의 기회를 주기 위해 카를은 거리가 끝나는 지점에서 수레를 빙그르르 돌렸다. 그래서 브루넬다도 대학생을 볼 수 있었고, 대학생은 이 기회를 이용해 더욱 열심히 손수건을 흔들었다.

하지만 카를은 이제 그들이 더이상 지체해서는 안 되며 갈 길이 멀고 그들은 계획했던 것보다 훨씬 늦게 출발한 것이라고 말했다. 실제로 벌써 여기저기에 차량들이 보이고 아주 드문드문하기는 하지만 일터로 나가는 사람들도 보였다. 카를은 자신이 실제로 말한 것 이상으로 다른 무언가를 말하려고 했던 것이 아니었지만, 브루넬다는 여린 마음에 그의 말을 달리 받아들여 회색 천을 덮어써서 자신을 꽁꽁 감추었다. 카를도 달리 반대하지는 않았다. 회색 천으로 뒤덮인 손수레는 몹시 튀어 보이긴 했지만 몸을 드러낸 브루넬다보다는 비교도 안 되게 덜 튀어 보였던 것이다. 그는 아주 조심스럽게 수레를 밀고 갔다. 모퉁이를 돌기 전에는 다음 거리를 살펴보았는데, 필요하다 싶으면 심지어 수레를 세워둔 채 혼자 몇 걸음 먼저 걸어나가 살펴보고 오기까지 했다. 왠지 꺼림칙한 사람과 마주칠 것 같으면 그 사람이 지나갈 때까지 기다리거나 전혀 다른 거리를 통해서 가는 길을 택하기도 했다. 그 경우에도 가능한 모든 길을 미리 꼼꼼히 살펴두었기 때문에 많이 돌아가는 위험에 빠지는 일은 결코 없었다. 물론 그럴 것 같기는 했지만 일일이 예견할 수는 없는 여러 가지 방해가 있었다. 약간 오르막에 멀리 내다보이는데다, 다행히 완전히 텅 비어서 카를이 이 유리한 상황을 놓칠세라 급히 서두르려고 한 거리의 어느 대문 컴컴한 구석에서, 경찰관 한 명이 불쑥 나타나 카를에게 천으로 그렇게 꼼꼼하게 덮은 수레로 대체 무엇을 나르는 거냐고 물었다. 그는 카를을 엄격한 눈빛으로 바라보았지만 덮은 천을 살짝 쳐들어 상기되고 겁먹은 브루넬다의 얼굴을 보는 순간 빙긋이 웃지 않을 수 없었다. "뭐야?" 그가 말했다. "이 안에 감자 열 부대쯤 싣고 가는 줄 알았는데, 달랑 여자 하나잖아? 대체 어디로 가는 겁니까? 당신들은 누구죠?" 브루넬다는 감히 경찰관을 쳐다보지 못하고 내내 카를만 바라보면서 그조차 자기를 이 곤경에서 구해낼 수 없을 거라는 의심을 뚜렷이 내비쳤다. 하지만 이미 경찰관을 상대하는 일에 제법 경험이 있었던 카를에게는 이 상황 전반이 별로 위험해 보이지 않았다. "아가씨", 그가 말했다. "당신이 받은 증명서를 보여드리세요." "아, 그래." 브루넬다는 말하면서 절망적인 모습으로 찾기 시작했는데, 그 바람에 정말로 수상해 보이지 않을 수 없었다. "이 아가씨는", 경찰관이 노골적으로 비꼬는 투로 말했다. "증명서를 못 찾을 겁니다." "아, 네." 카를이 차분하게 말했다. "틀림없이 갖고 있지만 어디 넣어두었는지 잊어버렸을 뿐입니다." 그는 이제 자신이 직접 찾기 시작해 실제로 그것을 브루넬다의 등뒤에서 끄집어냈다. 경찰관은 그것을 건성으로만 슬쩍 살펴보았다. "그러니까 이게 증명서군요." 경찰관이 미소 지으며 말했다. "그러니까 여기 이 여자가 바로 저 여자란 거죠? 그리고 꼬마 양반, 자네는 알선과 운송 일을 맡고 있는 거고요? 더 나은 일자리를 찾을 수는 없겠죠?" 카를은 어깨를 으쓱할 뿐이었다. 경찰의 이런 참견은 익히 알려진 일이었다. "뭐 그럼, 여행 잘하세요." 경찰관은 답을 듣지 못하자 그렇게 말했다. 경찰관의 이 말에는 다분히 경멸의 뜻이 담겨 있었고, 그에 맞게 카를도 인사하지 않고 다시 수레를 밀고 갔다. 경찰의 경멸을 받는 것이 경찰의 관심을 받는 것보다는 나았다.

곧이어 카를은 더 기분 나쁘다 할 만한 만남을 갖게 되었다. 커다란 우유통 몇 개를 수레에 싣고서 밀고 가는 한 남자가 카를에게 다가온 것이었다. 그는 카를의 수레를 덮고 있는 회색 천 밑에 무엇이 실려 있는지 알고 싶어 못 견뎌하는 눈치였다. 아무리 봐도 가는 방향이 같지 않았지만, 카를이 몇 차례 갑작스럽게 방향을 바꾸는데도 계속 옆에 따라붙었다. 처음에는 가령 "무거운 짐을 실은 모양이지"라든가 "짐을 잘못 실었어, 위에서 무언가가 떨어지려고 해" 같은 말을 큰 소리로 외쳐대는 정도였다. 하지만 나중에는 대놓고 물어왔다. "천 밑에 대체 뭘 싣고 가는데?" "그쪽이랑 무슨 상관이야?" 카를이 말했다. 하지만 이 말이 남자의 호기심을 더욱 자극했기 때문에 카를은 결국 "사과야"라고 말했다. "그렇게 많은 사과를." 남자가 놀라서 말하더니 그치지도 않고 큰 소리로 그 말을 되풀이했다. "일 년 치 수확이로군." 그가 말했다. "그래, 맞아." 카를이 말했다. 하지만 그는 카를의 말을 믿지 않았던 건지,

아니면 카를의 화를 돋우려는 건지, 계속 앞으로 나아가면서—이 모든 일이 수레를 밀고 가는 동안 이루어졌다—장난치듯이 한 손을 천 쪽으로 뻗기 시작했고 급기야 과감하게 천을 살짝 잡아당기기까지 했다. 브루넬다가 얼마나 괴로웠겠는가! 그녀를 생각해서 카를은 남자와 싸움을 벌이고 싶지 않았다. 그래서 가장 가까이에 열려 있는 대문 안으로 마치 그곳이 목적지인 양 밀고 들어갔다. "여기가 우리집이야." 카를이 말했다. "동행해줘서 고마워." 남자는 놀란 얼굴로 대문 앞에 가만히 서서 카를이 멀어져가는 모습을 지켜보았다. 카를은 하는 수 없이 첫번째 안마당을 조용히 가로지르기 시작했다. 남자는 더이상 의심할 수 없었지만 짓궂은 호기심을 마지막으로 충족시키기 위해 자신의 수레를 세워두고 발끝으로 살금살금 카를을 뒤따라가 천을 홱 잡아당겼고 그 바람에 브루넬다의 얼굴이 하마터면 드러날 뻔했다. "네 사과가 바람을 쐬게 해주려고." 그러더니 그는 재빨리 돌아나갔다. 그 일도 카를은 꾹 참아 넘겼다. 그렇게 해서 드디어 남자에게서 벗어날 수 있었다. 그러고서 카를은 수레를 마당 한쪽 구석으로 밀고 갔다. 그곳에는 커다란 빈 상자가 몇 개 쌓여 있었는데, 이 상자들을 보호벽 삼아 그는 천 밑의 브루넬다에게 위로의 말을 몇 마디 건네려고 했다. 하지만 그는 오랫동안 그녀를 달래야 했다. 그녀가 눈물범벅이 되어 그에게 여기 상자 뒤에 하루종일 숨어 있다가 밤이 되면 그제야 떠나자고 간곡히 애원했기 때문이다. 어쩌면 그 혼자서는 그것이 얼마나 잘못된 생각인지 그녀를 결코 설득할 수 없었을 것이다. 하지만 상자 더미의 다른 쪽 끝에서 누가 빈 상자 하나를 바닥에 던져 텅 빈 안마당이 울릴 정도로 엄청난 소리가 나자, 깜짝 놀란 그녀는 더이상 한마디도 입 밖에 낼 엄두를 못 내고 천을 홱 잡아당겨 뒤집어썼다. 이와 동시에 카를이 단호히 결심하고 즉시 수레를 밀고 나가기 시작했을 때 그녀는 보나마나 안도의 한숨을 내쉬었을 것이다.

거리는 이제 점점 더 활기를 띠었지만, 수레에 대한 사람들의 관심은 카를이 염려했던 것만큼 그리 크지 않았다. 아마도 브루넬다를 실어 옮기기 위해서는 다른 시간을 택하는 편이 더 현명했을 것이다. 앞으로 다시 이런 일을 해야 한다면 카를은 한낮이 좋겠다고 생각했다. 별로 성가신 일을 겪지 않고 그는 마침내 좁고 어두운 거리로 접어들었다. 그곳에 25호 사업장이 있었다. 문 앞에 관리인이 시계를 손에 들고 흘겨보며 서 있었다. "자네는 늘 이렇게 시간을 안 지키나?" 그가 물었다. "여러 가지 방해되는 일이 있었습니다." 카를이 말했다. "다들 알다시피 그런 일은 늘 있는 법이지." 관리인이 말했다. "여기 이 집에서는 안 통해. 명심하라고!" 카를은 이제 이런 말을 거의 귀담아듣지 않았다. 누구나 자신의 권력을 이용해 지위가 낮은 사람에게 모욕을 주었다. 일단 익숙해지면 그런 것은 규칙적으로 시간을 알리는 시계 종소리나 다름없이 들렸다. 그런데 그보다 그를 놀라게 한 것은 수레를 현관 안으로 밀고 들어갔을 때 그곳에 가득한 더러움이었다. 더러울 거라고는 물론 그도 예상했었다. 하지만 좀더 자세히 살펴보면 딱히 더러운 것도 아니었다. 현관 돌바닥은 깨끗하게 청소되어 있었고, 벽에 그려진 그림은 낡지 않았으며, 인조 야자나무 위에도 먼지가 거의 없었다. 그럼에도 모든 것이 기름때로 번들거렸고 역겹게 느껴졌다. 모든 것이 잘못 사용된 것 같은 느낌이었고 아무리 깨끗이 청소한다 해도 원상회복이 불가능할 것 같은 느낌이었다. 카를은 어딜 가든 여기서 무엇을 개선할 수 있을까, 어쩌면 그로 인해 끝도 없는 노동이 이어질 수 있다는 가능성은 고려하지 않고 당장 그 일에 뛰어들면 얼마나 즐거울까 생각하길 좋아했다. 하지만 이곳에서는 무슨 일을 해야 좋을지 몰랐다. 그는 천천히 브루넬다에게서 천을 벗겨냈다. "환영합니다, 아가씨." 관리인이 부러 꾸며낸 듯한 어조로 말했다. 브루넬다가 그에게 좋은 인상을 주었다는 것은 의심의 여지가 없었다. 그 사실을 알아채자마자 브루넬다는—카를이 만족스럽게 지켜보았듯이—곧바로 이용할 줄 알았다. 이제까지 몇 시간 동안의 불안이 모두 사라졌다. 그녀는

(2)

카를은 어느 길모퉁이의 벽보에서 다음과 같은 글귀를 보았다. "클레이턴 경마장에서 오늘 아침 여섯시부터 자정까지 오클라하마의 극장 직원을 채용합니다! 오클라하마의 대형 극장이 그대들을 부릅니다! 오로지 오늘, 단 한 번입니다! 지금 이 기회를 놓치는 사람은 영원히 놓치는 겁니다! 자신의 미래를 생각하는 사람은 우리 일원이 될 수 있습니다. 누구나 환영합니다! 예술가가 되기를 원하는 사람은 지원하기 바랍니다! 우리 극장은 누구든 적재적소에 채용합니다! 우리와 함께 일하기로 결심한 사람에게 우리는 바로 이곳에서 축하를 드립니다! 그러나 자정까지는 입장할 수 있도록 서두르세요! 열두시에는 모든 문이 닫히고 더이상 열리지 않습니다! 우리 말을 믿지 않는 자는 저주받아 마땅합니다! 클레이턴으로 오세요!"

벽보 앞에는 많은 사람이 서 있었지만 호응은 별로 없어 보였다. 벽보는 수도 없이 많았고, 더이상 아무도 벽보 내용을 믿지 않았다. 그리고 다른 벽보들도 대개 그렇지만 이 벽보는 더욱더 황당무계해 보였다. 하지만 무엇보다 이 벽보에는 큰 결함이 있었는데, 보수에 대해서 일언반구도 없었다는 점이다. 보수가 조금이라도 언급할 만한 액수였다면 벽보에 확실히 명시했을 것이다. 가장 눈길을 끄는 것이 보수 문제인데 이것을 잊었을 리는 만무하기 때문이다. 예술가가 되기를 원하는 사람은 아무도 없었지만, 아마도 자신의 일에 대해 보수를 받는 것은 누구나 원하는 일이었을 것이다.

그러나 카를에게는 무척 유혹적인 내용이 벽보에 있었다. "누구나 환영합니다"라는 구절이었다. 누구나, 그러니까 카를도 해당되었다. 그가 지금까지 했던 일은 모두 잊혔고, 그 때문에 그를 비난하려는 사람은 아무도 없었다. 수치스럽지 않은 일자리, 오히려 공개적으로 모집할 수 있을 정도로 떳떳한 일자리에 그가 지원해도 되는 것이다! 그리고 지원만 하면 그도 채용될 거라는 듯한 약속 역시 공개적이었다. 그는 그 이상의 것을 원치 않았다. 그는 마침내 남부끄럽지 않은 경력을 시작할 만한 곳을 찾고 싶었고, 어쩌면 거기에서 그것을 찾을 수 있을지도 몰랐다. 벽보에 쓰인 허풍스러운 내용이 전부 거짓말이라 해도, 오클라하마의 대형 극장이 조그마한 유랑 곡예단이라 해도, 이 극장은 사람들을 채용하겠다는 것이고 그것으로 충분했다. 카를은 그 벽보를 두 번 읽지 않았지만, "누구나 환영합니다"라는 구절은 한번 더 찾아내 확인했다.

처음에 그는 걸어서 클레이턴으로 갈 생각을 해보았지만, 그렇게 한다면 세 시간의 고된 행군이 되었을 테고 아마도 제시간에 도착하기는 하겠지만 사람들이 이미 쓸 만한 일자리는 전부 차지해버렸다는 말을 듣게 될 것이다. 벽보의 광고대로라면 물론 채용 인원수는 제한이 없었지만, 이런 식의 모든 구인광고는 항상 그렇게 작성되었다. 카를은 그 일자리를 포기하든가 아니면 차를 타고 가든가 둘 중 하나라는 것을 깨달았다. 그는 돈 계산을 대충 해보았는데, 이 일로 차를 타지 않는다면 일주일쯤은 지낼 만한 돈이었다. 그는 손바닥 위에서 작은 동전들을 이리저리 옮기면서 셈을 했다. 그를 지켜보던 한 신사가 어깨를 두드리며 말했다. "클레이턴 여행에 많은 행운이 있기를 비네." 카를은 말없이 고개를 끄덕이고는 돈 계산을 계속했다. 하지만 곧 결심하고 차비로 필요한 돈을 따로 떼어들고서 지하철역으로 달려갔다.

그가 클레이턴에 내리자마자 여러 나팔소리가 들려왔다. 마구 뒤엉킨 요란한 소음이었다. 나팔들은 서로 음이 맞지 않았고, 다들 사정없이 불어댔다. 하지만 카를에게는 거슬리지 않았고, 오히려 오클라하마의 극장이 큰 사업체임을 증명해주는 것이었다. 하지만 그가 역 건물에서 걸어나와 눈앞에 펼쳐진 전체 시설을 한눈에 볼 수 있었을 때, 모든 것이 그저 막연히 상상할 수 있었던 것보다 훨씬 더 크다는 것을 알게 되었고, 한 기업이 단지 직원을 채용하기 위한 목적으로 어떻게 이런 비용을 들일 수 있는지 이해가 되지 않았다. 경마장 입구 앞에 길고 낮은 무대가 마련되어 있고, 그 위에서 수백 명의 여자가 흰 천으로 천사처럼 차려입고 등에는 커다란 날개를 달고서 금빛으로 번쩍거리는 기다란 나팔을 불고 있었다. 그들은 무대 바로 위가 아니라 각자의 받침대에 올라서 있었다. 하지만 천사 의상의 기다란 천이 바람에 나부끼면서 완전히 감쌌기 때문에 받침대는 보이지 않았다. 받침대들은 이 미터 정도로 매우 높아서 여자들의 형상이 거인처럼 보였는데 다만 그들의 작은 머리가 그 거대한 인상을 다소 방해하고 있었고 풀어 내린 머리털도 너무 짤막해 거의 우스꽝스럽게 커다란 날개 사이와 옆구리에 걸려 있었다. 일률적인 인상을 주지 않으려고 아주 다양한 크기의 받침대가 사용되어, 실제 키보다 그다지 높지 않은 아주 낮은 위치에 있는 여자들도 있었지만, 그들 옆의 다른 여자들은 바람이 조금만 세게 불어도 위태롭다고 생각될 정도의 높이로 솟구쳐올라 있었다. 그리고 이 모든 여자가 나팔을 불고 있었다.

이 나팔 연주를 듣는 사람은 많지 않았다. 그 커다란 형상들에 비하면 초라하게도 대략 열 명의 청년이 무대 앞을 오락가락하면서 여자들을 올려다보았다. 그들은 서로 이 여자 저 여자를 가리켰다. 하지만 안으로 들어가서 일자리를 얻을 생각은 없는 듯했다. 좀더 나이들어 보이는 남자는 단 한 명으로, 약간 떨어져서 서 있었다. 그는 유모차에 아이를 태우고 부인과 함께 왔다. 부인은 한 손으로는 유모차를 잡고 다른 손으로는 남편의 어깨를 짚고서 기대 있었다. 그들이 구경거리를 보고 감탄하는 동시에 실망하고 있다는 것도 뻔히 보였다. 그들도 아마 일자리를 얻을 수 있을 거라고 기대했다가 이 나팔 연주 때문에 심란한 듯했다.

카를도 같은 상황이었다. 그는 그 남자 가까이로 다가가 잠시 나팔소리를 듣다가 말을 붙였다. "여기가 오클라하마 극장의 채용 장소죠?" "나도 그런 줄 알았어요." 남자가 말했다. "하지만 우리는 벌써 한 시간째 여기서 기다리는 중인데 나팔소리 말고는 아무것도 못 들었어요. 어디에도 벽보 한 장 보이지 않고, 어디에도 채용 광고 요원 하나 없고, 어디에도 안내해줄 사람이 안 보이네요." "아마 사람이 더 많이 모일 때까지 기다리는 모양입니다. 사실 아직은 수가 너무 적으니까요." 카를이 말했다. "그럴지도 모르겠군요." 남자가 말했고 그들은 다시 입을 다물었다. 요란한 나팔소리 때문에 무슨 말을 알아듣기도 어려웠다. 하지만 얼마 후 부인이 뭐라고 속삭이자, 남편은 고개를 끄덕였다. 그러고는 곧바로 그녀가 카를에게 큰 소리로 말을 걸어왔다. "저 너머 경마장 안으로 들어가서 채용 장소가 어디인지 물어봐주시지 않겠어요?" "네." 카를이 말했다. "그런데 무대를 넘어가야 할 것 같은데요. 천사들 사이를 헤치고서 말이에요." "그게 그렇게 어려운 일인가요?" 부인이 말했다. 그녀가 보기에 카를에게는 그 길이 어렵지 않을 것 같은 모양이었지만, 남편을 보낼 마음은 없었던 것이다. "뭐 그럼", 카를이 말했다. "제가 갈게요." "참 친절하신 분이군요." 부인이 말했다. 그러고서 부인과 남편은 카를과 악수를 했다. 카를이 어떻게 무대 위로 올라가는지 가까이에서 보려고 청년들이 모여들었다. 여자들은 마치 첫번째 구직자를 환영하기 위해 나팔을 더 세게 불어대는 것 같았다. 그런데 카를이 받침대를 지나가자, 그 위의 여자들은 나팔까지 입에서 떼고 그가 가는 길을 눈으로 좇기 위해 몸을 옆으로 구부렸다. 카를은 무대의 저쪽 끝에서 불안하게 왔다갔다하고 있는 한 남자를 보았다. 그는 그저 사람들이 원하면 어떤 안내도 해주려고 기다리고만 있는 것이 분명했다. 카를이 그를 향해 가려는 그때, 머리 위에서 그의 이름을 부르는 소리가 들렸다. "카를!" 천사 한 명이 소리쳤다. 카를은 위를 올려다보고서 반갑기도 하고 놀랍기도 해서 웃기 시작했다. 패니였다. "패니!" 그는 외치면서 손을 흔들어 인사했다. "이리 와." 패니가 외쳤다. "나를 그냥 지나치면 안 되지." 그녀가 옷의 천을 열어젖히자 받침대와 그 위로 올라가는 좁은 계단이 드러났다. "올라가도 돼?" 카를이 물었다. "우리가 악수하는 걸 누가 막겠어?" 패니는 큰 소리로 말하면서 혹시 누가 막으러 오지나 않는지 성난 얼굴로 주위를 둘러보았다. 하지만 카를은 이미 계단을 뛰어오르는 참이었다. "좀 천천히!" 패니가 외쳤다. "받침대랑 우리 둘 다 넘어가겠어." 하지만 아무 일도 일어나지 않았고, 카를은 무사히 마지막 계단까지 올라왔다. "자, 봐." 서로 인사를 나눈 후 패니가 말했다. "내가 어떤 일자리를 얻었는지 좀 봐." "멋있어." 카를은 사방을 둘러보면서 말했다. 근처에 있는 여자들은 모두 이미 카를을 알아채고서 킥킥대고 있었다. "네가 제일 높은 것 같은데." 카를은 말하면서 다른 여자들의 높이를 가늠해보기 위해 한 손을 쭉 내뻗었다. "네가 역에서 나왔을 때", 패니가 말했다. "나는 금방 알아봤어. 하지만 유감스럽게도 나는 여기 끝줄에 있어서 잘 보이지도 않고 소리쳐 부를 수도 없었어. 특히 큰 소리로 나팔을 불기는 했지만 너는 나를 알아보지 못했어." "너희 모두 나팔 부는 실력이 형편없어." 카를이 말했다. "내가 한번 불어봐도 돼?" "물론이지." 그러더니 패니는 나팔을 그에게 건넸다. "하지만 합주를 망치지는 마. 그러면 나는 해고야." 카를은 나팔을 불기 시작했다. 그는 시끄러운 소리만 나도록 조잡하게 만들어진 나팔일 줄 알았는데 막상 불어보니 어떤 섬세한 음도 거의 다 낼 수 있는 악기였다. 모두의 나팔이 같은 성능이라면 다들 너무 잘못 불고 있는 것이었다. 카를은 소음을 내는 다른 나팔소리에 아랑곳하지 않고 숨을 가득 들이마셔 가슴을 잔뜩 부풀리고서 언젠가 어느 술집에서 들었던 노래를 한

곡 불어보았다. 그는 옛 여자 친구를 만나서 기뻤고, 여기서 특별히 우대를 받아 나팔을 불 수 있게 된 것, 그리고 아마도 곧 좋은 일자리를 얻을 수 있으리라는 것도 기뻤다. 많은 여자가 나팔 불기를 멈추고서 귀를 기울였다. 그가 갑자기 중단했을 때는 여자들 중 거의 절반이 연주를 하고 있지 않았다. 그러다가 아주 서서히 다시 완전한 소음이 형성되었다. "너는 예술가구나." 카를이 나팔을 다시 돌려주었을 때 그녀가 말했다. "나팔수로 채용해달라고 해." "남자들도 채용돼?" 카를이 물었다. "응." 패니가 말했다. "우리는 나팔을 두 시간 동안 불어. 그러고는 악마로 분장한 남자들이 우리와 교대해. 절반은 나팔을 불고, 절반은 북을 치지. 장비들 전부 대체로 아주 값비싼 것이라 정말 멋있어. 우리 의상도 아주 아름답지 않니? 그리고 날개도?" 그녀가 자기 몸을 아래로 훑어보았다. "나도", 카를이 물었다. "일자리를 얻게 될 것 같아?" "그럼, 틀림없어." 패니가 말했다. "이 극장은 세상에서 제일 큰 극장이야. 우리가 다시 같이 있게 되면 얼마나 좋겠니? 물론 네가 어떤 일자리를 얻느냐에 달렸지만. 우리 둘 다 여기에 취직해도 서로 아예 못 볼 수 있거든." "극장이 진짜 그렇게 커?" 카를이 물었다. "세상에서 제일 큰 극장이야." 패니가 다시 말했다. "물론 나도 아직 직접 보지는 못했어. 하지만 오클라하마에 가본 동료가 여럿 있는데, 정말 어디가 끝인지 모를 만큼 크대." "하지만 지원하는 사람이 별로 없는데." 카를은 말하고서 저 아래 청년들과 그 작은 가족을 가리켰다. "그건 그래." 패니가 말했다. "하지만 우리는 모든 도시에서 사람들을 채용하고 있고, 우리 선전단은 전국을 계속 돌아다니고, 또 그런 선전단이 많다는 것도 생각해야 돼." "근데 극장은 아직 문을 열지 않은 거야?" 카를이 물었다. "아, 맞아.” 패니가 말했다. “오래된 극장인데, 계속 확장되고 있어.” “사람이 더 많이 몰려들지 않는 게”, 카를이 말했다. “이상한 일이군.” “그치.” 패니가 말했다. “이상해.” “어쩌면 말이야.” 카를이 말했다. “이렇게 많은 비용을 들여 천사와 악마 공연을 벌이는 것이 사람들을 끌어들이기보다는 오히려 겁먹게 해서 밀어내는지도 몰라.” “어떻게 그런 생각을 다 했어.” 패니가 말했다. “정말 그럴 수도 있겠네. 우리 단장에게 말해봐. 네가 그에게 도움이 될지도 몰라.” “단장은 어디에 있는데?” 카를이 물었다. “경마장 안에.” 패니가 말했다. “심판석에.” “그것도 이상해.” 카를이 말했다. “왜 채용을 경마장에서 하는 거지?” “맞아.” 패니가 말했다. “우리는 어디서든 아무리 많은 인파가 밀려들어도 수용할 수 있도록 만반의 준비를 하고 있거든. 경마장에는 자리가 많잖아. 그리고 평소에는 마권을 사고파는 모든 판매대에 채용 부스가 마련되어 있어. 이백 개의 다양한 부스가 있대.” “그런데”, 카를이 큰 소리로 말했다. “대체 오클라하마 극장은 그렇게 많은 선전단을 유지할 수 있을 만큼 수입이 많은가?” “그게 우리랑 무슨 상관이야?” 패니가 말했다. “그런데, 카를, 기회를 놓치지 않게 지금 가봐. 나도 다시 나팔을 불어야 해. 여하튼 반드시 이 선전단에서 자리 하나를 얻어내봐. 그러고 나서는 곧장 나한테 와서 알려줘. 내가 가슴 졸이며 소식을 기다리고 있다는 거 잊지 마.” 그녀는 그와 악수를 하고 나서 내려갈 때 조심하라고 주의를 주었다. 그러고서 다시 나팔을 입술에 갖다댔지만 카를이 안전하게 바닥에 내려선 것을 보기 전까지는 불지 않았다. 카를이 다시 전처럼 천으로 계단을 가려놓자, 패니는 고개를 끄덕여 감사의 표시를 했다. 카를은 방금 들었던 내용을 여러 방향으로 생각해보면서 조금 전의 그 남자 쪽으로 걸어갔다.

남자는 이미 카를이 위에서 패니와 만나는 것을 보고서 그를 기다리기 위해 받침대 쪽으로 다가오고 있었다.

"우리 극장에 들어오시려는 건가요?" 남자가 물었다. "저는 이 선전단의 인사부장입니다. 환영합니다." 그는 정중하게 보이려는 듯 내내 몸을 약간 앞으로 숙인 채였고 그 자리를 벗어나지 않으면서도 춤을 추는 듯 몸을 가볍게 움직이면서 시곗줄을 만지작거렸다. "감사합니다." 카를이 말했다. "저는 귀사의 벽보 광고를 보고 거기서 요구하는 대로 지원하러 왔습니다." "아주 잘하셨습니다." 남자가 인정하는 어조로 말했다. "유감스럽게도 누구나가 다 여기서 당신처럼 올바르게 행동하지는 않습니다." 카를은 지금 이 남자에게 선전단의 유인 방식이 너무 거창해서 오히려 역효과를 내는 것일 수도 있다는 점을 일러주면 어떨까 생각했다. 하지만 이 남자가 선전단의 단장도 아니거니와 아직 채용되지도 않은 그가 곧바로 개선 건의를 하는 것은 별로 바람직하지 않아 보여서 그 얘기는 하지 않았다. 다만 이렇게 말했을 뿐이었다. "지원하기를 원하는 또 한 사람이 밖에서 기다리고 있어요. 그 사람이 나더러 먼저 알아보라고 해서 온 겁니다. 그를 지금 데려와도 되겠습니까?" "물론이지요." 남자가 말했다. "많이 오면 올수록 좋습니다." "그는 부인과 함께 어린애를 유모차에 태우고 왔어요. 그들도 같이 데려올까요?" "물론입니다." 남자는 말했고 카를의 미심쩍어하는 태도에 웃음이 나는 듯 보였다. "우리는 누구에게나 일자리를 줄 수 있습니다." "금방 돌아오겠습니다." 카를은 말하고 다시 무대 가장자리로 되돌아 달려갔다. 그는 그 부부에게 손짓하며 모두 와도 된다고 큰 소리로 외쳤다. 그는 유모차를 무대 위로 들어올리는 것을 도왔고, 이제 그들은 한 무리가 되어 같이 갔다. 이 광경을 본 청년들은 서로 상의하고는 마지막 순간까지도 주저하는 모습을 보이더니 양손을 호주머니에 찔러넣은 채 천천히 무대 위로 올라와 결국 카를과 그 가족을 뒤따랐다. 바로 그때 지하철역 건물에서 새로 도착한 승객들이 나왔는데, 그들은 천사들의 무대를 대면하고 놀라서 두 팔을 들어올렸다. 어쨌든 구직 지원은 그래도 이제 더 활기를 띨 것처럼 보였다. 카를은 이렇게 일찍, 아마도 자신이 첫번째 지원자로 왔다는 것이 아주 기뻤다. 그 부부는 불안해하면서 극장측에서 많은 요구 사항을 내세우는 것은 아닐지 몇 가지 질문을 했다. 카를은 자신도 확실히 아는 것은 아직 아무것도 없지만 정말로 누구나 예외 없이 채용될 것 같은 인상을 받았다고 말했다. 그러니 자기 생각엔 안심해도 될 것 같다고 했다.

인사부장이 그들을 맞이하러 다가왔다. 그는 그렇게 많은 수가 온 것에 아주 흡족해하며 두 손을 비비면서 한 사람씩 일일이 고개를 살짝 숙여 인사하고는 모두를 한 줄로 세웠다. 카를이 첫번째였고, 부부가 그다음이었고, 나머지가 그 뒤에 섰다. 청년들이 처음엔 마구 뒤엉켜 몰려드는 바람에 소란이 잠잠해질 때까지는 잠시 시간이 걸렸는데, 그들 모두 정렬을 마치자 나팔소리가 그치고 인사부장이 입을 열었다. "오클라하마 극장의 이름으로 여러분을 환영합니다. 여러분은 일찍 오셨습니다. (하지만 벌써 정오가 다 되어가고 있었다.) 아직은 별로 혼잡하지 않습니다. 따라서 채용 절차는 빨리 끝날 겁니다. 여러분은 물론 모든 구비 서류를 지참하고 계시겠지요." 청년들은 곧바로 서류 몇 장을 주머니에서 꺼내 인사부장을 향해 흔들어댔고, 부부는 남편이 부인을 툭 치자 부인이 유모차의 깃털 이불 밑에서 한 묶음의 서류를 끄집어냈다. 물론 카를은 서류라고는 하나도 없었다. 그것이 그가 채용되는 데 걸림돌이 될까? 그럴 수도 있었다. 하지만 카를은 경험상 조금만 결연한 태도를 취하면 그런 규정쯤은 쉽게 피해 갈 수 있다는 것을 알고 있었다. 인사부장은 줄 전체를 쭉 살펴보며 다들 서류를 갖고 있다는 것을 확인했고 카를도 손을, 물론 빈손을 들어올려서 그 역시 문제가 없는 것으로 여겼다. "좋습니다." 인사부장은 그렇게 말하고 자신들의 서류를 얼른 살펴봐주기를 바라는 청년들을 손짓으로 제지했다. "서류는 이제 채용 부스에서 심사받게 됩니다. 이미 벽보를 통해 다들 아시다시피 우리는 누구든 채용할 수 있습니다. 하지만 우리는 당연히 여러분이 지금까지 어떤 직업에 종사했는지 알아야 합니다. 그래야 여러분을 각자 자신의 지식을 활용할 수 있는 적절한 자리에 배치할 수 있기 때문입니다." '이건 극장인데', 카를은 의아하게 생각하면서 아주 주의깊게 들었다. "그래서 우리는", 인사부장이 계속 말했다. "마권 판매대마다 채용 부스를 설치했습니다. 하나의 직업군에 하나의 부스가 배정되어 있습니다. 따라서 여러분 모두 지금 저에게 직업을 알려주시기 바랍니다. 가족의 경우는 일반적으로 남편의 채용 부스에 속하게 됩니다. 그러고 나서 제가 여러분을 채용 부스로 안내할 겁니다. 거기서 전문가들이 먼저 여러분의 서류를 심사하고, 그다음에 여러분의 지식을 심사할 예정입니다—아주 간단한 심사가 될 테니 아무도 걱정하실 필요 없습니다. 그러고 나면 여러분은 거기서 바로 채용되어 그다음 지시 사항을 듣게 될 겁니다. 그럼 시작합시다. 여기 첫번째 부스는 표지판에 이미 적혀 있듯이 엔지니어를 위한 부스입니다. 혹시 여러분 중에 엔지니어가 있습니까?" 카를이 손을 들어 지원했다. 그는 서류가 없어서 모든 절차를 가능한 한 신속하게 밟아나가도록 애써야 한다고 생각했다. 그는 엔지니어가 되려고 했었기 때문에 지원할 수 있는 약간의 자격도 있었다. 그런데 카를이 지원하는 것을 보자 청년들이 질투심이 생겼는지 그들도 덩달아 지원했고, 그래서 모두가 지원하게 되었다. 인사부장은 몸을 위로 쭉 뻗더니 청년들에게 말했다. "여러분이 엔지니어인가요?" 그러자 그들 모두 천천히 손을 내렸다. 반면에 카를은 자신의 처음 뜻을 굽히지 않았다. 인사부장은 카를이 엔지니어치고는 옷차림이 너무 형편없고 나이도 너무 어린 것 같아서 의심스러운 눈빛으로 바라보기는 했지만, 적어도 그가 생각하기에는 카를이 지원자들을 데리고 와줬기 때문에 고마워서인지 더는 아무 말도 하지 않았다. 그가 권하듯이 부스 쪽을 가리켜 카를은 그리로 갔다. 그러는 동안 인사부장은 다른 사람들 쪽으로 돌아섰다.

엔지니어 채용 부스에는 직사각형 책상 양쪽에 두 신사가 앉아 그들 앞에 놓인 커다란 명부 두 권을 비교하고 있었다. 한 명이 이름을 읽으면 다른 한 명은 자신의 명부에서 그 이름에 줄을 그었다. 카를이 인사하면서 그들 앞으로 가자 그들은 즉시 명부를 치우고 다른 커다란 장부를 앞에 갖다놓고 펼쳤다. 보아하니 서기일 뿐인 한쪽 신사가 말했다. "신분증명서를 보여주세요." "유감스럽게도 지금은 제가 갖고 있지 않습니다." 카를은 말했다. "신분증명서가 없다는데요." 서기가 다른 신사에게 말하고 카를의 대답을 곧바로 자신의 장부에 기입했다. "엔지니어입니까?" 이어서 부스의 책임자로 보이는 그 다른 신사가 물었다. "아직은 아닙니다." 카를이 빠르게 말했다. "하지만—" "됐습니다." 신사가 훨씬 더 빠르게 말했다. "그럼 당신은 우리 소속이 아닙니다. 표지

판을 잘 보시기 바랍니다." 카를은 이를 악물었고, 이렇게 말을 이은 걸로 봐선 신사도 알아차린 것이 분명했다. "불안해할 이유가 없어요. 우리는 누구에게나 일자리를 줄 수 있으니까요." 그러고는 하는 일 없이 횡목 사이를 어슬렁거리고 있는 사환들 중 하나에게 손짓했다. "이분을 기술자 채용 부스로 안내해드리게." 사환은 명령을 말 그대로 이해해서 카를의 손을 잡았다. 그들은 많은 부스 사이를 통과했다. 카를은 어느 부스에서 청년 하나가 벌써 채용되어 심사원들과 감사의 악수를 나누는 모습을 보았다. 카를이 지금 안내받은 부스에서도 진행 과정은 그가 예상한 대로 첫번째 부스에서와 비슷했다. 다만 이 부스에서는 실업학교를 다녔다는 카를의 말을 듣더니 실업학교 졸업생을 채용하는 부스로 보냈다. 하지만 거기에 가서 카를이 유럽 실업학교를 다녔다고 말하자 그들 담당이 아니라며 유럽 실업학교 학생들을 채용하는 부스로 데려가게 했다. 그곳은 맨 끝 가장자리에 위치한 부스였고, 다른 모든 부스보다 작았을 뿐만 아니라 심지어 더 낮았다. 그를 이곳으로 데려온 사환은 이렇게 오랫동안 안내하고 여러 차례 거부를 당해 잔뜩 심통이 나 있었다. 그가 생각하기에 그렇게 거부당한 것은 순전히 카를이 책임져야 할 일이었다. 사환은 질문을 기다리지도 않고 곧바로 달아나버렸다. 이 부스가 실로 최후의 피난처이기도 했다. 카를이 부스 책임자를 바라보았을 때 지금도 아마 고향 실업학교에서 수업을 하고 있을 한 선생님과 닮아서 깜짝 놀라 소리를 지를 뻔했다. 물론 금방 드러났듯이 두 사람이 닮은 것은 세부적인 몇 가지뿐이었지만, 넓적한 코 위에 걸친 안경, 장식품처럼 곱게 손질된 풍성한 금발의 수염, 부드럽게 굽은 등, 그리고 늘 예기치 않게 튀어나오는 큰 목소리에 카를은 얼마간 더 놀라워했다. 다행히 크게 주의를 기울이지는 않아도 되었는데 여기서는 다른 부스들보다 일이 더 간단하게 진행되었기 때문이다. 여기서도 그의 신분증명서가 없다는 사실이 기록되고 부스 책임자가 이해할 수 없는 부주의라고 지적하기는 했지만, 이곳의 실세로 보이는 서기는 재빨리 그 사실을 넘겨버리고는, 책임자가 몇 가지 짧은 질문을 한 후 이제 막 더 중요한 질문을 하려는데, 카를에게 채용되었다고 잘라 말했다. 책임자가 입이 떡 벌어져서는 째려보는데도 서기는 마무리짓는 손동작을 하면서 "채용"이라고 말하더니 곧바로 그 결정 사항을 장부에 기입했다. 보아하니 서기의 견해로는, 유럽의 실업학교 출신이라는 것은 그것만으로 이미 아주 창피스러운 일이므로 누군가 자신이 그 출신이라 주장한다면 그 사람이 하는 말은 앞뒤 볼 것 없이 믿을 만하다고 여기는 듯했다. 카를로서는 거기에 대해 뭐라고 이의를 제기할 생각이 전혀 없어서 서기에게 다가가 감사의 말을 하려고 했다. 하지만 이름이 어떻게 되느냐는 질문을 받았을 때는 아직 약간 망설였다. 그는 금방 대답하지 못했는데, 자신의 실제 이름을 말해 그것이 어딘가에 기록되는 것이 꺼려졌다. 여기서 아무리 하찮은 일자리라도 얻어서 만족스럽게 일을 하게 된 다음이라면 사람들이 자신의 이름을 알아도 상관없었지만 지금은 안 되었다. 지금 밝히기에는 너무 오랫동안 감춰온 것이다. 그래서 순간적으로 다른 이름이 떠오르지 않아 그냥 지난 직장들에서 불리던 이름을 댔다. "니그로입니다." "니그로?" 책임자는 그렇게 되묻고서 고개를 돌려 마치 카를이 이제 믿지 못할 사람의 극치를 보여주고 있다는 듯 얼굴을 찡그렸다. 서기도 카를을 한참 살펴보았지만 이어서 "니그로"라고 되뇌면서 그 이름을 적어넣었다. "설마 니그로라고 적지는 않았겠죠?" 책임자가 그를 추궁했다. "아뇨, 니그로라고 적었어요." 서기는 태연하게 말하고서 이제 책임자가 다음 일을 진행해야 한다는 듯한 손동작을 했다. 책임자는 짐짓 감정을 억누르고 일어서서 말했다. "그러면 당신은 오클라하마 극장을 위해서—" 하지만 그는 말을 잇지 못했다. 양심을 거스르는 일을 할 수가 없었다. 그래서 다시 자리에 앉아 이렇게 말했다. "이 사람 이름은 니그로가 아니야." 서기는 눈썹을 치켜올리더니 직접 일어나서 말했다. "그러면 제가 알려드리겠습니다. 당신은 오클라하마 극장에 채용되었습니다. 그러니 이제 당신을 우리 단장에게 소개할 것입니다." 다시 사환 하나가 부름을 받았고, 그가 카를을 심판석으로 데려갔다.

카를은 계단 아래에서 유모차를 보았고, 마침 그 부부도 내려오고 있었는데 부인이 아이를 팔에 안고 있었다. "채용되었어요?" 그 남편이 물었다. 그는 전보다 훨씬 더 생기가 돌았고, 부인도 미소 지으면서 어깨 너머로 그를 바라보았다. 카를이 방금 채용되어 인사하러 가는 길이라고 대답하자 남편이 말했다. "그럼 축하해요. 우리도 채용되었어요. 좋은 기업인가봅니다. 물론 모든 일에 금방 익숙해질 수는 없겠죠. 그래도 어딜 가나 그러니까요." 그들은 서로 "또 봅시다"라고 말했고 카를은 심판석으로 올라갔다. 위쪽 좁은 공간이 사람들로 가득찬 것 같아 보이고 그 사이로 비집고 들어가고 싶지 않아서 천천히 걸음을 옮겼다. 가만히 멈춰 서서 사방이 저멀리 곳곳의 숲들에까지 이르는 드넓은 경마장을 바라보기도 했다. 경마 구경을 한번 해보고 싶은 욕구가 그를 사로잡았다. 미국에서는 아직 그럴 기회가 없었다. 유럽에서는 어렸을 때 경마장에 따라간 적이 있었지만, 길을 비켜주려고 하지 않는 수많은 사람 사이를 어머니가 잡아당기는 대로 뚫고 지나갔던 것 말고는 아무 기억도 나지 않았다. 그러니까 사실상 경마를 아직 한 번도 보지 못한 셈이었다. 그의 뒤에서 기계장치 하나가 드르륵거리기 시작했다. 돌아보니 경마에서 우승자의 이름을 공표하는 장치였는데, 지금은 거기에 다음과 같은 글귀가 위로 올라가는 것이 보였다. "상인 칼라 씨, 부인과 아이 동반." 이런 식으로 채용된 사람들의 이름을 부스들에 알려주고 있었다.

바로 그때 몇몇 신사가 손에 연필과 메모지를 들고 활기차게 이야기를 나누면서 계단을 달려내려왔다. 카를은 그들이 지나가도록 난간에 붙어서 이제 자리가 난 위쪽으로 올라갔다. 나무 난간이 둘러쳐진 높은 단상—전체는 폭이 좁은 탑의 평평한 지붕처럼 보였다—의 한쪽 구석에 한 신사가 나무 난간에 양팔을 뻗고서 앉아 있었다. 가슴에는 '오클라하마 극장 제10선전단 단장'이라는 글자가 적힌 넓고 하얀 비단띠를 비스듬히 두르고 있었다. 그의 옆에 나란히 있는 작은 탁자 위에는 경마가 벌어질 때도 틀림없이 사용될 전화 장치가 놓여 있었는데, 보아하니 이것을 통해 단장은 지원자 각 개인에 관한 필요한 모든 보고 사항을 면접 전에 미리 듣는 것이 분명했다. 왜냐하면 처음에 그는 카를에게 아무 질문도 하지 않고 자기 옆에 나란히 다리를 꼰 채 손으로 턱을 잡고서 기대고 있는 한 신사에게 "니그로, 유럽 실업학교 출신"이라고 말했기 때문이다. 그러고는 그것으로 몸을 깊이 숙여 인사하고 있는 카를의 채용 건이 다 처리되었다는 듯이 누가 더 오지 않나 하고 계단 아래를 내려다보았다. 하지만 아무도 오지 않아서, 그는 다른 신사가 카를과 나누는 대화에 간간이 귀를 기울이기도 했지만, 대개는 경마장을 이리저리 둘러보면서 손가락으로 난간을 두드렸다. 부드러우면서도 힘있고 빠르게 움직이는 이 기다란 손가락들이 가끔씩 주의를 끌기도 했지만, 카를은 다른 신사와의 대화에 충분히 마음을 빼앗긴 상태였다.

"당신은 실직했었나요?" 그 신사는 처음에 그렇게 물었다. 이 질문도 그렇고 그가 던지는 다른 질문들도 거의 모두 아주 간단했고 전혀 거북하지 않았다. 게다가 사이사이 질문을 해서 카를의 대답을 이리저리 따져보지도 않았다. 그럼에도 그 신사는 눈을 크게 뜨고 또박또박 묻는다든지, 상체를 앞으로 숙여 질문에 어떻게 반응하는지 주시한다든지, 가슴 위로 머리를 숙인 채 대답을 듣고는 때때로 큰 소리로 되풀이한다든지 하는 방식으로, 질문들에 특별한 의미를 부여할 줄 알았다. 그 의미가 무엇인지는 제대로 알 수 없었지만 그것을 짐작하다보면 조심스럽고 소심해지곤 했다. 카를은 이미 해버린 대답을 취소하고 더 큰 호응을 얻을 만한 다른 대답으로 대체하고 싶을 때가 몇 번 있었지만 그때마다 자제했다. 그렇게 갈팡질팡하는 태도는 틀림없이 몹시 좋지 않은 인상을 심어줄 수밖에 없다는 것을, 게다가 대답이 미치게 될 영향은 대개 예측불허라는 것도 알고 있었기 때문이다. 하지만 그뿐만 아니라 그의 채용은 이미 결정된 것으로 보였고, 이런 의식이 그를 뒤에서 든든하게 받쳐주고 있었다.

실직했었느냐는 질문에 그는 간단히 "예"라고 대답했다. "마지막으로 어느 직장에 있었습니까?" 이어서 신사가 물었다. 카를이 대답하려는데 그 신사는 집게손가락을 쳐들고서 다시 한번 말했다. "마지막으로요!" 카를은 이미 앞서 한 질문을 정확하게 이해했기에 뒤에 덧붙인 말을 거추장스럽게 여기고 자기도 모르게 고개를 흔들어 털어버리고는 이렇게 대답했다. "어느 사무실에 있었습니다." 이 말은 아직 진실이었지만, 만일 신사가 사무실 유형에 대해 더 자세한 정보를 요구했다면 틀림없이 거짓말을 했을 것이다. 하지만 그 신사는 그런 요구를 하지 않고 아주 쉽게 사실 그대로 대답할 수 있는 질문을 던졌다. "거기서 만족했습니까?" "아니요." 카를이 그의 말을 거의 가로막듯이 큰 소리로 대답했다. 카를은 곁눈질로 단장이 살짝 미소 짓고 있다는 것을 알아차렸다. 카를은 자신의 마지막 대답이 경솔했다고 후회했지만, '아니요'라는 말을 내지르는 것은 너무도 유혹적이었다. 마지막 직장생활 내내 그는 본 적도 없는 고용주라는 사람이 한번은 나타나서 바로 그런 질문을 해주기를 간절히 원했기 때문이다. 하지만 그의 대답은 또다른 난처한 상황을 초래할 수도 있었으니, 이제 신사는 왜 만족하지 못했느냐고 물을 수 있었기 때문이다. 하지만 그 대신 그는 이렇게 물었다. "어떤 일자리가 자신과 잘 맞는다고 생각하나요?" 이 질문에는 정말로 어떤 함정이 있을지도 몰랐다. 카를은 이미 배우로 채용되었는데 그런 질문을 할 이유가 없었기 때문이다. 그 사실을 깨달았음에도 배우라는 직업이 자신과 특히 잘 맞는 느낌이 든다고 단언할 수는 없었다. 그래서 그는 이 질문을 회피하고서 고집이 세다고 여겨질 위험을 무릅쓰고 이렇게 말했다. "저는 시내에서 벽보 광고를 봤고, 거기에 누구에게나 일자리를 줄 수 있다고 되어 있어서 지원했습니다." "그건 우리도 알고 있어요." 이렇게 말한 신사는 입을 다물어서 앞선 자신의 질문에 대한 답을 꼭 들어야겠다는 뜻을 드러냈다. "저는 배우로 채용되었습니다." 카를은 신사들에게 그 마지막 질문에 자기가 얼마나 난처한지 이해시키기 위해 머뭇거리면서 말했다. "그건 맞습니다." 신사는 말하고서 다시 입을 닫았다. “그런데”, 카를이 말했다. 그리고 일자리를 하나 얻었다는 희망 전체가 흔들렸다. “제가 연극에 적합한지 모르겠습니다. 하지만 저는 노력할 것이고 맡은 임무를 다하겠습니다.” 신사는 단장 쪽으로 몸을 돌렸고, 둘은 고개를 끄덕였다. 카를이 대답을 제대로 한 모양이었다. 그는 다시 용기를 내어 자세를 똑바로 하고서 다음 질문을 기다렸다. “본래 무슨 공부를 하려고 했습니까?” 이것이 다음 질문이었다. 질문을 정확하게 규정하기 위해—그 신사에게는 늘 정확한 규정이 아주 중요했다—그가 덧붙였다. “유럽에서 말입니다.” 그러면서 그는 턱에서 손을 떼 힘없이 움직여 보였다. 마치 그 손짓으로 유럽이 얼마나 멀고 거기서 예전에 세웠던 계획들이 얼마나 무의미한 것인지 암시하려는 듯이 말이다. “엔지니어가 되려고 했습니다.” 카를이 말했다. 자신이 지금껏 미국에서 어떤 이력을 거쳤는지 충분히 의식하는 가운데 한때 엔지니어가 되고자 했던 옛 기억을 이 자리에서 다시 되살리는 것은 가소로운 일이었기에—그가 유럽에 있었다면 과연 언젠가 엔지니어가 될 수 있었을까?—딱히 마음에 드는 대답은 아니었지만, 막상 다른 할말이 없어서 그렇게 대꾸한 것이다. 하지만 그 신사는 모든 것을 진지하게 받아들였듯이 그 대답을 진지하게 받아들였다. “그런데”, 그가 말했다. “금방 엔지니어가 될 수는 없는 노릇이니, 지금으로서는 뭐든 단순한 기능직 일을 하는 것이 당신에게 적합할지도 모르겠습니다.” “물론입니다.” 카를이 말했다. 그는 아주 만족스러웠다. 그 제안을 받아들인다면 배우의 신분에서 기능직 노동자 신분으로 밀려나게 되기는 하지만, 사실 이 기능직 일을 한다면 자신의 능력을 더 잘 발휘할 수 있을 거라고 믿었다. 아닌 게 아니라, 그는 이 생각을 몇 번이나 곱씹었는데, 일의 종류가 중요한 것이 아니라 어딘가에서 계속 버텨내는 것이 중요했다. "한데 힘든 일을 견뎌낼 만큼 몸은 튼튼한가요?" 신사가 물었다. "아, 예." 카를이 말했다. 그러자 신사는 카를더러 더 가까이 다가오게 해서 그의 팔을 만져보았다. 그러고는 카를의 팔을 잡아 단장 쪽으로 끌어당기면서 말했다. "튼튼한 청년입니다." 단장은 미소 지으면서 고개를 끄덕였다. 그러고는 쉬는 자세에서 몸을 일으키지도 않고 카를에게 손을 건네면서 말했다. "그럼 다 끝났습니다. 오클라하마에서 모든 것을 더 검토할 겁니다. 우리 선전단의 명예로운 일꾼이 되어주세요!" 카를은 허리를 구부려 작별인사를 했다. 그런 다음 다른 신사에게도 작별을 고하려고 했지만, 이 신사는 자신의 일을 완전히 끝냈다는 듯 어느새 고개를 높이 쳐든 채 단상을 이리저리 서성이고 있었다. 카를이 아래로 내려가는 동안 계단 옆 안내판에는 "니그로, 기능직 노동자"라는 문구가 올라가고 있었다. 이곳의 모든 일이 제대로 진행되었기 때문에 안내판에 자신의 실제 이름이 올라온다 해도 카를은 더이상 그리 유감스럽게 여기지 않았을 것이다. 모든 일은 심지어 지나칠 정도로 세심하게 조직되어 있었다. 사환 하나가 이미 계단 아래서 카를을 기다리고 있다가 그의 팔에 완장을 둘러주었던 것이다. 그러고서 카를이 완장에 뭐라고 쓰여 있는지 보려고 팔을 들어올리자 거기에는 아주 정확히 '기능직 노동자'라는 글자가 인쇄되어 있었다.

이제 카를이 안내를 받아 어디로 가게 되든 먼저 그는 패니에게 모든 일이 얼마나 다행스럽게 끝났는지 알려주고 싶었다. 하지만 아쉽게도 사환에게서 천사들도 악마들도 다 함께 다음날 선전단이 도착한다는 것을 알리기 위해 벌써 다음 목적지로 출발했다는 말을 들었다. "안

타깝네요." 카를이 말했다. 그가 이 기업에서 경험한 첫번째 실망이었다. "천사들 중에 아는 여자가 하나 있었는데." "오클라하마에 가면 다시 보게 될 겁니다." 사환이 말했다. "자, 이제 오세요. 당신이 맨 마지막이에요." 그는 아까 천사들이 서 있었지만 지금은 빈 받침대들뿐인 무대의 뒤편을 따라 카를을 데리고 갔다. 그런데 천사들의 음악이 없다면 구직자가 더 많이 올 거라는 카를의 추측은 옳지 않은 것으로 입증되었다. 지금 무대 앞에는 어른이 한 명도 없고 아이 몇 명만 필시 천사의 날개에서 떨어진 기다란 흰색 깃털 하나를 서로 가지겠다고 싸우고 있었던 것이다. 소년 하나가 그것을 높이 들고 있었고, 다른 아이들은 한 손으로 그의 머리를 누르는 동시에 다른 손으로 그 깃털을 잡으려고 했다.

카를이 아이들을 가리켰지만, 사환은 그쪽을 보지도 않고 말했다. "더 빨리 와요. 당신이 채용되기까지 너무 오래 걸렸어요. 의심들을 많이 한 모양이죠?" "모르겠어요." 카를은 놀라서 말했지만 그렇게 생각하지는 않았다. 상황이 아무리 명백해도 다른 사람을 불안하게 만들려는 사람은 언제나 있었다. 하지만 그들이 지금 다가가고 있는 대형 관람석의 유쾌한 광경 앞에서 카를은 금세 사환의 말을 잊어버렸다. 지금 이 관람석에서는 긴 벤치 하나가 하얀 천으로 덮여 있었고, 그다음으로 낮은 벤치에 채용된 사람들 전원이 경주로 쪽을 등지고 앉아서 향응을 받고 있었던 것이다. 모두가 즐거워하며 흥분해 있었다. 카를이 눈에 띄지 않게 살그머니 맨 마지막으로 벤치에 앉는 순간, 많은 사람이 잔을 높이 들고 일어섰고 그중 한 사람이 제10선전단의 단장을 위해 건배사를 외쳤다. 그는 단장을 '구직자들의 아버지'라고 불렀다. 누군가 여기 관람석에서도 단장을 볼 수 있다고 일러주었다. 실제로 두 신사가 있는 심판석은 그리 멀지 않았다. 이제 모두 그쪽을 향해 잔을 흔들었고, 카를도 자기 앞에 놓인 잔을 잡았다. 그런데 아무리 큰 소리로 외쳐대고 아무리 주목을 끌려고 애써봐도 심판석에서는 이 열렬한 환호를 알아차렸거나 아니면 적어도 알아차리려는 기색이 전혀 없었다. 단장은 이전처럼 구석에 기대 있었고, 다른 신사는 손을 턱에 대고 그 옆에서 있었다.

다들 약간 실망해서 다시 자리에 앉았다. 드문드문 심판석 쪽으로 몸을 돌리는 사람이 하나씩 있었지만, 곧 그들은 푸짐하게 차려진 음식을 먹는 데만 열중했다. 카를이 생전 처음 보는 커다란 가금류의 고기가 바삭바삭하게 구워져 포크가 여러 개 꽂힌 채 여기저기로 날라져오고, 사환들은 계속 와인을 따르며 돌아다녔는데—사람들은 그 사실을 거의 알아차리지도 못했다. 다들 자기 접시 위로 몸을 숙이고 있는 사이 와인의 붉은 줄기가 잔으로 떨어져내렸다—이 공동의 연회에 함께하고 싶지 않은 사람은 오클라하마 극장의 여러 모습을 담고 있는 사진들을 구경할 수 있었다. 연회석 한쪽 끝에 쌓여 있는 사진들이 손에서 손으로 건네지고 있었다. 하지만 사람들이 사진에는 별 관심이 없어서 맨 끝자리에 앉은 카를에게는 딱 한 장만 도달했다. 하지만 이 사진으로 짐작건대 틀림없이 모든 사진이 아주 볼만한 가치가 있었을 터였다. 사진은 미합중국 대통령의 특별 관람석을 보여주고 있었다. 첫눈에 보면 활처럼 휘어진 난간이 허공으로 불쑥 돌출해 있어서 특별 관람석이 아니라 극장 무대라는 생각이 들 수도 있었다. 난간의 모든 부분은 온통 금이었다. 아주 섬세한 가위로 오려낸 듯한 작은 기둥들 사이사이로 전직 대통령들의 타원형 장식 초상화가 나란히 걸려 있었는데, 그 중 한 사람은 눈에 띄게 곧은 코와 삐죽 내민 입술에 아치형 눈꺼풀 아래로 멍하니 눈을 내리뜨고 있었다. 관람석 주위를 측면과 위쪽에서 쏟아진 빛이 비추고 있었다. 은은한 흰빛이 관람석 전면을 드러내주는 반면, 깊숙한 안쪽은 난간 테두리 전체에 드리워져 끈으로 조정되는, 갖가지 색조를 띠면서 주름이 잡히는 붉은 벨벳 천 뒤로, 어둡고 불그스름한 기운이 감도는 텅 빈 공간처럼 보였다. 이 관람석에 사람이 있다는 게 거의 상상이 되지 않았고, 그만큼 모든 것이 위압적으로 보였다. 카를은 먹는 것을 잊지 않았지만 그 사진을 접시 옆에 나란히 놔두고 수시로 들여다보았다.

마침내 그는 나머지 사진들 중 하나만이라도 더 보고 싶어졌지만, 사환 하나가 사진들 위에 손을 올려놓고 있는 것으로 보아 차례를 지켜야 하는 모양이어서 직접 사진을 가져올 생각은 없었다. 그래서 카를은 연회석을 쭈욱 훑어보며 사진 하나가 더 자기 쪽으로 다가오고 있지 않는지 확인하려고만 했다. 그때 그는 깜짝 놀라—처음엔 보고도 도무지 믿기지 않았다—몸을 가장 깊이 숙이고서 음식을 먹고 있는 얼굴들 가운데 익숙한 하나를 알아보았다—자코모였다. 카를은 얼른 그에게로 달려갔다. "자코모!" 그가 불렀다. 불시에 무슨 일을 당하고서 놀랄 때면 늘 그랬듯이 자코모는 쑥스러워하며 음식에서 손을 떼고 일어나 벤치와 벤치 사이의 좁은 공간에서 몸을 돌리더니 손으로 입을 훔쳤지만 카를을 보고는 아주 기뻐했다. 그는 카를에게 자기 옆에 앉으라고 권했다가, 아니면 자기가 카를의 자리로 건너가겠다고 자청했다. 그들은 서로 그간의 사연을 전부 들려주고 싶어했고 계속 함께 있고 싫어했다. 카를은 다른 사람들을 방해하고 싶진 않아서 당장은 각자 자기 자리에 앉아 있다가, 식사가 곧 끝날 테니 그다음엔 당연히 둘이 내내 같이 있기로 했다. 그러나 카를은 자코모를 그저 바라보기만 하려고 여전히 그의 곁에 머물렀다. 아, 지난날의 기억들을 어찌 다 말로 할 수 있겠는가! 주방장은 어디에 있을까? 테레제는 어떻게 지내고 있을까? 자코모 자신은 겉보기에 변한 것이 거의 없었다. 반년 후면 틀림없이 건장한 미국인이 될 거라던 주방장의 예언은 들어맞지 않았다. 그는 전처럼 여렸고, 뺨도 전처럼 푹 꺼져 있었다. 하지만 순간적으로 뺨이 둥그스름해 보인 것은 그가 아주 큰 고깃덩이를 입에 물고 있었기 때문이다. 그는 그 고깃덩이에서 불필요한 뼈들을 천천히 발라서 접시 위에 던졌다. 카를이 그의 완장을 보고 알 수 있었듯이, 자코모는 배우가 아니라 엘리베이터 보이로 채용되었다. 오클라하마 극장은 정말로 누구에게나 일자리를 줄 수 있는 것 같았다.

그런데 카를은 자코모를 보는 데 정신이 팔려 너무 오래 자리를 떠나 있었고 그래서 막 돌아가려는데 인사부장이 와서는 더 높은 곳에 있는 벤치들 중 하나에 올라서서 손뼉을 치더니 간단한 인사말을 했다. 그동안 대부분의 사람들은 일어섰고 음식에 미련이 남아 계속 앉아 있던 사람들도 다른 사람들이 툭툭 치는 바람에 결국 마지못해 일어날 수밖에 없었다. "저는", 그가 말했다. 그사이 카를은 이미 발끝으로 달려 자기 자리로 돌아가 있었다. "여러분이 우리가 마련한 환영 만찬에 만족하셨기를 바랍니다. 우리 선전단의 연회 음식은 대체로 호평받는 편입니다. 하지만 유감스럽게도 저는 이 자리를 정리해야겠습니다. 여러분을 오클라하마로 모셔갈 기차가 오 분 후면 출발하기 때문입니다.

긴 여정이기는 하지만 여러분은 좋은 대우를 받게 될 겁니다. 이에 여러분의 이동을 책임질 신사분을 소개하겠습니다. 여러분은 이분의 말을 잘 따라주어야 합니다." 깡마르고 조그마한 신사 하나가 인사부장이 서 있는 벤치로 올라오더니 고개를 슬쩍 까딱해 서둘러 인사를 마치고는 즉시 초조해 보이는 두 손을 내뻗어 모두가 어떻게 모이고, 어떻게 정렬하고, 어떻게 움직여야 하는지 보여주기 시작했다. 하지만 처음에 사람들은 그의 말을 따르지 않았다. 전에 연회 때 이미 한번 연설한 적이 있는 예의 그 사람이 기차가 곧 출발한다고 방금 말하는데도—카를은 불안하기 짝이 없었다—손으로 탁자를 내려치며 상당히 긴 감사의 연설을 시작했기 때문이다. 인사부장 역시 연설을 듣지 않고 그 이동 책임자에게 여러 가지 지시를 내리는데도 아랑곳없이 연설을 장황하게 끌고 갔다. 탁자에 오른 모든 요리를 일일이 열거하면서 각각에 대해 품평도 했다. 그러고는 요약해 다음과 같이 외치면서 연설을 끝냈다. "존경하는 신사님들, 그렇게 해서 회사는 우리를 얻게 된 것입니다." 거론된 신사들을 제외하고 모두가 웃었다. 하지만 그것은 농담이라기보다는 진실이었다.

이 연설의 대가로 그들은 이제 기차역까지 달려가야 했다. 하지만 그것은 별로 어렵지도 않은 일이었다. 왜냐하면—카를은 이제야 알아차렸는데—아무도 짐을 들고 있지 않아서였다. 유일한 짐이라고 한다면 유모차였다. 지금 일동의 맨 앞에서 아버지가 미는 대로 움직이는 유모차는 허둥대는 사람처럼 위아래로 덜커덩거리며 굴러가고 있었다. 여기 모인 자들은 죄다 가진 것 없고 수상쩍은 사람들 아니겠는가. 그런데도 이렇게 좋은 대접을 받고 보호를 받고 있는 것이다! 그리고 이동 책임자는 이들을 각별히 신경써달라는 당부를 받은 것이 분명했다. 때로는 그 자신이 직접 한 손으로 유모차 손잡이를 잡고 다른 한 손은 높이 쳐들어 일동에게 기운을 북돋우기도 했고, 때로는 대열의 맨 뒤로 가서 독려하기도 했으며, 때로는 옆을 따라 달리면서 무리 중에 다소 뒤처지는 자들을 눈여겨보다가 양팔을 이리저리 흔들어 그들에게 어떻게 달려야 하는지 보여주려 하기도 했다.

그들이 역에 도착했을 때 기차는 이미 대기중이었다. 역에 있던 사람들이 서로 그들 일동을 가리켰고, "저들 모두 오클라하마 극장 사람들이야" 같은 외침들이 들려왔다. 극장은 카를이 생각했던 것보다 훨씬 더 유명한 모양이었다. 물론 그는 극장에 관심을 가져본 적이 한 번도 없었다. 열차의 한 량 전체가 특별히 그들 전용으로 할당되어 있었다. 이동 책임자는 그들이 승차하도록 차장보다 더 열심히 재촉했다. 먼저 객실을 한 칸 한 칸 일일이 들여다보면서 여기저기를 정돈하게 한 다음에야 그 자신도 승차했다. 카를은 우연히 창가 자리를 차지하게 되어 자코모를 자기 옆으로 끌어당겼다. 그렇게 해서 그들은 서로 꼭 붙어앉았으며, 둘 다 사실 이 기차 여행을 고대하고 있었다. 미국에서 그렇게 마음 편히 여행해본 적이 아직 없었다. 기차가 움직이기 시작하자 그들은 창밖으로 두 손을 흔들어댔는데, 맞은편의 청년들은 서로 쿡쿡 찌르며 그 모습을 보고 재미있어했다.

그들은 이틀을 밤낮으로 달렸다. 이제야 카를은 미국의 거대한 크기를 알게 되었다. 그는 지치지도 않고 창밖을 내다보았다. 자코모도 같이 내다보느라 몸을 바짝 밀어붙였는데, 카드놀이에 여념없던 맞은편 청년들이 싫증이 나자 자코모에게 자진해서 창가 자리를 양보해주었다. 카를은 그들에게 고맙다고 했고—자코모의 영어는 누구나 알아들을 수 있는 영어가 아니었다—시간이 흐르면서 그들은, 칸막이 객실의 동승자들 사이가 대개 그렇게 되듯이, 훨씬 더 친근하게 대했다. 하지만 그들의 친근한 태도가 성가실 때도 많았다. 가령 떨어진 카드 한 장을 찾으려고 온 바닥을 뒤질 때마다 그들은 카를이나 자코모의 다리를 힘껏 꼬집었기 때문이다. 그러면 자코모는 매번 새롭게 깜짝 놀라서 소리를 지르며 다리를 높이 들어올렸고, 카를은 몇 번 발길질로 응수해주려고 했지만 이 경우 말고도 모든 것을 말없이 참아 넘겼다. 창문을 열어놓았는데도 담배 연기로 자욱한 이 조그만 객실 안에서 벌어진 모든 일은 창밖으로 내다보이는 것 앞에서 사라졌다.

첫날 그들은 높은 산악지대를 가로질러갔다. 푸른 기가 감도는 시커먼 암석덩이들이 뾰족한 쐐기 모양을 하고 기차에 닿을 듯이 다가들었고, 사람들이 창밖으로 몸을 내밀어 그 꼭대기가 어떻게 생겼나 보려고 했지만 허사였다. 깊이 갈라진 어둡고 좁은 계곡이 펼쳐졌고, 사람들은 그 계곡들이 사라져가는 방향을 손가락으로 그려 보였다. 큰 폭의 계곡물이 구릉지 위에서 급하게 일어난 커다란 물결처럼 수천 개의 자잘한 포말을 일으키며 흘러와 기차가 지나가는 다리 아래로 떨어져내렸다. 너무 지척이라 그 서늘한 기운이 얼굴에 끼쳐서 전율이 일 지경이었다.

카프카의 아메리카 이야기, 또다른 몰락의 서사

1

카프카는 세 편의 장편소설을 썼지만 모두 미완성인 채 유고로 남겨졌다. 『실종자*Der Verschollene*』가 그 첫번째 장편소설이고, 다른 두 편은 『소송*Der Prozess*』과 『성*Das Schloss*』이다. 카프카가 『실종자』를 본격적으로 쓰기 시작한 것은 스물아홉 살 때인 1912년 가을부터였다.* 집필 시기는 크게 세 시기로 나뉘는데, 첫번째 시기는 그해 9월 25일부터 11월 초순까지의 약 오십 일간이다. 9월 25일은 그의 유명한 단편인 「선고」

* 카프카는 본래 1911년 말부터 1912년 7월에 걸쳐 이 소설의 1차 원고를 200매가량 썼는데, 스스로 형편없다고 여겨 그 원고 전체를 파기해버린 것으로 알려져 있다.

를 하룻밤 만에 쓰고 나서 이틀 후였다. 이때가 가장 왕성했던 집필 시기로, 카프카는 소설의 1장 「화부」에서 6장 「로빈슨 사건」까지를 —중간에 집안의 큰일로 인해 위기를 겪기도 했지만—폭풍같이 써내려갔다. 소설 전체의 3분의 2에 가까운 분량이다. 카프카는 소설의 진척 상황을 편지로 일일이 애인인 펠리체에게 써보냈기 때문에 우리는 『실종자』의 창작 과정을 대부분 소상히 알 수 있다. 두번째 시기는 첫번째보다 훨씬 지지부진하게 진행되는데, 11월 중순에서 이듬해 1월 24일까지다. 이 시기의 초반 약 이십 일간은 그의 가장 유명한 작품 『변신*Die Verwandlung*』을 쓰느라 『실종자』의 집필이 중단된다. 이때 만들어진 원고가 제목도 없는 두 부분 「자동차가 멈춘 곳은…」과 「"일어나! 어서!" 카를이 아침에 눈을…」이다. 카프카의 막역한 친구이자 유고의 편집자인 막스 브로트Max Brod는 앞부분 원고에 임의로 '피난처'라는 제목을 붙였다. 이제 작품의 나머지 부분은 세번째 시기인 1914년 8월과 10월 사이에 쓰였고, 그 시기는 『소송』을 집필하기 시작한 때이기도 하다. 이 부분 중 뒷부분 원고에도 브로트는 '오클라호마 야외극장'이라는 제목을 붙인다.

브로트를 통해 카프카가 장편소설을 쓰고 있다는 소식을 들은 출판인 쿠르트 볼프Kurt Wolff는 카프카에게 소설의 1장인 「화부」를 보내달라고 편지한다. 이에 카프카는 1913년 4월 초 원고를 보내면서 「화부」와 함께 『변신』과 「선고」를 한 권으로 묶어서 '아들들Die Söhne'이라는 제목의 책을 내는 게 어떻겠느냐는 적극적인 제안을 한다. 세 편 모두 아버지의 '권력'하에서 추방되거나 죽도록 방치되거나 심지어는 죽음을 선고받는 아들들의 이야기를 다루고 있다는 공통점이 있기 때문이다. 아버지의 권력과 갈등을 벌이는 아들의 이야기는 바로 카프카 자신의 이야기이면서 널리 알려진 대로 카프카 문학의 영원한 주제이기도 하다. 이는 동시에 당대 독일어권 문학의 젊은 표현주의 작가들 사이에서도 자주 다루어지던 주제였다. 결국 카프카의 뜻은 실현되지 않았지만 그 대신 1913년 5월 '최후의 심판일'이라는 총서의 제3권으로 『화부』가 출간되었다. 당시 쿠르트 볼프 출판사는 고트프리트 벤, 발터 하젠클레버, 게오르크 트라클, 프란츠 베르펠 등 주로 젊은 표현주의 작가들의 작품을 출간하던 곳이었다. 이 책의 출판으로 카프카도 그 대열에 합류하게 된다. 『화부』는 생시에 출간된 카프카의 작품들 중 독자들의 호응을 가장 많이 받은 성공적인 작품으로 기록된다. 1918년 봄까지 3판이 출간되었고 총 3만 부가량이 판매되었다. 그 덕분인 듯 이 작품으로 카프카는 1915년 신인문학상에 해당하는 '폰타네상'을 수상하는 행운을 누린다.

『실종자』는 유고를 전부 불태워 없애달라는 카프카의 유언을 어긴 막스 브로트에 의해 『소송』과 『성』에 이어 1927년 『아메리카』로 처음 세상에 나왔다. 이 제목 역시 브로트가 임의로 붙인 것이었고 그는 가독성을 높이기 위해 원본 곳곳에 '손질'을 가하였다. 소설의 이야기 전체가 미국 즉 아메리카에서 펼쳐지는 만큼, 책 제목이 '아메리카'인 것이 독자들에게는 자연스럽고 당연하게 여겨졌다. 그후 1983년 카프카의 육필 원고에 충실한 텍스트 비평본이 출간되면서 지금의 제목으로 바뀌었다. 1914년 12월 31일자 일기에서 카프카 자신이 이 작품을 '실종자'라고 부르는 대목이 진즉에 발견되었지만, 그동안은 계속 브로트의 제목으로 통용되었던 것이다. 브로트도 1946년 『아메리카』의

제3판을 발간하면서 후기에서 '실종자'라는 제명을 인정하고 있다. 앞으로 미국에서 전개되는 주인공의 운명이 '실종'으로 끝날 것임을 함의하는 책 제목으로 읽힌다.

2

첫 장면은 주인공인 열일곱 살*의 청년 카를 로스만이 뉴욕항에 입항하는 것으로 시작하는데, 이 시작부터 심상치가 않다. 고향집에서 하녀의 유혹에 넘어가 아이를 갖게 한 수치스러운 일로 부모가 그를 배에 태워 미국으로 추방했다는 짧은 사정 설명도 예사롭지 않지만, 멀리서부터 지켜보던 자유의 여신상이 가까이에서 보니 횃불이 아닌 칼을 치켜든 모습으로 그의 앞에 높이 솟아 있는 것으로 묘사되고 있어 시선을 사로잡는다. 여신상의 모습이 원거리에서는 아마 하나의 점처럼 보이던 것이 어느 순간 갑자기 거대한 피사체처럼 확대되는 영화적인 방식으로 시각화되고 있는 것이다. 초근거리에서 앙각으로 곧장 올려다보았을 때 횃불 받침대가 칼의 손잡이로 착시된 것은 아닐까? 이처럼 카프카의 영화적 시선이 녹아 있는 이 장면을 단순히 착시나 착각의 탓으로 돌리기에는 '칼을 든 자유의 여신'이라는 표현은 의미심장한

* 소설의 첫 장면에는 주인공의 나이가 열일곱으로, 「옥시덴털호텔에서」의 주방장과의 대화에서는 열여섯으로 나온다. 이러한 착오는 이 소설이 미완성이어서 교정 전의 상태였기에 비롯된 것으로 보인다. 브로트 판에서는 첫 장면에서의 나이를 열여섯으로 고쳐놓았다. 1913년 별도로 출간한 「화부」에서도 카프카 자신이 열일곱을 열여섯으로 수정하였다.

상징성을 갖는다. 이 작품 역시 카프카의 여러 작품에서처럼 시작 부분이 이와 같이 비범하다. 그레고르 잠자가 벌레의 몸으로 잠에서 깨어나는 『변신』은 물론이고, 은행원 요제프 K가 어느 날 아침 느닷없이 체포를 당하는 『소송』, 토지측량사 K가 늦은 저녁 안개와 어둠에 휩싸여 보이지 않는 성을 올려다보는 『성』의 첫 장면들이 그러하다. 이른바 '카프카적인 시작'이라고 할 수 있다.

횃불 대신 칼을 든 여신상은 자유의 여신에 정의의 여신을 겹쳐 보이게 한다. 본래 정의의 여신은 안대를 하고 양손에 칼과 저울을 들고 있어, 칼은 법의 강제성과 집행 의지를, 저울은 법의 공정성과 형평성을, 안대는 편견과 주관의 배제를 상징하는 것으로 이해된다. 그렇다면 저울 없이 칼만 든 정의의 여신이라면 어떻게 이해해야 할까? 일반적으로 법의 강제력과 집행은 정의의 이름으로 행사되지만 공정성과 형평성을 상실한 정의의 실현은 힘없는 자들에게 무자비한 폭력이 될 수 있음을 상기할 때, 칼을 든 정의의 여신은 왜곡되어 힘있는 자의 편에 서기 쉬운 법과 정의를 상징하는 것일까? 아니면 '칼'은 미국에서 자유를 지키는 데 필수적인 무기라는 것을, 작가가 자유의 여신상의 손에 횃불 대신 칼을 쥐여줌으로써 빗대어 말하고 싶었던 걸까? 이런 해석들이 너무 멀리 나간 것이라면, 단순히 칼은 처형의 도구라는 점에서 이 장면은 무의식 차원에서 주인공의 죄책감이 투영되어 결국 그가 칼로 베이듯 처단될 것임을 상징적으로 드러내는 것이라 볼 수도 있을 것이다. 최소한 앞으로 미국 땅에서 펼쳐질 그의 삶이 그리 녹록지 않을 것임을 암시하는 대목쯤으로 이해하는 것이 무난할 것이다. 거기에 더하여, 20세기 초 유럽인들 사이에서 아메리칸드림, 신세계를 향한 꿈과 희망이 이야기되던 시대였지만, 카프카는 이른바 자유의 땅이 시작되는 입구에 자유의 상징인 횃불이 제거된 이 변형된 조형물을 세움으로써 아메리카에 대한 환상과 부풀려진 미국의 이미지를 깨뜨림과 동시에 아메리카가 적어도 로스만에게는 결코 꿈과 희망의 신세계가 될 수 없음을 넌지시 내비치고 있는 것으로 이해될 수 있다. 이처럼 이 장면을 둘러싸고 무성한 해석들이 난무하고 있다.

이제 칼을 든 자유의 여신상에 압도되어 탄성을 지르는 로스만은 앞으로 전개될 자신의 운명에 대한 예감 같은 것은 고사하고 배에서 내리는 것조차 잊어버리고 우왕좌왕하면서 미국에서의 첫걸음을 시작한다. 곧이어 잊어버리고 온 우산을 찾아 다시 배 안으로 내려가 그가 겪게 되는 우여곡절은 그의 앞에 놓인 험한 여정에 대한 어두운 서막이 된다.

3

이 소설 전체의 뼈대는 미성년 주인공이 미지의 세계 아메리카에서 정착을 시도하는 일련의 과정으로 이뤄진다. 이러한 설정 때문에 개인의 성장과 발전 과정을 다루는 전통적인 성장소설 내지 교양소설과의 연관성 속에서 이 작품을 바라보는 연구들이 있지만, 초기작인 이 소설에서 이미 카프카는 그러한 성장 및 발전 서사를 부정하고 전복시킨다. 성장과 발전의 자양분이자 동력이 되는 것은 온갖 체험인데, 주인공 로스만은 체험을 거듭할수록 오히려 점점 몰락해간다. 그런 점에서 이 소설은 철저히 반反성장소설이며 반反교양소설인 셈이다.

독자는 주인공 로스만이 우산을 찾아 헤매다 우연히 만난 화부의 억울한 사연을 들으며 꾸벅꾸벅 조는 장면에서 순진무구한 소년의 모습을 엿볼 수 있는가 하면, 이어서 함께 선장실을 찾아가 화부를 대변하기 위해 이리저리 적들에 맞서 논쟁을 벌이는 장면에서는 정의감에 넘치고 상황에 맞게 용의주도하게 대처해나가는 매우 이성적인 청년의 모습도 만나게 된다. 이러한 면모는 앞으로 그의 성장 스토리를 따라가도록 기대하게 만드는 성장소설의 주인공 캐릭터로서 손색이 없어 보이기도 한다. 하지만 이야기는 그의 의도와는 전혀 다르게 진행되고, 우연이 지배하는 세계는 그에게 해독 불가능하다.

이 소설에서 정작 성장과 발전 서사의 주인공은 로스만이 바로 그 선장실에서 만나게 되는 외삼촌 야코프다. 그는 미국으로 이민 온 지 삼십여 년 만에 굴지의 운송기업을 경영하는 자본가이자 정계로도 진출하여 상원의원까지 된 그야말로 입지전적 인물로, 아메리칸드림을 성취한 성공 신화의 장본인이다. 그러한 외삼촌의 조카로서 이제 로스만은 순식간에 미국의 상류사회로 인도되어 장차 또다른 성공 신화를 써나갈 유력한 후보자로 떠오른다. 뼛속까지 미국인이 된 외삼촌은 곧바로 로스만을 고층 건물에 위치한 자신의 사무실과 집으로 데려가 무엇보다 먼저 영어 수업을 받게 하고 승마 교습도 받게 해서 그를 하루속히 미국 시민으로 거듭나게 하려는 프로젝트를 진행시키는 한편, 마침내는 자신의 기업체를 둘러보게 하고 사업 친구들도 소개하는 등 그를 후계자로 키우려는 듯한 인상을 준다. 이른바 카를 로스만의 '수업시대'가 열리는 대목이라 할 수 있고, 교양소설의 전통을 계승하는 듯한 구도가 형성된다.

4

로스만이 진입하고자 하는 미지의 세계 아메리카는 거대한 기계적 시스템을 기반으로 노동생산성과 경제적 효율성의 극대화를 추구하는 고도의 자본주의 세계다. 테일러리즘의 과학적 경영과 포드주의의 대량생산 체제 속에서 노동과정은 특정 동작들의 무한 반복에 지나지 않아 인간과 기계 사이에 차이가 거의 존재하지 않는다. 인간적 리듬이 아니라 기계적 리듬에 맞추어 움직여야 하는 개인은 그 전체 구조 속에서 하나의 기능 내지 부품으로 전락하여 철저히 소외된다. 찰리 채플린의 영화 〈모던 타임스〉에 나오는 노동 장면들이 바로 그러한 모습이다. 로스만의 외삼촌 야코프의 회사에서는 시간 절약과 최대 효율을 위해 대화는 물론 인사조차 금지하고 있을 정도다. 시간 경영의 강박적 단면을 카프카가 짓궂게 풍자하고 있는 대목이라 할 수 있다.

이국땅에서 맨손으로 거대 기업을 일구어낸 로스만의 외삼촌은 예외 없는 규율과 원칙의 화신으로 등장한다. 로스만과 벌이는 선상 논쟁 장면에서 그는 정의의 문제를 거론하며 화부의 해고 조치에 대해 부당하다고 항변하는 로스만에게 정의 실현보다는 규율 준수가 우선이며 우위에 있다는 충고를 한다. 효율성이 지배하는 아메리카에서의 생존 방식을 몸소 체득한 산증인으로서 아메리카에 건너온 유럽인이 어떻게 살아야 하는지를 암시하는 대목이다. 그는 성공을 이룩하고 유지하기 위한 비결로 규율 준수를 생명처럼 여기고 한 치의 예외도 허용하지 않는 원칙주의자이기에, 로스만이 단 한 번 자신의 원칙을 어기고 사업 친구인 폴런더의 초대에 응했다는 이유로 결별 통지를 전한다. 로스만으로서는 납득하기가 어려운 이유다.

고도 자본주의의 체제는 팽창 본능을 지니고 있어 점점 더 거대하고 복잡해져감에 따라 개인으로서는 도저히 그 전체를 조망할 수 없는 세계다. 로스만이 엘리베이터 보이로 취직하게 되는 옥시덴털호텔은 그 조망 불가의 자본주의 세계에 대한 공간적 제유提喩라 할 수 있다. 총 서른한 대의 엘리베이터를 갖춘 이 거대한 호텔의 시스템이 어떤 구조로 되어 있고 어떻게 작동하는지 알고 싶었으나 로스만에게는 결코 접근할 수 없는 영역이었고, 그는 자신이 맡은 엘리베이터의 황동판을 다른 엘리베이터들에 비해 가장 반짝거리게 닦는 것으로 만족해야 했다.

당시 미국의 뉴욕시와 유럽의 대도시들을 비교해볼 때 가장 두드러진 시각적 차이는 아마도 마천루의 스카이라인일 것이다. 20세기 초의 거대한 마천루 형성이 가능했던 것은 19세기 후반에 이루어진 엘리베이터의 상용화 덕분이었고 엘리베이터 기술에서 가장 앞선 곳이 바로 미국이었다. 로스만의 첫 직업인 엘리베이터 보이가 호텔의 직급 서열에서 최하위인 말단의 지위에 있다 하더라도 그가 서 있는 곳이 당시 세계 최고 수준인 기술적 진보의 현장인 것만은 분명해 보인다. 동시대 유럽에서는 그리 대중적이지 않았던 자동차, 전화, 전보, 축음기, 타자기 등의 신기술과 선진 문물이 소설 도처에서 미국의 일상적 풍경의 일부로 묘사되고 있다. 이처럼 주인공 로스만의 이런저런 이야기가 소설의 한 축을 이루고 있다면, 유럽과의 대조 속에서 미국에 대한 이런저런 묘사가 다른 축을 이룬다.

로스만이 도착한 미국의 대표적 도시 뉴욕은 이민자들의 도시이자 온갖 인종이 모인 용광로 같은 곳이다. 소설에서는 주요 인물들의 다양한 출신지가 이를 대변한다. 로스만과 야코프는 체코 출신, 로스만의 구직 여행의 동반자가 되는 들라마르슈와 로빈슨은 프랑스와 아일랜드 출신, 로스만을 호텔에 취직시켜주는 주방장 그레테 미첼바흐와 그녀의 비서 테레제 베르히톨트는 각각 오스트리아와 폴란드의 포메라니아 출신, 로스만의 동료 엘리베이터 보이였다가 오클라하마 대극장에 함께 취직하여 기차 여행에 동행하는 자코모는 이탈리아 출신이다.

5

이러한 '몰락'의 서사에서 그 근원은 이 소설의 서브텍스트라 할 수 있는 주인공 로스만의 타락 사건에 있다. 하녀의 유혹에 넘어가 그녀를 임신시킨 일로 그는 금단의 선을 넘은 것이고 금단의 열매를 따먹은 셈이다. 인간의 타락과 낙원 추방을 이야기하는 성서의 원죄 신화가 변형되어 이 소설을 발생시키고 구조화하고 통합하고 있다고 할 수 있다. 그 사건으로 고향에서 추방당하여 아메리카로 건너온 주인공이 부자 외삼촌을 만나 잠시 급격한 사회적 상승을 체험하지만 다시 추방당하고 이후 몰락을 거듭하여 노예 상태로까지 추락하는 것이 이 소설의 기본 구조이기 때문이다. 외삼촌과의 만남 후 급격한 상승은 마치 롤러코스터에서처럼 낙차의 폭을 최대화하기 위한 설정으로도 이해될 수 있다.

애초에 로스만의 꿈은 엔지니어가 되어 기술 선진국인 미국 사회에 정착하는 것이었지만 그의 미국 편력은 방황과 좌절의 연속이다. 괴테의 말처럼 노력하는 한 인간은 방황하기 마련이지만, 20세기 미국 사회에서 로스만의 노력과 방황은 괴테 시대의 주인공처럼 인간적인 혹은 사회적인 성장으로 보상받지 못한다. 오히려 로스만의 소년다운 호기심이나 양심적인 행위는 번번이 해고나 추방의 원인이 되고, 그러한 악순환 속에서 로스만은 카프카의 다른 주체들과 마찬가지로 철저히 몰락의 길을 걷는다. 그 길은 자본가의 조카에서 무산 노동자로, 종국에는 퇴물 가수의 노예로 이어지는 몰락의 과정으로 요약될 수 있다. 몰락은 사회의 밑바닥을 향한 추락과 더불어 그를 지탱하던 신념들, 가령 정의나 선善에 대한 믿음의 상실을 동반한다.

로스만이라는 이름 자체에도 이미 상징적 암시가 녹아 있다. '로스Roß'는 한국어의 '준마'처럼 '말'을 고급스럽게 일컫는 단어이고 '만Mann'은 '남자, 사람'을 뜻하는 단어이므로, 이 둘을 합한 이름은 그리스신화에 나오는 반인반마의 괴물 켄타우로스를 연상시킨다. 사람의 모습을 한 상반신은 합리적이고 도덕적인 본성을, 말의 모습을 한 하반신은 동물적이고 충동적인 본성을 지니고 있는데, 신화 속에서 그들은 대부분 아래 절반인 동물 쪽이 위 절반인 인간 쪽보다 우세하여 난폭하고 음탕한 존재로 등장하기에 수시로 사회에서 쫓겨나 사람의 접근이 어려운 숲이나 산으로 추방된다. 로스만의 경우 동물적 본성은 무의식 차원으로 억압되어 잠재해 있으며, 주로 여성 인물들(고향집 하녀 요한나 브루머, 마크의 약혼녀 클라라 폴런더, 퇴물 가수 브루넬다)을 통해 외부로부터 그를 향해 폭력적으로 나타난다.

6

이 작품에서 주인공 아들을 자신의 '권력'하에 두고 지배하려는 아버지 인물은, 「선고」와 『변신』에서와는 달리 이야기의 표층으로 등장하지 않고 아들을 고향에서 쫓아낸 존재로서 아들의 기억 또는 사진 속에서 심층적으로 존재할 뿐이다. 그 대신 실제의 아버지 인물을 대체하는 여러 명의 아버지 인물이 등장한다. 외삼촌을 비롯해 선장, 그린 씨, 들라마르슈, 호텔의 수석웨이터와 수위장, 극장 선전단의 단장과 인사부장 등이다. 이들은 권력이나 힘으로 로스만을 지배하거나 억압하거나 조종하려는 자들로 사회의 권위적인 세력을 대변한다. 그리고 이들 옆에서 또는 이들 밑에서 보다 약하고 부드럽고 우호적인 역할을 하는 어머니 인물들도 등장하는데, 결국은 이들의 권력을 지지하고 보조하는 자들이다. 폴런더 씨, 로빈슨, 주방장 미첼바흐 여사, 극장 선전단의 서기 등이 그들이다. 그 밖에 친구 범주와 기타 범주에 속하는 다양한 인물이 등장한다.

아버지 권력의 대표적인 인물인 외삼촌 야코프가 자신의 원칙을 거스른 조카 로스만에게 추방 선고를 내리는 대목에서 그는 사업 파트너인 그린 씨라는 대리인을 내세워 간접적으로 자신의 권력을 집행한다. 그 과정에서 도저히 납득할 수 없는 일들이 벌어진다. 로스만이 외삼촌의 또다른 사업 파트너인 폴런더 씨의 초대를 받고 외삼촌과 가벼운 언쟁을 벌인 후 폴런더 씨의 차를 타고 곧바로 그의 별장에 도착해 보니 그린 씨가 먼저 와 있는 것이다. 게다가 나중에 밝혀지듯이 그의 품안에는 편지 형태로 된 일종의 추방 통지서가 들어 있었다. 그린 씨가 먼저 와 있다는 것도 말이 안 되는 의아스러운 점인데다, 추방의 원인이 로스만이 초대에 응해 별장을 방문하는 일 때문인데 언제 통지서를 작성하고 그린 씨를 불러 경위와 임무를 설명할 수 있는 겨를이 있었는지 납득이 되지 않는다. 시간적으로 불가능한 일이 일어난 것이다. 권력의 집행은 이처럼 상식적으로는 납득할 수 없는 비밀스러운 방식으로 이루어진다는 것을, 권력의 속성이란 일반인이 접근할 수 없는 내밀한 구석이 많다는 것을 보여주는 것이라 할 수 있다. 밤 열두시 정각에 통지 내용을 전하라는 점도 마치 무슨 비밀결사 조직의 의식이라도 치르는 듯 비의적인 분위기를 자아낸다.

『소송』에서 요제프 K가 법정 대리인에 의해 "개 같은" 처형을 당하는 것처럼, 여기서는 로스만이 야코프의 전령사인 그린에 의해 "사슬에서 풀려나 뛰어다니는 개들" 사이로 내던져진다. 이는 소수 권력 그룹의 전유물처럼 변질되어 권력화된 법 앞에서 개인이 그와 같은 처지로 내몰릴 수 있음을 묘사하고 있는 것으로 읽을 수 있다. 카프카는 엘리아스 카네티의 말처럼 "권력 문제에 관한 최고의 전문가"로서 "권력의 온갖 양상을 체험하고 형상화한" 작가다. 그는 푸코보다 훨씬 앞서서 거대한 권력 구조만이 아니라 일상 속에 편만한 미시적 권력 현상을 세밀하게 관찰하여 특유의 방식으로 희화화하기도 하고 기형화하기도 한다. 초기작인 이 소설에서도 이미 그는 여러 아버지 인물을 통해 권력 문제를 다양한 각도에서 다양한 방식으로 다루고 있다.

7

브루넬다 에피소드에서는 돈과 성을 매개로 개인들 간에 사디즘적 권력관계가 노골화되는 양상을 엿볼 수 있다. 이 관계에서 퇴물 가수 브루넬다는 큰 재산과 거대한 육체를 소유한 존재로서 권력관계의 정점에 위치하며, 부랑자처럼 떠돌던 들라마르슈와 로빈슨은 그녀에게 경제적으로 성적으로 종속되어 그녀의 권력을 떠받치고 있다. 이 중 건장한 체격의 들라마르슈는 그녀의 애인이 되어 중간 권력자 노릇을 하고 약골인 로빈슨은 그들 밑에서 노예처럼 굴욕적인 삶을 살아간다. 살이 처지도록 뒤룩뒤룩한 몸집은 그녀의 권력이 변태적인 모습으로 육화된 상징성을 지니며 권력자의 몸을 희화적으로 드러낸다. 이러한 구조 속에서 브루넬다는 이들을 지배하며 사디즘적 권력을 행사하는 폭군적 존재다. 지배와 종속, 착취와 노예화가 벌어지는 곳에서 권력은 사디즘적 성격을 지니며 사디즘이 삶의 원리로 작동하기 마련이다. 그것이 노골적으로 드러나는가 아니면 은밀하게 실현되는가의 차이가 있을 뿐 권력을 손에 쥔 자는 지위가 낮은 자를 어떤 식으로든 짓밟으려는 성향이 다분하다. 그리고 소설에는 이혼 후에도 그녀에 대한 집착을 놓지 못하고 집 주변을 배회하는 그녀의 전남편이 등장하는데 이 또한 이러한 권력 구조에서 빚어진 또다른 기형적 양태라고 할 수 있다.

주인공 로스만은 로빈슨으로 인해 이들의 관계 속으로 휘말려들어간다. 술 취한 로빈슨이 호텔에 등장해 말썽을 일으키는 바람에 결국 해고를 당하고 오갈 데 없는 신세가 된 로스만은 브루넬다의 집에서 로빈슨과 함께 하인으로서의 삶을 강요받는다. 이에 로스만은 탈출을 시도했으나 그들의 감독자 역할을 하는 들라마르슈의 폭력 앞에 굴복당하고 허락 없이는 집밖을 나가지 못하는 연금 상태에 놓이고 마는데, 이미 노예적 삶에 적응하여 만족하는 로빈슨은 분수를 모르는 로스만을 비웃으며 안타까워한다. 결국 자신의 처지를 직시하고 체념하는 로스만은 그동안 혹사당해 병약해진 로빈슨을 대신해 그녀의 하인 노릇을 충실히 해나간다. 에피소드는 로스만이 브루넬다를 수레에 싣고 '25호 사업장'이라는 곳으로 데려가는 것으로 끝난다. 소설의 이 부분도 미완성이어서 분명하지는 않지만 그녀가 매춘부로 일하는 유곽쯤으로 짐작되는 곳이다.

돈과 섹스는 자본주의 사회에서 핵심적 역할을 한다. 돈에 대한 욕망이 성적 욕망과 짝을 이루고 자본이 곧 권력이 되는 곳이 자본주의 사회이기 때문이다. 카프카는 이러한 자본주의의 본질을 예리하게 포착하여 이와 같은 에피소드로 희화화하고 있다. 그리고 자본주의적 원리가 가장 역동적으로 작동하던 곳이 바로 미국 사회였다. 자본주의 체제하에서 자본의 권력에 종속되어 힘겹게 살아가는 개인은 그 체제에 충실한 일종의 노예적 존재가 될 수밖에 없다. 그러한 '굴욕' 외에 다른 대안이 없기 때문이다. 카프카는 체코 작가인 구스타프 야누흐와의 대화에서 이렇게 말한 바가 있다. "자본주의는 종속의 체제다. 즉 외부로부터 내면으로, 위로부터 아래로 진행되는 온갖 종속 현상들의 체제다. 모든 것은 종속적이고 모든 것은 사로잡혀 있다. 자본주의는 세계와 영혼의 한 상태다."

8

로스만의 미국 편력 이야기는 '오클라하마 극장' 부분으로 끝난다. 이야기의 시작에서 자유의 여신상이 횃불 대신 칼을 든 모습으로 등장했듯이, 마지막에서도 극장의 위치가 오클라호마가 아니라 오클라하마로 슬쩍 틀어져 있다. 매우 미세한 요소이지만 이런 작은 비틀림은 이 소설의 사실적 색채보다 환상적 색채를 더 짙게 하는 데 기여한다. 흔히 카프카를 두고 현실성과 비현실성이 뒤섞이는 '마술적 리얼리즘'의 선구자라고 이르듯 이 역시 그의 작품의 그러한 성향을 이루는 여러 요소 중 하나라고 할 수 있다. 브로트는 이런 점을 무시하고 오클라하마를 모두 오클라호마로 고쳐버린 바 있다. 이 극장 부분 역시 결말이 열려 있고 해석은 분분하다.

몰락을 거듭하던 로스만에게 '누구나 환영한다'는 오클라하마 극장의 채용 벽보는 일종의 구원을 약속하는 메시지나 다름없다. 이 벽보를 보고 클레이턴 경마장으로 달려간 로스만은 실제로 일단 채용이 되긴 하나 의심스러운 구석이 많다. 경마장은 지원을 받아 채용 심사를 하는 장소로, 그 입구에 마련된 지원자들을 위한 환영 무대가 요란하고 기묘하다. 천사 복장을 한 백 명의 여자가 나팔을 불어대는 그로테스크한 장면이 연출된다. 마치 극장이 구직자들에게 천국 또는 유토피아가 될 것임을 암시하는 듯하다. 하지만 천사 복장의 여자들은 두 시간마다 악마 복장의 남자들과 교대가 된다고 한다. 극장은 과연 유토피아일까 아니면 유토피아로 위장된 디스토피아일까. 채용 심사에 통과한 로스만과 일단의 사람들이 극장측에서 마련한 축하 연회를 즐긴 후 오클라하마행 열차를 타고 가는 것으로 이야기는 중단되고 소설은 미완성으로 끝난다. 그곳에서 어떤 이야기가 어떻게 전개될지는 누구도 모른다. 하지만 '실종자'라는 소설 제목이 암시하는 바가 크다.

로스만의 채용 심사 과정은 그동안 몰락을 거듭했던 그의 서사적 현실과 유사한 구조다. 경마장에 이백 개 이상의 채용 부스를 설치해놓은 심사 장소는 하나의 직업군에 하나의 부스를 배정할 만큼 세분화되어 있다. 로스만은 엔지니어 부스에서 퇴짜를 맞고 기술자 부스로 보내지고, 종국에는 맨 끝에 있는 '유럽 실업학교 학생' 부스로 밀려난다. 이 심사 과정이 마치 외삼촌 덕에 누리던 미국 주류 사회의 생활에서 굴러떨어져 브루넬다의 하인이 되기까지의 여정을 압축해놓은 것처럼 보인다. 채용 부스에서 다시 심판석으로 보내져 최종 심사를 받은 후 그는 원하던 극장의 배우나 엔지니어가 아니라 하급 기술 노동자로 배정된다. 이렇게 로스만의 직위가 확정되는 순간은 극장을 유토피아로 보는 견해의 주된 근거가 되어왔지만, '오클라하마에서 또다른 심사가 기다리고 있다'는 단장의 마지막 말은 이러한 전망을 무색하게 한다. 이 말은 아직 취직이 확정된 것이 아니라 유예 상태임을 의미하니 말이다. 마치 『소송』에서 요제프 K의 소송이 끝없이 지연되어 그의 법정 투쟁이 점점 무의미해지다 결국 그가 처형당하는 것으로 끝나는 과정이 연상된다. 극장에 취직하려는 로스만도 비슷한 경우라면, 극장은 희망과 구원의 장소가 아니라 희망 고문으로 그를 자멸로 이끄는 곳이자 몰락의 상징으로, 나아가 죽어야만 끝이 날 처벌의 공간으로 해석될 수 있을 것이다.

카프카 자신이 일기에서 로스만의 운명을 언급한 내용은 이러한 해석을 뒷받침한다. 1915년 9월 30일자 일기에 그는 이렇게 적었다. "로스만과 K, 죄 없는 자와 죄 있는 자, 결국 둘 다 똑같이 처벌되어 죽임을 당한다. 죄 없는 자는 보다 손쉽게, 때려눕혀지기보다는 옆으로 밀쳐지는 식으로." 소설 첫 장면에는 자유의 여신상에 환호하며 넋을 놓고 바라보는 로스만이 짐꾼들에게 조금씩 떠밀려 배의 난간까지 '밀쳐지는' 상황이 묘사되는데, 많은 연구자가 이 장면을 앞으로 아메리카에서 전개될 주인공의 비극적 운명을 강하게 암시하는 복선으로 지적한다. 로스만은 아버지로부터 추방되어 아메리카에 도착한 후 새로운 출발을 하는 것처럼 보였으나 결국엔 그의 운명도 카프카의 다른 주인공들과 크게 다를 바 없이 아메리카의 기술 문명사회로부터 점점 밀려나 가볍게 '밀쳐지는' 식으로 '죽음'을 맞이하거나 별 흔적도 없이 '실종'되고 말 예정인 것으로 해석된다.

9

소설 『실종자』는 아메리카를 배경으로 하는 몰락의 서사를 통해 카프카의 다른 소설들처럼 주인공의 그 어떤 발전 가능성이나 성장 전망도 보여주지 않음으로써 당대 유럽인들이 꿈꾸던 아메리칸드림과 미국 신화의 허구성을 비판하고 고발하는 동시에, 거시적으로는 인간의 이성과 합리성에 대한 믿음을 바탕으로 하는 근대 서구 문명의 진보적 역사관과 최대의 효율성을 추구하는 20세기의 패러다임에 대해 강력한 문제 제기를 하고 있다. 해피엔드를 결코 허락하지 않는 카프카 문학은 기존의 전통에 내재하는 진보적 확신이나 낙관적 환상을 해체하고 전복하는 '부정의 미학'을 구축한다. 이 소설 역시 다른 작품들에서와 달리 화해로 종결될 것 같기도 한 기미를 내포하고는 있지만, 역설적으로 주인공의 죽음에 대한 강한 암시를 내비치고 있다. 카프카의 문학에서 부정성은 현실에 대한 작가의 인식이자 그 자체로 형상화의 원칙이라고 할 수 있다.

이 소설이 인류 최초의 세계전쟁인 일차세계대전을 목전에 둔 시기에 쓰였다는 사실을 떠올려볼 때, 카프카의 문학은 날카로운 통찰력과 놀라운 예지력을 보여준다. 두 차례의 세계대전과 나치 시대를 경험한 20세기 전반기에 대해 우리는 '서구의 몰락'을 이야기하기에 충분한 역사적 전개를 이미 익히 알고 있기 때문이다. 내년이면 카프카가 사망한 지 100년이 되는 오늘날, 우리의 현대 문명은 그 당시에 비해 본질적으로 많이 달라졌는가? 몰락의 가능성으로부터 크게 벗어나 디스토피아가 아닌 유토피아를 향해 조금씩이라도 나아가고 있다고 할 수 있는가? 선뜻 그렇다고 답하기 어렵다고 할 때, 이 작품을 새로 들여다봐야 할 이유는 충분해 보인다.

완벽한 번역이란 불가능의 경지이다. 번역에서 더 나은 표현을 찾는 일은 끝이 있을 수 없는 작업일 것이기 때문이다. 그럼에도 오역은 어디까지나 역자가 책임져야 할 문제이므로 지적받아 고쳐져야 마땅하다. 독자들의 날카로운 눈초리가 두려운 이유이다. 오랜만에 다시 카프카 작품을 번역할 수 있는 기회를 준 문학동네에 감사의 마음을 전한다. 특히 뛰어난 독일어 실력을 바탕으로 타당한 제안을 해주고 꼼꼼하고 세심하게 교정 작업을 해준 덕분에 역자에게 큰 도움을 준 편집부의 황문정 편집자에게 각별한 고마움을 표하고 싶다.

이재황

1883년 7월 3일, 당시 오스트리아-헝가리 이중제국에 속한 보헤미아의 수도 프라하에서 독일어를 쓰는 유대인 중산층 가정의 장남으로 태어남. 아버지 헤르만 카프카는 보헤미아 남부지방 보세크 출신으로, 사회적 신분 상승과 주류 사회로의 진입을 위해 프라하로 진출해 장신구 가게를 열었고, 어머니 율리에는 뢰비 가문 출신임. 카프카 아래로 다섯 명의 동생이 태어나는데, 남동생 둘은 영아기에 사망하고, 그 아래로 세 여동생, 즉 '엘리'라고 불린 가브리엘레, '발리'라고 불린 발레리, '오틀라'로 불린 오틸리에가 있었음. 카프카는 특히 막내 여동생과 친하게 지냄. 세 여동생은 후에 아우슈비츠 수용소로 끌려가 사망함.

1889~1893년 프라하 구시가지에 있는 4년제 초등학교(독일계 소년학교)에 다님. 독일계 학교를 다닌 것은 당시 프라하 상류층을 형성한 주류(보헤미아계 독일인들) 사회에 들어가기 위한 부모님의 조치였음. 카프카는 결국 '독일어 사용 유대인'으로서 전통 유대교에도, 기독교 세계에도 완전히 동화될 수 없었고, 프라하 주민의 대다수를 차지했던 체코인에도 속하지 못하는 '이방인'의 실존을 경험함.

1893~1901년 프라하 구시가지에 있는 독일계 김나지움에 다님. 이곳에서 평생의 지기로 지낸 중요한 친구들—사회주의적 지식을 전해준 루돌프 일로비, 같은 초등학교를 다녔던 시온주의자 후고 베르크만, 훗날 '노동자재해보험공사'에 카프카

를 추천해준 에발트 펠릭스 프르시브람, 막스 브로트를 알기 전까지 카프카와 가장 친했던 오스카 폴라크—을 만남. 이 시기에 카프카는 문학에 마음을 두고 몇 번의 습작을 했으나, 이때 쓴 작품들은 일기와 함께 유실됨.

1900년 여름, 체코 동부 모라비아 지방 트리시의 시골 의사인 외삼촌 지크프리트 뢰비의 집에서 방학을 보냄(독신으로 살면서 탈무드에 정통했던 외삼촌은 기인석인 인물로, 후에 카프카가 단편 「시골 의사Ein Landarzt」를 집필하는 데 영감을 줌). 니체의 저작을 읽기 시작함.

1901년 가을, 프라하의 독일계 대학인 카를페르디난트대학에서 학업을 시작함. 처음에는 화학을 공부했다가 바로 법학으로 바꾸는데, 한 학기 동안은 독문학을 공부하면서 미술사를 수강하기도 함.

1902년 가을, 뮌헨 여행을 하면서 그곳에서 독문학을 전공할 계획을 세우기도 하지만, 결국 가족의 기대를 저버릴 수 없어 프라하에서 법학 공부를 계속함. 10월 23일, 평생의 지기인 막스 브로트를 만남. 그는 카프카를 문단에 소개시켜 작품이 출판되는 것을 도와주었을 뿐 아니라 카프카 사후에는 유고들을 직접 출판함. 대학 시절 카프카는 헤르만 헤세와 귀스타브 플로베르의 작품에 감동하고, 토마스 만의 「토니오 크뢰거」에 매혹되어 문예지 『노이에 룬트샤우*Neue Rundschau*』에 실리는 그의 작품들을 관심 있게 읽음.

1905년 단편소설 「어느 투쟁의 기록Beschreibung eines Kampfes」(보존되어 있는 카프카의 첫 문학작품) 집필 시작. 아울러 막스 브로트, 오스카 바움, 펠릭스 벨치와 정기적으로 교유하는데, 이들은 후에 프라하의 유대계 문인 그룹 '프라하 서클'을 형성함.

1906년 6월 18일, 막스 베버의 동생인 알프레트 베버의 지도로 프라하대학에서 법학 박사학위 취득. 가을부터 프라하 민사법원과 형사법원에서 1년간 법률 시보로 실습함.

1907년 단편 「시골에서의 혼례 준비Hochzeitsvorbereitungen auf dem Lande」 집필 시작(미완성인 이 작품은 몇 가지 형태로 텍스트가 전해지는데, A형태는 1906~1907년, B와 C 형태는 1908년 집필된 것으로 추정됨). 10월, 첫 직장인 이탈리아계 민간 보험회사 '아시쿠라치오니 제네랄리'의 프라하 지점에 취직하여 9개월 정도 근무함(카프카는 자신의 직업을 자주 '밥벌이'에 비유함).

1908년 3월, 문예지 『히페리온*Hyperion*』에 '관찰'이라는 제목으로 8편의 산문 소품을 발표함(카프카가 발표한 첫 작품인 이 산문들은 1912~1913년에 다른 소품들과 함께 카프카의 첫 작품집 『관찰*Betrachtung*』에 수록되어 출판됨). 7월 30일, 프라하 소재 '보헤미아왕국 노동자재해보험공사'로 직장을 옮겨 1922년 7월 조기 퇴직할 때까지 14년 동안 법률가로 근무함. 이곳에서의 업무를 통해 카프카는 관료기구의 무자비성, 산업체 노동자들의 위험하고 열악한 노동여건에 대해 경험하면서 자본주의 체제와 그 체제에서의 개인의 소외와 무력감을 통찰함. 당시 직장에서 카프카는 일에 열성적이고, 작품에서 풍기는 어두운 분위기와는 달리 성실하고 지적이며 유머 있는 사람으로서 평판이 좋았지만, 개인적으로 시민사회에 정착하는 것에서 정체성을 발견할 수 없었고, "꿈과 같은 나의 내면의 삶을 서술하는 것에 대한 의미가 다른 모든 것을 부차적인 것으로 만들었다"고 고백한 것처럼 문학을 자신의 삶에서 유일한 의미요 탈출구로 여기면서 밤늦게까지 글쓰기에 몰두함.

1909년 「어느 투쟁의 기록」의 일부인 「기도하는 자와의 대화Gespräch mit dem Beter」와 「취한 자와의 대화Gespräch mit dem Betrunkenen」가 『히페리온』에 게재됨.

1910년 본격적으로 일기를 쓰기 시작하여 방대한 분량을 남김. 카프카에게 일기는 자신의 삶을 성찰하는 수단일 뿐 아니라 형상과 비유, 이야기 형태의 문학이었고 문학적 착상을 기록하기 위한 중요한 수단이었음. 5월, 직장에서 중간 법률 고문으로 승진. 선거 집회 및 사회주의 대중 집회에 참석하고, 동유럽 유대인 순회극단의 연극(1910~1912년 프라하에서 공연)을 자주 관람함.

1911년 10월, 프라하 시내 카페 '사보이'에서 동유럽 유대인 극단의 공연 〈배교자〉를 관람하고, 이후 유대인 극단 배우 이차크 뢰비와 친밀하게 지내면서 동유럽 유대인들에게 잘 보존되어 있는 종교, 문학세계, 카발라 등 유대교의 전통에 관심을 갖기 시작함. 가을, 아버지의 자금으로 여동생 남편의 석면공장 사업에 동업자로 참여하지만, 시민사회에 정착하는 데 유보적인 태도를 보여 가족들과 갈등을 빚음. 첫 장편소설 『실종자*Der Verschollene*』(브로트 판에서는 '아메리카'라는 제목으로 1927년에 첫 출간)의 집필에 착수하지만 이듬해 7월 200매쯤의 원고를 파기해버림.

1912년 2월, 이차크 뢰비와 함께 프라하에서 개최한 강연회에서 유대인 독일어(이디시어)에 관한 강연을 하며 '소수민족 문학론'을 설파함. 8월 13일, 막스 브로트의 소개로 베를린 출신의 펠리체 바우어를 처음 만나고, 9월 20일부터 활발한 편지 왕래를 시작함(이후 펠리체와 5년간 3백여 통의 편지를 주고받고 몇 차례 만나기도 했으며, 1917년 관계를 끝낼 때까지 두 번 약혼과 파혼을 함. 카프카는 펠리체와 교제를 시작하면서 결혼을 통해 시민적인 삶에 정착하는 문제를 고민하지만, 그런 삶이 그의 본래적인 관심인 문학을 위협할 것으로 생각해 평생 주저하는 태도를 보임). 카프카가 작가로서의 인생에서 하나의 전환점을 맞은 해로, 9월 22~23일 하룻밤 사이 카프카의 문학 역정에서 '돌파구'로 평가받는 단편 「선고Das Urteil」를 집필하고, 새로이 『실종자』의 본격적인 집필에 착수하여 연말까지 첫 장인 '화부Der Heizer'에 이어 이후 다섯 장을 완성함. 11월~12월, 가장 널리 알려진 작품 「변신Die Verwandlung」을 집필함. 12월, 카프카의 첫번째 작품집 『관찰』(18개의 산문 소품)이 에른스트 로볼트 출판사에서 출간됨. 12월 4일, 프라하 작가 모임에서 「선고」를 낭독하여 재능 있는 작가의 출현을 알림.

1913년 3월, 베를린에 있는 펠리체의 집을 처음으로 방문함. 5월, 『실종자』의 첫 장에 해당하는 「화부」가 별도로 출간되고 (쿠르트 볼프 출판사의 표현주의 문학 시리즈인 '최후의 심판일Der jüngste Tag'에 포함됨), 막스 브로트가 발행하는 문학 연감 『아르카디아』에 「선고」가 실림. 11월, 펠리체의 친구 그레테 블로흐와 만나 서신 교환을 시작하고, 키르케고르의 저작들을 관심을 갖고 읽음.

1914년 6월 1일, 베를린에서 펠리체 바우어와 약혼하지만, 6주 후 (7월 12일) 베를린의 호텔 '아스카니셔 호프'에서 파혼함. 8월 1일, 독일이 러시아에 선전포고를 했는데, 카프카는 노동자재해보험공사의 요청으로 징집에서 면제됨. 8월, 장편소설 『소송*Der Prozess*』 집필에 몰두함. 10월, 세계대전의 암울한 분위기에서 단편 「유형지에서In der Strafkolonie」와 『실종자』의 '오클라하마Oklahama' 장을 집필함. 12월,

나중에 소설 『소송』에 삽입될 핵심적인 비유담 「법 앞에서 Vor dem Gesetz」를 집필해 다음해 별도로 출간함.

1915년 1월, 몇 작품의 집필에 계속 매달리지만, 『소송』의 집필은 중단함. 파혼 후 펠리체와 처음으로 재회함. 3월, 서른한 살의 나이에 프라하 시내에 처음으로 자기 방을 얻어 독립함. 10월과 11월, 중편 「변신」이 잡지 『디 바이센 블래터*Die weißen Blätter*』에 발표되고 뒤이어 쿠르트 볼프 출판사에서 '최후의 심판일' 시리즈의 하나로 출간됨. 독일 작가 카를 슈테른하임이 카프카의 문학적 자질을 인정하여 폰타네상을 양보함으로써 1913년 출판된 「화부」로 이 문학상을 수상함.

1916년 4월, 오스트리아 작가 로베르트 무질이 프라하에 와서 카프카를 방문함. 7월, 펠리체와의 관계가 회복되어 체코의 휴양지 마리엔바트에서 열흘간 함께 휴가를 보냄. 10월, 「선고」가 쿠르트 볼프 출판사의 '최후의 심판일' 시리즈로 출간됨. 11월, 펠리체와 뮌헨을 여행하면서 그곳에서 작품 「유형지에서」로 두번째 공개 낭독회를 가짐. 11월, 막내 여동생 오틀라가 제공한 프라하의 작은 집에서 6개월 정도 머물면서 작품집 『시골 의사』에 수록될 단편들(「회랑에서 Auf der Galerie」「이웃 마을Das nächste Dorf」「황제의 전언Eine kaiserliche Botschaft」 등)을 집필함.

1917년 3월, 히브리어 공부를 시작함. 7월, 펠리체와 부다페스트를 여행하고 프라하로 돌아와 두번째 약혼을 함. 8월 9~10일, 처음으로 각혈을 하면서 폐결핵 증세를 보임. 9월 4일, 당시로서는 불치병인 폐결핵 진단을 받고 펠리체와 파혼하기로 결심함. 9월, 요양을 위해 오틀라가 작은 농장을 경영하는 북부 보헤미아의 취라우에서 이듬해 5월까지 8개월간 머물면서 「세이렌의 침묵Das Schweigen der Sirenen」과 다수의 '잠언'을 쓰는데, 이 시기에 나온 잠언들에는 죄와 고통, 희망, 참된 길 등 종교적 주제가 강하게 나타남. 12월 25일, 프라하에서 펠리체와 만나 두번째 파혼을 함. 같은 날, 오스트리아 조간신문에 인간이 되는 길을 걸어온 원숭이 '빨간 피터'의 이야기 「학술원에 보내는 보고서Ein Bericht für eine Akademie」가 게재됨.

1918년 5월, 다시 프라하로 돌아와 직장생활을 계속함. 10월, 1차대전 후 오스트리아-헝가리 이중제국이 해체되면서 체코공화국(10월 28일)이 탄생함. 12월, 프라하 북쪽에 있는 셸레젠에서 4개월간 요양함.

1919년 5월, 「유형지에서」가 쿠르트 볼프 출판사에서 출간됨. 9월 중순, 아버지의 반대에도 불구하고 셸레젠에서 만난 체코의 유대인 수공업자 집안의 딸 율리에 보리체크와의 약혼을 발표함. 이 약혼 역시 아버지의 반대로 1920년 7월 취소하게 되는데, 이러한 갈등을 계기로 1919년 쓴 『아버지께 드리는 편지*Brief an den Vater*』는 개인적으로 안고 있었던 '부자 갈등'에 관한 장문의 기록물로서 카프카 문학을 이해하는 데 중요한 자료가 됨.

1920년 3월, 직장 동료의 아들 구스타프 야누흐가 카프카를 자주 찾아와 함께 산책하고 대화를 나눔(야누흐는 1951년 회상 형식으로 『카프카와의 대화*Gespräch mit Kafka*』라는 중요한 자료를 출간함). 체코 출신의 기자이자 카프카의 작품을 체코어로 번역한 밀레나 예젠스카와 서신 왕래를 시작함. 5월, 두번째 단편집 『시골 의사』가 쿠르트 볼프 출판사에서 출간됨(같은 제목의 소품을 포함해 14편의 단편 수록). 12월, 슬로바키아 타트라 산지의 마틀리아리 요양소에서 9개월간 지내는데, 이 시기에 우화적 단편 「귀향Heimkehr」 「작은 우화Kleine Fabel」를 집필함. 이곳에서 동료 환자이자 의대생이던 로베르트 클롭슈토크를 알게 되어 친교를 맺음.

1921년 8월 말, 다시 프라하의 생활로 돌아가 약 2개월간 직장에 근무하다가 다음해 은퇴할 때까지 장기 휴가를 얻음. 10월 초, 밀레나 예젠스카에게 10년간(1910~1920년)의 일기를 모두 건네주고, 일기를 새로 쓰기 시작함. 이어 막스 브로트에게 사후에 발견되는 모든 원고를 불태울 것을 부탁함(1922년 11월에도 같은 사안을 재차 부탁).

1922년 1월, 불면과 절망으로 신경쇠약 증세를 보인다고 일기에서 토로함. 1월 27일, 체코 북부 리젠산맥의 슈핀델뮐레에서 3주간 요양하면서 마지막 장편소설 『성*Das Schloss*』을 집필하기 시작함. 2월 17일, 요양에서 돌아와 단편 「첫 고통Erstes Leid」 「단식 광대Ein Hungerkünstler」 「어느 개의 연구Forschungen eines Hundes」 등을 집필함. 7월 1일, 14년간 재직한 회사를 그만두고 연금생활을 시작함. 8월 말, 다시 신경쇠약 증세가 나타나 여름에 프라하 서쪽의 플라나에서 요양생활을 하면서 그곳에 있는 오틀라의 여름별장에서 거주함. 10월, 밀레나 예젠스카를 만나 『성』의 원고를 넘겨줌.

1923년 병상생활이 잦아진 상황에서 시오니즘에 더욱 열의를 보이며 히브리어 공부에 집중함. 4월, 학창 시절의 친구 후고 베르크만의 방문을 받고 팔레스타인으로의 이주 계획을 세우기도 함. 7~8월, 여동생 엘리의 가족과 함께 발트해 뮈리츠로 여행을 떠나는데, 이 여행에서 열다섯 살 연하의 마지막 연인인 유대계 폴란드인 도라 디아만트를 만남(카프카는 도라와 함께 텔아비브로 이주해 식당을 운영할 계획까지 세우지만 실행에 옮기지는 못함). 9월 24일, 도라 디아만트와의 동거를 위해 거의 평생을 머물렀던 프라하를 떠나 베를린으로 이사하고, 단편 「작은 여인Eine kleine Frau」과 「굴Der Bau」을 집필함.

1924년 3월 17일, 건강 상태가 더욱 악화되자 막스 브로트가 카프카를 프라하로 데려옴. 마지막 작품 「여가수 요제피네 Josefine, die Sängerin oder Das Volk der Mäuse」를 집필함. 4월, 폐결핵이 후두 부위까지 진전되었다는 진단을 받음(점차 말하는 능력과 음식물 섭취 능력을 상실함). 남부 오스트리아의 비너발트 요양소를 거쳐 4월 19일 빈 북쪽 키얼링시의 호프만 요양소로 옮겨져 생애 마지막 시간을 보냄. 도라 디아만트와 1920년부터 친교를 가졌던 의사 로베르트 클롭슈토크가 카프카를 간호함. 요양소에서 마지막 작품집 『단식 광대』의 원고를 교정함(총 4편 「첫 고통」 「작은 여인」 「단식 광대」 「여가수 요제피네」를 수록한 이 작품집은 카프카가 막스 브로트에게 남긴, 모든 유고를 불태워 달라는 유언에서 제외되어 그해 8월 디 슈미데 출판사에서 출간됨). 6월 3일, 호프만 요양소에서 마흔 살의 나이로 사망하고, 6월 11일 프라하의 신유대인공동묘지에 안장됨.

문학동네 세계문학전집 발간에 부쳐

세계문학은 국민문학 혹은 지역문학을 떠나 존재하는 문학이 아니지만 그것들의 총합도 아니다. 세계문학이라는 용어에는 그 나름의 언어와 전통을 갖고 있는 국민문학이나 지역문학의 존재를 인정하면서 그것을 넘어서는 문학의 보편적 질서에 대한 관념이 새겨져 있다. 그 용어를 처음 고안한 19세기 유럽인들은 유럽문학을 중심으로 그 질서를 구축했지만 풍부한 국민문학의 전통을 가지고 있는 현대의 문학 강국들은 나름의 방식으로 세계문학을 이해하면서 정전(正典)의 목록을 작성하고 또 수정한다.

한국에서도 세계문학 관념은 우리 사회와 문화의 변화 속에서 거듭 수정돼왔다. 어느 시기에는 제국 일본의 교양주의를 반영한 세계문학 관념이, 어느 시기에는 제3세계 민족주의에 동조한 세계문학 관념이 출현했고, 그러한 관념을 실천한 전집물이 출판됐다. 21세기 한국에 새로운 세계문학전집이 필요하다는 것은 명백하다. 우리의 지성과 감성의 기준에 부합하는 세계문학을 다시 구상할 때가 되었다.

문학동네 세계문학전집은 범세계적으로 통용되는 고전에 대한 상식을 존중하면서도 지난 반세기 동안 해외 주요 언어권에서 창작과 연구의 진전에 따라 일어난 정전의 변동을 고려하여 편성되었다. 그래서 불멸의 명작은 물론 동시대 세계의 중요한 정치·문화적 실천에 영감을 준 새로운 작품들을 두루 포함시켰다.

창립 이후 지금까지 한국문학 및 번역문학 출판에서 가장 전문적이고 생산적인 그룹을 대표해온 문학동네가 그간 축적한 문학 출판 경험을 바탕으로 새로운 세계문학전집을 펴낸다. 인류가 무지와 몽매의 어둠 속을 방황하면서도 끝내 길을 잃지 않은 것은 세계문학사의 하늘에 떠 있는 빛나는 별들이 길잡이가 되어주었기 때문이다. 우리가 자부심과 사명감 속에서 그리게 될 이 새로운 별자리가 독자들의 관심과 애정에 힘입어 우리 모두의 뿌듯한 자산이 되기를 소망한다.

문학동네 세계문학전집 편집위원

민은경, 박유하, 변현태, 송병선, 이재룡, 홍길표, 남진우, 황종연

세계문학전집 236
실종자

초판 인쇄 2023년 10월 24일
초판 발행 2023년 11월 3일

지은이 프란츠 카프카 | 옮긴이 이재황

책임편집 송지선 | 편집 황문정
디자인 김이정 최미영 | 저작권 박지영 형소진 최은진 서연주 오서영
마케팅 정민호 서지화 한민아 이민경 안남영 왕지경 황승현 김혜원 김하연 김예진
브랜딩 함유지 함근아 고보미 박민재 김희숙 박다솔 조다현 정승민 배진성
제작 강신은 김동욱 이순호 | 제작처 영신사

펴낸곳 (주)문학동네 | 펴낸이 김소영
출판등록 1993년 10월 22일 제2003-000045호
주소 10881 경기도 파주시 회동길 210
전자우편 editor@munhak.com | 대표전화 031)955-8888 | 팩스 031)955-8855
문의전화 031)955-1927(마케팅), 031)955-2686(편집)
문학동네카페 http://cafe.naver.com/mhdn
인스타그램 @munhakdongne | 트위터 @munhakdongne
북클럽문학동네 http://bookclubmunhak.com

ISBN 978-89-546-9624-1 04850
978-89-546-0901-2 (세트)

1, 2, 3 안나 카레니나 레프 톨스토이 | 박형규 옮김
4 판탈레온과 특별봉사대 마리오 바르가스 요사 | 송병선 옮김
5 황금 물고기 르 클레지오 | 최수철 옮김
6 템페스트 윌리엄 셰익스피어 | 이경식 옮김
7 위대한 개츠비 F. 스콧 피츠제럴드 | 김영하 옮김
8 아름다운 애너벨 리 싸늘하게 죽다 오에 겐자부로 | 박유하 옮김
9, 10 파우스트 요한 볼프강 폰 괴테 | 이인웅 옮김
11 가면의 고백 미시마 유키오 | 양윤옥 옮김
12 킴 러디어드 키플링 | 하창수 옮김
13 나귀 가죽 오노레 드 발자크 | 이철의 옮김
14 피아노 치는 여자 엘프리데 옐리네크 | 이병애 옮김
15 1984 조지 오웰 | 김기혁 옮김
16 벤야멘타 하인학교-야콥 폰 군텐 이야기 로베르트 발저 | 홍길표 옮김
17, 18 적과 흑 스탕달 | 이규식 옮김
19, 20 휴먼 스테인 필립 로스 | 박범수 옮김
21 체스 이야기·낯선 여인의 편지 슈테판 츠바이크 | 김연수 옮김
22 왼손잡이 니콜라이 레스코프 | 이상훈 옮김
23 소송 프란츠 카프카 | 권혁준 옮김
24 마크롤 가비에로의 모험 알바로 무티스 | 송병선 옮김
25 파계 시마자키 도손 | 노영희 옮김
26 내 생명 앗아가주오 앙헬레스 마스트레타 | 강성식 옮김
27 여명 시도니가브리엘 콜레트 | 송기정 옮김
28 한때 흑인이었던 남자의 자서전 제임스 웰든 존슨 | 천승걸 옮김
29 슬픈 짐승 모니카 마론 | 김미선 옮김
30 피로 물든 방 앤절라 카터 | 이귀우 옮김
31 숨그네 헤르타 뮐러 | 박경희 옮김
32 우리 시대의 영웅 미하일 레르몬토프 | 김연경 옮김
33, 34 실낙원 존 밀턴 | 조신권 옮김
35 복낙원 존 밀턴 | 조신권 옮김
36 포로기 오오카 쇼헤이 | 허호 옮김
37 동물농장·파리와 런던의 따라지 인생 조지 오웰 | 김기혁 옮김
38 루이 랑베르 오노레 드 발자크 | 송기정 옮김
39 코틀로반 안드레이 플라토노프 | 김철균 옮김
40 어두운 상점들의 거리 파트릭 모디아노 | 김화영 옮김
41 순교자 김은국 | 도정일 옮김
42 젊은 베르테르의 슬픔 요한 볼프강 폰 괴테 | 안장혁 옮김
43 더블린 사람들 제임스 조이스 | 진선주 옮김
44 설득 제인 오스틴 | 원영선, 전신화 옮김
45 인공호흡 리카르도 피글리아 | 엄지영 옮김

46 정글북 러디어드 키플링 | 손향숙 옮김
47 외로운 남자 외젠 이오네스코 | 이재룡 옮김
48 에피 브리스트 테오도어 폰타네 | 한미희 옮김
49 둔황 이노우에 야스시 | 임용택 옮김
50 미크로메가스 · 캉디드 혹은 낙관주의 볼테르 | 이병애 옮김
51, 52 염소의 축제 마리오 바르가스 요사 | 송병선 옮김
53 고야산 스님 · 초롱불 노래 이즈미 교카 | 임태균 옮김
54 다니엘서 E. L. 닥터로 | 정상준 옮김
55 이날을 위한 우산 빌헬름 게나치노 | 박교진 옮김
56 톰 소여의 모험 마크 트웨인 | 강미경 옮김
57 카사노바의 귀향 · 꿈의 노벨레 아르투어 슈니츨러 | 모명숙 옮김
58 바보들을 위한 학교 사샤 소콜로프 | 권정임 옮김
59 어느 어릿광대의 견해 하인리히 뵐 | 신동도 옮김
60 웃는 늑대 쓰시마 유코 | 김훈아 옮김
61 팔코너 존 치버 | 박영원 옮김
62 한눈팔기 나쓰메 소세키 | 조영석 옮김
63, 64 톰 아저씨의 오두막 해리엇 비처 스토 | 이종인 옮김
65 아버지와 아들 이반 투르게네프 | 이항재 옮김
66 베니스의 상인 윌리엄 셰익스피어 | 이경식 옮김
67 해부학자 페데리코 안다아시 | 조구호 옮김
68 긴 이별을 위한 짧은 편지 페터 한트케 | 안장혁 옮김
69 호텔 뒤락 애니타 브루크너 | 김정 옮김
70 잔해 쥘리앵 그린 | 김종우 옮김
71 절망 블라디미르 나보코프 | 최종술 옮김
72 더버빌가의 테스 토머스 하디 | 유명숙 옮김
73 감상소설 미하일 조셴코 | 백용식 옮김
74 빙하와 어둠의 공포 크리스토프 란스마이어 | 진일상 옮김
75 쓰가루 · 석별 · 옛날이야기 다자이 오사무 | 서재곤 옮김
76 이인 알베르 카뮈 | 이기언 옮김
77 달려라, 토끼 존 업다이크 | 정영목 옮김
78 몰락하는 자 토마스 베른하르트 | 박인원 옮김
79, 80 한밤의 아이들 살만 루슈디 | 김진준 옮김
81 죽은 군대의 장군 이스마일 카다레 | 이창실 옮김
82 페레이라가 주장하다 안토니오 타부키 | 이승수 옮김
83, 84 목로주점 에밀 졸라 | 박명숙 옮김
85 아베 일족 모리 오가이 | 권태민 옮김
86 폭풍의 언덕 에밀리 브론테 | 김정아 옮김
87, 88 늦여름 아달베르트 슈티프터 | 박종대 옮김
89 클레브 공작부인 라파예트 부인 | 류재화 옮김

90 P세대 빅토르 펠레빈 | 박혜경 옮김
91 노인과 바다 어니스트 헤밍웨이 | 이인규 옮김
92 물방울 메도루마 슌 | 유은경 옮김
93 도깨비불 피에르 드리외라로셸 | 이재룡 옮김
94 프랑켄슈타인 메리 셸리 | 김선형 옮김
95 래그타임 E. L. 닥터로 | 최용준 옮김
96 캔터빌의 유령 오스카 와일드 | 김미나 옮김
97 만(卍) · 시게모토 소장의 어머니 다니자키 준이치로 | 김춘미, 이호철 옮김
98 맨해튼 트랜스퍼 존 더스패서스 | 박경희 옮김
99 단순한 열정 아니 에르노 | 최정수 옮김
100 열세 걸음 모옌 | 임홍빈 옮김
101 데미안 헤르만 헤세 | 안인희 옮김
102 수레바퀴 아래서 헤르만 헤세 | 한미희 옮김
103 소리와 분노 윌리엄 포크너 | 공진호 옮김
104 곰 윌리엄 포크너 | 민은영 옮김
105 롤리타 블라디미르 나보코프 | 김진준 옮김
106, 107 부활 레프 톨스토이 | 박형규 옮김
108, 109 모래그릇 마쓰모토 세이초 | 이병진 옮김
110 은둔자 막심 고리키 | 이강은 옮김
111 불타버린 지도 아베 고보 | 이영미 옮김
112 말라볼리아가의 사람들 조반니 베르가 | 김운찬 옮김
113 디어 라이프 앨리스 먼로 | 정연희 옮김
114 돈 카를로스 프리드리히 실러 | 안인희 옮김
115 인간 짐승 에밀 졸라 | 이철의 옮김
116 빌러비드 토니 모리슨 | 최인자 옮김
117, 118 미국의 목가 필립 로스 | 정영목 옮김
119 대성당 레이먼드 카버 | 김연수 옮김
120 나나 에밀 졸라 | 김치수 옮김
121, 122 제르미날 에밀 졸라 | 박명숙 옮김
123 현기증. 감정들 W. G. 제발트 | 배수아 옮김
124 강 동쪽의 기담 나가이 가후 | 정병호 옮김
125 붉은 밤의 도시들 윌리엄 버로스 | 박인찬 옮김
126 수고양이 무어의 인생관 E. T. A. 호프만 | 박은경 옮김
127 맘브루 R. H. 모레노 두란 | 송병선 옮김
128 익사 오에 겐자부로 | 박유하 옮김
129 땅의 혜택 크누트 함순 | 안미란 옮김
130 불안의 책 페르난두 페소아 | 오진영 옮김
131, 132 사랑과 어둠의 이야기 아모스 오즈 | 최창모 옮김
133 페스트 알베르 카뮈 | 유호식 옮김

134 다마세누 몬테이루의 잃어버린 머리 안토니오 타부키 | 이현경 옮김
135 작은 것들의 신 아룬다티 로이 | 박찬원 옮김
136 시스터 캐리 시어도어 드라이저 | 송은주 옮김
137 고독한 산책자의 몽상 장자크 루소 | 문경자 옮김
138 용의자의 야간열차 다와다 요코 | 이영미 옮김
139 세기아의 고백 알프레드 드 뮈세 | 김미성 옮김
140 햄릿 윌리엄 셰익스피어 | 이경식 옮김
141 카산드라 크리스타 볼프 | 한미희 옮김
142 이 글을 읽는 사람에게 영원한 저주를 마누엘 푸익 | 송병선 옮김
143 마음 나쓰메 소세키 | 유은경 옮김
144 바다 존 밴빌 | 정영목 옮김
145, 146, 147, 148 전쟁과 평화 레프 톨스토이 | 박형규 옮김
149 세 가지 이야기 귀스타브 플로베르 | 고봉만 옮김
150 제5도살장 커트 보니것 | 정영목 옮김
151 알렉시·은총의 일격 마르그리트 유르스나르 | 윤진 옮김
152 말라 온다 알베르토 푸겟 | 엄지영 옮김
153 아르세니예프의 인생 이반 부닌 | 이항재 옮김
154 오만과 편견 제인 오스틴 | 류경희 옮김
155 돈 에밀 졸라 | 유기환 옮김
156 젊은 예술가의 초상 제임스 조이스 | 진선주 옮김
157, 158, 159 카라마조프가의 형제들 표도르 도스토옙스키 | 김희숙 옮김
160 진 브로디 선생의 전성기 뮤리얼 스파크 | 서정은 옮김
161 13인당 이야기 오노레 드 발자크 | 송기정 옮김
162 하지 무라트 레프 톨스토이 | 박형규 옮김
163 희망 앙드레 말로 | 김웅권 옮김
164 임멘 호수·백마의 기사·프시케 테오도어 슈토름 | 배정희 옮김
165 밤은 부드러워라 F. 스콧 피츠제럴드 | 정영목 옮김
166 야간비행 앙투안 드 생텍쥐페리 | 용경식 옮김
167 나이트우드 주나 반스 | 이예원 옮김
168 소년들 앙리 드 몽테를랑 | 유정애 옮김
169, 170 독립기념일 리처드 포드 | 박영원 옮김
171, 172 닥터 지바고 보리스 파스테르나크 | 박형규 옮김
173 싯다르타 헤르만 헤세 | 권혁준 옮김
174 야만인을 기다리며 J. M. 쿳시 | 왕은철 옮김
175 철학편지 볼테르 | 이봉지 옮김
176 거지 소녀 앨리스 먼로 | 민은영 옮김
177 창백한 불꽃 블라디미르 나보코프 | 김윤아 옮김
178 슈틸러 막스 프리슈 | 김인순 옮김
179 시핑 뉴스 애니 프루 | 민승남 옮김

180 이 세상의 왕국 알레호 카르펜티에르 | 조구호 옮김
181 철의 시대 J. M. 쿳시 | 왕은철 옮김
182 카시지 조이스 캐럴 오츠 | 공경희 옮김
183, 184 모비 딕 허먼 멜빌 | 황유원 옮김
185 솔로몬의 노래 토니 모리슨 | 김선형 옮김
186 무기여 잘 있거라 어니스트 헤밍웨이 | 권진아 옮김
187 컬러 퍼플 앨리스 워커 | 고정아 옮김
188, 189 죄와 벌 표도르 도스토옙스키 | 이문영 옮김
190 사랑 광기 그리고 죽음의 이야기 오라시오 키로가 | 엄지영 옮김
191 빅 슬립 레이먼드 챈들러 | 김진준 옮김
192 시간은 밤 류드밀라 페트루솁스카야 | 김혜란 옮김
193 타타르인의 사막 디노 부차티 | 한리나 옮김
194 고양이와 쥐 귄터 그라스 | 박경희 옮김
195 펠리시아의 여정 윌리엄 트레버 | 박찬원 옮김
196 마이클 K의 삶과 시대 J. M. 쿳시 | 왕은철 옮김
197, 198 오스카와 루신다 피터 케리 | 김시현 옮김
199 패싱 넬라 라슨 | 박경희 옮김
200 마담 보바리 귀스타브 플로베르 | 김남주 옮김
201 패주 에밀 졸라 | 유기환 옮김
202 도시와 개들 마리오 바르가스 요사 | 송병선 옮김
203 루시 저메이카 킨케이드 | 정소영 옮김
204 대지 에밀 졸라 | 조성애 옮김
205, 206 백치 표도르 도스토옙스키 | 김희숙 옮김
207 백야 표도르 도스토옙스키 | 박은정 옮김
208 순수의 시대 이디스 워턴 | 손영미 옮김
209 단순한 이야기 엘리자베스 인치볼드 | 이혜수 옮김
210 바닷가에서 압둘라자크 구르나 | 황유원 옮김
211 낙원 압둘라자크 구르나 | 왕은철 옮김
212 피라미드 이스마일 카다레 | 이창실 옮김
213 애니 존 저메이카 킨케이드 | 정소영 옮김
214 지고 말 것을 가와바타 야스나리 | 박혜성 옮김
215 부서진 사월 이스마일 카다레 | 유정희 옮김
216 사람은 무엇으로 사는가 레프 톨스토이 | 이항재 옮김
217, 218 악마의 시 살만 루슈디 | 김진준 옮김
219 오늘을 잡아라 솔 벨로 | 김진준 옮김
220 배반 압둘라자크 구르나 | 황가한 옮김
221 어두운 밤 나는 적막한 집을 나섰다 페터 한트케 | 윤시향 옮김
222 무어의 마지막 한숨 살만 루슈디 | 김진준 옮김
223 속죄 이언 매큐언 | 한정아 옮김

224 암스테르담 이언 매큐언 | 박경희 옮김
225, 226, 227 특성 없는 남자 로베르트 무질 | 박종대 옮김
228 앨프리드와 에밀리 도리스 레싱 | 민은영 옮김
229 북과 남 엘리자베스 개스켈 | 민승남 옮김
230 마지막 이야기들 윌리엄 트레버 | 민승남 옮김
231 벤저민 프랭클린 자서전 벤저민 프랭클린 | 이종인 옮김
232 만년양식집 오에 겐자부로 | 박유하 옮김
233 이상한 나라의 앨리스 루이스 캐럴 | 존 테니얼 그림 | 김희진 옮김
234 소네치카·스페이드의 여왕 류드밀라 울리츠카야 | 박종소 옮김
235 메데야와 그녀의 아이들 류드밀라 울리츠카야 | 최종술 옮김
236 실종자 프란츠 카프카 | 이재황 옮김

● 문학동네 세계문학전집은 계속 출간됩니다